興亡三国志　三

三好　徹

集英社文庫

興亡三国志　三——目次

主な登場人物

献《けん》 帝《てい》 後漢《ごかん》第十四代皇帝。後漢最後の皇帝。霊帝《れいてい》と王美人《おうびじん》の間の子・協《きょう》。董卓《とうたく》に擁立され、即位。董卓 誅殺《ちゅうさつ》後、その部将らの専横を逃れ長安《ちょうあん》から洛陽《らくよう》に還幸。曹操《そうそう》の保護下に入り、許都《きょと》に遷都した。

曹《そう》 操《そう》 字《あざな》は孟徳《もうとく》。沛《はい》国譙《しょう》県の人。魏《ぎ》の事実上の創始者。後漢後期の宦官曹騰《かんがんそうとう》の孫（養子の子）。反董卓義軍の提唱者として群雄間に重きをなし、兗《えん》州に割拠。長安より脱出した献帝を保護下におさめ、諸侯に号令する権利を獲得。呂布《りょふ》・袁術《えんじゅつ》・袁紹《えんしょう》らを次々と滅ぼし、天下統一に王手をかけた。

夏侯惇《かこうとん》 字は元譲《げんじょう》。沛国譙県の人。曹操の父曹嵩《そうすう》の実家夏侯氏の一族。若年の頃、師を侮辱した者を殺したこともある猛将。

張《ちょう》 遼《りょう》 字は文遠《ぶんえん》。雁門《がもん》郡馬邑《ばゆう》県の人。元呂布に仕えた武将で騎兵戦の名手。呂布の死後は曹操に仕え、徐《じょ》州侵攻の際、下邳《かひ》で孤立した関羽《かんう》を説得して曹操に降《くだ》らせる。

荀《じゅん》 彧《いく》 字は文若《ぶんじゃく》。潁川《えいせん》郡潁陰《えいいん》県の人。はじめ袁紹に仕えたが、後に曹操の下に転じ、その参謀となる。曹操に漢の高祖《こうそ》の名参謀・張 良《ちょうりょう》になぞらえられるほどの智謀の士。

郭《かく》 嘉《か》 字は奉孝《ほうこう》。潁川郡陽翟《ようてき》県の人。同郷の荀彧の推薦で曹操に仕え、優れた智謀と決断力によって信任を得る。鄴《ぎょう》攻略後、袁氏の勢力を一掃するため烏丸《うがん》征討を曹操に進言するが、幽《ゆう》州の盧龍《ろりょう》で病死する。

鄭《てい》 欽《きん》 字は士元《しげん》。陳宮《ちんきゅう》の義弟。性格に癖があり、曹操配下の武将達にうけが悪いが、優れた智謀の持ち主。陳宮が呂布の下に走った後も曹操の配下に留《とど》まった。

劉《りゅう》　備《び》　字は玄徳《げんとく》。涿《たく》郡涿県の人。蜀漢《しょくかん》初代皇帝昭烈帝《しょうれつてい》。前漢景帝《けいてい》の子中山靖王劉勝《ちゅうざんせいおうりゅうしょう》の末裔《まつえい》。桃園《とうえん》の義盟で関羽《かんう》・張飛《ちょうひ》と義兄弟の契りを結び、虎牢関《ころうかん》の戦いで関羽・張飛とで呂布を退けて以降、群雄間にその名を知られる。曹操の徐州侵攻の際、徐州の牧陶謙《ぼくとうけん》の救援依頼に応じて州牧を譲り受けるが、呂布に徐州を奪われ、以後、曹操、袁紹、劉表《りゅうひょう》らの下を客将として転々とする。

関《かん》　羽《う》　字は雲長《うんちょう》。河東《かとう》郡解《かい》県の人。劉備麾下《きか》の勇将として後世まで名高く、華雄《かゆう》、顔良《がんりょう》、文醜《ぶんしゅう》などの名だたる猛将を一刀のもとに討ちとるほどの武勇の持ち主だが、義に厚く礼節を知る好漢。

張《ちょう》　飛《ひ》　字は翼徳《よくとく》（『三国志』＝陳寿《ちんじゅ》の原文では益徳《えきとく》）。涿郡涿県の人。関羽と並ぶ劉備麾下の猛将。但し、性格は関羽に比べ粗暴である。虎牢関の戦いで、呂布と一騎討ちを演じ、その名をあげる。

趙《ちょう》　雲《うん》　字は子龍《しりょう》。常山《じょうざん》郡真定《しんてい》県の人。一時、公孫瓚《こうそんさん》に仕え、袁紹との戦いで劣勢にあった公孫瓚軍を支える。のちに劉備に従い、関羽・張飛と並ぶ劉備麾下の猛将とうたわれる。

孫《そん》　策《さく》　字は伯符《はくふ》。呉《ご》郡富春《ふしゅん》県の人。呉の初代皇帝孫権《そんけん》の兄。父・孫堅《そんけん》の形見の伝国の玉《ぎょく》璽《じ》をもとに袁術より兵を借り、江東《こうとう》・江南《こうなん》を平定。「小覇王《しょうはおう》」と称されるが、刺客に襲われた傷がもとで早世した。

孫《そん》　権《けん》　字は仲謀《ちゅうぼう》。呉郡富春県の人。呉の初代皇帝、大帝《たいてい》。兄の「小覇王」孫策の地盤を受け継ぎ、江東・江南に割拠。内治の才により、呉の基礎を築いた。

周《しゅう》　瑜《ゆ》　字は公瑾《こうきん》。廬江《ろこう》郡舒《じょ》県の人。孫策の友人にしてその部将。孫策の江東・江南平定を補佐し、賢人張昭《ちょうしょう》、張紘《ちょうこう》を召しかかえるよう建言する。

劉表《りゅうひょう》　字は景升《けいしょう》。山陽《さんよう》郡高平《こうへい》県の人。漢皇室の一族で、後漢の名士。荊州刺史《けいしゅうしし》（後、牧）として、南方最大の兵力を擁するに至るが、決断力に欠け、官渡《かんと》の戦いを傍観。曹操の南征直前に病死した。

袁紹《えんしょう》　字は本初《ほんしょ》。汝南《じょなん》郡汝陽《じょよう》県の人。四代にわたり官僚最高位の三公《さんこう》（司徒《しと》・司空《しくう》・太《たい》尉《い》）を五人も出した後漢最高の名門・汝南の袁《えん》氏の出。反董卓の義軍では、その盟主となり、義軍解散後は冀《き》州に拠《よ》って、後漢末最大の軍閥領袖に成長。しかし、官渡の戦いで曹操に大敗し、それがもとで病死する。

袁譚《えんたん》　字は顕思《けんし》。袁紹の長男。袁紹の死後、その跡目を末弟の袁尚《えんしょう》と争って敗れ、曹操に応援を求める。その間に冀州東部を占拠するが、南皮《なんぴ》で曹操に討たれる。

袁尚《えんしょう》　字は顕甫《けんほ》。袁紹の末子。審配《しんはい》、逢紀《ほうき》に擁立され袁紹の跡を継ぐ。曹操に冀州を追われた後、幽《ゆう》州に次兄の袁熙《えんき》を頼り、ともに烏丸、遼東《りょうとう》へと逃げていくが、遼東で太守公孫《たいしゅこうそん》康《こう》に殺される。

徐庶《じょしょ》　字は元直《げんちょく》。潁川郡長社《ちょうしゃ》県の人。軍師として新野《しんや》に駐屯する劉備に仕え、諸葛亮《しょかつりょう》を招くよう進言する。

諸葛亮《しょかつりょう》　字は孔明《こうめい》。琅邪《ろうや》郡陽都《ようと》県の人。前漢の司隷校尉《しれいこうい》・諸葛豊《しょかつほう》の末裔。襄陽《じょうよう》の名士、龐《ほう》徳公《とくこう》が「臥龍《がりょう》」と評した逸材。隆中《りゅうちゅう》に隠棲《いんせい》していたが、三顧《さんこ》の礼により劉備の軍師として幕下に迎えられた。

興亡三国志　三

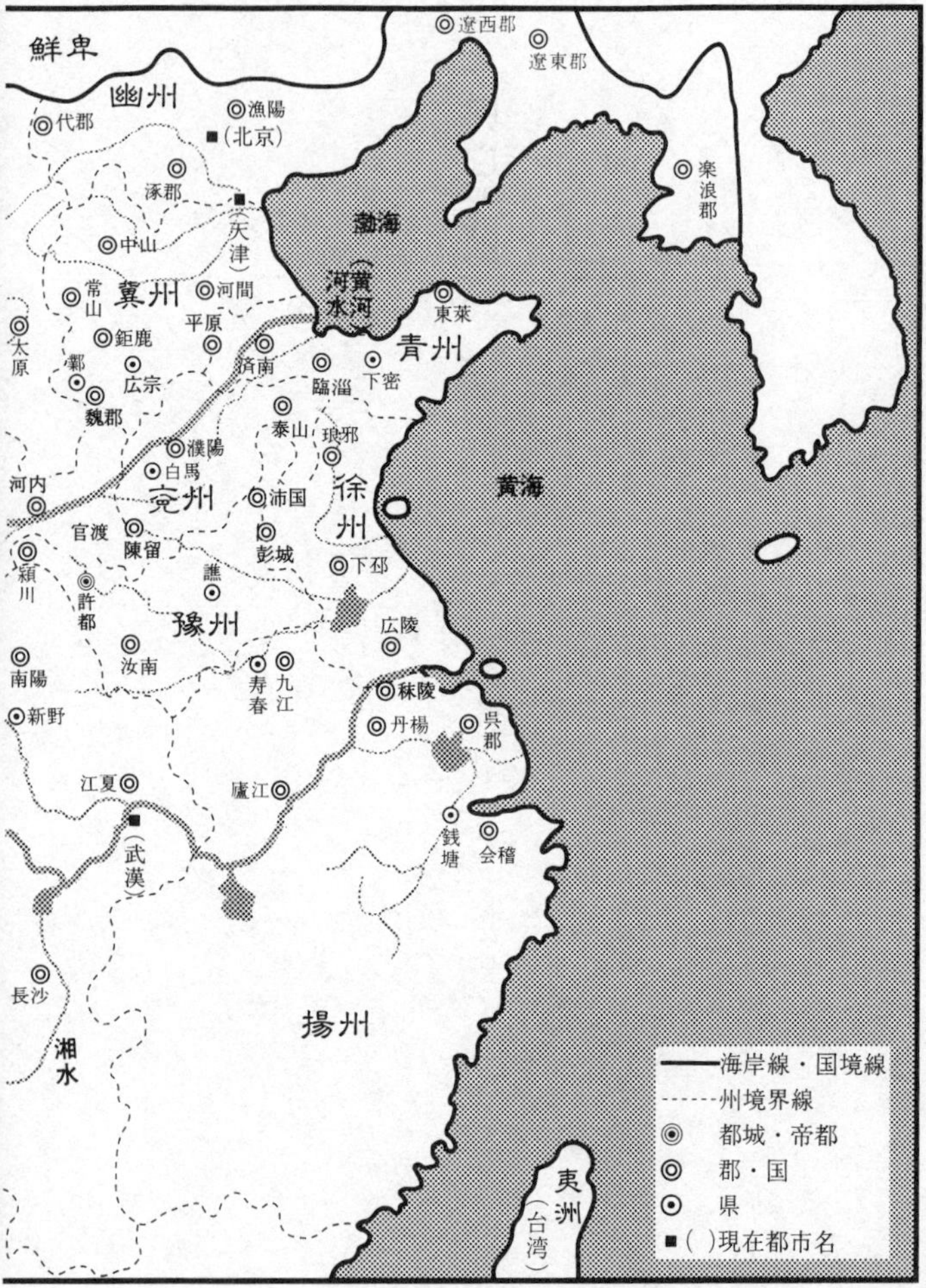
鮮卑
幽州
遼西郡
遼東郡
漁陽
代郡
(北京)
涿郡
(天津)
楽浪郡
渤海
中山
常山
冀州
河間
(黄河)
東萊
太原
鉅鹿
平原
済南
青州
鄴
広宗
臨淄
下密
魏郡
泰山
琅邪
濮陽
白馬
河内
兗州
沛国
徐州
黄海
官渡
陳留
彭城
潁川
下邳
許都
譙
豫州
広陵
南陽
汝南
寿春
九江
秣陵
新野
丹楊
呉郡
江夏
廬江
(武漢)
銭塘
会稽
長沙
揚州
湘水
夷洲
(台湾)
海岸線・国境線
州境界線
都城・帝都
郡・国
県
( )現在都市名

後漢末時代地図
―本書第三巻関係―

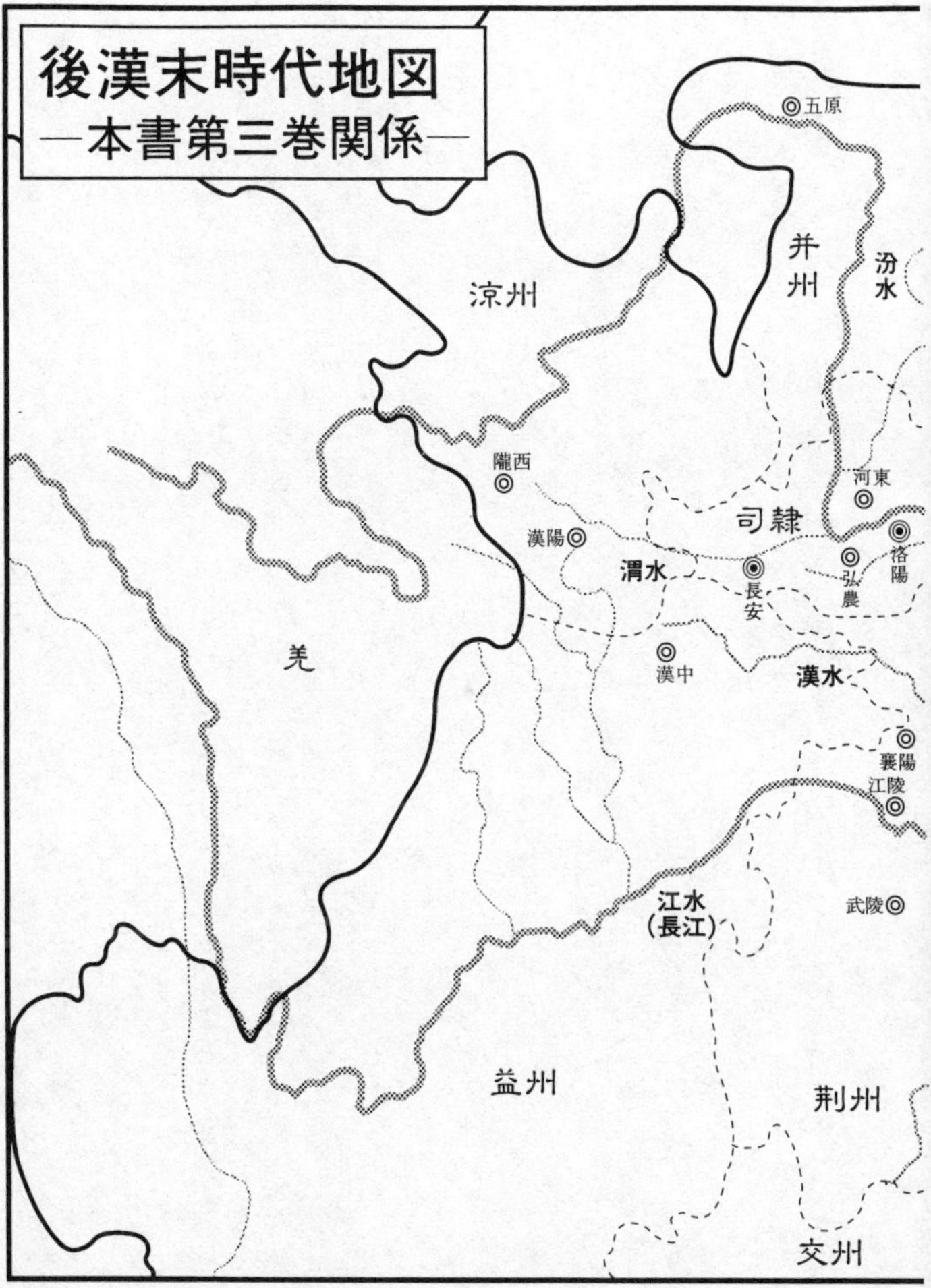

第三十五章　流離の旅

一

建安《けんあん》五年（西暦二〇〇年）正月、曹操《そうそう》の身辺をうかがったとみなされ、問答無用の形で許褚《きょちょ》に斬られた一人の若い校尉《こうい》について、賈詡《かく》はあらためて調べなおしてみた。吉先《きっせん》という、洛陽《らくよう》の出身で、太医令吉本《たいいれいきつほん》、字《あざな》は称平《しょうへい》の遠縁のものであった。太医令は、朝廷における医官の最高位者で、献帝《けんてい》をはじめ伏皇后《ふくこうごう》、董貴妃《とうきひ》らが病気になったときは、治療にあたる。

また、高官が病気のとき、献帝がとくに吉本を差し遣わされる場合もあり、過去に、曹操や夏侯惇《かこうとん》なども治療をうけたことがある名医だった。

吉先はそういう人物につながりのある校尉であり、疑わしいところは何もなかった。吉先は病気でもないのに吉本のもとによく出入りしていたが、両者は親戚なのだから、それも当然であった。

ついで賈詡は、吉本が診察治療をした記録を調べなおした。

吉本は一日一回必ず献帝、伏皇后、董貴妃を診るが、これは太医令の日常業務であって別に問題はなかった。そのほか、献帝の命令で車騎《しゃき》将軍董承《とうしょう》をしばしば診療しているが、董承は董貴妃の実父なのだから、これも異とするにたりない。ただ、その回数がこのところめっきり多くなっていた。ことに吉先が死んだあとは、十日の間に四回も両者は会っている。しかも、吉本は董承を往診した帰りに必ず寄り道をしていた。

その立ち寄り先は、次の四名だった。

偏将軍《へんしようぐん》　王子服《おうしふく》
長水校尉《ちようすいこうい》　种輯《ちゆうしゆう》
昭信将軍《しようしんしようぐん》　呉子蘭《ごしらん》
議郎《ぎろう》　呉碩《ごせき》

賈詡はこうした記録を前にして沈思黙考した。

国舅《こつきゆう》董承に密謀あり、と執金吾府《しつきんごふ》に訴えてきた秦慶童《しんけいどう》のいうには、そのころ許都《きよと》にいた劉備《りゆうび》や西涼《せいりよう》の太守《たいしゆ》馬騰《ばとう》のほかに、何人かの朝臣がひそかに集まって、侍僕《じぼく》はもとより家族さえも寄せつけないで何事かを語り合ったということだった。そして、その朝臣とは、右の四名だったのだ。

密謀の内容について、賈詡がみずから秦慶童を訊問《じんもん》したとき、

「お前はそれを立ち聞きしたのか」

と聞くと、

「聞いたわけではありませんが、曹操様をやっつけようと企てたに決まっています。いつだったか、嵐の夜にあの爺《じじい》は出かけて行って、夜の明けるころに帰ってきたんです。そし

て、こちらが何も聞きもしないのに、居館からちょっと離れたところに囲っている若い女のところに行っていたんだ、なんて嘘《うそ》の弁解するんです」

と秦慶童はいった。賈詡は、

「それが偽りだったというのか」

「へい、大嘘つきです」

「どうして嘘だといえる？」

「その女は雲英《うんえい》というんですが、こういう嵐の夜ならいくら助平《すけべい》でもこないだろうと思って、じつはわたしが雲英のところに行っていたんです。朝になって帰ったんじゃわかりますから、わたしは明るくなる前に戻ったんですが、そしたら一足遅れで爺が帰ってきて、そういう嘘をついて……もう、おかしくておかしくて笑いを抑えるのに苦労しました、へい」

と秦慶童は下卑た笑いをうかべた。

賈詡としては不快きわまる童《わっぱ》であった。それに、雲英という女のところに忍んで行ったという董承の話が嘘だとしても、秦慶童が打倒曹操の企てを耳にしたわけではなかった。あくまでも自分勝手な推測にすぎない。

いや、推測というよりも、雲英と密通していたのが見つかって鞭《むち》を打たれた恨みで、口から出まかせを訴えたのかもしれない、と賈詡は考えていたのだ。

しかし、許褚の直感が正しかったとするなら、吉先は曹操を暗殺しようとしたわけであり、その暗殺者につながる吉本は、診療に名をかりて董承らの間を連絡役として動いている可能性もある。

賈詡は、その仮定が現実と化した場合を想像した。

董承が打倒曹操をひそかに企てていたとわかったら、曹操はどうするだろうか。もちろん董承や一味の朝臣の命はない。

それは当然のことであった。企てたものたちにしても、露見したときの覚悟はできているであろう。権力をめぐる争いは、いつの世でも喰《く》うか喰われるかなのだ。

また、親兄弟はもとより一族のものも、計画を知っていた、いなかったにかかわらず誅殺《ちゅうさつ》される。ときには、それが数百名に及ぶことさえある。そういうことを企てたら酷《ひど》い目にあうぞという見せしめの意味もあるし、一人でも生かしておけば、その者が長じてから復讐《ふくしゅう》する恐れがあるので、根絶やしにしておくのだ。

董承の愛娘《まなむすめ》は献帝の貴妃である。そして、吉本の診察記録によれば、董貴妃は懐妊五カ月である。

献帝と伏皇后の間に御子はなかった。いま貴妃のお腹《なか》にある御子は、男子であれば後漢《ごかん》第十五代の皇帝になる。吉本から、貴妃ご懐妊の報告をうけたときの献帝の喜びは、当然のことながらも並はずれたものだった。

だが、もし董承の密謀が事実とわかったら、貴妃はどうなるのであろうか。

董承はうとうとしていた。

二

車騎将軍の栄職をあたえられているが、じっさいには何も仕事はなかった。政治、軍事とも曹操がすべてを取りしきっていた。

ほかの朝臣たちも同じである。出仕してくるが、曹操が決裁した事項を追認するか、ないしは報告をうけるだけである。

ごくまれに、どうでもいいような事柄について献帝の前に出て奏上することもあるが、朝臣のなかには、それも面倒がって部下に代行させるものもいる。そのくせ、曹操に呼ばれると、些細《ささい》な用件でも喜んで行く。ほとんどのものが曹操の顔色をうかがっているありさまだった。

董承は、どんなつまらぬ政務であっても、必ず玉座の前に伺候して竜顔を拝した。奏上のすんだあと、帝の、

「貴妃は健やかである」

という言葉を聞くのが喜びであった。

同時に、苦しみもあった。

帝は決して口には出さないが、

（玉帯《ぎょくたい》にこめた密勅を忘れてはいまいな）

といいたげに、じっと董承を見つめることがある。董承は、

（陛下、一日たりとも忘却してはおりませぬが、残念ながらまだその時は至りません。しばしお待ち下さいませ）

という思いをこめて拝礼する。

すると、帝も、

（わかっている）

というふうに微笑をうかべて入御なさるのだ。

董承としては、情けない限りだったが、頼みにしていた劉備や馬騰が許都を去った以上、動くに動けなかった。

それに、このところ頭痛がひどく、手足のしびれも重なって病床に臥《ふ》すことが多くなった。帝の指示で、吉本が診療にきてくれるのだが、いっこうに回復しなかった。

そんなもどかしさや不安を忘れるのは、眠っているときだけなのである……。

そこへ――。

「国舅殿、何をぼやぼやしておられる！」

といいながら、とつぜん入ってきたものがある。見れば王子服であった。

董承が答えられずにいると、

「われらの誓いが果たされる時が到来しましたぞ。北からは袁紹《えんしょう》が三十万の兵を、南か

らは劉皇叔《こうしゅく》が二十万の兵を、そして西からは馬騰将軍が劉表《りゅうひょう》と同盟してこれまた三十万の兵をもって、それぞれ許都めざして進撃中なのです」

（本当か！）

と叫びたかったが、まったく予期していなかった吉報だけに、声も出なかった。

「さァ、お仕度下され。曹賊めは、あわてふためいて、部下の将兵たちを三方に送り出しました。いま彼のもとに残っているのは、わずか数十名の旗本だけです。これなら、われらの郎党や皇宮警護の兵をもって曹賊を成敗できますぞ。二度とはない機会、のがしてはなりません」

董承は起き上がった。車騎将軍として、武官府《ぶかんふ》に居残っているはずの兵士を指揮命令できるのだ。

董承はすぐさま夫人に甲冑《かっちゅう》を運ばせ、密勅を縫いこめた拝領の玉帯をしめると、郎党を従えて家を出た。

外には、王子服の郎党が数十名いて、雄叫《おたけ》びを発した。そこへまた、种輯や呉子蘭が同じく郎党を率いて駆けつけてきた。合わせて二百名は超えている。

「行け！」

董承は長剣を抜いて叫んだ。

見るまに、兵の数はふえた。

司空府《しくうふ》の前にいた警備兵は、これを見て逃散《ちょうさん》した。

董承は先頭に立って突進した。

とそのとき、立ちはだかった武者がある。怒りと悲しみにひしゃげた顔は、まさしく曹操のものであった。

「曹賊、覚悟せよ！」

と董承は裂帛《れっぱく》の気合いをこめて長剣をふるった。

「小癪《こしゃく》な」

曹操はひらりと体をかわした。董承はなおも斬りつけた。が、曹操は身が軽い。そして董承の長剣をもった手は、重さに耐えかねたのか、しだいにしびれはじめた……。

「国舅殿……国舅殿……」

遠くからの声がにわかに近く大きくなった。

董承は、はっとして起き上がった。目の前に太医令の吉本がいて、心配そうに覗《のぞ》きこんでいる。

董承はあわてて周囲を見た。いつもの自分の部屋だった。

「これは……」

董承は絶句した。

「吉本称平です。おわかりになりますか」

「ああ」

董承は力なくいった。すべては夢だったのだ。

「夢をごらんになっておられたようですね。それも、壮大な、そして血みどろの夢を」

「いや、決して」

「お隠しになるのもわかります。曹賊、覚悟せよ、と呻《うめ》いておられましたから」

董承は蒼白《そうはく》になった。吉本は彼の手をとった。まるで聞きわけのない幼児を優しく諭すかのように、

「いまの許都は、朝臣あって漢朝なく曹賊あって忠臣なし、というありさまです。そのことに憤りを抱いているのは、わたしひとりかと思っておりましたが、いま図らずも国舅殿の心中に秘められたものを知って、こんな喜びはございません」

「太医令たるあなたを疑うわけではないが、どうしてそんなことをいわれるのか」

「陛下から、国舅殿を診療せよとお指図を頂いたときには、何事も存じませんでした。そして、お脈を拝見してもお体そのものに悪いところはなく、神経の疲れであろうと思っておりましたが、きょうはお寝《やす》み中とうかがって、薬だけ残して帰るつもりでした。しかし古い医書に、気ハ睡中《すいちゆう》ニ発スとあるのを思い出し、ご家族にご了解を得て入れていただいたのです」

「そうであったか。じつは、家人にもわたしの就寝中は人を入れてはならぬ、と命じてあるのだが、陛下や皇后様や、貴妃から信頼されているあなただから、その禁を破ったのだろう。さもなくば、危ういところでした」

「本当にそうです。しかし、これも陛下のお心が天に通じたからでしょう」

と吉本は涙ながらにいった。

このことがあったのは、六カ月前だった。吉本は、董承が夢にうなされて秘事を口走るようなことがあってはならない、と案じて、秘伝の仙薬を調合した。そのために、董承はめきめき回復したが、吉本ならば献帝と自由に接触できるし、また、朝臣の診療をすることもあるので、董承は病気がなおらないことにして、吉本の診療を続けてもらっていた。王子服らの同志の連絡役もつとめてもらえるし、朝臣のなかで、誰が曹操に内通しているか、あるいは表面はおとなしくしていても心の中では批判しているか、さりげなく探ることもできるのである。

吉本は喜んでその務めをはたしたが、漢朝への忠誠心を秘めているものは、ほとんどいなかった。

ただ一人、吉本が見込んだのは、遠縁の吉先だった。吉本は、董承らとの密約のことにはふれずに、自分ひとりの考えであることにして、

「いまのような下剋上《げこくじょう》の世に生きているのがいやになる。正邪をただすために、ある人物に毒を盛ることを考えたが、医師たる身がそれもできぬし……あれやこれや生きている甲斐《かい》もないのだから、いっそのこと、お前の手にかかって死にたいものだ」

といった。

吉先は驚いたふうだったが、

「わかりました。そうおっしゃるなら望みをかなえてあげましょう」

といって剣を抜き、吉本の胸につきつけた。

目はらんらんと輝き、剣先は吉本の衣を裂いた。

吉本は、本当に殺される、と思った。だが、生きている甲斐がないという言葉は、必ずしも嘘ではなかった。董承らは兵力をもたず、動きたくても動けないのである。

それに、客観的に見て、曹操の実力は群を抜いており、対抗できる能力をもった朝臣は一人もいなかった。たしかに、董承の忠誠心に疑問の余地はない。だが、それだけで曹操を倒すことができないのも事実だった。王子服たちも志はあるが、その智謀《ちぼう》においても統率力においても、曹操とは比べものにならなかった。

そんなことを考えると、ここで吉先に殺されても構わない——という心境であった。

すると吉先は剣をひいて、

「覚悟のほどは見きわめました。わたしにお任せ下さい。こういうことは面倒な計画をねって多くの人を動かすより、一振りの剣をもって解決するのが最善です。必ずや順逆明らかな世に戻るでしょう」

といった。

「先よ。本気でそういうのか」

「もちろんです。ただし、万が一にも仕損じたら、太医令といえども誅殺されます」

「もとより覚悟の上だ」

と吉本は答えた。

彼は、このことを董承には打ち明けずに、ひそかに吉報を待っていた。吉先がいったように、計画をねるだけでは事は成就しないのである。

ところが、官渡《かんと》の前線に派遣された吉先が戦死したという知らせが届いた。曹操に一剣を見舞う機会もなかったらしいことは、弔慰金を贈られたことでも明らかである。

(曹操め、悪運が強いな)

と吉本は心の中で呪ったが、よく考えてみれば、吉先の死が暗殺失敗ではなかったことこそ、吉本自身にとって幸運だった。吉先を慫慂《しょうよう》した彼が疑われずにすんだし、それは最後の手段を用いる機会が残されたことを意味した。

その最後の手段とは——。

吉本が太医令たる地位を利用し、曹操を毒殺することである。人の命を救うべき医師の道にそむくことはわかっていても、病める天下を治療すると考えるなら、許される手段ではあるまいか。

三

賈詡は考えぬいた末に決断した。

董承を中心に、四人の朝臣と劉備、馬騰が曹操を倒すために密約を結んだという下僕の訴えは九分九厘真実であろう。それに吉本も加わり、連絡役をつとめているのだ。

これが明らかになれば、一味のものはもとより親族も死罪を免れない。ただし、罪が九族に及ぶ、というのは、皇帝に対する反逆罪の場合であり、曹操は皇帝ではない。曹操を殺そうとしたものたちが、その企てに失敗して殺されるのは止《や》むを得ない。そこまでは誰しも納得するだろう。

問題は董承の娘が皇帝の貴妃であり、しかも懐妊していることである。董貴妃の命を奪うことは、皇帝の御子を殺すにひとしい。それでは、曹操の方が反逆者になってしまうではないか。世人はもとより、おそらく後世の史家もそういうだろう。だが、董承らの企てが、かれらだけの発意によるものか否かによって、事態は変わってくる。董承らだけの考えならば、これは、司空曹操と車騎将軍董承の争いであり、貴妃にまで累を及ぼさずに決着をつけることができる。その理を説いて、曹操を納得させることも不可能ではない。しかし、董承らの企てが献帝の意思に発しているとすれば……。

賈詡の迷いの因《もと》はそこにあったのだ。

献帝が自分を殺そうとしていたとわかったら、曹操はどうするだろうか。献帝を廃し、劉氏の血をうけるものをどこからか探し出してきて帝位につけるか。それとも劉氏による漢王朝そのものを絶ち、みずから帝位につこうとするか。

曹操がどちらの道をとるか、賈詡には見当がつかなかった。曹操と接するようになってから日が浅いということもある。とはいえ、個人的に見る限り曹操はじつに魅力的な人物であった。袁紹、劉備らを相手に戦う武の人であるのに、陣中にあっても毎夜必ず書を読む人であり、詩想が湧けばたちどころに詠む詩人でもあった。

対する献帝はどうか。

心のやさしい人である。王朝の権威が確立し、平和な時代に良臣の補佐をうけることができれば、良い君主になれるだろう。

だが、霊帝《れいてい》のころから天下は乱れに乱れている。私利私欲をはかる宦官《かんがん》をかわいがり、あえて諫言《かんげん》するものを処刑し、賄賂をとって官位をあたえ、汚職や不正があっても見のがした。人びとがどんなに苦しんでも、気にもとめなかった。

不義不正が横行し、正義正道は地に墜《お》ちた。漢王朝の衰退も当然だった。

凶暴な董卓《とうたく》が政治をほしいままにし、董卓が亡《ほろ》ぶと、四人組が牛耳り、国土も民心も荒廃した。献帝はなすところなく逃げ回った。天下万民のために、自分の命をかけて乱臣賊子と対決することはしなかった。

もし董卓や李傕《りかく》・郭汜《かくし》らの無法な要求を拒否すれば、皇帝といえども殺されたかもしれない。しかし、天下を治めんとするなら、命をかけてもという気概をもたなければならない。父祖の悪業が原因となった乱れを鎮めようと欲するなら、それだけの勇気をもつべきなのである。ひたすらわが身の安全だけを願うなら、天下を治める皇帝たるの資格がない。

そこまで考えたとき、賈詡は意を決したのだった。

董貴妃がどうなるか、それを決めるのは賈詡自身ではなく、曹操なのだ。曹操が董貴妃

を亡きものにしようとするとき、献帝が、

「貴妃を殺すことは朕《ちん》の子を殺すにひとしい。それを承知で貴妃を害そうとするのは漢王朝に対する反逆である。それでもなお殺すというなら、その前に朕を殺せ」

といって立ちはだかったら、曹操はどうするだろうか。献帝にそれだけの勇気があれば曹操もたじろぐのではないか。

董承らが曹操を倒そうと企てる気持も、賈詡にはわからないでもなかった。朝廷の人事その他すべてを曹操が決めている。董承らにしてみれば、それが曹操の驕《おご》り高ぶりとうつるだろう。

では、曹操が退き、かわりに袁紹が政治の中心になったら、世の中はいまよりも良くなるのか。袁紹が謙虚に董承ら朝臣の意見に耳を傾け、献帝を崇《あが》め奉り、私欲を棄《す》てて公正を宗《むね》とし、天下万民が漢王朝の仁徳をたたえる世になるというのか。

かつて袁紹は韓馥《かんふく》と組み、董卓に擁立された献帝を廃して劉虞《りゆうぐ》を皇帝に仕立てようとして失敗した。そのあと公孫瓚《こうそんさん》をそそのかして冀《き》州に侵入させ、韓馥が助けを求めてきたのに乗じて冀州を乗っ取ってしまった。そしてさらには公孫瓚を亡ぼして、いまでは河北《かほく》四州を手に入れている。献帝が四人組に追われて辛酸をなめていたときも、袁紹は素知らぬ顔をしていた。私欲のない人物どころか、その逆ではないか。

曹操は敵といえども才能あるものはそれなりに評価し、味方といえども才能なきものは用いない。要するに人に対して公平である。

董承や王子服らは、高い官位や封禄《ほうろく》を得ているが、皇帝につながる縁とか父祖の遺産を受けついでいるだけで、本人に才能があるわけでもなければ手柄を立てたわけでもない。曹操を倒し得たとしても、天下に号令する実力と才能があるのか。いたずらに混乱をもたらし、万民を再び塗炭の苦しみに突き落とすだけのことではないか。

四

曹操は賈詡の報告を聞くと、細い目をいっそう細くして、

「先ごろ陣中で許褚が吉先を斬ったのは、決して許褚の早とちりではなかったということか」

とたずねた。

「訴人の下僕が密謀ありと申し立てている董承殿と四名の朝臣の間を、吉本がしばしば往来しております。吉先が吉本のもとへ出入りしていたのは、縁者だからとは限りません」

「そうか。鍵は吉本が握っているというわけだな」

「そのように思われます」

「賈詡よ、そちらしくない言葉であるな。そうとわかっているなら、吉本を引っ捕らえて糾明すべきではないか」

と曹操はからかうようにいった。賈詡はにこりとして、

「これは曹将軍らしからぬ仰せと存じます。吉本が密謀に加わっているという証拠は、まだ見つかっておりません。証拠のないものを捕らえたとあっては、天下に信を失う因となります」

「はッはッ……まさしくそちのいう通りだ。では、予が証拠を引き出すための囮《おとり》となろう。すぐに帝のもとに使いを送り、頭痛が激しく、常備の医薬では治らぬ故どうか太医令殿を差し遣わされたい、と陳情せよ」

と曹操はいった。

使者の口上を聞いた献帝は、吉本に曹操を診療するように命じた。

「かしこまりました」

吉本は拝跪《はいき》しながら、内心では、めぐりきたった千載一遇の好機に大喜びであった。四十歳を過ぎたころから、曹操は疲労がたまると頭痛を起こした。以前にも診察して薬を調合したことがある。

吉本は薬寮に入って薬を調合し、さらに一口のめば必ず死ぬという猛毒を加えた。

それを持って曹操の居館へ行くと、侍臣が迎えに出て、

「お待ちかねです。太医令殿はまだかまだかと……」

「ご容態はどんなです？」

「頭の奥を刃物でかきまわされるかのように痛むとかで、池の氷を割って冷やしておられます」

と侍臣は私室に吉本を案内した。

曹操は床に寝て、氷を入れた袋を頭にあてていた。吉本が近寄って声をかけると、曹操は目をとじたまま、

「う、う……頭が割れそうだ……早く薬をくれ、早く……」

と顔をしかめて唸《うな》るようにいった。

「ご心配には及びません」

吉本は侍臣に白湯《さゆ》を求め、椀《わん》が運ばれてくると、その中に持参の薬を入れ、

「これを服用なされば、頭痛は雲散霧消いたします」

と差し出した。

「そんなに効くのか」

「御意、さァ、お召し上がり下さい」

「うむ」

曹操は起き上がり、椀を受けとった。そして口もとまで運んだが、じっと注視している吉本に、

「不可解なことがあるものよのう。いかに名医とて、病人の脈ひとつとらずに診断を下して薬をあたえるとは！」

しかし、吉本は顔色もかえずに、

「それは以前にも診療したことがございますので、病状がわかっているからです」

「では、この薬をその方がのんでみよ」

と曹操は椀を差し出した。

吉本はためらった。すかさず曹操は、

「薬を出す前に、予の脈をとってみるべきであったな。そうすれば、どこにも悪いところはなく、仮病だったことがわかったろうに」

と声を高めた。

吉本は事が破れたのを悟った。毒薬をあたえるのを急ぐあまり、医師としての基本的な手続きを怠ってしまったのだ。いや、それをきちんとしたところで、曹操にぬかりはなかっただろう。

（かくなる上は……）

吉本は椀を奪いとると、ありったけの力をこめて曹操の口に押しつけようとした。

もとより曹操に油断はなかった。吉本を突きはなし、椀を払いのけた。

こんどは、吉本は床に飛び散った毒薬をすすろうとした。曹操は吉本の襟首をつかんで引き戻し、

「吉本、誰に頼まれて、予に毒を盛ろうとした？　包み隠さずに申せば、その方の一命は助けてつかわすぞ」

「誰にも頼まれはせぬ。漢を蔑《ないがし》ろにする逆賊を誅殺せんとしたまでだ」

「予が逆賊だと誰がいった？」

「お前の家来以外はみなそういっているぞ」

と吉本は罵った。

「これはおもしろい。予の身内でない朝臣というと、王子服、种輯、呉子蘭、呉碩らのことか」

それを聞いて吉本の表情がひきつった。

五

賈詡の命令で執金吾府の捕吏たちは、王子服らの逮捕に向かった。しかし、国舅殿と尊称されている董承に対しては、捕吏だけというわけにはいかず、賈詡自身が部下を率いて赴いた。

「何事ぞ。かりにもわたしは車騎将軍である。無礼ではないか」

と董承は威厳を保って侵《お》し入った賈詡を咎《とが》めた。

「役目柄おたずねします。国舅殿は太医令をご存知か」

「吉本のことをいうなら、もとより、存じているが……」

董承の顔に不安が過《よぎ》った。

「その吉本が、曹将軍に毒を盛ろうとして捕らえられた。お仲間の王子服ら四名、さらには劉備、馬騰も加わって、かねてから曹将軍を亡きものにせんと企て……」

「そ、そんなこと……知らぬ。何かの間違いじゃ」

と董承はふるえる声で答えた。

「では、吉本と対決していただこう」

賈詡は部下に命じて、檻車《かんしゃ》に入れて連れてきた吉本を引き出させた。縛り上げられた吉本は、激しい拷問のために全身の皮肉は血をふき、面貌は幽鬼のように変わっていた。

「吉本、きさまは人の命を救うべき医師であるのに曹将軍を毒殺しようとした。誰に頼まれたか、神妙に白状いたせ」

と賈詡はいった。

「くどい。わしの一存でしたことだ」

「あくまでもシラを切るなら覚悟せよ」

賈詡は縄尻をとっている獄吏に、鞭打ちを命じた。

空気を切り裂く鞭の音が響き、吉本は悶絶《もんぜつ》した。獄吏は水をかけて吉本を蘇生《そせい》させ、さらに激しく鞭をふるった。それでも吉本は屈しない。

「曹賊の息のかかった虫ケラども！　殺せ、早《はよ》う殺せ！」

と喚《わめ》き続けた。

「口のへらないやつだ。これ以上は聞きたくない。そいつの舌を抜いてしまえ」

と賈詡は命じた。

獄吏が吉本を押さえにかかると、

「待て。舌をぬかれてはたまらん。この縄をといてくれたら、すべてを話そう」

と吉本はいった。

「よし、といてやれ」

賈詡はそういってから、董承を盗み見た。

董承はうつむき、わなわなと慄《ふる》えていた。蒼《あお》ざめた顔はもはや死人のごとくである。

吉本は縄をとかれると、大地に座り直し、皇宮の方角に手をつくと、

「天下のために曹賊を除かんと欲するも能《あた》わず。これもまた天命でございましょう」

というなり、残る力をふりしぼり、石段の角にわれとわが頭をぶちあてて死んだ。

董承の顔に生色《せいしょく》が蘇《よみがえ》った。

それを見てとった賈詡は、部下に命じて秦慶童を連れてこさせた。

「国舅殿、この下僕をご存知か」

「この下郎！」

董承の握りしめた拳《こぶし》がブルブル震えた。

秦慶童は負けずにやりかえした。

「下郎だと？　それなら、そっちは何だい。助平爺じゃないか。いいや、それだけならまだしも、曹操様を殺そうとして仲間を集め、白い絹に血判していたのをちゃんと知っているんだ」

「黙れ、この恩知らず！」

董承はとびかかろうとしたが、賈詡の部下たちに取り押さえられた。

屋敷の隅ずみまで捜索した結果、書院の床下に埋められた瓶《かめ》に秘められた玉帯の白絹に書かれた密勅が発見された。

賈詡が届けてきたそれを読んだ曹操は、すぐに荀彧《じゆんいく》、郭嘉《かくか》、程昱《ていいく》の三人を呼んだ。

「これを見よ。間違いなく帝の直筆である。やはり董承にあたえて、この曹操を殺そうとしていたのだ。もはや我慢できぬ。流浪の帝室一家をお迎えし、帝権の回復をめざして、どれほど働いてきたか……しかるに、姦賊《かんぞく》権ヲ弄ビテ君父ヲ圧シ、徒党ヲ組ンデ朝憲ヲ破ル、というのだ」

と曹操は胸中の激情を抑えかねるのか、密勅のその箇所を指で叩《たた》いていった。

すると荀彧が、

「お怒りは当然ですが、この密勅をもって帝を廃することはかないますまい」

となだめた。

「何が故にだ？　姦賊呼ばわりされたのに目をつむれというのか」

「たしかに姦賊ヲ滅シ、社稷《しやしよく》ヲ安ンズベシ、と書いてあります。ですが、姦賊というだけで、殿の名前は書いてありません。姦賊とは殿のことではない、日付けも書いてありませんから、帝位を僭称《せんしよう》した袁術《えんじゆつ》のことだったとも、あるいはそれ以前の李傕らのことだったとも言い逃れできます」

「うむ」

「たしかに劉氏の漢の命運は尽きかけておりますが、殿がここまでこられたのも、漢の天子を戴《いただ》いて朝命を発することができたからではありませんか。それは、いまごろになって袁紹が悔しがっていることでも明らかです。それだけではありません。殿の手で天子の廃立を行えば、袁紹や劉備に正義の旗をあたえることになります」

荀彧の説く言葉は切せつたるものがあった。

曹操は苦しげに息をついた。人一倍、烈《はげ》しい情念の持主なのである。それが彼の魅力でもあり、短所でもあるのだが。

黙考しばし、やがて曹操は、郭嘉と程昱の二人に、

「お前たちの考えを聞かせてくれ」

といった。両者は、

「荀彧のいう通りだと思います」

「わたしも同感です」

とこもごも答えた。曹操は、

「やはりそうか。では、帝についてはこれ以上いうまい。董承らは一族もろとも処刑し、董貴妃は後宮から放逐して庶民におとせ」

と決然たる口調でいった。

その日のうちに、董承ら五人と一族のもの合わせて約七百人は首をうたれた。

董貴妃は兵士たちの手で絹の衣を剝がれ、宮門の外へ連れ出された。

献帝はおろおろするばかりであった。兵士たちに憐《あわ》れみをこうたが、それもかなわぬと悟ると、

「ああ、妃よ、力なき朕《ちん》をどうか恨まないでおくれ」

と涙声で見送った。

その報告をうけたとき、曹操の表情はわずかに曇った。ちょうど軍議のさいちゅうだったので、そのことに気がついたものは多かった。

(哀れなことをした、と曹将軍も悔やんでいるのだろう)

と人びとは推測した。

曹操にもそれはわかる。が、そうではなかった。彼は内面の思いをぶちまけようかとふと思った。

献帝と董貴妃の涙の別離を哀れに感じたわけではなかった。董卓に擁立されて九歳で即位した献帝も二十歳である。音楽を聞いたり絵を描いたりすることは好まれるが、馬に乗ったり狩りをしたりすることはなさらない。平和な時代ならそれもいいが、戦乱の世に皇帝がそんなことでは困るのである。董貴妃の放逐の件にしても、もし献帝が毅然《きぜん》として曹操に、

「貴妃には指一本ふれてはならぬ」

といってくれれば、それを受け入れるつもりであった。

そんなことをいえば、献帝は曹操に退位させられると思ったのかもしれない。たしかに、

曹操にその気があれば、軍事力にモノをいわせて皇帝を廃立することはできる。

もとより曹操にそんなことをする気はなかった。それでは董卓と同じになる。かつて反董卓の旗印のもとに諸侯が連合したように、打倒曹操の包囲網ができるだろう。そして、献帝を廃した曹操は、正義の旗印をみずから失うことになる。

また、献帝が貴妃を愛しているなら、名前だけの帝位など棄ててしまえばいいではないか。かりに献帝が、

「朕の命令が通らぬとあれば退位する」

といえば、むしろ曹操の方が困るのだ。

献帝は貴妃に無力な自分を恨まないでくれといったという。それが二十歳の青年のいうことだろうか。実力をともなわない皇帝であっても、表向きは漢の国土を統治する皇帝として文武百官の上に立っていたいのか。

しかし、曹操は心の中にあるものを秘めたまま軍議を続けた。議題は、馬騰と劉備をどうするか、である。

馬騰は西涼に戻って勢力を張っており、その子の馬超《ばちょう》は猛将として名高い。曹操が大軍を送っても、勝つのは容易ではない。と同時に馬騰の方から許都へ攻め上ってくることも難しい。

「しばらくは放置しておき、機会をみて甘言をもって許都へおびき寄せて始末するのがよろしかろうと存じます」

というのが荀彧の意見であった。

「そうするしかあるまいが、徐州《じょ》の劉備はどうする？　意見のあるものは申してみよ」

と曹操は見回した。

「これまた軽がるしくは兵を出せません。もちろん、殿がみずから兵を率いて行けば平定できますが、その隙に袁紹軍が黄河《こうが》を渡って攻めてきたら厄介なことになります。何といっても、最大の敵は袁紹です。袁紹を倒してしまえば、劉備などは自然と立ち枯れになります」

と程昱がいった。

荀彧がうなずいた。すると郭嘉が、

「わたしの考えは違います。いま袁紹は河北四州を占めて強大な勢力を誇っていますが、人物は小さい。それに対して、劉備はなかなかの人傑です。大きくならないうちに叩きつぶしてしまうべきです。荀彧や程昱は袁紹の動きを心配しているが、あの優柔不断な男が殿の留守を狙って一気に攻めてくるとは考えられません。それに劉備の方も、袁紹と対峙《たいじ》している殿が攻めてくるとは夢にも思っていないはずです。その油断をつけば、勝利は疑いなしです」

「郭嘉のいう通りである。ただちに準備にとりかかれ」

と曹操は決断を下した。

六

曹操は二十万の大兵を率いて許都を出発した。

劉備はこのとき、張飛《ちょうひ》、孫乾《そんけん》らとともに小沛《しょうはい》にあり、彼の家族は関羽《かんう》に守られて下邳《かひ》にあった。

前線から、曹軍二十万出現せり、の報告が入ると、劉備は孫乾に、

「袁紹のところへ使いに行ってくれ。許都はほとんど空っぽになっている。袁公みずから攻めれば、必勝は疑いない、と説得してくるのだ」

「かしこまりました。手前にお任せ下さい」

と孫乾はいい、曹操の勢力の及ばない東方を迂回《うかい》して冀州へ行った。

冀州には、前に名士鄭玄《じょうげん》に紹介された崔琰《さいえん》がいる。崔琰は孫乾の話を聞くと、

「別に責任を回避するわけではないが、わたしがあなたをお連れして袁将軍を説いても、おそらく効果はないでしょう。本来なら監軍《かんぐん》の沮授《そじゅ》が適任なのだが、彼はすでに前線に出ている」

「どなたか、おりませんか」

「どれもこれも我の強いものばかりでね、しいて挙げるなら許攸《きょゆう》がよろしい。彼は冷静に大局を判断する目をもっている」

と崔琰はいい、紹介状を書いた。

許攸、字《あざな》は子遠《しえん》、古くからの袁紹の幕僚である。

「曹操が許都を留守にして徐州攻めに行くとは、信じられない話だが、もし事実なら曹操はみずから墓穴を掘ったようなものだ。袁将軍にご出馬を願って一気に黄河を渡り、許都も帝も手に入れることができる。きみもいっしょにきたまえ」

許攸はそういって孫乾をともない、袁紹の居館へ伺候した。

袁紹は何やらやつれたふうであった。孫乾は前にも会っているので、挨拶のときにそのことをいうと、

「そうであったかな」

と袁紹はうつろにうなずき、許攸が状況を説明しても、

「それもよいかもしれんが、いまは、そんな気になれん」

「どうしてでございますか」

「末の子が重い病気で……ゆうべも一晩じゅう眠れなかった。曹操を討つ絶好の機会だというが、親として瀕死《ひんし》のわが子をほったらかして狩りをする気にはなれぬ。曹操を討つ機会はこのさきいくらでもあろうが、わが子は失ってしまえばそれまでだ。いくら後悔しても生きては還《かえ》らぬ」

「お気持はわかりますが、天下の権がわが君の掌中に……」

「もうよい。孫乾とやら、帰ったら玄徳《げんとく》君によろしく伝えてくれ。いざというときは、い

つでもわが冀州へこられるがよい」

そういって、袁紹は奥へ入ってしまった。

許攸は退出してから、

「ごらんの通りだ。それにしても、この天与の時を逃すとは！」

と残念がった。

孫乾は新しい馬を求め、その日のうちに冀州を発した。

劉備は、袁紹の出陣が期待できない、とわかると、諸将を集めて軍議を開いた。

小沛を放棄して徐州に籠城するか、地の利を背景に野戦にもちこみ、遠来の敵軍に消耗を強いるか、である。

孫乾は籠城を主張した。二十万の大軍を相手に山野で戦うのは、どうみても不利である。それより徐州城にこもって三カ月ももちこたえれば、敵は兵糧の補給に悩むし、曹操がいかに作戦の妙を得ているといっても、いつまでも許都を留守にしていることはできなくなる。また、そのころになれば、袁紹の愛児の病気も治っているだろうから、全軍をひっさげて黄河を渡河してくることを期待できる。そのときこそ、撤退する敵軍の背後を襲って大勝利を得られよう——というのだ。

糜竺《びじく》や簡雍《かんよう》がこの説に賛成した。

すると張飛が苛立《いらだ》たしげに、

「おぬしらは、曹操を鬼神のごとく恐れているが、聞いていてバカバカしくなる。守勢に回ることばかり考えているが、そんな弱気ではとうてい勝てんよ。考えてもみたまえ。曹操の軍は遠路の行軍で疲れ切っている。あらかじめおれは小沛を出て山野にひそみ、夜になってから攻撃する。同時に御大将らが城から打って出れば、敵の先鋒《せんぽう》は総崩れになる。そのあとは小沛にこもり、下邳の関羽と相呼応してこもごもに挟撃すれば、味方の勝利は疑いなしだ。愚図の袁紹を当てにして、籠城なんていうしんきくさいことをする必要はまったくない」

と雄弁をふるった。

劉備は感心した。張飛は武勇一点ばりの男とみなしていたが、さきごろ劉岱《りゅうたい》を捕らえたときも、うまい計略を用いている。すっかり張飛を見直して、その策をとることにした。

七

曹操は小沛の近くまでひた押しに進んできて兵をとめた。先鋒をつとめる毛玠《もうかい》が馬を走らせてきて、

「劉備は城門をかたくとじて籠城の決意かと思われます」

と報告した。

曹操は首をかしげて荀彧を呼んだ。

「本気で籠城するなら、小城の小沛よりも徐州の方が適している。あえて小沛を棄てずに

残っているところをみると、何か企《たくら》んでいるな」

「わたしも同じ考えです。おそらくこの辺の山野に兵をひそませて、夜襲をしかけてくるつもりでしょう」

「よろしい。日が暮れたら篝火《かがりび》をたき、夜営しているとみせかけて軍を四方に分け、さらに一軍を徐州へこっそり進めておけ」

と曹操は命じた。

一方、曹軍のななめ後方の小山に兵をひそめていた張飛は、夜がふけるにつれて、篝火が一つ二つ……と消えて行くのを見て、

「どうだ、おれのいった通りだろう。疲れはてて眠りこけていやがる」

と先見の明を誇った。

「念のために物見を出して敵情を探った方がよくはありませんか」

と軽騎兵の隊長が進言した。

「そんなことをして下手に気づかれてはまずい。合図の火矢を放って、一気に攻めこめ」

と張飛は命令した。

夜空に火矢が上がった。

「それッ！」

張飛は先頭に立って馬を走らせた。

消えた篝火のわきで眠りこけていた哨兵《しょうへい》がはね起きて逃げて行く。

「愉快、愉快。敵将曹操は中軍にあり、と見た。おれに続け!」

張飛は逃げる兵には目もくれず、ひたすら猛進した。

城からは劉備も打って出たらしく、鯨波《とき》の声が夜空にひびき、馬蹄《ばてい》にかけられたらしい敵兵の悲鳴がまじる。

張飛は大きな幕舎の前に達した。

「おかしいな」

変に静まりかえっているのだ。

同時に、激しい矢音が唸り、四方八方からいっせいに敵の喊声《かんせい》がひびき渡った。

「しまった!」

張飛はとりあえず馬首を返した。すると前方に許褚の指揮する鉄騎兵が現われ、それでは、と右へ進めば、こんどは張遼《ちょうりょう》の槍《やり》隊が立ちふさがり、左へ回れば、于禁《うきん》の兵、さらには、徐晃《じょこう》、李典《りてん》らの勇将がひしひしと張飛を包囲した。

「無念だ!」

張飛は蛇矛《じゃぼう》をふるい、かろうじて血路を開いた。劉備のことが気になったが、何しろ城の周りは敵兵だらけである。やむを得ず、わずかに残った十数名の部下とともに西方の芒《ぼう》碭山《とうざん》めざして落ちのびた。

合図の火矢を見て城から打って出た劉備もまた似たような状況だった。不意打ちをくらわすどころか、逆に罠《わな》にかかったと悟り、城へ戻ろうとしたときには、夏侯惇、楽進《がくしん》らの軍にさえぎられ、命からがら劉備は戦場を脱出した。

張飛のことが気になったが、とりあえず徐州へ引き揚げるしかなかった。

しかるに、徐州への道は曹操の軍でふさがれており、それではと関羽や家族のいる下邳へ行こうとしたが、時すでに遅く、山野は敗兵狩りの敵兵で充満していた。

（ああ、愚かだった）

劉備はわれとわが身を叱った。張飛を買い被《かぶ》りすぎたのがこの惨敗の原因である。だからといって張飛を責めることはできない。その策を採用したのは劉備自身なのだ。

しかし、悔んでいてもはじまらない。孫乾にいったという袁紹の言葉を思い出し、再起をはかるべく約百名の兵とともに北を目ざした。

青州《せい》には、袁紹の長男の袁譚《えんたん》がいる。そこまでたどりつけば何とかなるだろうという考えだった。

敗残の旅はみじめなものだった。夜を重ねるたびに十人二十人と減り、青州城下に入ったときは、劉備に従うものはわずか数名になっていた。

この間、曹操は小沛を落城させると、すぐに徐州へ進撃した。

守っていた陳登《ちんとう》は、一も二もなく城を明け渡した。曹操としては、咎めたいことはいろいろあったが、州民の信頼を得るためには温情をみせておく必要がある。劉備のために策をろうした罪を赦《ゆる》し、

「下邳には関羽がいて劉備の家族を守っているそうだが、どうすればわが手におさめ得る

か、その方の考えを申してみよ」

と問うた。

「恐れ入ります。劉皇叔には、甘《かん》、糜《び》の二夫人がありまして、糜夫人との間には一女がありります。前には、故郷の涿《たく》県から迎えた老母もいたのですが、この方は亡くなりました。関羽に二夫人と子供をゆだねたのは、下邳が攻めるに難く守るに易しい名城だからで、それは将軍も呂布《りよふ》と戦ってご承知だろうと存じます。あのときと同じく、水攻め兵糧攻めにするしか方法はございますまい」

と陳登はうやうやしくいった。

「もうよい。退《さが》っておれ」

曹操は陳登を追い払ってから、荀彧らを集めた。

「袁紹の動きを思えば、下邳の城一つに時間をかけることはできん。まして関羽は、呂布に劣らぬ武勇の持主であるばかりか、智謀も備えている男だ。速戦即決は不可能だろう。何ぞ名案はないか。予としては是が非でも彼をわがものにしたいが……」

曹操の口調には、敵将を語るにしては不思議なあたたかさがあった。

第三十六章　関羽《かんう》降《くだ》る

一

曹操《そうそう》の言葉に諸将は困惑ぎみであった。日にちのかかる水攻め兵糧攻めを用いる余裕はなく、といって、城にこもっている相手に力ずくの勝負を挑んでも、損害が多くなるだけで、必ず勝つとは限らない。まして曹操の本意は、関羽《かんう》を降参させて、自軍の一員にしたいというのだ。

武勇であれ知略であれ、曹操は才能のあるものを愛する。そのことはひろく知られている。かつては呂布《りょふ》の部下だった張遼《ちょうりょう》、張繡《ちょうしゅう》の謀将だった賈詡《かく》も、そういう曹操の人がらに惹《ひ》かれて、いまでは曹軍麾下《きか》の有力な部将、幕僚となっているのだが、関羽の場合は、いささか事情が違っている。彼は劉備《りゅうび》と主従関係にあるというだけではなく、張飛《ちょうひ》ともども義兄弟でもあるのだ。

戦《いくさ》に敗れて敵に降《くだ》るということは、決して恥ではない。しかし、親兄弟を裏切るというのは、人間として恥になる。劉、関、張の三人は、義兄弟の誓いをかわしてから、実の兄弟以上に仲がよく互いに助け合ってきた。それを思えば、関羽を捕らえることはできても、臣従させることは難しい。

曹操にもそのことはわかっていた。しかし彼は何としても関羽を欲しかった。

「どうだ、何か手段はないか」

と曹操はいった。

「お気持はわかりますが、それは無理でしょう」

と一同を代表する形で程昱《ていいく》がいった。

「無理か」

曹操が落胆して呟《つぶや》いたとき、

「わたしは無理だとは思いません」

と発言したものがあった。見ると鄭欽《ていきん》だった。曹操は、

「おお、鄭欽か。何か策があるというのだな？」

「いいえ、策がある、というわけではありませんが……」

「なのに、どうして無理ではないなどというのだ？　無責任じゃないか」

と程昱がむっとしたようにいった。

「それは、こういうことですよ。この場にいるものは、曹公を除いて誰一人として心の底から関羽を助けてわが軍に加えたい、とは思っていない。だから策がうかんでこないのです。もし関羽が兄弟だったり親友だったりするなら、何とか助けようとして手段を考えるはずです」

「きみはそういうが、ならばきみは義兄の陳宮《ちんきゅう》をどうして見殺しにしたんだ？」

「それは違う。あえていいますが、あなたには曹公の心がわかっていない。あのとき曹公は何とかして陳宮を助けようとしておられた。もし彼が叩頭《こうとう》して罪を詫《わ》びれば赦《ゆる》されたはずです。わたしは何もする必要はなかった。しかし、陳宮はみずから死を望んだ。彼には彼の志があった。それがわかっていたから、曹公も涙をのんで彼に死をあたえた。人がその志に殉じて死のうとするとき、それをとめることは誰にもできないのです」

と鄭欽は静かにいった。目に涙がうかんでいた。

程昱は押し黙った。

曹操は感動した。鄭欽の真情がよくわかったし、彼の言葉はまさしく曹操の気持をいい当てていたのだ。しかし、ここで程昱の面子《メンツ》をつぶしてはならなかった。

「鄭欽、お前のいうことにも一理あるが、問題は関羽を無傷のまま捕らえる策があるかないか、である。彼が予に臣従するか否かは、捕らえたのち、予と関羽とのことになる。いまはただ、いかにして関羽を捕らえるか、あるいは降伏させるか、皆のものに知恵をしぼってもらいたい」

と曹操はいった。程昱はほっとしたようにいった。

「それならば関羽の弱点をつくに限ります」

「関羽の弱点とは？」

「彼が守っている劉備の二夫人です。関羽そのものを捕らえることは容易ではありませんが、二夫人を彼から引きはなし、まず彼女らを手中におさめてから関羽を説くのです」

「うむ」

「二夫人を引きはなすにも、それを利用します。ふつうに戦を挑んでも、関羽は城から出てこないでしょう。そこで誰かに関羽を罵倒させるのです。お前が城にこもって戦おうとしないのは、二夫人をわがものにする欲心があるからだろう、と侮辱すれば、彼は必ず打って出ます。そのとき、わざと負けて城外遠くへ誘い、その隙に城へ攻めこむのです」

「妙案だ。その策を用いるとして、関羽を誘い出す役をつとめるものは誰かおらぬか」

と曹操がいうと、夏侯惇《かこうとん》が、

「それがしにお任せ下さい」

と名のって出た。曹操は苦笑して、

「お前はやめておけ。下手をすると、本気になって戦いかねないからな」

「ごもっともですが、それくらいの気魄《きはく》がなければ関羽も出てこんでしょう。やはり夏侯惇にお任せなさい」

と荀彧《じゅんいく》が進言した。

二

出陣の準備のために夏侯惇ら諸将が退席すると、居残った荀彧が耳打ちした。

「夏侯惇のことですから、ああはいっても、じっさいに関羽と戟《げき》をまじえると、真剣に戦って両者ともに傷つく恐れがあります。念のために徐晃《じょこう》と于禁《うきん》に各五千の兵をあたえ、いざというときには両者の間に割って入るように命じておくのが肝要かと思います」

「よくぞ気がついてくれた。荀彧、礼をいうぞ」

「安心なさるのは早すぎます。関羽を孤立させることはできるとしても、彼を説いて降伏させるのは決して容易ではありません」

「わかっている。予がじきじきに関羽を説得するつもりだ」

曹操の言葉に荀彧はため息をもらし、

「それほどまでに関羽にご執心だったとは考えませんでした。そのことについては鄭欽のいったように、われわれ一同、考えが足らなかったと反省しますが、殿がみずから関羽を説くことには賛成いたしかねます」

「なぜだ？　これまでにそんな前例がないからか」

「前例や形式にこだわる方でないことは、よくわかっております。また、才能のある士は敵だったものでも愛される。ですが、関羽はいったん降伏するとしても、玄徳《げんとく》が生きている限りは殿の下に留《とど》まることはありますまい。必ず殿の下を去って玄徳のところへ行くでしょう。そのとき殿は彼を殺すことができますか」

「む……」

曹操は口ごもった。荀彧は、

「殿の気性としては、かわいさ余って憎さ百倍、殺したいくらいに思われるでしょうが、そこで関羽を殺したのでは、天下に狭量を嗤《わら》われます。そうなったら関羽を解き放つしかありませんが、殿がみずから説得したものが去ったとなると、人びとは、曹操の言葉が一人の武人の心をとらえなかった、というでしょう。わたしはそれを怖れるのです」

曹操は静かにうなずいた。関羽に執着するあまり、先の先まで考えることをおろそかにした曹操を荀彧はたしなめてくれたのだ。そういう智謀《ちぼう》の持主を帷幄《いあく》のなかにもっていることに、曹操はたとえようのない喜びを感じながら、

「わかった。そちのいう通りにするが、といって誰が行っても関羽はいうことをきかんだろう。説得役は難しいぞ」

「たしかに」

「誰かいるか」

「思い当たりませんが、いまここでそれを考えるよりも関羽を孤立させることに全力を注ぎましょう。その時になれば、適当な人物が出てくるかもしれませんから」

荀彧は、無理に細工をせずに自然の流れに任せよう、というのである。曹操は了解し、関羽を孤立させて下邳《かひ》の城を占領したとき、劉備の家族を手厚く保護するように命じた。

翌日、曹操は主力を下邳から五十里（当時の中国での一里は約〇・六キロ）のところにとどめ、夏侯惇に五千の兵をあたえて進撃させた。

夏侯惇は先頭に立って下邳の城めがけて一気に押し寄せたが、関羽は堅く城門をとじて出てこようとしない。夏侯惇は馬を進め、

「関羽！　日ごろから天下の豪傑は我一人というような顔をしているが、いざとなると命が惜しいと見える。それならそれで命は助けてやるから降参せよ！」

と大声でどなった。

関羽は相手にしなかった。眼前の五千の曹軍だけなら、城から出て戦うことはできるが、背後に主力が隠れていることは容易に想像できる。敵の挑発にのるほど愚かなことはなかった。

「あんなことを好き勝手にいわせて残念じゃありませんか。打って出て、やつの舌の根を引っこ抜いてやりましょう」

というものがあったが、

「放っておけ。戦は口で勝つものではない」

と関羽は笑って答えた。

夏侯惇は各隊に城門によじ上るように命令した。

関羽は城壁の上に出ると、

「矢を射よ」

と命じた。

夏侯惇の兵はバタバタと落ちた。夏侯惇は悔しそうに、

「おい、関羽。名を惜しむなら、ここへ出てきておれと勝負しろッ！」

「さっきからハエのように五月蝿《うるさ》く空威張りしているのは、どこのどいつかと思っていた

ら、夏侯惇ではないか。まだ寒中だというのに、ハエが出るのは早すぎるぞ。この関羽に何か用があるなら、なんじの主人の曹操に、ここへくるように申せ」

「何をぬかす！　曹将軍に対して、お前のようなムサくるしい髯面《ひげづら》野郎がつべこべいうとは、礼儀作法を知らぬ村夫子《そんぷうし》の証拠だな。それとも、そうやって城の中に土竜《もぐら》同然にこもっているのは、ほかに目当てがあるからだろう。劉備が行方不明になったのをさいわい、美貌の噂《うわさ》の高い二夫人をおのがものにしようという魂胆だな」

と夏侯惇はいい放った。

関羽の顔面は怒りでまっかになった。

「夏侯惇、その雑言だけは絶対に赦せぬ。望み通り、お前の舌を引き抜いてやる！」

関羽は城兵に、どんなことがあろうと、絶対に門をあけてはならぬ、と厳命してから、ただ一騎で城を出た。

夏侯惇も五千の兵を後退させ、得意の長槍《ながやり》をしごいて立ち向かった。

関羽は青龍偃月刀《せいりょうえんげつとう》を手に馬腹を蹴った。両者は激しく行きかい、長槍と偃月刀の光芒《こうぼう》は電光のようにきらめいた。

夏侯惇は、必死の思いで戦った。日ごろから気の強い彼は、尋常に戦えば関羽に負けない、と自負していたが、怒った関羽の強さは並たいていではなかった。ぶうん、と唸《うな》りを立てて切りつけてくる偃月刀の速さは飛燕《ひえん》さながらであり、反撃するどころか、かわすのが精いっぱいであった。

「おのれ!」

夏侯惇は、わざと負けて城から遠くへおびき出すことも忘れ、無我夢中で戦った。それでも関羽の鋭い太刀に押され、防戦一方となり、ついには背を向けて逃げ出した。

関羽はこれに誘われた。相手が故意に負けたのであれば、ひっかからなかったろうが、曹軍のなかにあっても勇将として名高い夏侯惇が必死の形相で戦い、ついに敵《かな》わじと逃げて行くのである。まして、劉備の二夫人に野心あるかのごとき雑言をはなった敵を逃がすことはできなかった。

「恥を知れッ! 逃げるとは卑怯《ひきょう》ぞ」

関羽は追った。

と、そのとき、両側の草むらからにわかに兵旗が立ち、万余の軍兵が関羽めざして殺到した。

その先頭に立つのは、徐晃であった。関羽はその姿を認めると、

「おお、徐晃ではないか。そこをどけ。夏侯惇の舌を取ってから、おぬしの相手になってやる」

しかし、徐晃は関羽を遠巻きにして矢を射るばかりで、あえて戦いを挑んでこなかった。

関羽は夏侯惇を討ち取るのを諦め、城へ戻ろうとした。すると、前面に立ちふさがったのは于禁の兵だった。関羽が駆け入ると、こんどは楽進《がくしん》の兵が現われ、それを蹴散らすと李典《りてん》の兵が行く手をさえぎった。そして、いずれの部将も関羽の前面には立たず、雨あら

れのように矢を注ぐだけだった。

さすがの関羽もかわしきれず、ついに、とある小山の岩かげに追いつめられた。

すでに夕暮であった。

ふと見ると、下邳の城から火煙が噴き出しているではないか。

「しまった！」

関羽は唇をかんだ。主将のいない城兵では曹軍の猛攻をふせぎきれなかったのであろう。

「かくなる上は……」

関羽は討ち死《じに》を決心した。自分独り、夜にまぎれて逃げることはできるかもしれない。だが、劉備の家族を敵にとらわれた以上、のめのめと生きのびることは、武人としての誇りが許さなかった。劉備や張飛の生死は定かではないが、もし生きているとしても、合わせる顔がなかった。

関羽は馬に枯れ草を食わせ、岩の間を落ちてくる清水をすすった。自分も疲れをほぐし、夜が明けたら曹操の本陣を捜し求めて、最後の戦を挑む覚悟なのである。

三

そのころ――。
曹操は関羽を追いつめ、城は落ちて二夫人も捕らえた旨の報告をうけていた。

「荀彧、どうする？」

曹操の問いに荀彧は首をかしげ、

「これといって策が思いうかびませんが、さきほどから張遼が関羽を説く役に人がいなければ、自分に任せていただけないか、と申しております」

「張遼は弓矢をもたせれば一廉《ひとかど》の武人だが、弁舌にすぐれているとは思えん。説得役はつとまるまい」

「わたしもそう思いました。しかし、張遼のいうには、自分は呂布《りょふ》の軍中にあったときから関羽の武俠《ぶきょう》ぶりに尊敬の念を抱いていた、その心は彼にも通じているように思う、関羽が生死いずれの道を選ぶにせよ、このさい心と心をさらけ出して語ってみたい、と申すのです」

「敵味方に分かれていても、心の知己だというのか。そういえば、張遼を捕らえたとき、関羽は劉備ともども助命の嘆願をしていたな。よかろう。ここで張遼がそういい出したのも、これまた自然の流れかもしれぬ」

曹操はすぐに張遼を呼び、行け、と命じた。

張遼は一頭の駿馬《しゅんめ》を選び、自分の鞍《くら》につないで出発した。彼は遠巻きに囲んでいる先手の兵から関羽のひそんでいる岩かげを教えてもらうと、夜の白むのを待って近寄って行った。

「関羽殿、いずこにありや」

その呼びかけに応ずるかのように、関羽が悠然と姿を現わした。

「誰かと思ったら張遼ではないか」

「そうです。お久しぶり……」

「待ちたまえ。きみと久闊《きゆうかつ》を叙している暇《いとま》はない。おそらく曹操にいわれて、わたしの様子をさぐりにきたのか、あるいは降伏をすすめにきたのか……」

「それは違う。何はともあれ、それがしの伴ってきたこの駿馬を見たまえ。あなたの馬では、もはや戦えないだろうが、この馬なら千里の道を駆けることもできるはず……」

たしかに脚の速そうな優駿《ゆうしゆん》であるが、関羽は、相手の意中を測りかねながら馬を見た。いったい張遼はこの馬をどうしようというのか。

張遼は駿馬の手綱を立ち木につなぐと、

「関羽殿、あなたにはとうてい及ばないが、それがしも武俠をもって生きようと志すものとして、いまのお気持はわかります。下邳を奪われ、その上に劉備殿のご家族まで捕らわれたとあっては、のめのめと一人だけ落ちて行くことはできますまい。武門の意地を貫くためにも、夜明けを待って曹公の陣中に斬りこみ、討ち死しようと考えているに違いない」

「その通りだ。おぬしはその志に同情し、この馬を恵んでくれるというのか」

「そうです」

「それは辱《かたじけ》ない。おぬしが呂布の陣中にいたころから、武勇だけの男ではないと思っていたが、わたしの目に狂いはなかった。心から礼をいう」

「いや、礼には及びません。ただ、一つだけうかがいたいことがある。劉備殿のご家族がどうなったか、気がかりではありませんか」

張遼の言葉を聞くと、関羽は巨《おお》きな眼《め》をさらに見ひらき、

「それをいわれると、わが身を斬りきざまれるよりもつらい。下邳を任せて下さった劉皇《こう》叔《しゅく》のご信任にこたえることもできず……」

と絶句した。

「だから、討ち死してお詫びしようというのですか」

「そうだ。おぬしならわかってくれよう」

「関羽殿、それがしはあなたに畏敬の念を抱いている、だからこそあえていうのですが、ここで曹公の大軍を相手に討ち死するのは、一介の武人としては満足だとしても、結果的には三つの大罪を犯すことになります」

「三つの大罪とは？」

「あなたは、劉皇叔や張飛と生死を共にする義兄弟の誓いをなさったはずです。劉皇叔も張飛も小沛《しょうはい》で敗れ、いずれも行方をくらましているが、まだ死んだとは聞いていません。おそらくどこかに身をひそめて再起をはかっておられるでしょうが、ここであなたが死んでは、再起は困難になる。そればかりか、義兄弟の誓いにも背くことになります。これが第一の罪です」

「……む」

と関羽は口ごもった。張遼はさらに、

「あなた方三人が義兄弟の誓いをしたのは、漢室《かん》を復興し、天下に義を知らしめようと願ったからではありませんか。しかるに、あなたはいたずらに死を急いでその大義を忘れている。それが第二の罪ではありませんか」

関羽はうなだれた。張遼は、

「第三の罪は、劉皇叔のご家族を曹公にゆだねたまま、自分ひとりの意地を通すために死ぬことです。曹公は、ご家族を保護し、失礼なことをしてはならぬときびしい命令を出しておられますが、はっきりいって、それは関羽殿をわが軍に加えたいからです。しかし、あなたがここで死ねば、もう保護する必要はないとみなすでしょう。それを承知で討ち死するのは匹夫の勇というものではありませんか。それでも関羽殿が死を選ぶというなら、もう何もいいません。あの馬を駆って最後の一戦をなさるがよい」

情理をつくした説得であった。関羽は言葉をあらため、

「張遼殿、おのれの愚鈍さを思い知った気がいたす。が、わたしがこのまま曹公に降伏してしまえば、三つの大罪の上にさらに罪を重ねることになる。よって張遼殿から曹公に関羽の三つの条件を伝えていただきたい」

「何なりと申されよ」

「まず第一は、関羽が武器を棄てて恭順の意を表すのは漢室に対してであり、曹公に対し

てではないということ。第二は、劉皇叔のご家族に対して一指もふれないことはもちろん、ご家族に劉皇叔の左将軍の禄高《ろくだか》二千石を賜ること……」

「では、第三は？」

「劉皇叔の生存と所在が明らかになり次第、たとえ千里万里の遠方であろうとも、ご家族ともどもただちに関羽が馳《は》せ参ずることを認めていただくこと。この三つがかなえられるなら降伏するが、一つでも受け入れてもらえないとあれば、たとえ匹夫の勇といわれようと、ここを最期の地として戦うのみです」

と関羽はきっぱりといった。

これを聞いて張遼は顔をくもらせた。第一と第二の条件は曹操も承知するだろうが、第三の条件はあまりにも身勝手である。とうてい認められそうになかった。

しかし、関羽の面上にうかぶ断固たる決意を見ると、張遼は、考え直してほしいともいえず、

「では、ここで待ちたまえ。曹公に申し上げてから必ず戻ります」

といい残して曹操の本営へ馬を走らせた。

四

曹操は張遼の報告を聞くと、

「第一と第二は問題ではない。予に対してではなく漢室に降伏するというが、予が天子を奉じている以上は同じことだ。また、劉備の封禄を望むというなら二倍をあたえてもよいくらいである。しかし、第三の条件は、どう考えてもムシのいい話だ」

と首をひねった。

「やはりわたしが申し上げたとおりでした」

と荀彧がいった。

「うむ」

と曹操は残念そうにうなずいた。諦めるしかないか、と思った。と同時に、これほどまでに関羽の心をつかんでいる劉備玄徳という人物を、あらためて見直さざるを得なかった。かつて酒をくみかわしながら当代の人物を論じたとき、天下の英雄は二人しかいない、といったことがある。その二人とは、曹操自身と劉備である。そういわれたあとで劉備は雷鳴に怯《おび》えた。だが、それは曹操の目をくらますために、小心者のふりをしたにすぎず、彼の目に狂いはなかったのだ。

それを思い出すと、曹操は劉備に嫉妬と敵愾心《てきがいしん》を感じた。ここで関羽を殺したら劉備に負けたにひとしいのではないか。

荀彧が張遼に、

「関羽のところに戻って、第三の条件は敗軍の将が求めるものにあらず、と伝えたまえ」

と指示した。曹操は、

「待て」

と呼びとめた。そして荀彧に、

「いま予は豫譲《よじょう》の故事を思い出しているところだ。わかるか」

といった。

豫譲は戦国時代（紀元前五世紀から前三世紀）の晋《しん》の人である。はじめ范《はん》氏に仕えたが、范氏が亡《ほろ》んだのち智伯《ちはく》に仕えた。やがて智伯が趙襄《ちょうじょう》によって亡ぼされると、豫譲は、

「士ハ己ヲ知ル者ノ為《ため》ニ死シ、女ハ己ヲ説《よろこ》ブ者ノ為ニ容《かたち》ヅクル」

といって、智伯の仇《あだ》を討つことを誓い、趙襄の命を狙ったが、失敗して捕らえられた。

そして、趙襄に、

「お前は范氏に仕えたときは仇討ちしようとはせず、それどころか范氏を亡ぼした智伯の臣となった。しかるに智伯が亡ぼされると仇を討とうとした。なぜ智伯のためには命を懸けたのか」

と聞かれると、

「范氏はわたしを衆人と同じように扱った。だからわたしも衆人なみにあえて何もしなかった。しかし、智伯はそうではなかった」

衆人というのは、一般大衆というほどの意味である。

「では聞こう。智伯は汝《なんじ》をどう扱ったのか」

と趙襄がたずねると、

「国士モテ我ヲ遇ス、我、故ニ国士モテ之《これ》ニ報ズ」

と豫譲は答えた。

要するに、男子たるものは、自分の真価を知って接してくれる人のためには、命を懸けてもその知遇にこたえるものだ、というのである。この逸話は『史記《しき》』や『戦国策《せんごくさく》』に書かれている。曹操は、関羽を国士として遇すれば、きっとそれにこたえてくれるに違いない、と考えたのだ。

荀彧はこんどは反対しなかった。

「それほどまでにおっしゃるなら、三条件をのんで関羽の命を助けましょう」

「よし、行け」

と曹操は張遼に命じた。

張遼は関羽のところに取って返し、

「お喜び下され。曹公はあなたの三条件をことごとく認めましたぞ」

「張遼殿。正直にいうが、曹操は謀りごとの多い人だ。第一、第二はともかく、第三の条件をのむとは思えなかったが……」

「それがしも、内心では難しかろうと考えていたのですが、曹公は豫譲の衆人国士の故事を例に引いて、反対論を抑えたのです」

「そうであったか。それで納得できるが、では、三条件を認めて下さった証《あかし》として下邳を占領した兵を城外へ退けるようお願いしたい」

「なぜです？　その必要はないと思うが」

「劉皇叔のご家族がちゃんと保護されているかどうか、この目で確かめたいからです」

「わかりました」

張遼は再び本営に戻り、曹操に関羽の要求を伝えた。聞いていた荀彧が、

「関羽は増長しております。これではどちらが勝者か、わからないではありませんか。それに、約束を破って、劉備の家族ともども逃亡するかもしれません」

と呆《あき》れたようにいった。しかし、曹操は、

「関羽は義を知り名を惜しむ男だ。約束を破るようなことはすまい。もし予の見込みが間違っていて、関羽が逃げるようなら、その程度の男である。別に惜しくはない」

といって、関羽の願いを許すことにした。

張遼は三たび関羽のもとへ行き、曹操の言葉を伝えた。関羽は張遼の手をとり、

「あなたのおかげです。このご厚意は忘れない。いつかきっと報いる日があろう」

と頭をさげていった。

五

関羽は下邳の城に入り、劉備の二夫人が無事であることを確かめると、曹操との約束を
告げてから、

「皇叔の行方は定かではありませんが、きっとどこかで再起をはかっておられるに違いありません。判明しだい必ずお連れしします故、しばらくご辛抱下さいますよう」

「雲長《うんちょう》殿、そなたはそういうが、曹操がそれを許すとは思えませぬ」

と甘《かん》夫人が不安そうにいった。

「そのご懸念はごもっともです。もとより油断は禁物ですが、曹操も志を天下に抱く男、信義に背くようなことをすれば世人からどう見られるか、わかっておりましょう」

「雲長殿がそうおっしゃるなら、よしなに頼みまする」

関羽は馬車に二夫人を乗せ、みずから御者となって、曹操の本営に出頭した。

張遼からその報告を聞くと、曹操は、

「やはりきたか」

と満足そうにいい、すぐに立って幕舎の外に出た。勝利をおさめた将が敗軍の降将を外まで迎え出るのは異例のことである。

関羽はそれを見ると、馬車から飛び降り、曹操の前に進んで膝をついた。

「やァ、関羽。久しぶりに会えて嬉《うれ》しいぞ」

曹操の言葉には情がこもっていた。関羽は頭《こうべ》をたれ、

「敗将の命をお救い下さり、かつ三つの願いをお聞きとどけ下さいまして、関羽、感謝の言葉もございません」

「はッはッはッ、そう固苦しくなるには及ばん。おぬしの命を救ったのはこの曹孟徳《もうとく》では

ない」

「と仰せられますと？」

「予の軍中にもおぬしの士風を慕うものがおってな」

「張遼殿のことでござるか」

「そうだ。しかし、そのことをいっているのではない。おぬしの劉備に対する至情と純忠がおぬしを救ったようなものだ」

「いやいや、それも曹公のご寛容があってのことです。このさい、あえて申し上げますが、劉皇叔の所在がわかりしだい、ただちに退去いたしまするこど、あらためてご確約下さいますよう」

　曹操にとっては心外な言葉だった。

「関羽、予の心事を疑っているのか」

「そうではございません。わたしは信じておりますが、あれなる皇叔のご家族は曹公のお人柄を存じ上げませんし、女性《によしよう》の身とて心細く思っておられます。それ故、男子の一言は鉄石にひとしいことをお聞かせいただきたいのです」

「よろしい。決して約束をたがえるようなことはしない」

「まことにありがたき仰せ」

　と関羽は平伏した。曹操は苦笑して、

「だがな、関羽。そのときは予に一言くらい挨拶をしてから行けよ」

「もちろん無断で立ち退くような非礼はいたしません」

「では、あちらに待たせてある予の幕僚たちを紹介しよう」

と曹操は満足そうにいった。

翌日、曹軍は許都へ向けて出発した。

関羽は、二夫人の馬車のわきを進み、道中宿場で泊まるときは、灯を手に室外に立ちつくし、いささかも警戒をゆるめなかった。

曹操はそのことを張遼から聞くと、

「いったい関羽はいつ眠るんだ？」

「わかりません。どうも眠らないようです」

「大した男だな」

と曹操は感嘆し、ますます関羽に対する思いを深めた。

許都に着くと、曹操は関羽に居館をあたえた。関羽は、その居館を二つに仕切り、奥の書院に二夫人を住まわせ、自分は着のみ着のままで、その外の番小屋に寝起きした。

曹操は荀彧に、

「関羽はいぜんとして予を信じていないようだが、彼の疑いをとく方法はないか」

「それは殿が約束を守っていない、と思っているからでしょう」

「そんなことはない。ちゃんと守っているではないか」

「関羽の第一条件は、殿に降伏するのではなく、漢室に恭順するということでした。しかし、許都へきてからまだ帝に拝謁させておりません」

「それもそうだ」

曹操はすぐに参内し、関羽に朝見をたまわるよう献帝《けんてい》に奏上した。

天子のお召しとあっては、関羽もことわれなかった。彼は二夫人の前に出て、

「片時たりともおそばを離れない決心でしたが、これぱかりは拒否できません。もしことわれば、朝命に逆らうものとして、処罰の口実をあたえることになります故、どうかお許し下さい」

と許可を求めた。

二夫人は心細がったが、関羽は、

「曹操に害意があれば、とうに兵を差し向けているはずです。いずれにせよ朝見の儀がすみしだい即刻戻って参りますから」

と慰めて参内した。

献帝は、曹操に伴われて玉座の前に拝跪《はいき》した関羽に、

「頼母《たのも》しきものよ。そちを偏《へん》将軍に任ずる故、曹操と力を合わせて今後とも漢朝のために尽力せよ」

と仰せられた。

関羽は無言のまま拝跪の姿勢をとり続けた。曹操と協力せよというのが、献帝の本心であるとは思えなかった。おそらく曹操がいわせているのだろう、と推察した。

終わって退出すると、曹操が、

「叙任の祝いに宴席を設けてある。いっしょにきたまえ」

と誘った。

「拝謁がすみしだいすぐに戻る、と二夫人に約束してありますから」

関羽はそっけなく答えると、さっさと引き揚げた。

怒ったのは曹操の部下たちである。

「関羽のやつ、殿が目をかけるものだから増長しておる」

「それどころか、降伏したくせに殿の設けた宴《うたげ》を無視するとは無礼ではないか」

「その通りだ。今後のこともあるから、このまま放っておくわけにはいくまい」

と部下たちは、口ぐちに関羽を罵った。

「そう騒ぐな。関羽のことは予に任せておけ」

と曹操は部下たちをなだめた。曹操としても、関羽の頑固な態度は決して愉快ではないが、その一方で二夫人の安全をひたすら心がける誠実さに心をうたれるのだ。こんなことで怒っていては、関羽を心服させることはできないだろう。「士ハ己ヲ知ル者ノ為ニ死シ……」という豫譲の言葉のように関羽をわがものにするには、あくまでも寛容をもって接しなければならぬ、と曹操は思っている。

「そうだ」

曹操はふと思いつき、美しい女を十人、集めさせた。女性が美しく粧《よそお》うのは、自分をかわいがってくれる男のためだ、というのだ。関羽も美人はきらいではないだろう。英雄色ヲ好ム、というが、英雄であろうとなかろうと、美人を好まない男はいない。曹操は彼女たちに、

「関羽を口説き落とすことができたら、望みのままに褒美をやるぞ」

といいふくめて居館に送りとどけた。

関羽は、つきそった使者の口上を聞くと、

「これほどの美女たちを下さるというのか。それはそれは……」

と喜んで迎えたが、使者が帰ると、十人をそっくり二夫人の侍女として献じ、自分は相変わらず番小屋で寝起きした。

それを聞いた、曹操は、

「そうか。美人も関羽には通用しないか」

と苦笑し、こんどは張遼を使いに出して、一夕《いっせき》ともに酒をくみかわして天下のことを語りたい、と申し入れた。

張遼からそのことをいわれると、関羽としてもことわれなかった。何といっても、張遼には仲介してもらった義理がある。関羽は二夫人に、

「曹操も一廉の人物です。ご心配なさいませんように」

といってから、張遼とともに馬をかって曹操の居館に赴いた。

曹操は玄関まで出迎えた。

「やァ、関羽。久しく会わなかったような気がするが、その後は変わりないか」

関羽は馬から飛び降りて拝礼し、

「これは恐れ入ります。曹公におかれましてもご健勝のご様子、慶賀に存じます」

「そう固苦しくならんでもらいたい。きょうはおぬしや張遼とざっくばらんに酒をくみかわしたいと思っているのだ」

と曹操は書院に導き入れた。

すでに酒や馳走《ちそう》が用意してあった。曹操は手ずから関羽に杯をあたえ、

「おぬしとこうして酒を飲んでいられるのも、あと僅かかもしれんな」

「ほう、それはどうしてです？」

「諜者《ちょうじゃ》から報告が入ってきた。袁紹《えんしょう》がいよいよ大軍を率いて、決戦を挑んでくるらしい。今度という今度は、予も覚悟を決めずばなるまい」

「覚悟を決めるなどと、これはまた大げさな仰せですな」

「決して大げさではない。冀《き》州の兵は強にして壮だ。白馬《はくば》将軍といって北方の蛮族に恐れられていた公孫瓚《こうそんさん》も、袁紹の敵ではなかった」

「はッはッはッ……失礼ながら、それは曹公のおめがね違いでござる。公孫瓚が負けたのは袁紹の兵にではなく、おのれの部下を信じなかった自分自身に負けたのです」

「そういうが、袁紹の先手をつとめる顔良《がんりょう》、あるいはその義弟の文醜《ぶんしゅう》という勇将は、あの呂布でさえ戦うのをいやがったと聞いたことがある」

「顔良であれ文醜であれ、それがしの目からみれば、祠《ほこら》の駒犬のようなものです」

と関羽はいやに傲然とうそぶいた。

曹操は話題を変えた。

「ときに、さきほどおぬしの乗馬を見て思ったのだが、何となく見すぼらしい痩《や》せ馬じゃないか。武人たるもの、もっと良馬を飼うべきだろう」

「お言葉、痛み入ります。それがしも良馬のためには千金を惜しみませんが、何分にもそれがしの軀幹《くかん》長大であるために、乗り回しているうちに痩せ衰えてしまいまして……」

「なるほど、並の馬では役に立たんというわけか」

曹操はうなずくと手をうって侍臣を呼び、庭前に一頭の馬を引き出させた。馬は全身が赤い毛に覆われ、遠雷のような嘶《いなな》きを発して力強く足掻《あが》いた。

「この馬に見覚えがあるかね？」

「これは……赤兎馬《せきとば》ではありませんか」

「そうだ。呂布が死んでから予の馬房につないでおいたが、乗りこなせるものがいない。おぬしに進呈しよう」

「本当ですか！」

「嘘《うそ》はいわんよ」

「ありがとうございます。関羽、これほど感激したことはありませぬ」

と、関羽はくりかえし頭を下げて庭前に出た。

六

馬丁の手綱を振りきらんばかりに暴れていた赤兎馬は、関羽がその手綱をとると、不思議なことにぴたりとおとなしくなった。関羽が手をのばして赤兎馬をなでると、顔面をすりよせるようにしてくる。

「よしよし」

関羽は手綱をひいてひらりと跨《また》がった。赤兎馬は嬉しげに全身をふるわせ、赤い毛をいっそう赤くして嘶いた。

関羽は満足げに馬を下り、馬丁に任せてから曹操のところに戻り、再び礼をいった。曹操は、

「そんなに喜んでもらえて嬉しいが、それにしても奇妙であるな」

「どうしてでしょう?」

「これまでおぬしのために位階を奏上したり、美女を送りとどけたりしたが、こんなに感謝されたことはなかった。位階や人間よりも、馬一頭の方をありがたがるとは、どうにも解せんな」

「別に不思議ではございません。何となれば頂戴した馬が、ほかならぬ一日千里を走るという赤兎馬だからです。この馬ならば、劉皇叔の行方がわかりしだい、千里を駆けて再会

することができますから」

と関羽は心底から嬉しげにいった。

(しまった!)

曹操は臍《ほぞ》をかんだ。が、いまとなっては、赤兎馬をやらない、とはいえなかった。宴が果て、悠然と赤兎馬に跨って帰って行く関羽を黙って見送るしかなかった。

曹操の憂鬱そうな表情を見て、張遼がいった。

「関羽の本心がどうなのか、わたしが探って参りましょうか」

「うむ。機会をみて、友人として関羽に聞いてくれ」

と曹操は命じた。

張遼は数日後、狩りに出て仕留めた猪《いのしし》の肉を土産に関羽をたずねた。関羽は大いに喜んで、

「粗酒しかないが、おぬしと飲むなら美酒ともなろう」

と番小屋で酒盛りをはじめた。

頃合いをはかって張遼はたずねた。

「つかぬことを質問するようだが、ここでの待遇に何か不満がおありか」

関羽は嘆息した。

「とんでもない。おぬしの友情には感謝しているし、曹公が何かと厚遇して下さるのも、心からありがたいと思っている。だが、わたしの心はこの許都にはない」

「その気持、わからないではないが、生死もわからぬ故主を思って恋々とするのは、大《だい》丈夫《じょうふ》たる者にふさわしくないと存ずる。それに漢朝の臣として、曹公と力を合わせてくれという帝のお言葉もいただいたではありませんか」

「それはそれ、これはこれ、劉皇叔や張飛との仲は理屈ではないのだ」

「理屈じゃないとは、天下の義士といわれる関羽殿の言葉とは思えませんな。誰がどういおうと、賊に追われていた流浪の天子をお救いして、今日の安泰をもたらしたのは曹公ですぞ」

「そうだとしても、劉皇叔やご母堂から受けた恩愛を忘れることはできない。おぬしだから話すが、わたしは若いころ人を殺して郷里にいられなくなった。流れ流れて涿《たく》県まできたとき張飛と出会い、その縁《えにし》で劉皇叔と義兄弟となり、生死を共にしようと誓った。張飛は孤児《みなしご》で、ご母堂がいなければとうてい成人できなかったろう。わたしたちは、そういう仲なのだ。理にかなっていようといまいと、裏切ることはできない。これで、わたしの心は許都にないというわけが、おぬしにもわかるだろう」

「いずれは立ち去る、ということですか」

「そのことは曹公とも約束してある。ただ、その前に曹公のために一働きして、恩返しをするつもりではいるが……」

「もし劉皇叔が亡くなっておられたら？」

「そのときは地下にお供するまでのこと」

と関羽はにこりとしていった。

張遼は悄然《しょうぜん》として辞した。彼は悩んだ。関羽のいったことをそのまま曹操に伝えたら、怒って殺すのではないか。

しかし、関羽を助けるために嘘をつくのは、君臣の道に背くことになる。関羽とは心の通じ合った友人ではあるが、呂布に仕えていた自分を登用してくれた曹操をあざむくことはできなかった。

張遼は重い心を抱いて曹操のもとへ行き、

「関羽の本心を確かめて参りました。彼は殿の厚遇に感謝はしておりますが、劉備と生死を共にする誓いに背くことはない、と申しております」

と前置きして、関羽の打ち明けた話を隠さずに告げた。

曹操は怒らなかった。

「義士ハ一度《ひとたび》主ニ仕エテ本《もと》ヲ違《たが》エズというが、関羽はまさしく当代の義士だ。惜しい。じつに惜しいが、いつかは去って行くだろう。是非もないことではある!」

長歎息《ちょうたんそく》するのを聞いて、荀彧がいった。

「立ち去る前に、恩返しに一働きする、といったわけですから、関羽に手柄を立てさせなければよろしいわけです」

七

建安《けんあん》五年（二〇〇年）二月、袁紹は精兵二十万をもって鄴《ぎょう》を発し、先鋒《せんぽう》をつとめる顔良は黄河《こうが》を渡って白馬に進出した。

白馬を守っていた劉延《りゅうえん》はひとたまりもなく敗走した。

曹操は、徐《じょ》州や荊《けい》州に備えて兵を分けたため、動員しうる五万の兵を率いて黄河の南に位置する官渡《かんと》に本営を設けた。この地は、むかし官営の渡し場があったので、その地名がつけられた要衝である。

関羽は、曹操が進発する前に、

「ご出陣なさる由、どうかそれがしに先手をお命じ下さい」

と頼んだ。

劉備の居所はいぜんとしてはっきりしなかったが、手柄を立てて借りを返しておけばいつでも立ち去れる、と計算したのだ。しかし、曹操は、

「案ずることはない。いつぞや、袁紹ごときはものの数ではない、とおぬしも申していたではないか」

といって、関羽の従軍願いをことわった。

だが、本心をいえば、曹操にとって、この戦は運命の岐路になるものであり、必死の思

いでもあったのだ。何しろ袁紹軍は四倍も多いのである。まともにぶつかったら、とうてい勝ち目はなかった。

作戦会議の席上で、荀彧が、

「わたしの甥《おい》の荀攸《じゅんゆう》に策があります」

といった。荀攸はかつて朝廷で侍郎《じろう》（秘書）をつとめていたころ、董卓《とうたく》に睨《にら》まれて投獄されたことがあったが、牢屋《ろうや》に入ってもふだんと変わらぬ態度だったので周囲のものを感心させた。荀彧といっしょに曹操に仕えるようになったが、日ごろは叔父の荀彧を立てて控えめだった。

「遠慮なく申してみよ」

曹操の言葉に荀攸は、

「策というほどのことではありません。真正面からの会戦は、兵力の比較からしても不利であることは、どなたもご存じのことです。勝機をつかむためには、敵の兵力を分散させることです」

「問題はどうやって分散させるか、だが」

「殿がこのまま白馬に向かえば、袁紹は後詰めの軍を渡河させるでしょう。そうさせないために殿が帥旗《すいき》を立てて黄河を渡り、西方の延津《えんしん》から袁紹を攻撃する陣形をとるのです。そうすれば必ず袁紹は主力をもって西へ動きましょう」

「それで？」

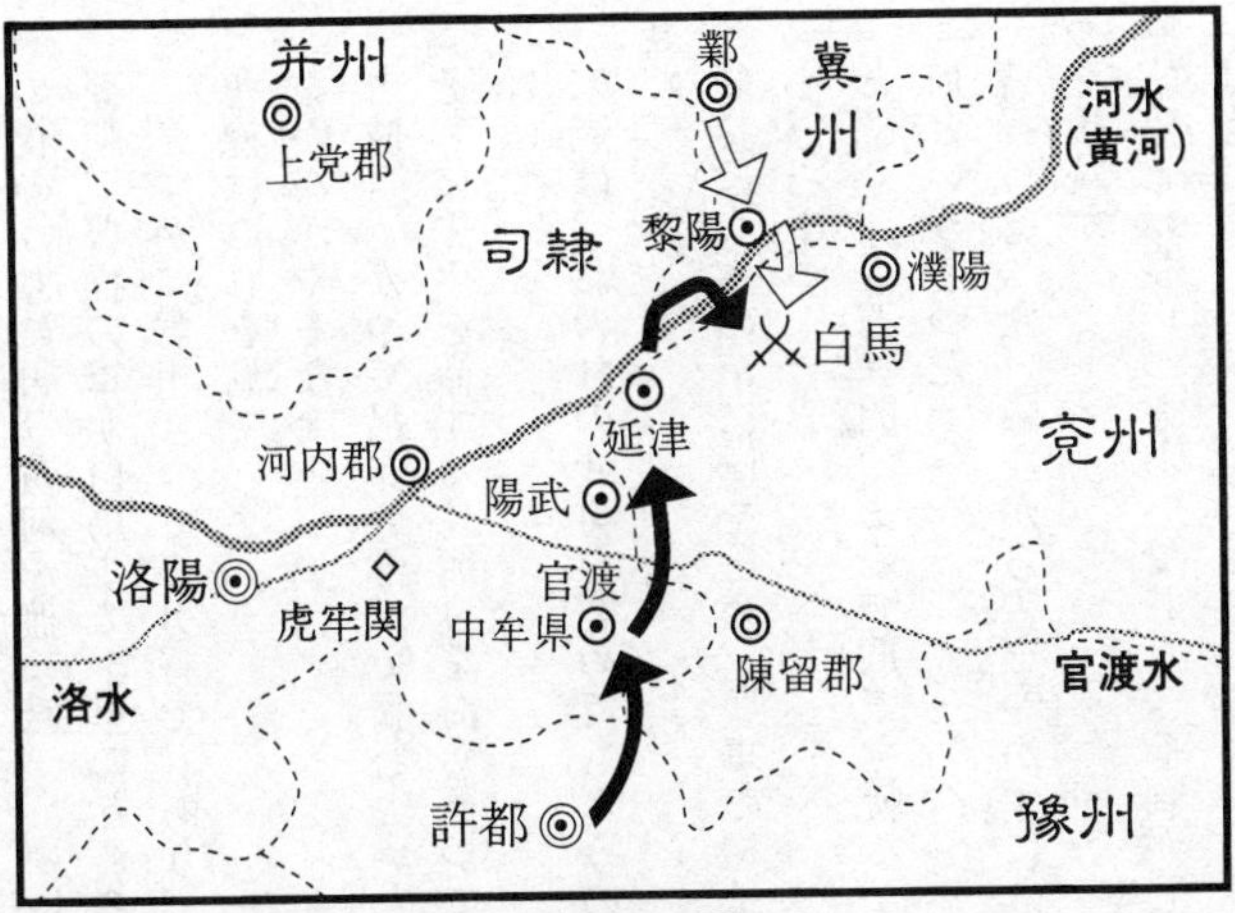

白馬の戦い図　➡は曹軍、⇨は袁軍の進路

「袁紹は見栄《みえ》っぱりで優柔不断です。すぐには決戦をしかけてきません。殿は通常の倍の速度をもって黄河を再び渡って引き返し、白馬の顔良を攻めるのです。殿が黄河を渡って延津に行ったと思って、顔良は油断しているはずです」

「よろしい。その策を用いよう」

と曹操は即決した。荀攸の策は、袁紹の性質を見ぬいてのものである。必ず成功する、という確信がもてたのだ。

翌日、荀彧と張遼を万一に備えて官渡に残し、曹操は主力を率いて黄河を渡り、延津に進出した。

はたして、黎陽《れいよう》に本営を設けていた袁紹は西方に軍を動かしてきた。

曹操は延津郊外の小山に帥旗を立て、さらに部下の諸将の旗幟《きし》を樹木に結びつけさせた上に、念を入れて炊飯の煙を立てると、その夜のうちに再び黄河を渡った。

翌朝、曹操の軍が白馬まで十里のところに迫ったとき、顔良も気がついて陣形を整備した。さすがに冀州きっての勇将でもあり、油断はしていなかったのである。

曹操はこれを見て、

「なかなかやるな」

と呟き、かつて呂布の部下で猛将といわれた宋憲《そうけん》に、

「そちに先手を命ずる。顔良を討ちとってこい」

「ははッ」

宋憲は、おのれの武勇を認めてもらうのはこの時とばかりに、槍を小わきに馬を疾駆させた。

顔良は大木の下に駒をとめ、曹軍の様子をうかがっていたが、宋憲が近づいてくると、

「小癪《こしやく》なやつ！」

と嘲り、長刀一閃《いつせん》、まるで瓜《うり》でも斬るかのように、宋憲をまっ二つに斬ってしまった。

「何というやつだ」

曹操は唸った。敵ながら舌を巻かずにはいられなかった。すると、やはり呂布の部下だった魏続《ぎぞく》が、

「宋憲とは長いつきあいでした。それがしに仇を討たせて下さい」

「よし、行け」

曹操が許すと、魏続は矛をしごき、陣前に出た。

顔良は猛禽《もうきん》のような目で一瞥《いちべつ》すると、大喝《だいかつ》一声、

「たわけが、死にたいか！」

と馬を寄せたかと思うと、人馬もろとも魏続を斬り落とし、その余勢をかって部下の将兵とともども曹操めざして殺到した。

その奔流のような勢いに押され、曹軍の兵は木の葉のように散った。危うし、曹操、であった。

第三十七章

独《どっ》歩《ぽ》行《こう》

一

曹操《そうそう》のわきに控えていた許褚《きょちょ》がたまりかねたように進み出た。

「殿、それがしにお命じ下され」

彼の勇猛ぶりは、豪傑の多い曹軍のなかでも際立っていた。かつて曹軍に信頼されて護衛役をつとめた典韋《てんい》と互角の勝負をし、その強さを認められて都尉《とい》に任ぜられ、典韋が戦死したあとは護衛監戦使《ごえいかんせんし》になった。その役目柄、曹操の許しがない限りは、一歩もそばを離れることができないわけである。

それを知っている徐晃《じょこう》が、

「大切なお役のあることを忘れてはいかん。あの獲物はこちらがもらった」

といってから曹操をふり仰いだ。

「行け！」

曹操の声に徐晃は武者ぶるいし、得意の大斧《おおまさかり》を手に突進した。

顔良《がんりょう》はこれを見ると、

「前の二人よりは手ごたえがありそうだな。冥府へ送りこむ前に、せめて名前くらい聞いておいてやろう。何やつだ？」

と余裕を見せていった。

「河東郡《かとう》の産、徐晃の名は、いくら河北《かほく》の田舎者でも耳にしたことがあろう」

「若僧が身のほど知らずに大口をたたくとは笑止千万」

と顔良は馬を寄せてきた。

徐晃はいっきに馬を疾駆させ、大斧をふり下ろした。

「なんの！」

顔良は楽にかわし、逆に長剣の鋭い一撃を見舞った。

「あッ！」

敵も味方も声を発した。徐晃の肩当てが顔良の切っ先で飛んだのだが、それがあたかも腕を斬られたかのように見えたのだ。

「どっこい」

と徐晃は応じたものの、かつてない強敵であることを認めざるを得なかった。駒を立て直すと、闘志をみなぎらせて再び戦いを挑んだ。

十合、二十合……と両者は激闘をくりひろげたが、どちらかといえば顔良の方に余裕があり、徐晃が劣勢であった。

おりしも夕闇が戦野にたれこめてきた。頃合いよし、と曹操が引き揚げの陣太鼓を鳴らすように命じたので、徐晃はようやく馳《は》せ戻ることができた。顔良も、

「あすまで命をあずけてくれるぞ」

と声を残して、自陣へ引き揚げた。

曹操は汗みどろで戻ってきた徐晃をねぎらってから、幕僚たちに、

「さすがに冀《き》州にはいい武者がいる。きょうばかりは肝を冷やしたぞ」

「ご心配には及びません。あすは、徐晃だけに任せず、李典《りてん》、張遼《ちょうりょう》らに合力《ごうりき》させれば、陣を破られることはないと存じます」

と幕僚の一人が答えた。曹操は首をふり、

「それは違う。なるほど武将たちが勢揃《せいぞろ》いすれば負けはしないが、それだけでは安心できぬ。両軍の対峙《たいじ》が長くなれば、袁紹《えんしょう》の主力が渡河してくる。その前に、というよりは一刻も早く顔良を討ち取って白馬《はくば》を占領しなければならんのだ」

するとと程昱《ていいく》が、

「顔良の首を取れるものがおります」

「誰じゃ?」

「関羽《かんう》以外にその人があろうとは考えられません。使いを出して、彼をお招きなされませ」

「関羽のことは、予も思わないではなかったが、ここで彼に手柄を立てさせるのも考えものではある」

「顔良の勢いを防ぐだけでは不足で、一刻も速やかに討ち取らねばならぬ、とおっしゃっ

たではありませんか。よしんばここで彼に恩返しをさせようとも、大事の前の小事です。それに、劉備《りゅうび》の行方についてですが、わが方の勢力圏内でいまもって消息のないところをみますと、おそらく袁紹のもとに逃げこみ、その庇護《ひご》をうけているものと思われます。ここで関羽が顔良を斬れば、あの袁紹が劉備をどう扱うか……」

と程昱はいった。

曹操陣営の特色は、曹操と部下とが率直かつ自由にそれぞれの考えをぶつけあうことだった。曹操は難しい局面に追いこまれたとき、自分なりの判断をもっていても、それを押し通すことはせずに、必ず部下に意見を問うた。かりにその答えが曹操の気に入らないものであっても、それによって怒ったり相手を遠ざけたりはしなかった。また、部下の考えの方がよいと思えば、自分の判断をすてて、よいと思った考えを採用した。それを心得ているだけに、部下たちもどしどし意見をのべることができた。

「程昱、よくぞ申した。そちのいう通りである。すぐに許都《きょと》へ使いを出して関羽を呼べ」

と曹操は即決した。

関羽は、使者が持参した曹操の手紙を読むと、二夫人の前に出て、

「曹操のために一働きいたさねばなりませんが、これもいつの日か、許都を立ち去るときに備えてのこと、どうかお許しをいただきとう存じます。それに外へ出れば、ご主君の消息をつかむこともできるかもしれません」

二夫人がこもごも、

「どうか無事のご帰還を」

「御身を気をつけてたもれ」

と声をかけると、関羽は、

「ご主君に再会するまで死んでたまるものですか。では」

と挨拶し、青龍偃月刀《せいりようえんげつとう》を小わきに赤兎馬《せきとば》に跨《また》がった。

赤兎馬は、おのれにふさわしい乗り手を得たのが嬉《うれ》しいのか、たてがみを風になびかせて一声高く嘶《いなな》いた。

「よし、行け」

関羽が一鞭《ひとむち》あてると、赤兎馬は蹄《ひづめ》を鳴らして赤い風のように疾駆した。

白馬の野は、両軍の兵で埋めつくされていた。

曹操は小高い丘の上に本営を設けていた。西を黄河《こうが》が流れ、北は顔良の軍兵が魚鱗《ぎよりん》の陣を展開していた。

曹操は関羽が到着すると、

「よくきてくれた。ともかく見てくれ」

と先に立って、岩場の上に案内した。

朝靄《あさもや》の残る戦野に両軍の旗や旆《はい》が林立している。いましも、その一角が動きはじめ、魚鱗の先端が、曹操の鶴翼《かくよく》の陣形の中央部に喰《く》いこむように進みはじめた。

「あの先頭に立っているのが顔良だ。さすがに冀州第一の勇将といわれるだけあって、敵ながら見事な武者ぶりではないか」

と曹操が感嘆したようにいうと、関羽は笑って、

「これは曹公のお言葉とは思えません。はばかりながら、この関羽の目には、食卓に供されるとも知らずに躍り出た野猪《やちょ》のごとくに見えますが……」

「いやいや、あの男のために宋憲《そうけん》も魏続《ぎぞく》も討たれたし、徐晃も苦戦した。正直にいうが、わが軍は総崩れになる寸前まで追いこまれ、予も冷や汗をかいた」

「ご所望とあれば、売り札を首にかけたようなあの男を討ち取ってご覧に入れましょう」

「おぬしの武勇はつとに承知しているが、その言葉は広言に過ぎはしまいか」

「広言ではないことを、ただいまからお目にかけましょう」

関羽はそういうと、赤兎馬を駆って敵軍に突入した。

このとき顔良は曹軍の先鋒《せんぽう》を突き崩し、勢いをかって第二陣に攻めこもうとしていた。ところが、どうしたことであろう。自軍の前衛が波の退《ひ》くように逃げてくるのだ。

「いかがいたした？」

顔良の問いに、逃げてきた兵士の一人が、

「敵の軍中からべらぼうに強い野郎が現われまして食い止めんとした味方は、木の葉のように蹴散らされております」

「どんなやつだ？」

「赤い馬に乗って、長い髯《ひげ》をはやした大男です」

「名前は？」

「偏《へん》将軍関羽の行く手をさえぎって、命を無駄にいたすな、とどなっています」

「関羽だと？」

顔良は首をかしげた。

（関羽というのは、曹操に敗北して青州《せい》の袁譚《えんたん》のもとへ身一つで逃れてきた劉備の義弟ではないのか）

と思ったのだ。

袁譚は劉備を保護したことをすぐさま袁紹に報告し、袁紹は冀州に劉備を迎え入れた。このたびの出陣にあたって、袁紹は劉備を帯同している。その義弟がどうして曹軍の中にいるのだろうか。あるいは同名異人なのか。もし劉備の義弟であれば、曹操がその者を偏将軍に推薦するはずもない……。

どちらであろうと、顔良は軍を立て直さねばならなかった。その自信もあった。

「よしッ。誰であろうと、わが長剣の錆《さび》にしてくれん」

と顔良は馬首を赤い暴風のように迫ってくる武将に向けた。

関羽と顔良の距離は見る間に縮まった。両軍の兵士たちは、ともに戟《げき》をかわす手をとめ、息をひそめて見守った。

「顔良はお前かッ」

と関羽は大喝《だいかつ》した。

「おう。汝《なんじ》は……」

何者であるか、名を名のれ、と顔良がどなり返す前に、

「われは関羽」

と叫びざま、関羽の重さ八二斤《きん》（約四九キロ）の偃月刀が雷光のように振り下ろされてきた。

顔良の長剣がそれをハネ返した……かのように見えた。少なくとも顔良本人はそう思ったに違いないが、関羽の凄《すさ》まじい一撃は、顔良の長剣を真っ二つに裂き、さらには肩口から腰にかけて一気に斬り下げていた。

「………」

顔良は声を発する間もなく、丈余の噴血を飛ばして地に墜《お》ちた。

関羽は偃月刀の切っ先で顔良の首を刎《は》ね、それを高く掲げると、

「偏将軍関羽、朝命を奉じて冀州の軍将顔良の首級を頂戴いたしたぞ」

と叫んだ。

二

顔良を失った袁軍は算を乱して退却した。曹操はすかさず追撃を命じてから、悠容と戻

ってきた関羽を、

「恐れ入ったというほかはない。おぬしの豪勇は人間わざとは思えぬ」

と褒めたたえた。

関羽は首を振って、

「そのお言葉は過褒というものです」

「どうしてどうして、褒め足りないくらいである」

「いやいや、それがしごときは、義弟の燕人張飛《えんじんちょうひ》に比べればいうに足りません。彼なら百万の軍に守られた大将の首を取るのも、袋の中の物を取り出すようなものでしょう」

「まさか！」

「いいえ、本当です。それがしを牛と見立てれば、張飛は虎に譬《たと》うべき男です」

と関羽はいった。

曹操は虎牢関《ころうかん》の三戦を思い出した。袁紹を盟主とした連合軍は、董卓《とうたく》の送ってきた呂布《りょふ》一人のために突き崩されそうになった。そのとき、張飛が呂布を迎え撃った。呂布の乗馬が稀代《きたい》の名馬である赤兎馬だったのに対し、張飛の乗馬は十把一からげの駄馬だった。にもかかわらず、張飛は互角に闘った。やがて駄馬が息切れしたために、関羽と劉備の加勢を必要としたが、もし張飛が名馬に乗っていたら、互角以上の勝負をしたに違いなかった。

呂布の強さは並はずれたものだった。曹操は幾たびか苦い目にあって知りぬいていた。呂布が陳宮《ちんきゅう》の策を用いず女におぼれたために、最後にはあわれな死を迎えたが、さもなければ曹操麾下《きか》の勇士たちをもってしても、討ち果たすことは難しかったろう。それを考えれば、張飛の強さが想像できるのだ。

曹操は左右の者をかえりみて、

「いま関羽のいったことを聞いたか。燕人張飛の名を忘れんようにせよ。着衣の端にでもその名を書いておくといい」

といった。燕は北の辺境にある地域で、古来この地の人びとは北方の蛮族と戦い、猛々《たけだけ》しい気性と猛勇をもって知られている。その意味で、たんに張飛というよりも、燕人張飛ということによって、いっそう強い響きを生じてくる。

関羽の圧倒的な強さを目のあたりに見せられた諸将は、互いに顔を見合わせ、それぞれの胸の中で、

（燕人張飛、燕人張飛……）

とくりかえし呟《つぶや》いた。

一方――。

延津《えんしん》がもぬけの殻とわかって兵を返した袁紹は、顔良が討たれて白馬の自軍が潰走したという報告を聞いて、

「顔良が討たれたとは信じられん。何かの間違いではないか」

と側近にいった。

「戦線から戻ってきた兵たちの話では、残念ながら事実のようでございます。何でも偏将

軍関羽と称する武将に一太刀で斬られた由にて」

「なに、関羽？」

「はッ、赤ら顔で髯面の大男にて、燃えるような深紅の毛の馬に乗っていたそうであります」

「関羽というのは、わが軍に客分として身を置いている劉備の義弟ではなかったか。そいつがどうして曹操の陣中にいるのだ？」

この問いに答えられるものはいなかった。それに、関羽の名は冀州においては、それほど知られてはいない。

袁紹はいらいらしてきて、

「劉備をここへ引っぱってこい」

とどなった。

袁紹は、長男の袁譚から劉備亡命の報告をうけたとき、すぐに州都の鄴《ぎょう》へ引きとって、

「前に使者をいただいたときは、あいにくと動くに動けぬ事情があってご要望にこたえられなかった。いずれ曹操を懲らしめる兵を発するつもりでいるが、それまではゆっくりと休養されるがよかろう」

と劉備を慰め、居館もあたえて客分として遇していた。

そしていま、河北の雪も溶け、袁紹はいよいよ動き出したのである。もとより劉備や漢《かん》朝のためではなく、天下人たろうとする彼自身の野望のためではあったが、顔良を斬った

のが劉備の義弟であるなら、恩を仇《あだ》で返されたことになる。

劉備は小突かれるようにして袁紹の幕舎に入ってきた。

「多くはいわん。きみも武人なら恥を知っていよう。身はわが軍に置きながら、義弟は曹操にあずけてわが軍と戦わせるとは、まさに二股膏薬《ふたまたこうやく》、じつに卑劣ではないか」

と袁紹は罵った。劉備は、

「これは異なことを承ります。義弟が曹操の軍中にいるはずがありません」

「シラばっくれるな。関羽がいて、顔良を斬ったのだ」

劉備は、はッとした。下邳《かひ》が曹操に攻略されたことは風の便りで聞いていたが、二夫人や関羽がどうなったか、あるいは乱軍のうちに別れた張飛がどうしているのか、まったくわかっていなかった。しかし、関羽は曹操の軍中にいるらしい。責任感の強い関羽のことだから、二夫人の安全と引きかえにそうしているのであろう。

だが、目の前の袁紹は烈火のごとくに怒り狂っており、

「ああ、目ざわりだ。ただちに消え失《う》せろ。愚図グズしていると、叩《たた》き斬るぞ」

とわめいている。

劉備の命は風前の灯《ともしび》であった。

三

袁紹の陣営にも人材は多い。当面の敵である曹操に比べて、質量ともに決してひけを取らないだろう。ただ、個々の才能と力量は劣っていないとしても、袁紹側の欠点は全体としてまとまりを欠いていることだった。幕僚や諸将が袁紹の意を迎えようとして、互いに牽制《けんせい》しあったり足の引っぱり合いをした。他人の不幸はおのれの幸福であり、おのれの不運は他人の幸運であった。

袁紹は亡命してきた劉備を丁重にもてなした。かつて打倒董卓の旗印の下に諸侯が勢揃いしたとき、公孫瓚《こうそんさん》に連れられて出席した劉備を、袁紹は歯牙にもかけなかった。四世三公《しせいさんこう》の名門に生まれ、西園八校尉《せいえんはちこうい》を経て渤海太守《ぼっかいたいしゅ》になっていた彼の目からすれば、ようやく六等官の別部司馬《べっぶしば》になった劉備などは、席を同じくするのさえ不満な存在だった。だが、いまの劉備は左将軍であり、献帝《けんてい》から劉氏の一族と認められて皇叔《こうしゅく》と尊称されている。袁紹は、その人物に対してではなく、位階と系譜に敬意を払っているようなものであり、それは彼の事大主義のあらわれでもあった。

それを知っている袁紹の部下たちは、誰も主君をなだめようとしなかった。命からがら逃げてきた男を、左将軍の皇叔というだけで袁紹はありがたがっている。心の中では、バカらしいと思っているのだ。

その劉備を袁紹は、叩き斬るといって怒っている。劉備の不幸は、袁紹の部下たちの幸福なのであった。もしかれらが心から袁紹のためを思うのであれば、ここは諌《いさ》めるべきであった。冀州第一といわれた顔良を失ったのは、たしかに痛手である。しかし、顔良を斬ったのが劉備の義弟の関羽であるなら、劉備を説いて関羽を招き寄せるよう勧めるべきだった。そうすれば、顔良にまさる武将を自軍に加えたことになり、逆に曹操は有力な武将を失うのだ。

自分を助けてくれるものは誰もいないと悟った劉備は、自力で窮地を抜け出すしかなかった。

「袁紹殿、お待ち下され。お味方の顔良将軍を斬ったのが義弟の関羽であるかのごとくおっしゃるが、英明で思慮深い将軍として天下に名望のある方のお言葉とは、とうてい考えられません」

と劉備はおだやかな口調でいった。

「む、む……」

袁紹は何かいいたげに口ごもった。劉備は世間の評判を気にする袁紹の性質を見ぬいており、そこにつけこんで、彼の自尊心をくすぐるような言葉を並べたのだ。

「前線から戻ってきたものの報告では、赤ら顔で髯面の大男が偏将軍関羽と称したそうですが、偏将軍は二千石の大官、劉備と同じになります。なんで弟が兄と同列の高位につけるものでしょうか。たしかに、人相などは義弟に似ておりますが、世の中には、その程度の類似はいくらでもありましょう。まして曹操は名うての謀略家、似たものに関羽を名のらせて、お味方を惑わすくらいのことは朝めし前でしょう。何しろ曹操はこの劉備を目の仇《かたき》にして憎んでおりますが、袁紹殿の陣中にあるために手を出せません。しかし、彼の策略にうかうかと乗せられて、わたしの一命を断てば、曹操を喜ばせるだけのこと、日ごろの袁紹殿らしからぬ短慮ではありませんか」

「うむ」

「曹操に苦杯を喫し、かろうじてお味方の陣中の片隅に席をあたえられている身が、どうして義弟を曹操にあずけて、お味方と戦わせるようなことをするでしょうか。それに、わたしがご庇護を賜ってからのことは、よくご存知のはずです。どうかご賢察を」

と劉備は頭を下げた。

袁紹は機嫌を直し、

「劉君、曹操の悪知恵のよくはたらくことは、若いころからつきあったので存じておる。きみにいわれるまでもなく、予も見ぬいていたのだが、万一ということもあるので、怒ってみせたまでだ。どうか悪く思わんでもらいたい。はッはッ……」

とその場をとりつくろった。そして劉備に席をあたえてから、緒戦の敗北をどう挽回するか、諸将に問うた。

すると、どなるような声を発して立ち上がったものがあった。

「拙者に五万の兵をおあたえ下さい。顔良の仇を討ち、曹操を粉砕してご覧に入れます」

「おお、文醜《ぶんしゅう》か」

と袁紹は満足そうにいった。顔良とともに袁紹陣営の竜虎といわれる勇将である。

「そちなら安心して任せられる。望み通りの軍をあたえる故、黄河を渡って白馬を奪還せよ」

このとき参謀の沮授《そじゅ》が進言した。

「殿、顔良を失ったのはいかにも残念ではありますが、ここで急いで白馬へ兵を送るべきではございません。その作戦では、兵力を小出しに投入することになり、お味方に不利を招きます。それよりしばらくは延津を根拠に兵力を左右にひろげ、機を見ていっきょに渡河して、敵の防衛線の薄みを突くのが上策かと存じます」

兵力は袁紹の方が圧倒的に多い。沮授の策は、その有利さを活用すべきだというのである。

妙計であった。が、袁紹は、

「何をいうか。兵ハ神速ヲモッテ最善トスということを知らんのか。そのような生ぬるい戦法は全軍の士気を損ずるものだ。退《さが》っておれ」

と叱りつけた。

四

関羽が顔良を斬ってから、前にもまして曹操は彼を重んずるようになった。

「そうだ。この軍功を利用しない手はない。帝に奏上して恩爵をあたえれば、彼の心も動くであろう」

と奏文を許都へ送った。関羽を寿亭侯《じゆていこう》に封じていただきたい、という内容である。

すぐに裁可された。曹操は鋳工に命じて爵印をつくらせ、彼の部下のなかでもとりわけ関羽と親しい張遼に持たせせた。

張遼が祝いの言葉をのべて、

「この爵印は曹公がわざわざ頼んでつくらせたものです。どうかお受け取り下さい」

と差し出すと、関羽は、

「これはかたじけない」

と手にとって印文を見た。

——寿亭侯之印
とある。関羽はなぜか、

「お返しいたす」

といって印を張遼に渡した。

「どういうことです？　受け取りたくない、といわれるのか。いったい何が気に入らないのか、説明していただかんことには、それがしが困る」

「それはいわぬが花。ともあれ、お持ち帰りいただこう」

「将軍、それがしの立場も考えていただきたい」

と張遼はなおも説得につとめたが、関羽の態度は変わらなかった。

張遼はやむを得ずに印を持ち帰り、ありのままを曹操に報告した。

「関羽が受けなかったと？」

曹操はじっと考えこんだのち、

「関羽は、この印を見てからことわったのか見ずにことわったのか、どちらだった？」

「いったんは手に取り、印の刻字を見てからそういい出しましたが」

「そうか。これは迂闊《うかつ》であった」

と曹操は微笑をうかべ、鋳工に刻字を改めるように命じた。そして、でき上がったものを張遼に渡し、再び関羽のところへ持参するように命じた。

関羽は改鋳されたものを手にとった。

——漢《かんの》寿亭侯之印
とある。「漢」の一字がふえているのだ。

関羽はにっこり笑い、

「さすが曹公は明敏であられる。なぜ受け取ろうとしなかったか、それがしの心情をおわかりいただけたようだ」

といって爵印を拝受した。

関羽は、降伏にさいして、漢に降伏するのであって曹操に降伏するのではない、と条件をつけた。また、顔良を斬ったのも、漢朝のためである。その軍功に対する授爵であるならば、漢の一字が入っていなければならなかった。たんに「寿亭侯」では、そのことが明確ではない。実力者曹操の個人的な授爵ということになりかねない。それならご免蒙《こうむ》る、と関羽は態度によって意思表示したのだ。

曹操はそれに気がつき、すぐに刻字を改めさせた、というわけであった。

そこへ前線から物見の報告が入ってきた。勇将として名高い文醜が五万の兵を率いて東北から渡河を開始し、第一陣はすでに上陸し終わったというのである。

曹操の本営は官渡《かんと》に置かれていた。彼は、敵に比べれば兵力が少ないために、袁紹軍主力の渡河に備えて、自軍を分散して布陣することを避けていた。また、東北は下流になり、それだけ川幅が広くなるので渡河作戦はないだろう、と予測し、約一千の兵力を配しただけだった。

その逆をつかれた形であった。

しかし、曹操はあわてなかった。かつて人物批評で名高い許劭《きょしょう》が、

「泰平ノ世ノ姦賊《かんぞく》、乱世ノ英雄ナラン」

と評したように、こうした危機に立たされたときほど、曹操の才能は発揮される。彼は

ただちに五千の騎兵を率いて東へ発した。

文醜は白馬よりさらに下流の地点に、まず二万を上陸させ、みずから先頭に立って進みつつある。

この両軍の中間に、曹操の輜重《しちょう》隊が食糧などを積んだ荷駄を運んでいた。そのままでは文醜軍の餌食になってしまうから、急いで後方に退《ひ》かせるか、騎兵隊が前へ出るかしなければならない。

しかるに曹操は、

「このままゆっくり進め」

と奇妙な命令を下した。

諸将は首をかしげたが、戦場における命令とあれば、いちいち質問するわけにもいかない。不思議に思いながらも従った。

文醜はうろうろしている輜重隊を見つけると、

「これはありがたい。遠慮なく頂戴してしまえ」

と一気に襲いかかった。

輜重隊には護衛の兵がついていたが、人員も少なく、あッという間に撃破され、散りぢりばらばらになって潰走した。

この間に曹操は兵を二手に分け、一隊を南の小丘に、一隊を北の黄河ぞいの林に散開させていた。

曹操自身は南の小丘に陣取った。その目の前で輜重隊が敗北し、貴重な食糧が分捕られていた。諸将は曹操の命令を待った。すると曹操は、

「替え馬をはなせ」

と命じた。諸将は耳を疑った。騎兵は馬が倒れたり傷ついたりしたときに備えて、予備の替え馬を伴ってきているが、曹操はそれをはなてというのだ。たまりかねて、

「殿、いかにご命令とはいえ……」

と曹操を諌めようとして一人の将がいいかけると、

「これでいいんだ」

と叫んだものがあった。荀攸《じゅんゆう》だった。

曹操はじろりと見た。荀攸はあわてて口を押さえた。

文醜の軍は、放置された食糧を手に入れて喜んでいるところへ、数百頭の馬がどこからともなく現われたものだから、上官の制止をきかずに馬を追いかけた。馬の方はつかまるまいとして四方八方に逃げる。そのため文醜軍の隊形は大混乱に陥った。

「いまだ。者ども、行け！」

と曹操は号令を発した。食糧も馬も、文醜の軍を混乱させるための、いわば撒《ま》き餌《え》だったのだ。

文醜の軍は、各隊の指揮系統が乱れてしまったために、小丘から殺到してくる曹軍に反

撃できず、なかには同士討ちをするものさえあった。たまらずに、黄河ぞいに退却すると、にわかに林の中から曹操の伏兵が出現した。文醜は、

「あわてるな。敵は少数だぞ。落ち着け」

と声をからして総崩れになるのを防ごうとこころみたが、もはや支えることは不可能になっていた。

やむなく文醜は手もとの兵をまとめてひとまず撤退することにした。小丘の上からこれを見た曹操は、

「文醜が逃げるぞ、誰か討ち取るものはおらぬか」

と叫んだ。

すでに曹軍の一隊が文醜に迫っていたが、血煙をあげて倒れるばかりであった。さすがに文醜は勇猛であった。

張遼と徐晃が名のりをあげ、競うように馬首を並べて文醜を追った。文醜はこれを見ると、まず剛弓をひきしぼり、張遼めがけて鉄箭《てっせん》をはなった。

狙いはわずかにはずれたが、馬の首に命中し、張遼は退《ひ》くしかなかった。

「待て」

徐晃が大斧《おおまさかり》をふるって追いすがった。文醜は大剣を抜いて馬首をかえし、

「小僧、推参なり」

と斬りつけてきた。

徐晃はかわした。両雄の馬は行きかい、大剣と大斧は丁々発止と火花をまじえた。

激闘いつ果てるかと思われたとき、文醜の従兵の放った矢が徐晃の乗馬の尻に突き立ち、馬は狂ったように跳ねた。

たまらず、徐晃は落馬した。

してやったり、と襲いかかる文醜。徐晃危うし、と見えたとき、赤いつむじ風のように馬を馳せてきた偉丈夫が、

「文醜、見事な武者ぶりよな。張遼、徐晃に代わって、漢寿亭侯関羽が相手になろう」

と立ちはだかった。

「きさまかッ、顔良を討ったのは！」

「いかにも」

「この恩知らずめ！　きさまは劉備の義弟でありながら、敵将曹操に飼いならされた狗《いぬ》となりおった」

きさまの主君であり、義兄である劉備が袁紹公のもとに身を寄せているのを知らんのか、と文醜は続けるつもりだったが、文醜の口からそれが出る前に関羽は憤怒《ふんぬ》を発し、

「無礼者！　その侮辱は断じて許せん」

と赤兎馬に一鞭くれて襲いかかった。

文醜は関羽を制止しようとした。劉備のことを告げるつもりだった。が、その余裕はなかった。

「待て、関羽」

と叫んだのが最後で、関羽の偃月刀の一撃によって斬り下げられてしまった。

主将を討たれた袁軍は総崩れとなった。ごく少数の敗兵はかろうじて黄河を渡り、このことを袁紹に報告した。

「長耳《ちょうじ》め、こんどは許せぬ」

袁紹は劉備を引き出すと、

「弁解は無用じゃ。文醜を討ったのはまたしても関羽。この仇はきっと討つが、その前におぬしの首をもらうぞ」

といい放った。

関羽が健在であることがはっきりして、劉備は心の中では喜んでいたが、状況は前にもまして悪化していた。とはいえ、諦めるのはまだ早い。劉備はいった。

「袁紹殿、お怒りはごもっともです。わたしもいたずらな弁解はしません。小沛《しょうはい》で曹操に敗れたときに死んでもおかしくはなかった身ですが、漢室の行末を思い、天下万民のことを考えて、貴殿の恩情にすがって生きながらえてきました。が、これも運命というものでしょう。この首を渡すのにやぶさかではありませんが……」

劉備は、袁紹がどういう人物かを見ぬいていた。

名門に生まれ、立居振る舞いは堂々としており、容貌も立派である。高尚な議論を好み、行動は慎重である。他人の零落に憐《あわ》れみの心をもち、権威に対して恭倹である。

いかにもいいことずくめのようだが、じっさいには、それがそのまま短所となっている。

名門に生まれて、幼いころからちやほやされてきたため、性格はわがままである。見かけの立派さを才能と錯覚し、内容が空疎であることに気がつかない。現実を無視した空理空論に走り、いざというときは優柔不断で、変化に乏しい。子供の病気のような目前の出来事にとらわれて、大局的な判断力がなく、家臣の忠言苦言には耳を傾けない。

劉備の見るところ、袁紹は曹操の対極に位置する人物だった。曹操は宦官《かんがん》の孫として生まれ、外見は貧弱である。しかし、外見に惑わされることなく、真に才能あるものを登用する。理論のための理論をきらい、事にさいしては果断であり、臨機応変の知略に富む。目の前の小事にはこだわらず、つねに大所高所に立って物事を考え、身分の高い低いを抜きにして、自分の気に入らない意見に対しても聞く耳をもっている。

つまり、袁紹の心を動かすためには、曹操ならおそらく怒るであろうことをいえば、逆に成功するに違いない……。

劉備は袁紹の様子をうかがいながら、

「ただ一つ、心残りなのは、姦賊曹操を倒して、漢朝の権威を復興せんとする袁紹殿の大業に、この劉備が何のお役にも立てなかったということです。いや、それだけではありません。顔良、文醜の両将を、知らぬこととはいえ、義弟の関羽の手にかけさせてしまったことは、悔やんでも悔やみ足りません。せめてもの罪滅ぼしに関羽あてに手紙を送り、曹操の軍から脱出して、以後は袁紹殿のために働くよう、書き遺しておきましょう。関羽が両将を斬ったのは、わたしがご厄介になっていることを知らなかったせいだと思います」

といった。

袁紹の表情に微妙な変化が生じた。

「関羽をわが軍に招くことができる、というのか」

「そうです。かつて許都にあったころ、許田《きょでん》において狩りが催されたことがありました。そのとき、曹操に帝をないがしろにする無礼な振る舞いがあったので、関羽が曹操を斬ろうとした」

「信じられんな」

「本当です。しかし、わたしが制止した」

「なぜ？」

「その場は、曹操を斬り棄《す》てることができたとしても、帝の玉体も無事にはすまなかったでしょう」

「その話が本当だったとしても、だから、どうだというのだ？」

「曹操は関羽が自分を斬ろうとしたことを知っています。それなのに、どうして関羽を自軍に置いているのか。賢明なる袁紹殿には、もうおわかりでしょう。わたしを殺させて、天下の物嗤《ものわら》いにしてくれようと企《たくら》んでいるのです」

劉備の言葉は、袁紹の自尊心をくすぐるものだった。

「そんなことは貴公にいわれんでもわかっている」

　と袁紹は大きくうなずいてから、

「予が問題にしているのは関羽の行動だ。義兄である貴公を危険な目にあわせ、曹操のために働いている。つまり、貴公を義兄とは思っておらんのだろう」

「それは、彼の性格からいってありえないと思います。わたしは家族を関羽にゆだねました。もしかすると、それが人質にとられているためかもしれません」

「貴公が関羽を信じたい気持はわかるが、出世に目がくらんだのかもしれんぞ」

「わたしの手紙を関羽に届ければ、一も二もなくわかることではありませんか」

「よかろう。それまでは命を預けておく。関羽が手紙を読んでも知らん顔をしているようなら、関羽が貴公を殺したことになるからな」

　と袁紹はいった。

　曹操に厚遇されている関羽が、すべてを投げうって馳せ参ずるはずがない、と袁紹は考えたらしかった。そのときは劉備を殺しても、曹操の策謀にはまったわけではないことになる。

　一方、劉備は、とりあえず死を免れたものの、いぜんとして危地にあることに変わりはなかった。関羽がなぜ曹操の陣中にいるのか、曹操がどうして関羽を降伏させることができたのか、くわしい事情はわからない。しかし、両者の人がらや性質を考えると、単なる利害で結びついたとは思われなかった。

関羽は誰にもまして義を重んじ、曹操は人一倍才能あるものを好む。袁紹などには理解できない黙契が、両者の間に成立したに違いない、と劉備は想像した。

五

袁紹の部下に、陳震《ちんしん》というものがいた。南陽郡《なんようぐん》の出身で、字《あざな》を孝起《こうき》といい、袁紹の指示で監察使として劉備の身辺を見張っていた。

劉備は、関羽あての手紙を書き上げると、それをもって陳震のところへ行き、

「これを関羽のもとへ届ける使者を、袁紹殿に選ぶよう伝えていただきたい」

と頼んだ。陳震は、

「余計なお節介かもしれませんが、その使者には将軍の運命がかかっております故、ご自分で選ばれるのがよろしかろうと存じます」

と忠告した。

「誰であろうと、袁紹殿の命令とあれば、行ってもらえると思うが……」

「もちろん、その手紙をもってここを出発するでしょう。しかし、届けるとは限りませんよ。曹操の陣中にもぐりこみ、関羽に接近するのは、命がけの任務です。そんな危険をおかすのはバカらしいと考え、届けたふりをして戻ってくるかもしれない。そのために将軍が殺されようと、知ったことではないと思うのが人情というものです」

劉備はハラハラと涙をこぼし、

「たとえそうなったとしても、わたしに徳がないからでしょう。もとより信頼できる部下がいれば、そのものに託すこともできるが、ご承知のように孤独の身です。もう一人の義弟の張飛や、孫乾《そんけん》らもどこにいるやら……」

「そのことですが、将軍は、常山真定《じょうざんしんてい》の出身で、趙雲《ちょううん》、字は子龍《しりょう》なる若者をご存知か」

と陳震がたずねた。

思いもかけぬ場面で趙雲の名を聞き、劉備は驚くと同時に戸惑いながら、

「知っていますが、最後に会ったのは、袁紹殿と公孫瓚が界橋《かい》で戦ったときのこと、もう十年近く前のことになる。彼が何か……」

といった。界橋の戦いでは、劉備は兄弟子の公孫瓚に味方し、袁紹に敵対した。いま袁紹の陣中にある身としては、あまり話題にしてほしくない過去のことなのだ。しかし、陳震は、

「それはよかった。じつは趙雲がひそかにこの軍中にあって、将軍にお目にかかるのを待っているのです」

「それが本当なら、こんな喜ばしいことはないが、どういう事情なのか、お聞かせいただけませんか」

「そのことなら、わたしが説明するよりも、趙雲本人からお聞きになる方がよろしいでしょう」

陳震はそういうと、立って隣室の扉をあけた。

立っていたのは、まさしく趙雲であった。

「おお、趙雲！」

「皇叔さま」

趙雲はしぼるように声を出すと、床に平伏した。

劉備は近寄って趙雲の肩に手をかけ、

「ここで会えるとは夢にも思わなかった。こんなに嬉しいことはない。一別以来、何年になるであろう……。こうしておぬしの元気な姿を見ると、生き返ったような思いがする」

「ありがたいお言葉、趙雲、いまここで死んでも悔いはございません」

と趙雲は肩をふるわせて嗚咽《おえつ》した。

その様子を見ていた陳震が、

「劉備殿、やはり思っていた通りでした。わたしは命令に従って、あなたの目付役をつとめて参りましたが、あなたに接しているうちに、この乱れた世を正して天下万民を救える英雄は、この方を措《お》いてほかにいない、と感ずるようになったのです。この趙雲は、幼いころ幽《ゆう》州刺《し》史《し》劉焉《りゅうえん》の侍郎《じろう》の張松《ちょうしょう》のもとに養われておりました」

「存じておる。わたしたちが初めて会ったのもそのころなのだ」

「そうでしたか。じつは、張松とわたしは幼馴染《おさななじみ》でして、張松は、劉焉が益州《えき》刺史に転じたとき同行しましたが、そのとき頼まれて一時あずかったことがあるのです」

それを引きとって趙雲が説明した。

趙雲は、主君と仰ぐのは劉備しかいない、と心に定めていたが、再会できたときは公孫瓚の軍中にあり、劉備の言葉もあって不本意ながら留《とど》まった。しかし、公孫瓚が仁君といわれた劉虞《りゅうぐ》を殺すやり方を見て、浪人した。そのあと劉備のもとへ駆けつけたかったが、一人の姉が病気で見棄てることができず、常山に戻って看病しながら、近所の子供に武芸を教えていた。その間、噂《うわさ》を耳にした袁紹から仕官するように望まれたが、ことわった。しかし、看病のかいなく姉は病死し、また、劉備が曹操に敗れて冀州に入ったという噂を聞いたので、陳震をたずねてきた——というのである。

「将軍、わたしからもお願いする。どうか趙雲をご家来の端に加えていただきたい」

と陳震は頭を下げた。

もとより劉備に異存はないが、ここで気になるのは袁紹の気持である。自分の招きに応じなかった趙雲が劉備に仕えたと知ったら、何かにつけていやがらせをするのではないか。

すると陳震が、

「そのことなら、わたしに一案がござる」

といった。

六

曹操は、有力な武将二人を失った袁紹はしばらくは動くまい、と判断し、官渡の守りを夏侯惇《かこうとん》と郭嘉《かくか》にゆだねて、ひとまず許都へ戻った。

彼は献帝に戦果を奏上したあと、諸将を集めて慰労の宴を開き、

「文醜を討ち取る前に、予がわざと輜重隊を先に立てたり、替え馬を放ったりしたとき、それが囮《おとり》だと見ぬいたのは荀攸だけだったな。しかし、荀攸も口が軽いのはいかんよ」

と思い出話に興じていると、汝南《じょなん》に派遣してあった一隊から早馬が到着した。黄巾賊《こうきんぞく》の残党である劉辟《りゅうへき》、龔都《きょうと》が袁紹の援助をうけて決起し、日ましに勢いをましている、という報告である。曹操は、

「袁紹の狙いは見えすいている。予を汝南におびき出し、その間に黄河を渡ってこようというのだ。しかし、放っておくわけにはいかん。誰かを送って、鎮定しなければならないが……」

と見回した。すると関羽が、

「拙者にお任せ下さい」

と申し出た。

「匪賊《ひぞく》相手の戦闘だ。きみに出馬してもらうほどのことではないが……」

「お言葉ですが、韓非子《かんぴし》が、千丈ノ堤ハ螻蟻《ろうぎ》ノ穴ヲモッテ潰《つい》エ、百尺ノ室ハ突隙《とつげき》ノ烟《けむり》ヲモッテ焚《や》ク、といっているではありませんか」

「さすがは関羽」

と曹操は膝を打って感心し、于禁《うきん》、楽進《がくしん》を副将とする五千の兵をあたえて、汝南への進発を命じた。

あとで荀彧《じゅんいく》が苦言を呈した。

「劉備が袁紹のもとに身を寄せている、という噂があります。このまま帰ってこないかもしれません」

「心配することはない。劉備の二夫人を許都に残したまま、関羽独りではどこへも行かんよ」

と曹操は確信をもって答えた。

「では、もし噂が事実であり、関羽がそれを知ったときは、どうなさいます？」

「関羽とかわした約束のことか。それについては、予にも考えがある」

曹操はひとりうなずいた。荀彧はそれ以上何もいわなかった。荀彧には、曹操の気持が痛いほどわかっていた。曹操は関羽に惚《ほ》れこんでしまったのだ。関羽を部下にするためなら、兗《えん》州の半分を譲っても惜しくない、というだろう。文であれ武であれ、曹操ほどその道に秀でたものを愛する人はいない。そして、荀彧自身がそうであるように、その才能を見出されたものは、曹操のもとにあって働くことに喜びを覚えるのだ。いいかえれば、曹操にはそれだけの人間的な魅力がある。

しかし、世の中には人間の力ではどうにもならないことがある。孔子《こうし》の弟子の卜商子《ぼくしようし》夏《か》は、死生命有リ富貴天ニ在リ、と喝破した。人間の生も死も、はたまた貧富貴賤も、すべては天命であって、個人の力ではどうにもならぬものだ、というのである。関羽が去るといえば、曹操はどうするだろうか。恩遇にこたえない関羽の頑固さに怒りを発し、殺そうとするのではないか。

一カ月後――。

関羽は黄巾賊の残党を蹴散らし、許都に凱旋《がいせん》してきた。それに先立って、于禁、楽進両将連名の報告書が曹操のもとに届けられた。

曹操は一読すると、

「門扉に回避牌《かいひはい》をかかげよ」

と側近に命じた。回避牌というのは、事情があってすべての訪問客を謝絶する、という意思表示の掛け札である。これがあるとき、訪客は面会を求めずに帰るのが礼儀である。

関羽は曹操に降伏したさい、劉備の生存が明らかになれば、二夫人を守って立ち去ることを条件とした。曹操はそれを受け入れたとき、その場合は必ず一言挨拶してからにせよ、といい、関羽も無断で去るような非礼はしない、と誓った。

于禁、楽進の報告では、汝南の戦場で、ある夜、関羽のところへ二人の男がたずねてきて手紙を届けた。関羽はその二人に返書をあたえて立ち去らせた。両将の兵士たちが二人を尋問しようとした。ところが、そのうちの一人は槍《やり》の名手で、たちまち十数人を突きふせ、もう一人の男といっしょに何処《いずこ》ともなく消えた。

戦闘で捕虜にした賊兵の供述によると、劉備は袁紹の陣中にあり、二人の男はその使いだったということである。関羽は許都に帰りしだい、脱出するに違いない、と于禁らは知らせてきた。

曹操は約束を守らなければならない立場にあった。しかし、彼は何としてでも関羽を手もとに留めておきたかった。それは、関羽ほどの勇者が自軍からいなくなり、逆に袁紹の側に入れば、その利害得失が大きい――というだけの理由からではなかった。

関羽が欠けるのは不利には違いないが、だからといって、袁紹に負けるとは思わなかった。それより、袁紹のような狭量の将では、関羽を使いこなすことはできないだろう。それどころか、顔良、文醜を討たれたことを憎み、関羽を殺すかもしれない。

回避牌をかかげておけば、関羽は許都を去る挨拶をできない。そういう非礼はしない、といった以上、牌がはずされるまで待つことになる。

それが曹操の考えた苦肉の策であった。

はたして、許都に戻ったその日の夕刻、関羽はたずねてきた。そして牌を見ると首をかしげて帰って行き、翌日は朝早く現われた。

三日目、四日目……そして、七日目のことである。関羽は、

「是非もない。かくなる上は去り行くのみ」

と呟き、一通の手紙を門内に投じて去った。

第三十八章　主従再会

一

曹操《そうそう》の真意は、関羽《かんう》にもわかっていた。何とかして関羽を自陣に引きとめようとして、会うのを避けているのだ。曹操ほどの人物が、ある意味では、いじらしいほどであった。

しかし、関羽の決意は不動であった。彼が黄巾賊《こうきんぞく》の残党退治に出陣したとき、暮夜ひそかにたずねてきた二人の男のうち、一人は徐《じょ》州で別れたきり、消息不明だった孫乾《そんけん》だった。

「ここでおぬしに会えるとは、夢にも思わなかった。あれ以来、どうしていたのか」

と関羽が問うと、

「曹軍に追われて各地を放浪したのち、時節を待って黄巾賊にもぐりこんでいたが、じつは、この男が……」

と孫乾は、もう一人の男を見た。男は頭を下げ、

「将軍、再びお目にかかれてこんな嬉《うれ》しいことはありません。それがし……」

「待ちたまえ。そこもとは、界《かい》橋の戦いのあとに別れた趙雲《ちょううん》子龍《しりょう》ではないか」

「覚えていて下さいましたか」

「おぬしも黄巾賊の陣中にいるのか」

「違います。いまは、劉皇叔様《りゅうこうしゅく》にお仕えしております」

「な、なんと？」

驚く関羽に孫乾がいった。

「その通り。ご主君はいま袁紹《えんしょう》のもとに身を寄せておられる」

「ああ！　ご無事でおわしたか」

関羽は天を仰いで目をとざした。感きわまって涙がこぼれそうになっていた。すると趙雲が、

「じつは、それがし、玄徳《げんとく》様が袁紹の陣中にいると聞き、旧知の陳震《ちんしん》をたずねて引き合わせていただきました。そして長い間の望みがかなって、幕下の端に加えていただいたのです」

そのあとを孫乾が引きとって、

「陳震というのは、ご主君のお目付役として袁紹が差し向けた男なんだが、ひそかにご主君に心を寄せていて、黄巾賊への連絡をかね、きみに手紙を届ける役を買って出た。趙雲はその護衛というわけだ。しかし、きみは陳震のことを知らぬし、趙雲とも一別以来十年近くになるとかで、はたして覚えているかどうかもわからない」

「わかった。そこでおぬしが陳震の代わりにきたのだな？」

「その通り」

「ああ、きょうは何という佳日だ。恥をさらして生きてきた甲斐《かい》があったというものだ。

さァ、その手紙を見せてくれ」

「万一、きみに会う前に捕らえられたら、と考えて持ってこなかった。それに、ご主君の立場は決して安全ではない。きみが曹軍にあって、顔《がん》・文《ぶん》両将を斬ったために、袁紹は烈火のごとく怒って、ご主君を殺そうとした」

「む、む……」

関羽は口ごもった。孫乾は、

「目下のところは、ご主君もまだご無事でおられるが、これから先は、きみ次第だ」

「まどろこしいな。おれがどうすればいいのか、早くいいたまえ」

「袁紹は、きみが曹操のもとを去って自軍にくることを条件に、ご主君の命を助ける、といっている。こうして許都《きよと》を出ているのだから、あすにでも曹軍から脱出してくればよかろう」

すると、関羽の顔が苦渋にゆがみ、

「孫乾、あすとはいわず、いますぐにでも行きたいが、そうはできない事情がある」

「さては、曹操の寵遇《ちようぐう》に……」

「何をいう！　おれは一日たりとも、ご主君のことを思わぬ日はないぞ。いますぐに行動を起こせないのは、許都に甘《かん》・糜《び》両夫人がいらっしゃるからだ。曹操に降《くだ》ったのも、両夫人をお守りするため……」

「そうであったのか。しかし、奥様方をお連れするのは至難であろう」

「関羽の命にかえても両夫人をご主君のもとへおとどけするが、趙雲に手伝ってもらえるとありがたい」

と関羽はいい、劉備《りゆうび》あての手紙を二人に託してそっと送り出した。

翌日、于禁《うきん》らの兵が二人を捕らえようとして逆に突き伏せられたことを耳にしたが、関羽は素知らぬ顔をした。そして許都に戻ると、二夫人にこのことを伝え、

「いつでも出発できますよう、ご用意下さい」

と頭を下げた。

関羽としては、できることなら曹操の許可を得て去りたかったのだ。もし曹操が拒めばどうなるかは、目に見えている。関羽一人なら赤兎馬《せきとば》の快足にゆだねることはできるが、二夫人がいっしょでは、追手を逃れることは不可能だろう。(そのときは二夫人を刺し、その場で自決するまでのこと)

と関羽は決心したのであった。

曹操は関羽が門内に投じた手紙を読んだ。いかにも関羽らしい雄渾《ゆうこん》な字である。

辱知《じよくち》関羽、許都ヲ去ルニ当タリ書ヲ以《もっ》テ、曹公ニ呈ス、吾《われ》、若クシテ劉皇叔ニ相見《あいまみ》エ、皇天后土《こうてんこうど》ノ下《もと》、義ヲ以テ生死ヲ共ニセントノ誓言《しこう》ヲ立ツ。前《さき》ニ下邳《かひ》落城ニ際シ、曹公ノ恩情ニ因リテ余命ヲ受ク、而シテ昨今袁紹ガ陣中ニ故主在リト聞ク、豈昔日《あに》ノ契リヲ忘レ得ン哉《や》、羽《う》ガ心情ヲ察シ賜ランコトヲ、サレド曹公ガ鴻恩《こうおん》ハ羽ノ胸中ニ深ク刻

マレタリ、何時《いつ》ノ日カ報ズルコトノ有ラン、会ワズシテ去ルノ非礼ヲ、請ウ、赦《ゆる》シ賜エ。

曹操は読み終えると、ため息をもらした。

そこへ程昱《ていいく》らの諸将が入ってきた。関羽は居館の中に、曹操から贈られた財物や十人の美人などをそっくり残し、二夫人を馬車に乗せると、赤兎馬を駆って北門から出て行ったというのである。程昱は、

「関羽の行為は、殿の恩情につけこんだ無礼きわまるものです。このまま放置したとあっては、殿のご威光をけがすことになりましょう。すぐに追手を差し向けるべきだと存じます」

「その役をぜひお命じ下さい」

と蔡陽《さいよう》なる部将が進み出ていった。

「いや、待て。関羽は彼なりに義をつくしているのだ。それに、予は彼と三つの約束をかわした。劉備が生きているとわかった以上、関羽が二夫人ともども去って行くのは、本当に残念だが、致し方ない。決して追跡してはならんぞ」

「殿、お言葉ではございますが、関羽が袁紹の軍に加われば、わが方にとっては大きな脅威となるのは必定、やはり留《とど》めておくべきではありませんか」

「程昱、それ以上はいうな。いま一番つらいのは、この曹操なのだ」

そういった曹操の目には涙が滲《にじ》んでいた。

諸将は言葉もなかった。才能あるものを愛する大将であることは知っていたが、関羽に対する思いがこれほどまで深いとは、わからなかったのだ。

一同が退出しかけると、曹操はふと思いついたように、

「張遼《ちょうりょう》はいるか」

「はい、ここに」

と張遼は前に出た。

「関羽がもっとも親しくしたのは、そちであった。考えてみれば、関羽の心を知りながら面会を避けたのは、予の過ちだった。彼のような天下の義士に、曹操は心の狭いものよ、と思われては残念である。別れねばならぬのなら、笑って別れたい。いささか餞別《せんべつ》の品も贈ろう。そちは先に参って、関羽を引き留めておけ」

「かしこまって候」

と張遼はただちに出発した。

一方、関羽は許都を出ると、ひとまず西へ向かった。冀《き》州へ行くには、北上して黄河《こうが》を渡るのがもっとも近道だが、それでは、両軍の間を通行することになる。それよりいったん洛陽《らくよう》の方へ行き、迂回《うかい》して黄河を渡る方が安全だ、と判断したのだ。

二夫人の馬車を守ってしばらく行くと、灞陵《はりょう》という小さな町にさしかかった。手前に川が流れ、歩数にして百歩ほどの橋が架かっている。

「おーい、待ちたまえ！」

そう叫ぶ声が駒音にまじって、関羽の耳に届いた。

関羽は、馬車を牽《ひ》く小者たちを先に行かせると、赤兎馬を橋上に止めた。橋の幅はせまかった。関羽が立ちはだかっている限り、一人も通ることはできないだろう。

「雲長《うんちょう》殿、しばし待たれよ」

そういいつつ近寄ってきたのは張遼であった。関羽は青龍偃月刀《せいりようえんげつとう》を小わきにかかえたまま、

「やあ、文遠《ぶんえん》殿か。おぬし、曹公の命令でおれを連れ戻しにきたのか」

と油断なくいった。張遼は、

「そうではない。曹公の指示でここに参ったことは確かだが、それは貴公に戻るよう説得するためではござらぬ」

「では、何のために？」

「曹公は雲長殿が去ったのを知って、心底から落胆された。しかし、訣別《けつべつ》がこの世の定めなら、言葉もかわさずに別れるのは本意に非《あら》ず、と仰せられて、いまこちらへお出《い》でになるところです。拙者は一足さきに、それを知らせに参ったもの」

「文遠殿、それはまことか」

「もちろんです。拙者を信じて、暫時お待ちあれ」

そういって、張遼は馬を下りた。

武人のたしなみとして剣は帯びているが、それ以外は武器を持たず、着ているものも平常のものである。

やがて、十数騎が疾駆してきた。

先頭に立ったのは曹操であった。そのうしろに、徐晃《じょこう》、于禁らが控えている。

礼儀としては、関羽は下馬すべきだった。しかし、彼は赤兎馬にまたがり、橋上に立ちはだかったまま声をかけた。

「これはこれは、何故《なにゆえ》のお出ましでございますか」

曹操は、つきそってきた部将たちをうしろに退《さが》らせると、単騎、前へ出た。

「関羽よ、許都を去るのはいいが、あまりにも慌《あわただ》しいではないか。せめて別れの酒を酌《く》みかわしてから出立してもよかったろうに」

「申し訳ございません。何度か参上つかまつりましたが、お目通りかないませぬ故、よんどころなく書面をもって口上にかえた次第、どうかお赦し下さい」

「回避牌《かいひはい》を門扉に掲げたのは、予の過ちであった。故主を思うおぬしの心に、あるいは、予があたえた財禄《ざいろく》にも一顧だにしない志に、ほとほと感じ入ったぞ」

「恐れ入ります。どうか、当初の約束をご想起下さいまして、関羽のわがままをお認め下さいますよう」

「もちろんである。前言をひるがえすようなことはせぬ。ただ、ただ……」

さすがに曹操は感情が昂《たかぶ》ってきて、言葉が出てこなかった。

関羽は頭《こうべ》を垂れ、

「曹公のご寛容、生涯、忘れませぬ。まことに名残惜しゅうござるが、わが心は故主のもとへ飛んでおります」

と手綱をひいた。曹操は、

「待ちたまえ。予もおぬしのことは忘れぬ。交わりし日月のあまりにも短かったのが残念であるが、それも致し方あるまい。ただ、ここに予の寸志を進呈したい。道中の路銀の足しに多少の黄白《こうはく》と、この錦袍《きんぽう》を着して雨露をしのいでもらいたい」

といい、徐晃に命じて、餞別の金品を差し出させた。関羽は、

「黄白はどうかお持ち帰り下され。ただ、その錦袍は、ありがたく頂戴つかまつる」

というと、手にした偃月刀をのばし、その切先にひっかけると、はらりと肩にかけ、

「これにて、ご免」

と一声残して、赤兎馬に鞭《むち》をくれた。

「殿、下馬もせずにあの振る舞い、目に余る無礼ではありませんか。これより彼を追って連れ戻し、謝罪させましょう」

と許褚《きょちょ》がいきり立っていった。

「そんなことはせんでもよい。関羽は一人、こちらは武装していないとはいっても、十数人、彼が万一のことを考えて用心するのも当然である」

曹操は部下たちをなだめ、馬首を許都へ向けた。

やむを得ず、諸将は後に従った。曹操はゆっくりと馬を歩ませながら、

「お前たちの考えはわかっている。関羽が袁紹の軍に加わったら、きっと我に仇《あだ》なすであろうから、そうなる前に討ちとるべきだ、と思っているのだろう。しかし、そうはなるまい」

「なぜでございますか」

「袁紹のような男に、関羽は使いこなせんよ。それに劉備にも、それがわかっているから、関羽の脱出を知りしだい、何か策をろうして袁紹のもとから離れるに違いない」

と曹操は予言した。

当面の敵は何といっても袁紹であり、劉備の動向はこのさい問題外であった。曹操としては、関羽が袁紹の戦力にならなければ、とりあえずは一安心なのである。

「それに」

と曹操はつけ加えた。

「関羽のような男は、力をもってなびかせることも、利をもって誘うことも、不可能といってよい。その気になれば、関羽は予のもとにあって栄達することもできた。にもかかわらず、彼は万死の危険をおかして、劉備のもとへ帰った。その志は、このさき千年、二千年ののちまでも語り継がれるに違いない。それは、とりもなおさず彼の独歩行を赦した予の度量をも、後世に伝えることになるではないか」

曹操の言葉は、部下をというより、彼自身を納得させようとしているかのようだった。

余談になるが、この灞陵橋は、いまでも残っている。

むろん、橋そのものは、当時のものではないが、許昌市《きょしょう》（許都）に通ずる街道や川ぞいに植えられた楊柳《ようりゅう》、そして土埃《つちぼこり》の舞う道をゆるゆる農夫に追われて行く牛車などを眺めると、千八百年も昔の情景が目にうかぶかのようである。取材に行った筆者はその橋の中央に佇《たたず》み、曹操と関羽の訣別に思いを馳《は》せて、しばし歴史の悠久さを想わずにはいられなかった。

それはさておき——。

関羽は、二夫人の馬車を追って赤兎馬を走らせたが、どうしたことか、十里、二十里と進んでも、馬車は見つからなかった。

（はて、どうしたことか）

関羽は不吉な予感にうたれた。曹操は、口ではきれいなことをいっても、部下を送って先回りさせたのではないか。そして二夫人をさらい、劉備のもとへ行かせまい、と謀ったのではあるまいか。

（おのれ、曹操め！）

関羽がそう思いこみ、許都の方へ馬首をめぐらしたとき、不意に山かげの道から、一人の若者が馬を駆って出てきた。黄巾を頭に巻き、戦袍《せんぽう》を身につけた若者は、馬首に生首をくくりつけ、そのうしろには百人ほどの雑兵がつき従っている。どれもこれも、猛々《たけだけ》しい面《つら》がまえであった。

関羽は偃月刀をかかえなおし、

「その方ども、曹操の手のものかッ」

とどなった。斬って斬って斬りまくってくれよう、と決意していた。

二

先頭に立っていた若者は、関羽の一喝をうけると、馬から飛び下りて片ひざをついた。

「お待ち下さい。われらは曹操の手のものではありません」

関羽の予想に反して、相手の態度はへりくだったものだった。しかし、関羽は油断することなく、偃月刀を構えたまま、

「しかし、頭に黄巾を巻いているところをみると、黄巾賊の残党であろう。どうせよからぬことをしているに違いない」

「はッ。じつは、それがしは襄陽《じようよう》の生まれで、姓は廖《りよう》、名は化《か》、字《あざな》を元倹《げんけん》と申すもの、兵乱のため志をはたし得ずして、このさきの山間《やまあい》に子分を集めて山賊まがいのことを致しておりますが、決して黄巾賊ではございません」

「たわけたことを！　同じようなものではないか」

「恐れ入ります。黄巾は汝南《じよなん》の劉辟《りゆうへき》から援助をもらうために巻いただけのことで、本心からのものではありません」

「しからば、その生首は何じゃ？　悪事をはたらいた証拠ではないか」

「お聞き下さい。これは仲間だった杜遠《とえん》というやつのもので、さきほど街道から馬車もろとも、高貴な女性《によしよう》二名をさらって戻って参りました」

「何！」

関羽はらんらんたる眼《まなこ》で廖化を睨《にら》みつけ、

「いずこにおわすかッ」

「どうかご心配なく。山塞で休んでいただいております」

「どういうことなのか、わけを申せ」

「何かわけありげなので、いかなる方か、おたずねしましたところ、劉皇叔の奥様方で高名な関羽将軍ともども、皇叔のもとへ帰られる途中とわかり、それがし、大いに驚きまして、杜遠に、失礼があってはならぬ、将軍にすぐさまお知らせしようといったのですが、やつはいうことをききません。それどころか、ご婦人方に無礼をはたらこうとしますので斬って棄《す》て、その首をもってお詫《わ》びのために罷《まか》り出ました次第……」

廖化はそういって頭を下げた。

しかし、関羽としてはにわかに信じ難い話であった。

「仲間の首を斬ってまで、わたしに好意を寄せるわけがわからんな。油断させるための虚言であろう」

「お疑いはもっともですが、それにはわけがございます。のちに申しのべるとして、これより案内します故、ご婦人方の無事をみずからお確かめ下さい」

廖化はそういうと、部下のものたちに、

「てめえらは、街道に居残って、将軍を追ってくる曹操の手のものがいたら、すぐに知らせろ」

と命じ、先に立った。

山道を登ると、ほどなく山塞に達した。

馬車をつないだ建物の中から、関羽の呼びかけに応じて、二夫人が姿を現わした。

関羽は赤兎馬を飛び下り、面前に進んで平伏した。

「申し訳ございませぬ。曹操との応接に手間どり、かかる難儀をおかけしたるは関羽の過ちです。どうかお赦しを」

「将軍、一時はどうなることやらと思いましたが、そこにいる人のおかげで無事を得ました」

「本当にそうですよ。どうか将軍からもお礼をいうておくれ」

と二夫人はこもごもいった。

関羽は廖化に改めて礼をいい、

「それにしても、どうして仲間を斬ってまでわれらを助けたのか、不思議ではある」

「それは、わたしの兄貴分の周倉《しゅうそう》、字を仲景《ちゅうけい》という男と関係のあることです」

「初めて聞く名前だが……」

「周倉は、わたしどもの仲間うちでは第一の豪傑で、こういう生業《なりわい》のものには珍しく、学問もあります。この周倉が将軍をお慕いすること甚《はなは》だしいものがありまして、日ごろから、自分が主人と仰ぎたいのはあの方しかいない、いつか必ずお目通りして、麾下《きか》の端に加えていただきたいものだ、と申しておりました。そんなわけですから、わたしも感化されまして、将軍にお目にかかることがあれば、お供させていただきたいと念じておりました。これからさき、道中すこぶる危険にみちておりましょう。犬馬の労をつくします故、どうかお連れ下さい」

と廖化は誠意を顕《あら》わにしていった。

「その気持は嬉しいが、随従は許されぬ」

「なぜでしょう」

「志はどうあれ、いまのおぬしは緑林の徒である。関羽がそれを供に従えて二夫人をお守りしたとあっては、劉皇叔のお名にも差し障りがあるではないか。しかし、きょうのことは忘れない。いつか再会の日もあろうが、そのときまでに生活を正しておきたまえ」

「わかりました。そのときは随従の願いを許して下さいますか」

「もちろんだ」

関羽は約束し、二夫人を馬車に乗せて先を急ぐことにした。

三

その日の夕暮、関羽の一行は、とある荘園に宿を求めた。主人は白髪白髯《はくはつはくぜん》の老人である。関羽が名前を名のると、老人は、

「これは驚きました。将軍のような義士をわが茅屋《ぼうおく》にお泊めする日があるとは夢にも思いませんでした」

と招じ入れ、妻女に手伝わせて一行をもてなした。

この老人は胡華《こか》といい、桓帝《かんてい》のころに議郎《ぎろう》（皇帝に政策を奉る役職）として出仕したことがあった。宦官《かんがん》の横暴にいやけがさして郷里に引っこみ、余生を送っている。

その夜、胡華は関羽の問いに答えて、

「冀州へ行かれるのでしたら、どこかで黄河を渡らなければなりませんが、聞くところによると、黄河北岸の河内郡《かだいぐん》の中ほどまでは袁紹の軍が固めているそうです。急ガバ回レといいますから、遠回りのようでも洛陽あたりまで行き、そこから渡河して并州《へい》を経て冀州へ入られたらどうでしょうか。このさきの滎陽《けいよう》の城主は王植《おうしょく》という人ですが、その下にわたしの息子の胡班《こはん》が働いております。息子あてに手紙を書きますので、何かと便宜をはからうことでしょう」

といった。

関羽は礼をのべて手紙をうけとり、翌朝早く出発した。

行くほどに、東嶺関《とうれいかん》という関門にさしかかった。ここを守る隊長は孔秀《こうしゅう》といい、約五百人の兵で通行する旅人を検問している。

孔秀は兵士の報告を聞くと、剣を扼《やく》して関羽の前に立ちはだかり、

「何者であるか。馬を下りて、名をいえ」

とどなった。関羽は赤兎馬にまたがったまま、

「漢寿亭侯《かんのじゅていこう》関羽、劉皇叔のご内室を守って洛陽に罷り越す旅でござる」

「それなら通行手形をお持ちであろうな」

「急ぎの出発のため持ってこなかった」

「では、許都へ戻り、手形を交付してもらうことだ」

「そのような時間はない」

「時間があろうとなかろうと、こっちの知ったことではないわい。掟《おきて》は曲げられん」

「その掟はわれらには適用されぬ。何となれば、曹公は約束を守ってみずから灞陵橋まで見送りにこられた。それ故、おぬしがわれらを通行させたからといって、咎《とが》められることはない。快く通したまえ」

「やかましい。ダメなものはダメだ」

孔秀はそういって、兵に門を閉じさせようとした。

関羽は偃月刀をのばして門扉をとめ、

「これほど申してもわからんとあれば致し方あるまい。いたずらな殺傷は好まぬが、さえぎるものは斬る！」

「小癪《こしやく》な」

孔秀は斬りかかってきた。身の程知らず、というべきであった。関羽が偃月刀を一振りしただけで、孔秀は血しぶきをあげて倒れた。

関羽は二夫人の馬車を通すと、ブルブルふるえている番卒に、

「孔秀を斬ったのは是非もないことである。その方どもは、見たままを許都へ知らせるがよい。決して咎められることはあるまい」

といい渡し、洛陽をめざして車を進めた。

次の関所は滎陽であった。

城主の王植は、関羽の口上を聞くと、

「お疲れでござろう。今夜は城内でゆるりとお寝《やす》みなされ」

と客殿に通し、酒食を供した。

関羽は礼をいい、二夫人を奥の間に休ませると、自分はその入口に座った。

真夜中、コトリ、と音がした。関羽は目をあけた。眠ってはいなかったのだ。

「何者じゃ？」

すると、物陰から鎧《よろい》に身を固めた男が現われ、

「城内において従事《じゆうじ》（補佐官）をつとめておりますもので、胡班と申します」

「そこもとは灞陵橋近くの胡華殿のご子息ではないか」

「父をご存知ですか」

「一夜のおもてなしをうけ、そのさい、そこもとへの手紙もあずかった。明朝ここを出る前にどなたかに聞いてお渡しするつもりだったが、ちょうどよかった」

と関羽はふところから手紙を出した。

それを読んだ胡班は、床に手をつき、声をひそめて、

「将軍、申し訳ございません。この手紙を頂かなければ、天下の義士を殺さんとする悪事に加担するところでした」

「何じゃと？」

「じつは、王植は東嶺関からの通報をうけ、将軍を殺害せんものと、ひそかにこの客殿の周りに薪《まき》をつみあげ、それがしの合図によって火を放つことになっております」

と胡班は報告した。

「そうであったか」

「わたしが馬車を用意します。二夫人をお連れになって脱出して下さい。頃合いをみて、わたしが何食わぬ顔で合図しますから」

「かたじけない」

関羽は二夫人を起こし、ひそかに客殿をぬけ出した。

胡班の手引きで一行が城外へ脱出したころ、後方の夜空に火の手が上がるのが見えた。

（危ないところであった）

関羽はほっとした。しかし、数里も行かないうちに馬蹄《ばてい》が聞こえてきた。関羽は馬車を大樹の陰にかくし、街道の中央に赤兎馬をとめた。

先頭は王植だった。

「将軍、何をお急ぎなさるか」

「急ぎはせぬ。危険な罠《わな》をさけたまでのことである」

「さては……」

王植は数百の部下に、

「斬ってしまえ」

と命じた。

関羽の髯《ひげ》がゆらゆらと揺れた。

「匹夫、分《ぶん》を知らざるか」

赤兎馬が跳び、偃月刀が夜空にきらめくと、王植の体は真っ二つになっていた。

関羽は再び西をめざし、泊まりを重ねて洛陽の手前にある汜水関《しすいかん》に達した。ここを守るのは卞喜《べんき》という男で、飛鎚《ひつい》という珍しい武器を得意にしている。刀の柄に鎖をつなぎ、その先端に鉄の玉がついている。この玉をとばして敵の剣にからめ、これを引き寄せて斬るのだ。

関門のわきに、鎮国寺《ちんこくじ》という古寺があり、卞喜ら守備兵はそこを宿所にしていた。

関羽の一行を迎えて卞喜は、

「将軍のご高名はかねてより承っておりますが、こうして拝眉の栄に浴し、まことに光栄であります」

とバカ丁寧に挨拶した。

「これは丁重なご挨拶だが、ここへくるまでに、孔秀、王植の両将を斬って参った。それをご存知か」

「洛陽の韓福《かんふく》から連絡がありました。失礼のないようにせよ、と」

卞喜はうやうやしくいい、部下に命じて、関羽や二夫人を方丈へ案内させた。

方丈では僧たちが揃《そろ》って出迎え、そのうちの一人が茶をいれて運んできた。このころ、茶は貴重品であった。疲れをとり心神をさわやかにする妙薬として用いられていた。

「これはありがたい」

関羽は礼をいうと、僧は、

「将軍は故郷を出られてから、いかほどになりましょうか」

とたずねた。

「さよう、二十年近くにもなりましょうか」

「拙者を覚えておられますか」

「申し訳ないが、どこで、お目にかかったものやら……」

「河東《かとう》郡で将軍のお宅とは、川一筋へだてたところでした。手前は普浄《ふじょう》と申します」

「さようでしたか。それはなつかしい」

と関羽はいった。しかし、胸中では、普浄がなぜそんなことをいったのか、疑問に思っていた。川一筋へだてたところ、と相手はいったが、関羽の生家は川からは遠かった。

すると卞喜が、

「将軍に対して、なれなれしくしおって失礼ではないか。くそ坊主、あっちへ行け」

とどなった。

普浄は腰をかがめて去ったが、そのとき、左腰のあたりを軽く拳《こぶし》で叩《たた》き、関羽に、

「油断なさるな」

といわんばかりに目配せした。

関羽は悟った。故郷の話をしたのは、関羽に警戒心を抱かせるためだったのだ。

卞喜は普浄を追い払うと、

「今夜はゆっくりご休息下さい。それがしが徹夜で護衛致します。その偃月刀もおあずかりしましょう」

「これか」

関羽は偃月刀を引き寄せ、

「重いぞ。おぬしには持てまい」

「持てるかどうか、ともあれお渡し下さい」

「おぬしも、もののわからん男だな。関羽がそのような策略にはまると思うのか」

と立ち上がった。

卞喜はさっと飛びのき、部下の差し出す飛鎚を手にとると、

「これでも喰《く》らえ！」

と鉄玉を飛ばしてきた。

ガラガラと音をたてて、鉄玉は偃月刀にからみついた。

「しめたッ」

卞喜は大喜びで関羽を引き寄せようとした。しかし、彼は計算違いをしていた。関羽の武器をからめ取ったつもりだったが、関羽が偃月刀をぐいッと振ると、飛鎚もろとも、卞喜の体は宙にハネとばされ、地に墜《お》ちる前に両断されてしまった。

卞喜の部下たちはこれを見て逃げ散った。

関羽は、二夫人に、

「長居は無用かと存じます。お疲れとは思いますが、どうかお仕度なさいますように」

といい、さらに普浄に、

「貴殿のおかげで助かりました」

と礼をのべた。普浄は、

「いやいや、将軍のような方がこの乱世に在ること自体、奇蹟《きせき》といってもよろしい。どうか、御身を大切に。拙僧もこの寺に留まることもできぬ故、雲とともに流れましょう」

といった。

普浄は南へ、関羽の一行は西へ向かった。寒風に木の葉が舞い、垂れこめた雲からは粉雪が落ちてきた。

四

洛陽を守っている韓福は、関羽一行がこちらに向かってくるという知らせをうけると、部下を集めて対策をねった。

「関羽は、袁紹陣営の竜虎といわれた顔良《がんりょう》・文醜《ぶんしゅう》を一刀のもとに斬って棄てた豪傑だ。まともに戦うのでは勝ち目はない。何か策略を用いて生け捕りにしたいが……」

と韓福がいうと、孟坦《もうたん》という力自慢の男が進み出て、

「なァに、関羽も人の子です。戦う前から恐れる必要はありません。わたしが出て相手になります。頃合いをみて、わざと負けて城門内に逃げこみますから、追ってきた関羽に門の上から網を投げて捕らえて下さい。それを許都へ送れば、きっと恩賞を頂けます」

「なるほど、それは名案だ」

韓福は手をうって喜び、すぐさま大きな網を用意させた。

ほどなく関羽は、二夫人の馬車を守って城門の外に到着した。韓福は城門の上に立って声をかけた。

「そこへくるのは何者か」

「漢寿亭侯関羽、劉皇叔のご内室方を守って当地から黄河の渡し場へ行くところである」

「それからどこへ行く？」

「河内郡へ参る」

「さては袁紹のところへ行く気だな。そんなことは許されんぞ。とっとと戻れ」

「おぬしは知らぬだろうが、これは曹公とかわした約束に従ってのこと」

「黙れ！　孟坦、あいつを捕らえろ」

と韓福はどなった。

「おう」

と声を発して、孟坦は城門を開き、長剣を振りかざして関羽に斬りかかった。孟坦の心づもりでは、数回刃《やいば》をまじえてから、かなわないふりをして城門に逃げこむ予定だった。しかし、彼は、あまりにもおのれを、そして関羽をも知らなさすぎた。

関羽は苦笑しながら、偃月刀の先で孟坦の長剣をハネ飛ばし、落ちてきたそれを左手でつかむと、城門の上に立っている韓福へ投げ飛ばした。

長剣は韓福の胸に突き立った。韓福は悲鳴を発してまっさかさまに落ちた。

孟坦は肝を冷やして逃げこもうとした。だが、駿足《しゅんそく》赤兎馬はそれを許さなかった。あッという間もなく関羽は追いつき、偃月刀の一振りが孟坦を両断した。

そうなっては投網どころではなく、城兵たちは武器を放り出して逃走した。

関羽は城内で食糧を調達してから、北の平陰《へいいん》へ向かった。黄河を往来する渡し舟の発着場をひかえた町で、そこを守備しているのは、夏侯惇《かこうとん》の部下の秦琪《しんき》だった。虎眼赤面の猛将である。すでに洛陽から逃げてきた兵の報告を聞いて、関羽を待ち構えていた。

関羽にとっては最後の関門だった。黄河を渡れば、対岸には孫乾と趙雲が迎えにきてくれているはずである。北岸の河内郡は、行政区画としては司隷校尉《しれいこうい》部に属しているので、曹操の管轄内に入るが、現実には勢力圏外になっていた。従って、黄河を渡れば冀州までは、もはや何ものにも妨げられずに行ける。

（ああ、あと一息だ。河を渡れば間もなくお目にかかれる）

そう思うと、関羽は万感こもごも胸に迫って、息がつまるほどだった。

むろん、秦琪の方は、そうはさせじと立ちはだかっている。はじめからけんか腰で、

「やい、関羽。おれは他の連中とは違うぞ。翼をもたぬ限りは、ここを渡ることはできんと思え」

「身のほどをわきまえぬ大言である。二つとない命を粗末にいたすな」

「やかましい。通れるものなら通ってみよ」

「やむを得ぬ」

関羽は吐息まじりに呟《つぶや》いて赤兎馬を進めた。秦琪は猛然と突進してきた。得意の槍《やり》で、ただ一突き……、と思ったとき、

「ぶうん！」

と凄《すさ》まじい音がした。

それが秦琪のこの世で最後に聞いた音だった。

関羽は、秦琪の部下を追い払うと、渡河の準備にとりかかった。二夫人と馬車、それに赤兎馬を積むとなると、かなりの大船が必要である。

しかし、渡し場に繋留《けいりゅう》されているのは小舟ばかりだった。

すると、対岸から一隻の渡し舟が着岸し、下船してきた旅人の一人が、仁王立ちになっている関羽を見て駆け寄ってきた。行商人に姿を変えた孫乾だった。

驚く関羽に孫乾は説明した。

汝南で、曹操の陣営にいたときの関羽に撃破された劉辟と龔都《きょうと》は、曹軍が引き揚げたあと、再び部下を集めて勢いを盛り返した。それに目をつけた袁紹は、劉備を応援に行かせたというのである。それだけではない。徐州で散りぢりになって行方不明だった糜竺《びじく》・芳《ほう》の兄弟、簡雍《かんよう》らが、劉備の健在を知って冀州へ参集し、旧部下も馳せ参じてきて、約五千名になった。そして趙雲をふくめて、汝南郡へ同行した。

「そのことを知らせに渡河してきたのです。ここから二夫人ともども汝南へ向かっていただきたい」

と孫乾はいった。

それを聞いて、関羽は茫然《ぼうぜん》となった。汝南は、はるか南である。再び洛陽を抜けて潁川《えいせん》郡を通過しなければならない。その大半は、曹操の勢力圏内だった。

だが、関羽に逡巡《しゅんじゅん》はなかった。そくざに馬首を南へ向けた。劉備がいるなら地の果てまでも行く気である。

北から吹きつける木枯らしに追われるように、洛陽を過ぎて郡境にさしかかったとき、砂塵《さじん》を巻いて追ってくる一軍があった。関羽は孫乾に二夫人の馬車をゆだね、街道に立ちはだかった。

追手の旗印は夏侯惇のものであった。さすがに関羽は緊張した。これまで一撃のもとに倒してきた相手とは比べものにならぬ強敵である。

夏侯惇は先頭に立っていた。関羽の手前三十歩のところで馬をとめると、

「関羽よな」

と叫んだ。

「見ればわかるであろう。赤兎馬とともにあるのは関羽を措《お》いてないことは、三歳の童児でも知っていることだ」

「その赤兎馬は誰から拝領したのだッ。その恩を忘れ、あまつさえ多くの部将を殺して逃げるとは！」

「おぬしなら曹公とわたしの三約を知っていよう。忘恩の徒呼ばわりは許さぬぞ。それだけではない。親の心、子知らず、というが、曹公の大度量を傷つけるのは、おぬしのような浅慮の輩《やから》である。曹公が知ったら、さぞかしお嘆きだろう」

「つべこべいわずに、おとなしくお縄を頂戴いたせ」

「惇よ、大言壮語もいいが、おぬしの前にいるのが誰か、本当に見えているのか」

と関羽はうそぶいた。

「おのれ！」

夏侯惇は槍をかざして突進してきた。

関羽は迎え撃った。

そして、偃月刀と槍とが火花をちらして数十合に及んだころ、

「待たれい」

と大声を発しつつ馬を飛ばしてきたものがあった。

張遼であった。

両者は互いに手綱をしぼった。張遼はその中間に割って入ると、

「やはり曹公がご心配になったとおりであった。それがしは曹公の命令をうけて駆けつけたものでござる」

「殿のご命令？」

と夏侯惇はいささか鼻白んで反問した。

「いかにも。じつは、孔秀らが雲長殿一行の道をさえぎったばかりに殺された、とお聞きになって、街道筋に布告を送らなかったのは自分の過失だった、と曹公は仰せられた。そのために無用の流血を招いたのはわが罪である、とも悔やまれた。そして、これ以上は犠牲を出さないために、それがしに通行手形を届けよ、とお命じになったのだ」

「そういうが、秦琪は蔡陽に頼まれて、おれが預かった男だ。それを殺されて、のめのめ

と引き退れるものか」

「曹公のご命令に従わぬ、というのか」

と張遼はじわりといった。

夏侯惇は唇をかみしめ、

「いや……そうではないが」

「ならば兵を引きたまえ。蔡陽にはわたしから説明しておこう」

張遼の言葉に、夏侯惇はしぶしぶと引き揚げて行った。関羽は、

「まことにやむを得ぬ仕儀とはいいながら、孔秀ら曹公の部下を斬って棄てたことを、はなはだ心苦しく思っていた。許都へ戻ったら、どうかよしなにお話し下され」

「心得た。しかし、雲長殿、冀州へ行くには黄河を渡らねばならぬはずだ。これでは道が違うではありませんか」

「それはわけがあってのこと」

「わけとは？」

張遼に問いつめられて、関羽は迷った。劉備が汝南にいることを教えるのは、いまや敵である曹操に情報をもらすことになる。

「わけはいえぬ。が、おぬしの友情や曹公のご配慮を思い、これだけは申し上げておきたい。関羽は袁紹のもとへ行くのではない。二夫人をお守りして、劉皇叔のもとへ帰って行くのだ」

「わかった。では、通行手形をお渡しする。道中、気をつけたまえ。いずれ戦場で会う日がくるかもしれないが、そのときは、お互い武人の面目にかけて全力をつくすことにいたそうではないか」

「その言やよし。張文遠よ、おぬしの友情は決して忘れぬぞ。さらば……」

関羽は手を振り、赤兎馬に一鞭くれて二夫人の馬車を追った。

五

関羽の一行は、潁川郡（豫州《よ》）に入ると、西方の南陽郡《なんよう》（荊州《けい》）との境に沿って走る山道をたどって、汝南をめざした。

途中、平頂山《へいちょうざん》という大きな山がある。そこを越え、汝水《じょすい》を渡れば汝南に入る。道は険しいが、曹操の勢力圏を避けることができるのだ。

平頂山の手前の臥牛山《がぎゅうざん》という小山にさしかかったときだった。いきなり数十人の山賊が出現し、

「やい、旅人ども。命だけは助けてやるから馬その他、おれたちに渡せ」

とどなった。

関羽は苦笑した。

すると、山賊たちをかきわけて前へ出てきた頭目が、関羽を見るなり、手にしていた刀

を投げうち、

「てめえたち、引っこんでいろ」

と叱りつけた。そして関羽に敬礼し、

「失礼ながら、関羽将軍ではございませんか」

と礼儀正しくいった。

「いかにも関羽であるが……。どうしてわたしのことを知っているのだ？」

「手前は周倉、字を仲景と申します。かなり昔のことになりますが、黄巾の乱のころ波才《はさい》という渠帥《きょすい》のもとにいまして、長社《ちょうしゃ》の戦いで将軍のお姿を拝見したことがございます」

「長社の戦いのことはよく覚えている。あのときはじめて曹操に会ったのだ」

「わたしは、そのときから将軍にお仕えしたいと念じていたのですが、事、志と違って、このさきの平頂山を根拠に、このような恥さらしを続けておりました。ここではからずもご尊顔を拝するを得たのは、かかる生業を続けながらも、弱いもの貧しいものは決して狙わず、もっぱら悪徳商人や強欲地主を獲物にしてきたことを、天がお認め下さったのでございましょう。どうか馬列の端にでもお加え下さいますよう」

と周倉は平伏した。関羽がよく見ると、周倉は肩に負傷している。

「お前のことは前に廖化から聞いた。だが、その傷はどうしてできた？」

「手前どもが平頂山にいたのですが、さきごろ豹頭虎鬚《ひょうとうこしゅ》の大男で、蛇のかま首のような矛をもったやつに乗りこまれました。これはそのときの傷ですが、大したことはありません」

「その大男の名は？」

「存じませぬ」

関羽は孫乾に、

「人相や武器からいって、きっと張飛《ちょうひ》に違いない。先に行って、ご内室方をお迎えする用意をしておくよう、話してもらいたい」

「承知した」

孫乾はすぐさま出発した。

数刻後、五百人の手下を従えて疾駆してきた大男があった。はたして張飛であった。関羽は喜びにたえきれず、

「なつかしや、張翼徳《よくとく》……」

「黙れ、この義理知らずの人でなし野郎！」

と、意外なことに張飛は雷声を発した。

「おい、何をいう」

「くそったれめ！　家兄を裏切って曹操に降参し、何とかの侯にしてもらって、美女に囲まれ、ぬくぬくと暮らしていると聞いたぞ。そんなやつは、もはや義兄弟ではない。おれが家兄に代わって始末してやる。さァ、こい！」

「待て。孫乾から話は聞かなかったのか」

「孫乾はだませても、おれはだませんぞ」

　このやりとりを聞いた二夫人が、馬車のすだれをかきあげ、

「張飛殿、そういきり立ってはいけませぬ。関羽殿はわたしたちの安全を思って……」

「お話は、この不義不忠者を成敗してからうかがいます。さァ、行くぞ」

　そのとき、背後から曹軍の旗幟《きし》を立てた五千の軍が迫ってきた。先頭は蔡陽だった。張飛は、

「それ見たことか。曹操に頼んで、援軍を出してもらったのだ」

「おぬしは誤解しているのだ。おれが蔡陽を片付けてくる間に、ご内室方からくわしい話を聞いておいてくれ」

　関羽はそういうと、単騎、五千の軍に立ち向かった。

　蔡陽は数を頼んで関羽に襲いかかった。

　関羽と赤兎馬は駆けた。そして、蔡陽とかけ違ったかと思うと、偃月刀は一閃《いっせん》し、蔡陽の首を飛ばしていた。

　関羽はその首をもって駆け戻ると、張飛の前に投げ出し、再び大軍めがけて走り去った。

　この間、周倉も関羽に従い、長槍をふるって奮戦し、ついに二人で戦意を失った曹軍を蹴散らしてしまった。

　張飛は、返り血を浴びて戻ってきた関羽に、

「いやァ、何ともどうも……どうしておれにも獲物を残してくれなかったんだ」

とけろりとしていった。

「おれに二心のないことが……」

「すまん、おれの軽忽《けいこつ》はどうも直らんな」

照れくさそうに張飛はポカポカと自分の頭を叩いた。

二夫人が平頂山の山塞で旅の疲れをいやしている間に、関羽と張飛は、周倉の配下のものに劉備の居所を探らせた。

劉備は汝南の西、荆州に近い舞陽《ぶよう》の関定《かんてい》という豪族のところにいた。

関羽はその報告をうけると、

「孫乾、ご内室方を頼むぞ」

といい残し、赤兎馬に跨《またが》った。

「おれも行く」

張飛が叫び、二人は馬首を並べて走った。

舞陽まで、関羽と張飛は駆けに駆けた。主従というより、桃園《とうえん》の義兄弟の再会は目前に迫っていた。

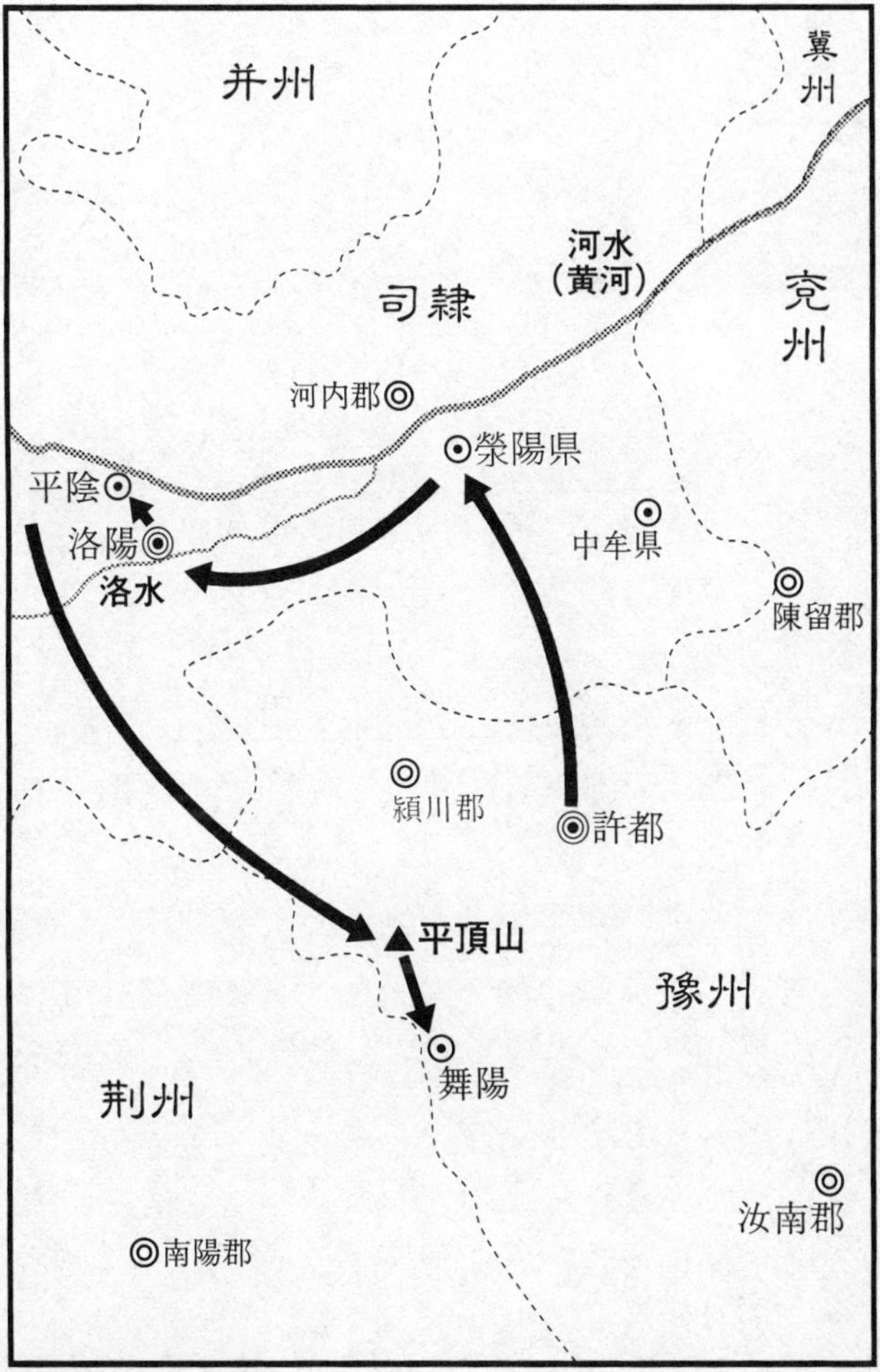
并州
冀州
河水
(黄河)
司隷
兗州
河内郡
滎陽県
平陰
洛陽
洛水
中牟県
陳留郡
潁川郡
許都
平頂山
豫州
舞陽
荊州
汝南郡
南陽郡

関羽「許都」脱出行図

第三十九章　江東《こうとう》の凶変

一

曹操《そうそう》は、許都《きょと》に戻ってきた張遼《ちょうりょう》から、関羽《かんう》が黄河《こうが》を渡らずに南へ向かったと聞くと、すぐに荀彧《じゅんいく》らの幕僚を集めて会議をひらいた。会議といっても、いかめしいものではない。酒食が出て、くつろいだ雰囲気のなかで、各人が遠慮なく自分の考えをいい、もしその考えに異をとなえるものがいれば、互いに気のすむまで論議する。会議というよりも、仲間同士の肩のこらない討論会のようなものであった。

こうしたやり方は、当時にあっては、曹操の陣営だけのものだった。董卓《とうたく》が出現する以前、朝廷に権威があったころの廟議《びょうぎ》は、衣冠束帯にいかめしく威儀を正した朝臣たちが居並び、主宰する司徒に何か問われれば、そこで初めて賛否をいうだけである。また、あらかじめ朝廷を牛耳る権力者の意向が耳打ちされているので、あえて逆らうような意見を吐くものはいない。かりに反対するとしても、それは形式的なもので、その反対があったことによって、決定がかえって重みをます場合に限られていた。どうせ前もって決められている権力者の意向に、心底から徹底的に反対すればどういう目にあわされるか、誰もが知っていた。権力者というのは宦官《かんがん》の張譲《ちょうじょう》らのことだが、その場は無事にすんでも、あとで復讐《ふくしゅう》されるのである。

現に、曹操は若いころ議郎《ぎろう》の職にあったときに、苦い体験がある。曹操は頓丘《とんきゅう》の県令を免職になったあと、故郷に戻っていたが、しばらくして都に召し出され、議郎に任命されたのだ。政治上の問題について意見を上申し、天子を補佐する役である。曹操は、地方で不正をはたらく役人が宦官に賄賂を送って取り立てられ、逆に清廉なものが無実の罪を着せられている実情を上中書に書いて霊帝《れいてい》に出した。

そのあと、曹操に忠告するものがあり、宦官の陰険なしかえしを避けるために、辞職した方がいい、といわれた。が、辞表を出す前に、ごくささいな過失を理由に、曹操は罷免された。

その後、黄巾賊《こうきんぞく》の鎮定の功労で、曹操は済南《さいなん》の相《しょう》に任ぜられた。そして治政の実績をあげて東《とう》郡太守《たいしゅ》の内示をうけながら、あえて辞退して再び故郷に戻ったのも、そういう体験があったからなのである。

宦官たちが掃討され、董卓が実権を握ってからあとの廟議は、意見を交換したり議論をたたかわせたりする場ではなくなった。董卓の一方的な決定を拝聴するだけのものになった。

董卓は悪虐無道な男だったが、若いころは必ずしもそうではなかった。匈奴《きょうど》との戦《いくさ》で手柄を立て、絹九千匹の恩賞をうけたときは、そっくり部下に分けあたえた。また、羌族《きょう》との戦で、他の部将たちが全滅したのに、董卓の軍だけが一兵も損ずることなく帰還できたのは、参謀の意見に耳を傾けたからだった。

だが、権力を握ってからの董卓は、人の意見を用いず、気に入らない者を殺し、天子をないがしろにし、民を苦しめた。そのために曹操らは挙兵し、兵乱が続いて多くの人が死んだ。

そのことで、曹操は詩をつくったことがある。荒廃した洛陽《らくよう》に入ったときの「薤露《かいろ》」と対をなすもので「蒿里《こうり》」と題する五言詩である。

関東ニ義士有リ
兵ヲ興シテ群凶ヲ討ツ
初メ盟津《めいしん》ニ会スルヲ期シ
乃《なんじ》ノ心ハ咸陽《かんよう》ニ在リ
軍ハ合力《ごうりき》スルモ斉《ととの》ワズ
躊躇《ちゅうちょ》シテ雁行《がんこう》ス
勢利ハ人ヲシテ争ワシメ
嗣《つ》イデ還《ま》タ自ラ相戕《そん》ズ
淮南《わいなん》ニ弟ハ称号シ
北方ニ璽《じ》ヲ刻ム
鎧甲《がいこう》ハ蟣虱《きしつ》ヲ生ジ

万姓《ばんせい》ハ以《もつ》テ死亡ス
白骨ハ野ニ露《あらわ》レ
千里鶏ノ鳴ク無シ
生民ハ百ニ一ヲ遺シ
之《これ》ヲ念《おも》エバ人ノ腸《はらわた》ヲ断ツ

蒿里は泰山《たいざん》の南にある山の名で、人が死ぬと、魂がここに集ってくるといわれたことから墓地の意味となり、さらには葬送の歌をいうようになった。薤露が王公、貴人の葬送歌であるのに対し、蒿里は士大夫《したいふ》や、庶民の挽歌である。

この歌の意味は――。

洛陽の東の忠義の士は、(董卓のような)悪人の群れを討つべく、盟津で(むかし周《しゆう》の武《ぶ》王が諸侯と会盟したように)同盟した。その心は長安《ちようあん》(咸陽に近い)の天子に忠誠をつくすにあったが、軍はできてもバラバラに飛ぶ雁《かり》の列のようで、ついには勢力と利益を争って互いに殺し合った。淮南の弟(袁術《えんじゆつ》のこと)は天子を僭称《せんしよう》し、北方では(袁紹《えんしよう》が)玉璽《ぎよくじ》を刻もうとするありさまである。(長い兵乱のために)鎧《よろい》や甲《かぶと》はシラミがわき、庶民は死亡し、白骨は野に放置されて、見渡す限り鶏の声さえない。生き残ったものは百人に一人、こうしたことを考えると、断腸の思いがする。

二

曹操は、自分が乱世に適《む》いていることを自覚している。だからといって、そのことに満足しているのではなかった。おのれの役割は、この乱世を泰平の世に戻すことであり、それが果たせればいつ死んでも悔いはなかった。

すでに董卓やその残党は亡《ほろ》び、袁術も呂布《りょふ》も死んだ。だが、曹操の立場からすれば、群凶はまだ残っており、その筆頭は袁紹であった。顔良《がんりょう》、文醜《ぶんしゅう》の二将を失ったとはいえ、袁紹の勢力は強大である。土地は豊かだし、動員できる兵力は、曹操よりはるかに多い。

もっとも、曹操は兵力差については、さして気にしていなかった。少ないのは不利には違いないが、勝敗を分かつ決定的な要素だとは考えていなかった。知略を用い、作戦が優《まさ》っていれば、小よく大を倒すことは可能である。

ただし、関羽のような一騎をもって万余の大軍を退ける勇将が、袁紹のために奉公するとなると、これは厄介である。

関羽の退去に、曹操の部下たちが懸念を抱いたのもそのためだったが、曹操は若いときから袁紹の人物を見ぬいており、とうてい関羽を使いこなすことはできまい、と判断していた。ただ、万一ということはある。関羽を使いこなせる人物、つまり劉備《りゅうび》が袁紹のために関羽を動かすことはあり得た。

曹操の見るところ、劉備は袁紹にあごで使われる人物ではない。だが、袁紹のもとに身を寄せている状況では、内心の思いはどうあれ、うわべは従順にならざるを得ないこともあるはずだった。そして劉備は、おのれの志を隠して、従順さを装うことのできる男である。じじつ、許都にいたころはそうだったのだ。羊の皮をかぶった狼《おおかみ》だった。

曹操は、劉備を袁紹のもとに留《とど》めておくことは、自分にとって不利になる、と判断した。結果として、関羽の力を袁紹のために発揮させる恐れがある。

曹操陣営の勇将たちが力を合わせて立ち向かえば、関羽一人に負けるはずはない。もしそのときがくれば、死力をつくして戦うだろう。

だが、将来はともあれ、いまは関羽とは戦いたくなかった。降伏してから退去するまでの関羽の一挙一動に、曹操はいわば惚《ほ》れてしまったのだ。それは、いわば片想いに終わったが、それはそれで致し方ないことである。あとはただ、関羽の力を袁紹に利用させないようにすることだった。

曹操は、どうすればよいか、と苦慮した。

彼の幕僚には、知略に富んだ人材が豊富である。もっとも信頼する荀彧をはじめとして郭嘉《かくか》、賈詡《かく》、荀攸《じゅんゆう》、程昱《ていいく》などである。

曹操は、このことを誰に諮ればよいか、大いに迷った。

荀彧は、大所高所に立った政略に関する限り、最高の答えを出してくれる。だが、山野で数万の敵軍とどう戦うかの戦術になると、決してすぐれているとはいえない。そういう局部の作戦についてなら、郭嘉がもっとも秀でている。また、兵をどう配置するかについてなら、賈詡が的確な判断を示す。要するに、それぞれ得手不得手があるのだ。

迷った末に、曹操は荀彧を呼び、

「この手の策略となると、そちが得意ではないのは承知だが……」

「恐れ入ります」

と荀彧は苦笑した。曹操は、

「そこで相談したいのは、誰に任せたらよいか、ということだ。予にも一案はあるが、そちの考えを聞きたい」

「さようですな。では、こう致しましょう。わたしが適当だと思う人物の名前をこの掌《てのひら》に書きます故、殿もそうなさって下さい。同時に掌をひらいて、その名前が同じであれば、その人物がきっと妙手を考え出してくれるに違いありません」

「それはおもしろい」

曹操は、卓上の筆硯《ひつけん》から二本の筆をとりあげ、一本を荀彧に渡した。

二人はそれぞれ掌に名前を書いた。

「では……」

互いに手をのばしてからパッとひらいた。

「鄭欽《ていきん》」は曹操。

「鄭士元《しげん》」は荀彧。

要するに同じである。二人は顔を見合わせてにっこり笑った。政略でもなければ戦術でもない策略なのである。鄭欽がいい、と二人は一致したのだ。

すぐに鄭欽が呼ばれた。荀彧から説明を聞いた彼は、

「つまり、関羽が冀州《き》へ走ることを許しはしたが、袁紹のために働くようでは困るから何とかせよ、ということですな」

「そうだ。きみの意見を聞きたい」

「簡単なことではありませんか」

と鄭欽は事もなげにいった。

曹操は鄭欽をそれなりに評価しているが、陣営内の評判はあまりよくなかった。曹操を離れて呂布のもとに走った陳宮《ちんきゅう》の義弟であることが作用しているようだが、本当の理由はほかにある、と曹操は感じている。

鄭欽は、ある意味で若いころの曹操に似ているところがある。おのれの知を誇るというわけではないのだが、頭の回転が速いために、胸にうかんだことをじっとしまっていられずにすぐさま口に出す。そのために、生いきなやつだ、と思われてしまうのだ。

この場合もそうだった。たとえば荀彧ならば、何か妙案を思いたったとしても、いったん心の中で反芻《はんすう》してから口に出すだろう。

「鄭欽、いやにあっさりいうが、どうしようというのだ？」

と曹操はやや強い口調でいった。

「これは、わたしよりも将軍の方がよくご存知のことですが、『孫子《そんし》』の九地篇《きゅうちへん》にこういう言葉があります。兵ヲ為《な》スノ事ハ敵ノ意ニ順詳スルニ在リ」

「うむ」

曹操はうなずいた。鄭欽は、

「わたしなどが説明するまでもありませんが、敵が何を考えているか、それをじゅうぶんに把握せよ、という意味だろうとわたしは解釈します。袁紹としては、関羽が自軍にくるのは、吉か凶か、じつは悩んでいるのではないでしょうか。戦力としては欲しいが、顔良や文醜の友人縁者は、関羽を心から歓迎することはないでしょう。といって放逐すれば、その狭量を天下に笑われる。ですから、こちらでそれを解決してやるのです」

「どうやって？」

「関羽は袁紹のもとへ行くのではありません。劉備のところへ行くのです。劉備を冀州から出せばよいわけで、そのために汝南《じょなん》でほそぼそと生きながらえている劉辟《りゅうへき》や龔都《きょうと》を利用します。劉備に応援にきてほしいというかれら名義の書状を偽造して届ければ、袁紹は劉備を送り出すはずです」

「荀彧、どう思う？」

と曹操に問われ、荀彧は、

「気がつきませんでした。妙案かと思われます」

と答えた。

こうして、すべては思惑通りに運び、劉備が冀州を出たのだ。

とはいえ、問題はまだ残っていた。袁紹との全面戦争を前にして、曹操陣営にとっては背面にあたる南方に不安があった。

その不安とは——。

江東《こうとう》の麒麟児《きりんじ》、孫策《そんさく》がどう動くかである。

この日の会議も、そのためにひらかれたのだった。張遼が戻ってくる前日、孫策から使者がきて朝廷への表文を提出した。使者は、孫策の信頼している張紘《ちょうこう》だった。

表文の内容は、漢《かん》室の権威が回復しつつあり、天下がしだいに平安を迎えようとしていることを慶賀する、というものだが、最後の方に、それを磐石《ばんじやく》ならしめるためにも、自分を大司馬《だいしば》に任命してもらいたい、と書きそえてあった。前半はつけたしであり、最後の一行が本音なのだ。

曹操は孫策の表文を一同に読み聞かせ、どう思うかを問うた。

「若いくせに、大司馬を望むとは、不遜《ふそん》きわまるやつです。断じて認めてはなりません」

「孫策は、並の武将ではありません。彼がわが軍の後方を襲ってきたら、厄介なことになる。名前だけなら、くれてやってもいいではありませんか」

「そういうが、大司馬は朝廷の軍略を決定する職ですぞ」

「職名だけなら、袁紹だって大将軍だ。気にすることはあるまい」

「それは違うぞ。殿はいまもって司空《しくう》である。孫策が大司馬の肩書を利用して、何か難しい要求をつきつけてきたら、どうする？　北と南の両面作戦は、どう考えても不利ではないか」

幕僚たちは口ぐちにいった。議論百出だった。

曹操自身は、

（孫策は獅子《しし》の児《こ》のようなやつだ。うかつに戦うわけにはいかぬ）

と考えていた。といって、大司馬に任ずるのは回避したかった。名前だけの職であっても、実力のあるものが就任すると、その職に権威が加わってくるものなのである。

郭嘉が一つの案を出した。

「孫策を敵に回すのは、いま現在、決して得策ではありません。このさい、手なずけておくべきでしょう」

「どうやって手なずける？　いうことをきいてやるのか」

「それも拙策です。手なずけるというのは、婚姻の策です。孫策の末弟の孫匡《そんきょう》はまだ独身です。これにお身内のご息女を嫁がせるのです」

「それはいい」

と曹操はいい、張紘にこの考えを伝えた。

張紘は江東に戻って報告したい、といったが、曹操は、手紙で伝えればよい、といって出発を許さなかった。一種の人質だった。

孫策は、張紘からの手紙を一読し、床に叩《たた》きつけた。

「おのれ、曹操め！　そんな手にはのるものか」

そこへ侍臣がきて、長江《ちようこう》をひそかに渡ろうとする怪しい者があったので捕らえたところ、呉《ご》郡の太守許貢《きよこう》が曹操にあてた密書を持っていたというのである。

孫策はすぐにその密書を読んだ。

孫策、表文ヲ奉リ、大司馬ノ官位ヲ望ムト聞クモ、朝廷コレヲ許シ給《たま》ワズ、サレド孫ノ勇武ハ、往古ノ項羽《こうう》ニ類似ス、宜《よろ》シク名誉ノ職ヲ彼ニ与エル名目ヲ以テ都へ召シ出シ、機ヲ見テ後日ノ災ヲ断ツベシ。

孫策はすぐさま許貢の居館へ兵を送り、許貢を連行させた。

「おい、いつから曹操に買収されたッ」

手紙をつきつけられて、許貢はブルブルふるえた。

「斬れ！」

と孫策はいい、さらに許貢の一家眷属《けんぞく》も誅殺《ちゆうさつ》せよ、と命じた。

たちまち、許貢の居館は阿鼻叫喚の巷《ちまた》と化した。

ただ、許貢のもとに養われていた三名の食客が、からくも血路をひらいて逃げのびた。

三

この時代、一廉《ひとかど》の人物、あるいは名士として世間的に評価されているものは、浪人を客分として養っておくのが通例だった。かれらを「食客」と呼んだが、いいかえれば、食客の二、三人を家に置けないようでは、名士とはいえないことになる。

主人と食客とは、主従の関係ではない。食客は浪人だから、主君をもつことはしない。また、養う方も、食客に服従を求めない。その人物がいつかは天下の役に立つだろうとみて食事を供し、ときには小遣い銭もあたえるのだ。ただし、時代が下るにつれ、養ってもらうだけで何の役にも立たない者、つまり居候の意味に転じてしまったが。

許貢の家に養われていた三人の食客は、いずれも志をもったものたちだった。

「どういう事情があったかは知らぬ。だが、孫策が許貢殿だけを咎《とが》めるならまだしも、一家眷属をことごとく殺すとは、あまりにも非道ではないか」

「それだけではない。われら三人も殺そうとした。われら三人は、許貢殿に恩義を感じてはいるが、家臣ではない。しかし、かくなる上は、許貢殿のために仇《あだ》を討たねばならん」

「それより、ああいう男が江東の支配者であることは、江東の人びとにとって不幸の因《もと》である。彼を除くのがわれらに課せられた使命ではあるまいか」

三人はそういって互いに指を切って血をすすり合い、孫策を討つことを誓った。

そうとは知らぬ孫策は、ある日、程普《ていふ》ら数人をつれて、鹿狩りに出かけた。

どうしたことか、その日は昼を過ぎても、よい獲物が見つからなかった。

さすがに疲れて、孫策たちが持参した弁当をつかっていると、かなたの岩場の上に、見事な角をもった大鹿が現われた。

「見よ。あの大鹿がいるので、他の鹿は散っているのだ。しかし、あれさえ仕留めれば文句はない」

そういうなり、孫策は馬に飛び乗った。

程普らも弁当を放り出してあとを追った。だが、孫策の乗馬は「千里虎《せんりこ》」と名づけられた名馬だった。険しい山道をものともせずに大鹿を追い、たちまち程普らを引き離してしまった。

大鹿は追いつめられて、谷川のほとりの断崖の上にある掘立小屋のうしろに逃げこんだ。

「はて、こんなところに小屋が……」

孫策が呟《つぶや》いたとき、三人の男が小屋の中から現われた。それぞれ、弓矢、槍《やり》、剣を所持している。

「その方ども、ここで何をしておる？」

孫策が問いかけると、先頭の男が腰をかがめ、

「失礼ながら、ご領主の孫策将軍でございましょうか」

「いかにも孫策である」

「われら三人、将軍をお待ちしておりました」

「何と？」

いきなり、一人が矢をつがえて放った。

孫策はからくもかわしたが、続く二の矢が千里虎の首に突き立った。

千里虎は跳ね、孫策を振り落とした。そこを槍を持った男が襲ってきた。孫策はころがりながら手にした弓ではらいのけ、さらに斬りこんできた第三の男の剣を奪いとると、三の矢を放とうとする男に投げつけた。

宙を飛んだ剣は、見事に男の胸に突き刺さったが、その隙に槍の第二の一突きが、孫策の太ももに喰《く》い込んだ。

「うッ！」

たまらず、孫策は倒れた。

「恩人許貢殿の恨み、いまこそはらしてくれるぞ」

「孫策め、思い知ったか！」

二人はこもごも叫びながら、孫策の五体めがけ槍と剣をふるった。

もはや絶望とみえたとき、程普らが駆けつけてきた。

たちまちのうちに食客たちは斬り殺されたが、孫策もまた血まみれだった。

「殿、申し訳ございません」

頭を垂れる程普に、孫策は、

「そちの罪ではない。それより、華陀《かだ》を呼んでこい。華陀に手当てしてもらえば、これしきの傷はすぐに治る」

と気丈にいった。

程普らは、とりあえず薬草を使って血をとめ、孫策を本拠地である呉会《ごかい》の城へ運んだ。

使いをうけて、華陀がやってきた。彼は孫策の傷口を調べると、

「ふうむ」

と唸《うな》って首をかしげた。

「華陀、まだ死ぬわけにはいかん。何とかしてくれ」

気の強い孫策だが、さすがに苦しげであった。

「その元気があれば大丈夫、といいたいが、正直にいって、治るかどうかは運次第だな。わしの医術をもってしても、どうにもならん場合もある」

孫策は口を動かしたが、言葉にはならなかった。程普が怒りをふくんだ口調で、

「どういうことでござるか」

「槍や剣に毒が塗ってあったんだな。だから昏睡《こんすい》しはじめているわけだ。もし毒が骨の髄まで沁《し》みこんでいると、一巻の終わりだ」

「一巻の終わりとは、無礼な！」

「お前さんが怒ったところで、若大将の傷は治らんよ。ま、できるだけの手当てはする」

華陀は悠然といった。

華陀は、薬草を煎じた液で傷口を洗い、さらに城外へ出かけて行って何か薬草を摘んでくると、それをいぶした。煙とともにえもいわれぬ芳香が漂いはじめると、華陀は扇で孫策の顔面に煙を煽《あお》り続けた。

丸一日というもの、華陀は枕もとに座って扇を使い続けた。その間、夜も眠らなかった。

やがて、かすかに息をしているだけで、死体のように身動き一つしなかった孫策の体が、静かに身じろぎしはじめた。

華陀は脈をはかっていたが、詰めかけている一族や重臣たちに、

「どうやら運があったようだな。毒は骨の髄までは沁みこんでいなかった。間もなく昏睡から目覚めるはずだが、そのあとはこの薬を飲ませなさい。一カ月もすれば、起居が自由になる。でもな、それで完全に治ったわけじゃない。それから二カ月は、心を平安に保って過ごさなければならん。怒ったり悲しんだりすると、体調が崩れてしまう。それを忘れんことだ」

一同を代表する形で、張昭《ちょうしょう》が、

「先生はまことに名医であられる。お礼の言葉もありませんが、何かご希望があれば、どうかおっしゃって下され」

「薬料のことをいっているなら、そんなものは要らんよ。だが、望みをいえというならいってもいいが……」

「何でござる？」

「わしの務めは人を活《い》かすことだ。それなのにむやみに人を殺す輩《やから》がいる。これじゃ何にもならん。殺さずに活かすことを心がけてもらいたい」

と華陀は淡々といい、風に吹かれるような足どりで飄然《ひょうぜん》と立ち去った。

その直後に、孫策は意識を取り戻した。張昭らは歓声をあげて喜び、華陀の言葉を伝え

た。孫策は、

「華陀は天下に二人といない名医だ。しかし三カ月もじっとしていろというのは、どういうことだ？　どうして三カ月なんだ？」

「どうしてかは存じませぬが、先生の話では、さもないと、病気が再発する恐れがあるとか……」

と張昭が答えた。

「病気が再発？　たわけたことをいうな。これは病気ではない。傷を負ったにすぎぬ故、傷さえ治れば何も心配することはない」

と孫策は昂然《こうぜん》といった。

そのころ、華陀は城外を杖《つえ》つきながら歩いていたが、ふと思いついて足をとめた。

（しまったな、一言だけ、いっておくのを忘れたが……）

と華陀は思った。

その一言とは、三カ月は平安にしていろ、と注意をあたえておいたものの、どうして三カ月が必要なのか、説明しておかなかったことだ。

華陀は病人に対して、ふつうは説明しないが、それは説明しても理解できない無学のものが多いからである。だから、相手によりけりで、わかるものには、病の理《ことわり》を説いた方が彼の指示を守ってもらえるし、治りも早い。

孫策が、三カ月は平安にせよ、という指示を守るかどうか——華陀は気になった。

毒は幸い骨の髄には沁みこんでいなかったが、体内には回っている。人間の体は、皮膚が垢《あか》になって落ちるように、毎日、少しずつ目には見えないが、入れかわっている。同じ人間であっても、同じ体ではない。そして、体がそっくり入れかわるのは、約三カ月である。

従って、体内に残留している毒が完全に消え去るのも、三カ月はかかるのだ。それをいっておけば、孫策は指示を守るはずだった。

といっても、華陀が何も指示しなかったわけではない。張昭らに、ちゃんといっておいたのだ。それを守らせるのは、かれらの義務でもある。

(ま、いいか。わしのいった通りにするかしないか、それが孫策の運というものだ)

華陀は自分にそういい聞かせて、再び歩きはじめた。

医者は病気や怪我《けが》を治すことはできるが、人の運までも変えることはできない——それが華陀の考えなのである。

四

一カ月もたたないうちに、孫策はすっかり元気になった。血色はいいし、食欲もある。

こころみに、馬に乗って馬場を駆けたが、まったく疲れを感じない。彼は張昭に、

「そちは、おとなしく養生してくれ、というが、どうだ、負傷する前とまったく変わりが

ないだろう」

「ですが、華陀先生のいいつけを守っていただかないと困ります。何にも換えがたいお体を大切になされませ」

と張昭は諫《いさ》めた。

信頼する重臣にそういわれると、孫策も無視することはできなかった。

「わかった。ちょうどいい機会だから、学問のあるものを招いて勉強しよう」

「それがよろしゅうございます」

「誰がいい」

「会稽《かいけい》郡の余姚《よよう》に、高岱《こうたい》、字《あざな》を孔文《こうぶん》という高士が隠遁《いんとん》生活を送っておりますが、『春秋《しゅんじゅう》左氏伝《さしでん》』を論じたら、彼の右に出るものはいない、といわれています」

と張昭が高岱を推薦した。『春秋左氏伝』は略して『左伝《さでん》』ともいう。春秋時代、魯《ろ》の隠公《いんこう》元年（紀元前七二二年）から哀公《あいこう》十四年（紀元前四八一年）までの、賢人名士の言を記録した書で、五経の一つである。

「疾《やまい》、膏肓《こうこう》ニ入ル」

「大義、親ヲ滅ス」

「唇亡ビテ歯寒シ」

「鼎《かなえ》ノ大小軽重ヲ問ウ」

などという、人びとになじみの深い言葉は、この書物を出典としている。

孫策は、会稽郡の丞《じょう》（次官）をつとめている陸昭《りくしょう》を使者として、高岱のもとへ送った。

陸昭は戻ってきて、

「高岱は、仕度のできしだい、参上すると申しております」

「では、彼がくるまでに、『左伝』を精読して、自分なりに議論できるようにしておくとしよう」

「そのことに関して、一つだけ、申し上げておきたいことがございます」

「何だ？」

「高岱は、将軍が武勇一点ばりで、学問はないとひそかに軽んじております。ちゃんと議論に応じてくれればいいのですが、何かおたずねになったときに、よくわからない、というかもしれません。むろん、『左伝』について彼のわからないことなど決してあろうはずがなく、つまりは、共に論ずるに足りない相手とみなしている証《あかし》であります」

「そういう男か」

孫策はやや不機嫌になった。

ところが、この陸昭は、高岱には、

「孫将軍は勝気なお方で、自分より卓《すぐ》れたものは好まれません。何かおたずねがあったとき、ことに難しい議論のときは、自分にはよくわからない、と答えておく方が安全でしょう。さもないと、危ない目にあう恐れがあります」

と忠告めかしていってあったのである。

孫策も高岱も互いに、そうとは知らなかった。

孫策は丁重に高岱を迎え、読んで疑問に思っていたところを質問した。

「これまで戦に明け暮れしておりましたが、近ごろ寸暇を得て、『左伝』を読むことができました。なかなか勉強になりますが、わからない言葉もあって、先生に教えていただきたいのです」

「お役に立てますかどうか」

「国ノ将《まさ》ニ興ラントスルヤ民ニ聴キ、将ニ亡ビントスルヤ神ニ聴ク、という言葉がありますね」

「荘公《そうこう》三十二年の項ですね」

「前段の民ニ聴キは、自分にもわかります。つまり、国家が興ろうとするときは、為政者が民の声に耳を傾ける、という意味でしょう」

「さすがです」

「でも、後段の神ニ聴クは、どうもはっきりしません。この場合の神とはいったい何を意味するのでしょうか」

「それは、わたしにもよくわかりません」

「民ハ神ノ主ナリ、という言葉も出ていますが、民が神の主人であると解釈すると、何か不自然に感じます。その真意は？」

「いや、じつに難しい。正直にいって、どうもよくわかりません」

「妖ハ人ニ由《よ》ッテ興ル、の妖とは、悪の意でしょうか、それとも災いでしょうか」

「さァ、どっちでしょうか……」

と高岱は首をかしげた。

孫策は机を蹴って立ち上がった。わかっているくせに、自分を軽んじて答えようとしないのだ、と思ったのだ。

「この男を獄にぶちこめ！」

と孫策はどなった。

高岱はたちまち投獄された。

すると、獄舎のある建物の前に人だかりがしはじめた。孫策は報告をうけると、高楼に登った。

人びとの数はふえる一方であった。

「何だ、あれは？」

「高岱を釈放してもらいたい、という連中です。高岱が自分の力をみせつけるために、前もって煽動《せんどう》しておいたのかもしれません」

そう答えたのは陸昭だった。じつは、陸昭は、若いころ許貢の食客だったことがある。そのころ孫策は袁術のもとにいて、両者の関係を知らなかった。

「高岱め、もう許さん」

孫策は体をふるわせて呻《うめ》くようにいい、刑吏を呼んで、

「処刑せよ」

と命じた。

張昭がそれを知って駆けつけてきたときには、高岱の首はすでに胴から切り離されていた。

孫策の肉体はほぼ完治していたとしても、その内なる心は、明らかに毒されたままだった。しかし孫策は、自分ではすっかり回復している、と思いこんでいた。華陀が名医であることは承知していたが、三カ月は平安にせよという注意は大げさだと思った。

そこへ袁紹の親書をもった使者がきた。

曹操が献帝《けんてい》を擁して政権をほしいままにしていることを非難し、彼を打倒して天下に平安をもたらすために両軍が同盟しようではないか、南北呼応して曹操を攻めれば、勝利は必定である——という内容だった。

孫策は張昭を呼んで、袁紹の親書を見せ、

「どう思う？　曹操はいま黄河をはさんで袁紹の軍と対峙《たいじ》している。わが軍が背後を突けば大勝できるだろう。うまくいけば、許都まで進み、献帝を奉戴《ほうたい》できるかもしれんぞ」

「その通りかもしれません。ですが、いましばらくご養生なされませ」

「高岱のことをいっているのであろう。あれは確かに軽はずみであった。これからは気をつけよう。遺族に対してじゅうぶんに慰撫《いぶ》してくれ」

「まことでございますか」

「もちろん本心からのものである」

「遺族もきっと喜ぶと存じます」

「それはそれとして、袁紹の提案を受けるかどうか、皆の意見だけでも聞いておきたい。諸将を集めてくれぬか」

孫策からそのように下手《したて》に出られると、張昭もその指示に従わないわけにはいかなかった。高岱を処刑したことを悔いているのだから、精神も正常に戻ったとみてよさそうである。

すぐに諸将が召集された。

孫策は上機嫌で、

「久しぶりに皆の元気な顔を見て、こんなに嬉《うれ》しいことはない。きょうは袁紹との同盟について意見を聞くつもりだったが、このさい難しい議論はあと回しにして、酒を酌《く》みかわそうではないか」

と酒肴《しゆこう》を運びこませた。

諸将も喜び、口ぐちに孫策の回復を祝ったが、宴が盛り上がったころ、どうしたことか、一人、二人と席をはずすものがふえた。

「おい、どういうことだ？」

孫策が不審に思って近習に聞くと、

「于吉《うきつ》仙人がいま城門の外を通るので、その姿を拝さんものと、出て行かれたのでしょう」

と答えた。孫策の顔がこわばった。

「于吉仙人？　そやつは何者だ？」

「江東の福の神とあがめられている道士でございます。お住居はどこか東の方と聞いておりますが、年に何度かこの地に参りまして、琴をひき香をたいて、諸人の病気を治します。その霊験たるや比をみません」

近習はかしこまっているが、許されるなら自分も出て行きたそうであった。

孫策は部屋を出て、楼台に立った。

城門の外は人で溢《あふ》れんばかりだった。その中央に、鶴の羽毛を衣にした純白の道服をまとい、手には背よりも高い漆《うるし》塗《ぬ》りの杖をもった老人が立っている。そして、町民だけではなく、孫策の部将の何人かもありがたそうに伏し拝んでいた。

孫策はかっとなって、

「いかがわしいやつだ。あいつを引っ立てて参れ！」

と命じた。近習はやむなく楼台を下りて行き、于吉を連行してきた。孫策は、

「この老いぼれめ、何をもって人びとを惑わさんとするか！」

とどなりつけた。于吉は悠然と、

「それがしは琅邪《ろうや》の道士でござるが、順帝《じゅんてい》の御世《みよ》に山中に薬草を採りに入りましたとき、太平清領道《たいへいせいりょうどう》なるおよそ百巻の神書を見つけました。人の病気をなおす方術がくわしく書

いてありまして、以後はあまねく万人を救うのを務めとしておりますが、ビタ一文も謝礼をもらったことはありませぬ。どうしてこれが人を惑わすといえましょうか」

「では聞くが、それはお前が何歳のときのことだ？」

「四十なかばのころでした」

それを聞いて、孫策は嘲笑した。順帝が死去してからすでに五十六年たっていた。そのころ四十歳なかばというなら、百歳を超えた計算になるが、于吉はどう見ても、七十歳くらいだった。

「だから人を惑わすというのだ。お前はきっと黄巾賊の一味だろう。生かしておいては、のちの世の禍《わざわい》となるだけだ。こやつを打ち首にしろ」

と孫策は命じた。張昭が急いで進み出て、

「于吉道士が江東に姿を見せるようになってから数十年になりますが、何の罪も犯しておりません。彼を殺しては、人びとの信を失いましょう」

「罪を犯していないというが、神仙の医術と称して無知な人びとをたぶらかし、あまつさえわが部将たちに君臣の礼を忘れさせているではないか。かかる不届きものを打ち首にしたとて、非難される筋合いはない」

「道士の年齢をお考え下さい。かりに百歳ではないとしても、高齢であることに疑いの余地はございません」

と張昭は諫めた。高齢者に刑を加えないのは、礼の定めるところであった。

ほかのものも命ごいをしたので、孫策はかろうじて処刑は思いとどまり、于吉を牢《ろう》に入れた。もう宴会どころではなかった。孫策はプイと席を立って居館に戻った。

孫策の母の呉《ご》夫人は、孫策の妻の橋《きょう》夫人を呼んでいった。

「策が于吉先生にしたことを聞きましたか。本当にどうかしています。わたしたちで過ちを正してあげましょう」

橋夫人は、名士橋玄《きょうげん》の長女で、周瑜《しゅうゆ》に嫁いだ妹とともに美人の誉れ高い女性である。呉夫人ともども于吉を信じていた。

「お母様がお呼びです」

「何の用だろう？」

しかし、橋夫人は答えなかった。その美しい双眸《そうぼう》に涙がうかんでいる。孫策はすぐに察し、呉夫人のもとへ赴くと、

「あの妖術使いのことですね。母上までがたぶらかされているとは、驚き入った話です」

「母だけではありません」

「え？　妻もですか」

「多くの人が病気を治していただき、悩みを消していただいているのです。そなたのしたことは間違っていますよ」

呉夫人はたしなめた。

「政道のことはわたしに任せて下さい」

孫策はそういって部屋を出ると、牢役人に于吉を曳《ひ》き出すように命じた。

牢役人は蒼白《そうはく》になって引き退ったが、なかなか戻ってこなかった。孫策が近習に調べさせると、牢役人は于吉に首かせ手かせをほどこさずにいたので、慌ててそれをつけているため遅れたとわかった。

孫策は激怒し、

「怪《け》しからんやつだ。斬れ」

と近習に命じた。

五

この騒ぎを聞いて、張昭らが孫策に命ごいをした。孫策の怒りはとけなかった。彼にいわせれば、神仙の書によって方術を会得したなどというのは、まやかし以外の何ものでもなかった。そんなものを野放しにしていては、政道は成り立たない。あるいは、いざ外敵と戦わなければならないというとき、于吉が戦いを禁じたらどういうことになるか。考えるだけでも不快である。

「諸君らはたぶらかされているのだ。方術など、この世にあろうはずがない」

と孫策はきびしくいった。すると呂範《りよはん》が進み出て、

「霊妙の方術があるものかどうか、試してみたらいかがでしょうか。このところ日でりが

続いて、水不足に困っているものが少なくありません。かの道士に雨を降らせる力があるか否か……」

「そいつはおもしろい。あのいんちき野郎にあすの正午までに雨を降らせることができるかどうか、やらせようじゃないか」

孫策は、于吉の手かせ首かせをはずさせ、城門前の広場に祭壇を作らせると、その周りに薪《まき》を積み上げさせた。もし正午までに雨が降らなければ、火をつけて焼殺の刑にするつもりだった。

于吉は祭壇の柱にくくりつけられた。真に方術を使うなら、そんな状態でも可能だろうというのだ。やはり彼を信じている刑吏が涙をうかべ、

「命令です。どうかお赦《ゆる》し下さい」

と小声で謝った。

于吉は落ち着きはらっていた。

「気にすることはない。水不足に悩む人たちのため、天に雨をこうことはできる」

「それができれば、孫策様も考えを改めましょう」

「いやいや、そうではない。雨は降っても、彼はわたしを助けまい。人にはそれぞれ天命があり、それをのがれることはできぬのだ」

于吉はそういって静かに目をとじた。

人びとは祭壇を遠巻きにした。

やがて日が落ち、夜空には星が煌《きら》めいた。

そして、朝。一点の雲もない晴天だった。

しかし、于吉は動じなかった。柱にくりつけられたまま眠っているかのようである。

ついに太陽が真南に位置した。

楼台から見物していた孫策は、

「それみたことか、火をつけろ」

と命じた。

刑吏が仕方なく積み上げた薪に火をつけたとき、にわかにつむじ風が吹き起こったかと思うと、四方から黒い雲が湧き、人びとの頭上に垂れこめた。

風の勢いで、炎はいっきょに噴き上がった。

孫策は大笑した。が、その笑い声を打ち消すかのように雷鳴がとどろき、稲妻とともに大粒の雨が落ちてきた。

人びとは空を見上げた。つい先刻までの快晴が嘘《うそ》のようであった。

「わッ、雨だ！」

刑吏が飛び上がって叫び、人びとが足を踏み鳴らして和した。

雨は夕方まで激しく降り続いた。溝は雨水に溢れ、濁流と化した。

人びとは刑吏といっしょに柱につながれた于吉に礼拝した。

孫策は楼台を降りると、于吉に近寄って行った。人びとは、于吉が赦されるものと思い

こんでいたが、孫策は、

「雲も雷鳴も雨も、すべては天地の定めである。方術などというものに左右されるわけではない。たまたま雨が降ったにすぎん。それをこのまやかし爺《じじい》の力だと勘違いするな」

と一喝した。

すると、于吉が低く呟いた。

「信じないものは救われぬ」

「何を！」

孫策は顔をまっかにし、いきなり腰の剣をぬいて于吉を斬った。

于吉の体から血が噴いた。その血は一筋の青い雲となり、東の空へ流れた。とたんに、やんでいた雨が再び激しく降りはじめた。

約一刻、その雨がぴたりとやんだ。

「あッ！」

孫策は思わず叫び声を発した。血を噴いて祭壇に倒れたはずの于吉の体が、雨水に溶けたかのように消えていたのだ。

彼はよろめくような足どりで居館に戻った。そのまま寝所に入り、眠った。

夜半、孫策は呻き声を発して飛び起きた。何事か、と宿直《とのい》の武士がかけつけた。孫策は手もとの短剣をとり、

「おのれ、妖術師が！」

知らせでかけつけた橋夫人に介抱され、我に返った孫策は、武士の亡骸《なきがら》を抱いて慟哭《どうこく》した。

短剣は武士の胸に突き立った。孫策は、武士を于吉と幻覚したのだった。

と投げつけた。


しかし、孫策の異変は次の日になってもおさまらなかった。さすがに呉夫人や橋夫人を見誤ることはしなかったが、白っぽい衣服のものを見ると、剣をぬいて追いかけ回すのである。于吉の純白の道服のように見えるらしかった。

家臣たちは、白っぽいものを身につけるのをやめた。

するとこんどは、青い服のものに孫策は剣をふるおうとした。于吉が斬られたときに発した一筋の青い雲のように映るらしかった。

呉夫人は孫策を訓《さと》した。

「そなたは、罪もない道士様を殺《あや》めたので、こんな目にあうのです。どうか祭堂にこもって懺悔《ざんげ》するがよい。わたしたちもいっしょに祈りましょう」

「は、は、は……」

孫策は力なく笑った。

「何で笑うのですか」

「母上、策は十代のころから父上に従って戦場に出ました。多くの敵の命を奪っていますが、その敵兵たちも別に罪があったわけではありません。しかし、そのために何か祟《たた》りがあったことはない。于吉ごときまやかしの術師を斬ったからといって、どうして悔いあらためることがありましょう」

「いいえ、それは間違っています。どうかこの母や嫁のためにも、わたしの頼みをきいておくれ」

呉夫人の涙ながらの言葉に、強情な孫策もそむけなかった。彼は祭堂にこもり、香をたいた。

香煙がゆらゆらとたなびいた。すると香煙の上に于吉があぐらをかいて冷笑しているのが見えた。

「悪魔め！」

孫策は悲鳴のような声を発し、幻の于吉めがけて突進した。

どすん！　と鈍い音がした。孫策は祭堂の太い柱に頭をぶつけて気を失った。

その日から、孫策の病状は悪化の一途をたどった。食物もへり、夜は眠れず、うとうとしても、于吉の幻覚に悩まされてすぐに目を覚ました。

ある日、彼は鏡を見て、愕然《がくぜん》とした。そこに映っているのは自分ではなかった。生気を吸いとられた老爺《ろうや》同然だった。

「これが……わたしか」

孫策は呻いた。

「違う。わたしだよ」

鏡の中の老爺が于吉に変わっていった。

孫策は鏡を投げた。それが壁に当たってはね返り、孫策の方へ飛んできた。孫策はかわしそこねた。額にぶつかり、血が流れた。すぐに侍医がきて手当てしたが、血はいっこうに止まらなかった。張昭は、華陀の行方を探させたが、どこへ行ったのかはわからなかった。

孫策は覚悟した。孫権《そんけん》らの弟たちと、張昭らの重臣を枕頭《ちんとう》に集め、

「母上の訓戒にそむいた不孝の罰をうけたのだ。于吉のせいではない。志なかばで倒れるのはいかにも残念であるが、これもまた天命というものだ」

そしてまず張昭に、

「中原《ちゅうげん》の地はいま混乱のさなかにある。江東の精兵と長江の自然の守りをもってすれば、機に応じて天下を望むことも不可能ではなかろう。どうかわが弟を補佐してやってくれ」

といい、ついで孫権に、

「兵を率いて群雄と対決することにかけては、お前はわたしには及ばない。しかし、賢者を取り立て、能力のあるものを存分に働かせることにおいては、お前の方がすぐれている。内政は張昭に、軍事は周瑜に相談して、江東を保つようにせよ。母上や妻を頼む」

といい残し、静かに目をとじた。建安《けんあん》五年（二〇〇年）四月四日、もし長命していれば天下の形勢を変えたであろう孫策は、わずか二十六歳の若さで死んだ。

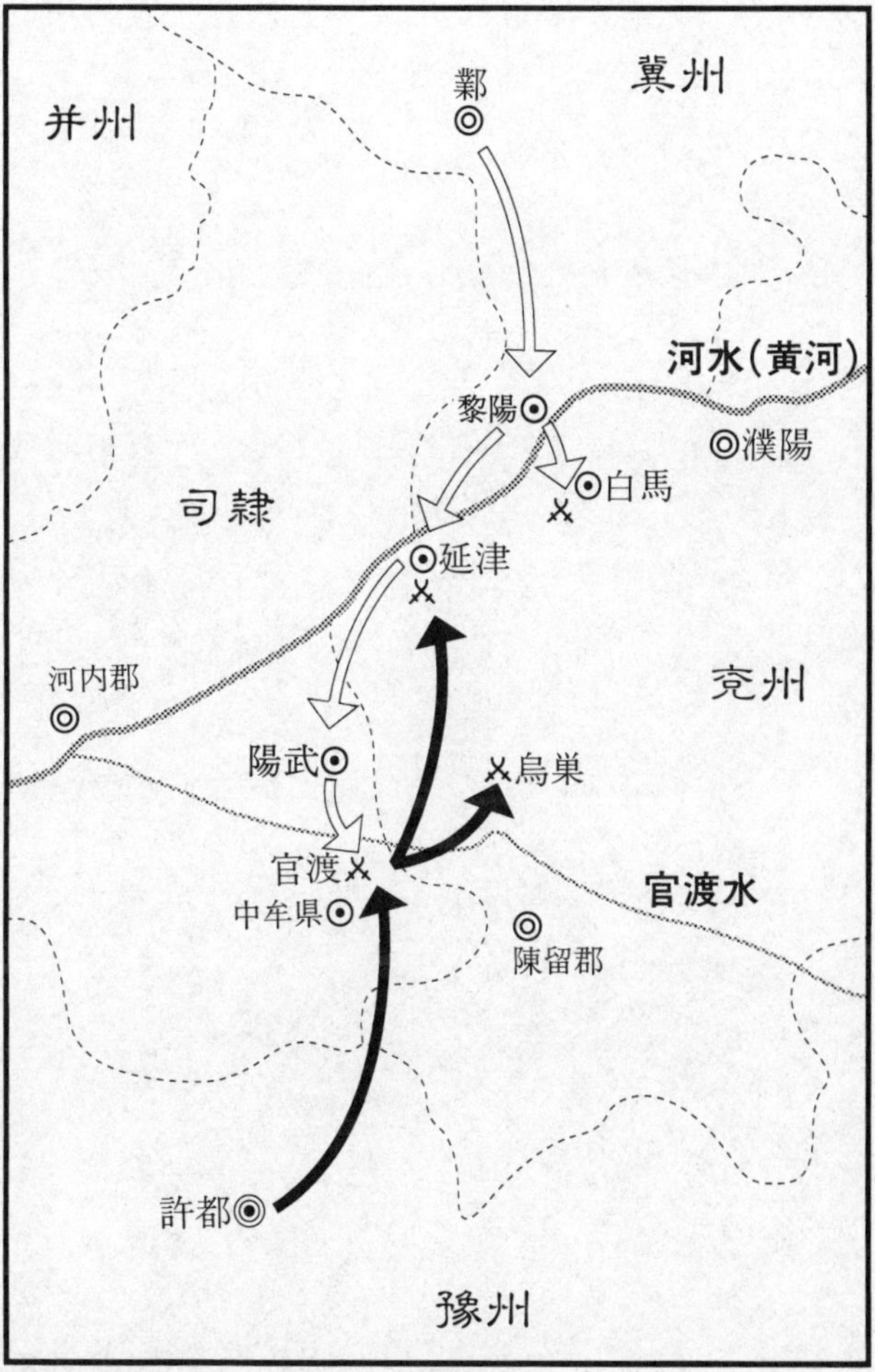

官渡の決戦図　➡は曹軍、⇨は袁軍の進路

第四十章　官《かん》渡《と》

一

孫権《そんけん》は、字《あざな》を仲謀《ちゆうぼう》といい、光和《こうわ》五年（一八二年）の生まれだから、このとき十八歳の若者である。十五歳のころから孫策《そんさく》に従って戦場へ出ていたが、兄の死に茫然《ぼうぜん》とするばかりだった。

気丈な呉《ご》夫人が声をはげまして、

「権よ、いまやそなたが一家の主《あるじ》となったのです。ぼんやりしているときではありません。お葬《とむら》いのことは孫静《そんせい》殿に任せて、群臣に兄君のあとを継いだことを宣言しなければなりません」

と訓《さと》した。呉夫人は、孫策を身ごもったときに月が胎内に入る夢をみ、そして孫権を身ごもったときには太陽が胎内に入る夢をみた。夫の孫堅《そんけん》はそれを聞いて大いに喜び、

「月と太陽は、陰と陽との象徴だ。わたしの子たちはきっと盛んになるに違いない」

といった。しかし、孫策は眉目秀麗だったが、血肉をわけた兄弟であるのに、孫権はあごが張って口が大きく、髯《ひげ》が紫色で双瞳は碧《あお》くきらきらした光をたたえていた。一言でいえば、異相であった。家来のなかには、

「とてもご兄弟とは思えぬ」

と陰口をきくものもあった。

すでにのべたように、この時代は、人間の相貌は才能をあらわすとみなされていた。史書に「姿貌威容アリ」と記されたほどの袁紹《えんしよう》に比べ、その点では恵まれなかった曹操《そうそう》に対する世人の評価は不当に低かった。

孫権もその異相の故に、世間一般からは低く見られていたが、あるとき許都《きよと》からきた劉琬《りゆうえん》という人物が、

「孫家の兄弟はそれぞれにすぐれた才能をもっていると思うが、なかでも孫権の骨相は非凡である。高貴な位に昇る兆しがある上に、もっとも長生きするだろう。わたしの言葉を覚えておくがいい」

と予言したことがあった。とはいえ、劉琬は橋玄《きようげん》や許劭《きよしよう》のように有名ではなかったから、それを信ずる人はほとんどいなかった。ひとり呉夫人のみが、この予言を信じていた。

張昭《ちようしよう》も膝を進めて、

「母君の仰せらるる通りです。政堂に皆のものを集めて、孫策様のご遺志を継ぐことを内外に宣明なされませ」

と進言した。

孫権は自分の置かれた立場を自覚した。これまでは兄の孫策の指示に従っていればよかった。だが、きょうからは、そうはいかない。自分はまだ若いからといって尻込みするこ

とは許されない。

彼はおのれにそういい聞かせると、呉夫人に、

「母上に申し上げます。小覇王とうたわれた兄上が亡くなられたのも運命なら、まだ若いこの仲謀が江東《こうとう》の主となるのも運命というものでしょう。もはや躊《ため》いませんが、わたしの至らぬところをどうかお導き下さい」

といい、ついで張昭に、皆のものを集めよ、と命じた。その決然たる態度は、とうてい十八歳の若者のものとは思えないほどであった。張昭は思わずその威厳にうたれて平伏し、

「かしこまりました」

と答えて引き退《さが》った。

ただちに、張紘《ちょうこう》、黄蓋《こうがい》、程普《ていふ》、太史慈《たいしじ》ら文武の諸官が政堂に召集された。

孫権は軍装に着かえて一同の前に立った。そして孫策の遺言を披露し、ついで張昭が群臣を代表して忠誠を誓った。

その場にいなくてはならぬものが一人、欠けていた。孫策の義弟の周瑜《しゅうゆ》である。

周瑜はこのとき、孫策の命令で豫章《よしょう》郡を平定し、さらに南の巴丘《はきゅう》に兵をとどめていた。夜を日についで急行しても、十日はかかる遠さである。

張昭は、孫策の死後すぐに周瑜へ使いを出した。ところが、孫権の継承宣言がすみ、その翌日に行われた葬儀の日に、周瑜はこつぜんと姿を見せた。夢に孫策があらわれ、

「周郎《しゅうろう》、すぐに帰ってきてくれ。母上や妻や仲謀をたのむ」

といったかと思うと、煙のようにかき消えたというのである。

周瑜は孫策の棺《ひつぎ》をかき抱くように号泣した。

呉夫人や孫権は涙を新たにしながら逆に周瑜をなぐさめ、孫策の遺言を伝えた。

周瑜はようやく顔をあげ、

「わが肝脳を地に塗《まみ》れさせても、亡き兄君の恩顧に報いる決意ですが、識見豊かな張昭殿はともかく、わたしは生来の愚鈍、とうてい一人では兄君のご遺託を果たせません。古語にも、人ヲ得ルモノハ栄エ、人ヲ失ウモノハ亡《ほろ》ブといいます。ですから、この難局をのりきるためだけではなく、将来のためにも、遠大な眼力をもった賢者を登用なさるべきです」

「周郎、そういう人がおりますか」

と呉夫人がたずねた
「はい、おります。魯粛《ろしゅく》、字は子敬《しけい》、臨淮《りんわい》郡東城《とうじょう》県のものです」

すると張昭が口をはさんだ。

「噂《うわさ》は聞いたことがある。風貌は魁偉《かいい》、若い連中を集めて山野をかけめぐり、家業をほったらかして、その上、先祖伝来の田畑を売り払ってむやみに財貨をバラまき、土地の古老から、魯家もこれでおしまいだ、といわれている男だそうではないか」

「そのようです」

「どうしてそれが賢者といえるか」

だ。

「いや、賢者であることに間違いありません」

周瑜は平然と答えた。

孫権は困ってしまった。孫策が何事も相談しろといった張・周の二人が対立しているのだ。

「周郎、どうしたらいい？」

「では、いいます。魯子敬が財産を使い果たしたのは事実です」

「ならば、彼はうつけものではないか」

「最後までお聞き下さい。その昔、袁術《えんじゆつ》のもとにいた兄君が、伝国の玉璽《ぎよくじ》を代償に独立したとき、それを耳にしたわたしは、当時、東城県にいた彼をたずねて援助を求めました。わたしには軍資金もなく、行を共にする兵もいませんでしたが、魯粛は、袁術のような人物のもとにいたのでは孫郎《そんろう》もおしまいだと考えていた、独立するとあれば、こんなめでたいことはない、といいまして、二つの倉にあった糧食のうちの一倉分三千石と、仲間の五百人をわたしにそっくり与えてくれたのです。土地の古老が、バカなことをするものだ、といったのは、そのことを指しているのです」

「わかった。すぐに魯粛を連れてきてもらいたい」

と孫権はいった。

周瑜はその場から出発し、馬を駆って、曲阿《きよくあ》にいる魯粛をたずねた。東城は、徐《じよ》州と揚《よう》州の境にあり、曹操、呂布《りよふ》、袁術の戦乱に荒廃したので、魯粛は母親の出身地の曲阿に難をさけて暮らしていた。

周瑜が門前に立ったとき、魯粛は旅仕度をととのえて、まさに出発しようとしているところだった。

「誰かと思ったら、周郎ではありませんか。どうしてここへ？」

と驚く魯粛に、周瑜は、

「あなたこそ、どちらへ行くのですか」

「友だちの劉曄《りゅうよう》から手紙がきて、こういう時代にいつまでも閑居しているべきではないというんですよ。もとよりわたしにも志はあったが、老母を残してはどこへも行けぬ。ところが、つい三カ月前に亡くなり、その服喪も終わったので、これから劉曄に会いに行くところです」

「劉曄という方にはお目にかかったことはありませんが、お名前は聞いています。たしか許都で曹操の幕僚をしているはず……」

「その通り」

「ああ、天は呉を見棄《みす》てず、です。間に合ってよかった」

と周瑜は天を仰いでいった。

「周郎、きみはわたしを江東へ誘うべくきたのですか？」

「その通りです」

「孫策はたしかに英傑だった。しかしその短慮がわざわいして死を招いたというではありませんか」

「そうかもしれません。が、わたしにも責任があります。わたしがついていればよかったのですが……」

「運命というものでしょうね」

「ええ。そして、出発直前にこうして再会できたのも天運でしょう。いま、あなたはお友だちの招きで許都へ行こうとしている。おそらく、曹操がお友だちからあなたのことを聞いて臣下に加えようとしているわけですね」

「まァ、そうです」

「よく考えて下さい。むかし後漢《ごかん》のはじめ、馬援《ばえん》は光武帝《こうぶてい》に答えて、乱世においては、主君が臣下を選ぶだけではなく、臣下も主君を選ぶのだ、といいました」

「いまもその時代と同じだ、といいたいのですか」

「そうです。たしかに孫伯符《はくふ》殿は亡くなりましたが、あとを継いだ弟の仲謀殿は、兄に優《まさ》るとも劣らぬ人物です。賢者を尊重し、才能あるものを招くことに熱心です」

「曹操も同じですよ。いや、才あるものを好むことにおいては、彼が天下第一だと聞いている」

「それは否定しません。ですが、あなたほどの人物が彼を選ぶことに、わたしは疑問を感じます」

「孫権を選べ、というのですか。よろしい、ともかく会ってみましょう。ただし、きみがいうほどではないと思えば、わたしは去るが……」

と魯粛は条件をつけた。

馬援というのは、曹操と対立して西涼《せいりょう》にいる馬騰《ばとう》・超《ちょう》父子の祖先で、光武帝に仕えた名将である。はじめは前漢を簒奪《さんだつ》した王莽《おうもう》のもとにいたが、光武帝の人柄に接してから行を共にして建国に功労があった。魯粛としては、自分が名将の代名詞のような馬援に比せられたのだから、悪い気がしなかったのは当然でもあった。

二

孫権は、周瑜が魯粛を連れてきたことを聞くと、門前へ出て迎えた。

魯粛は一介の浪人にすぎない。江東の領主であるものがそこまでするのは異例のことであった。しきたりにやかましい家臣のなかには、眉をひそめるものもいた。孫権はそれを無視した。

「周郎からあなたのことを聞いていました。よくぞきて下さった。さァ、お入り下さい。いろいろと教えていただきたいことがあります」

魯粛は拱手《きょうしゅ》し、

「身に余るお言葉です。周瑜殿がわたしのことをどのように申し上げているのか存じませんが、彼の才能を十とすれば、わたしのそれは一にも足りません。若輩の身がとうていお役に立つとは思えませんが、江東の酒はうまいと聞きまして、図々《ずうずう》しく罷《まか》り越しました」

「若いというなら、わたしの方がもっと若い。ただし、江東の酒なら、近ごろ中原《ちゅうげん》で噂の高い杜康《とこう》の酒に劣らぬという自信はあります。とりあえず一献おためしあれ」

と孫権はいい、魯粛の手をとるようにして招き入れた。

魯粛は心の中で、

（これは大器だ）

と感嘆していた。周瑜から、江東の酒はうまい、といわれたわけではなかった。それは物の譬《たと》えなのである。江東の地がおのれの一生を託すに足りるかどうか、いわば酒の良し悪しを知るための利き酒のつもりでやってきた、と暗にいっている。それがわからずに、額面通り、酒を飲みにきたと孫権が受けとるようであれば、孫策の遺産を食いつぶすだけの人物ということになる。

孫権は、魯粛が酒にかこつけて何をいわんとしたかを察し、自分もまた酒に託して答えたのだ。中原で噂の高い杜康の酒というのは、曹操を意味している。だが、江東の酒（孫権）もそれに負けない味だ、と自信を示したのだ。

孫権は、じっさいに酒を用意し、余人をまじえずに魯粛とひざをつき合わせて飲みながら、

「いま漢王朝は衰え、天下は雲が湧くがごとくに乱れている。わたしは、父や兄の志をうけついで、いにしえの斉《せい》の桓公《かんこう》や晋《しん》の文公《ぶんこう》のような仕事をしたいと念じているが、どうす

ればよいか、ご意見をうかがいたい」

とたずねた。桓公は春秋時代の覇者で、紀元前六七九年に諸侯の旗がしらとなり、その死（紀元前六四三年）後こんどは文公が覇をとなえた。つまり、桓・文といえば、乱世にあって功業をなしとげた人物の代表を意味している。

魯粛は答えた。

「むかし、漢の高祖《こうそ》は順逆を重んじて、楚《そ》の義帝《ぎてい》を立てようとしましたが、それができなかったのは項羽《こうう》に妨げられたからです。これをいまの時代にたとえれば、曹操はちょうど項羽のようなものでしょう。将軍が桓・文の道をめざしても、曹操がいる限りは容易ではありません」

「では、漢王朝はどうなる？」

「もはや昔日の隆盛を取り戻すことは不可能でしょう。歴代の皇帝が宦官《かんがん》を重用し、万民を軽んじたつけがきたのです。とはいえ、曹操がいますぐ漢の天下を乗っ取ることはできませんし、曹操を除き去ることも困難です。将軍にとって最良の計は、江東の地を足場にして、河北《かほく》の袁紹と曹操が互いに相手を喰《く》らわんとする形勢を注意深く見守るべきです。むろん、そのまま何もせずにいるということではありません。おそらく、袁紹と曹操は近いうちに総力を挙げて戦うものと思います。両軍が死闘をくりひろげるそのときこそ、将軍にとって最大の機会です。まず江夏《こうか》に兵を進めて黄祖《こうそ》を除き、ついで劉表《りゅうひょう》を討てば、長江《ちょうこう》の流域はことごとく将軍のものとなりましょう。袁・曹いずれが勝つにしても、力を使い果たしているはず、将軍が覇者として天下に君臨することをもはや妨げることはできません」

孫権は黙って耳を傾けていたが、最後に、

「いまわたしの頭にあるのは、この地において全力をつくし、漢の朝廷の力になりたいということで、お説のような大業はわたしの力の及ぶところではない」

と自分にいい聞かせるようにいった。

魯粛が杯を置いて外へ出ると、心配そうに周瑜が待っていた。

「江東の酒の味はどうでしたか」

「じつにすばらしい。大志を抱き、人の意見を聞く雅量をもっておられる。その一方で、ご自分の考えをしっかりもっていて、容易におだてにのらない。どうかわたしを臣下の端に加えて下さるよう、周郎からもお願いして下さい」

「あなたが若い将軍に仕えてくれるなら、わたしとしても心強い限りです」

周瑜は大いに喜び、翌日、孫権に魯粛を参軍司馬《さんぐんしば》（参謀長）として登用するよう進言した。

これを知って張昭が反対した。

「周郎の推薦とはいえ、まだ若くて経験のない男にそんな大役をゆだねるのは危険です。それに、いささか傲慢なところもあるとか」

「軍事は周瑜にゆだねよ、と兄上もいわれたではないか」

と孫権はいい、張昭の意見を退けた。

魯粛は辞令をうけると、周瑜に進言した。

「ぜひ将軍に推挙していただきたい人物がいます。琅邪《ろうや》郡の出身で、姓は諸葛《しょかつ》、名は瑾《きん》、字を子瑜《しゆ》という男です。弟の亮《りょう》、字は孔明《こうめい》とともに、管仲《かんちゅう》に匹敵する大才です」

管仲は桓公を覇者にした第一の功臣である。

「二人ともすぐに連れてきたまえ」

「兄の方は呉《ご》郡にいますが、弟は荊《けい》州にいるそうです。とりあえず、兄の諸葛瑾を説いてみましょう」

といって魯粛は出発した。見送った周瑜は、

「諸葛兄弟か。珍しい姓だな」

と呟《つぶや》いた。この兄弟、とりわけ弟の孔明が、のちに自分の運命に重大な関わりをもつようになるとは夢にも思わなかった。

三

許都へ江東の使者が到着した旨の報告をうけたとき、曹操は鄭欽《ていきん》を相手に碁を打っているさいちゅうだった。盤のわきでは、荀彧《じゅんいく》と郭嘉《かくか》が観戦していた。曹操はついさきごろ覚えたこの遊戯のとりこになっていた。もっとも、彼は碁を時間つぶしの遊びとは思って

いなかった。

この競技はもともと宇宙の摂理を考え、天体の運行を見るために、古代の聖者が用いたものだという。盤上には九星があり、黒白の石は陰陽を意味している。また、自軍の地を確保したり、敵の地へ侵入したり、逆に自軍に入ってきた敵の石を殺したりするところは、盤上のかけひきに仮託した戦争といってもいい。そのほか、手順をつくした定石があるかと思えば、相手を罠《わな》にかけるハメ手もある。欲張って損をすることもあるし、じっと辛抱しているうちに形勢が好転してくることもある。そんなところが何かしら人生に似ていて、単なる遊戯とは思えないのだった。

そうはいっても、碁は技倆《ぎりよう》の巧拙がものをいう。実力にへだたりがあっては、はじめから勝負の行方は知れている。百名の兵が一万の大軍に勝てないのと同じである。技倆の接近しているもの同士で争うのがもっともおもしろい。曹操としては、自分よりやや強い相手と対局するのが好みだった。

曹操の幕僚のなかでは、鄭欽が恰好《かつこう》の相手だった。いましも曹操の大石《たいせき》は鄭欽の石に包囲されて、生きるか死ぬかの境目に立たされていた。死ねばもちろん負けである。しかし敵の包囲網にも弱点があって、そこを突く手順を見つけることができれば、敵陣に雪崩《なだれ》こみ、大威張りで生きられる。そうなれば、せせこましく生きるよりもはるかに有利で、碁も勝ちである。

曹操は盤面を見つめながら、

「江東から使者がきた、というのか」

と呟いた。取り次ぎの侍郎《じろう》が、

「はい、顧雍《こよう》と名のっておりますが、しばし待たせておきましょうか」

と伺いを立てると、曹操はようやく顔をあげて問いかえした。

「孫策の使いとはいわずに、江東と申したのか」

「仰せの通りでございます」

「では、待たせておけ」

と曹操は命じた。

侍郎が引き退ると、曹操は、

「鄭欽、ちょうどおもしろい局面にさしかかっているところだが、はて、どうしたものやら……」

「わたしの包囲網の欠陥をどうやって突くべきか、そこを苦慮なさっていると思いますが、もはや悠長に碁を打っている場合ではありません」

「使者を引見してつまらぬ口上を聞くのは退屈でかなわん。碁の方がおもしろいぞ」

「これはおたわむれを……」

「なぜじゃ？」

「江東に何か変事が起こり、孫策が急死したことは、おわかりになったはずです。孫策が健在ならば、顧雍は江東の使者という言い方はしなかったでしょう」

それを聞くと、曹操は微笑をうかべ、

「そちたちはどうじゃ？」

と荀彧と郭嘉の方を向いていった。もちろん曹操も、同じ理由で孫策の身に何かあったことは推察していた。

その点では鄭欽の答えは満足できるものだったが、それだけでは充分ではなかった。碁でいうなら、一手さきだけではなく、十手も二十手もさきの局面を洞察する能力を、曹操は欲するのだ。

鄭欽は未《いま》だしであった。主を喪《うしな》った江東をどうするかの方策を曹操は望んでいる。荀彧と郭嘉は、さすがに曹操の胸中を見ぬいていた。が、両者の答えは違っていた。

「これ以上は使者を待たせるべきではありません。すぐに引見なさるがよいと考えます」

と荀彧はいい、郭嘉は、

「その必要は感じません。いや、むしろ追い返すのが最善かと思われます」

と答えた。

曹操の細い目がいっそう細くなった。何かを思案するときの彼の癖であった。

顧雍が許都へきた目的は、孫策の急死を報告し、一族の誰かを後継者として朝廷に認知してもらうためであろう。孫策には橋《きょう》夫人との間に紹《しょう》という一人息子がいる。といっても、まだ幼児である。おそらく弟の孫権を立てたに違いない。

曹操が顧雍を引見するとなれば、これまでの慣例からいって孫権を太守《たいしゅ》に任ずることになる。荀彧は、そうするのがよい、とすすめている。

対するに郭嘉の意見は、孫策を失って茫然としている江東に兵を進めれば、それを手に入れるのは容易である。そのためには引見すべきではない、と進言している。

江東をわがものにすれば、袁紹と戦う上で大いに有利である。だが、他人の不幸に乗ずるというのは道義に背く。

曹操は迷った。

すると、鄭欽が盤上に視線を戻して、

「貪レバ勝ヲ得ズ、ですか。どうも大石をからめとるのは無理のようで、生かすしかないようです」

と小声でいった。碁にかこつけて自分の考えをのべているのだ。

「よし、碁はここまでにしよう」

といって曹操は席を立った。

すぐに顧雍を引見し、ただちに朝廷に上表して、孫権を討虜《とうりょ》将軍に任じ、孫策のあとを継いで太守の職務をつとめるようにとりはからった。

荀彧の進言に従うか郭嘉の策をとるか、じつは判断の難しいところであった。どちらにも一長一短があった。

江東の小覇王とうたわれた孫策の存在は、主力を北の袁紹に振り向けなければならぬ曹操にとって、たえざる脅威だった。荊州の劉表もその意味では無視できないが、両者を比べた場合、劉表は保守的で自分の領土を保つことだけを考えているのに対し、孫策は進取の気性にとみ、英雄の資質を備えていた。曹操が全軍をひっさげて出陣しても、勝つまでには時間がかかりそうだった。しかし、彼が死んだからにはいますぐ兵を出せば、多少の抵抗はあっても、鎮定するのは難しくない。郭嘉の策は大いに魅力があった。

迷った末に、曹操の心は郭嘉の策に傾きかけていた。それを変えさせたのは、鄭欽の一言だった。あまり欲ばると、勝つものも勝てなくなる、というのである。それに、孫策の死によって、いまは南方の脅威がなくなったことに満足すべきであった。何といっても、最大の敵は袁紹なのである。

四

果然――。

袁紹は三十万の大軍をみずから率いて、南進を開始した。建安《けんあん》五年（二〇〇年）八月のことである。顔良《がんりょう》、文醜《ぶんしゅう》の勇将二名を失っているが、まだまだ人材は多く、兵力もまた多かった。

一人、袁紹を諫《いさ》めたものがあった。獄中の田豊《でんほう》である。彼は、大飢饉《だいききん》の後遺症がいまなお残っているときに大兵を動員すれば不利を招くだけで、しばらくは動かずに、天の時を待つべきである、と上書した。

それを読んで袁紹が迷っていると、逢紀《ほうき》がいった。

「殿、何を迷っておられるのですか」

「これだ」

と袁紹が田豊の上書を見せると、

「愚かな意見というべきです。食糧難に困っているのは、むしろ曹操の方ではありませんか。殿の出陣にさいして、こういう不吉なことを上書してくるとは、いったいどういうつもりなのでしょうか」

「そちのいう通りじゃ。臆病怯懦《きようだ》な田豊の首を斬って、軍神に捧《ささ》げん」

と袁紹は叫んだ。

これには、審配《しんはい》、辛評《しんひょう》ら他の部将たちも驚き、

「処分は曹操めを討ち取ってからでも遅くはございません」

ととめたので、袁紹はようやく思いとどまった。

一方、前線からの急報をうけた曹操は、ただちに軍議を開いた。

曹操の兵力は、対外的には二十万と号しているが、じっさいに動員できるのは、約十万だった。

しかし、荊州の劉表や汝南《じょなん》をうろついている劉備《りゅうび》に対して、ある程度は兵を残しておかなければならない。袁紹の大軍に振り向けられるのは、七、八万だった。

袁紹も三十万と称しているが、実数はそんなに多くはあるまい、と曹操は見ている。た

だし、袁紹とは若いころからつきあいがあってその性格を熟知しているが、律義で気が小さいせいなのか、ほらをふけない。

孫子《そんし》は「兵トハ詭道《きどう》ナリ」と喝破している。つまり、戦いの本質は敵をあざむくことだ、というのだ。

曹操は戦陣の合い間に『孫子』に注釈をほどこしているが、この一行には「兵ニ常形ナシ、詭詐《きさ》ヲモッテ道トナス」と解説をつけ加えた。戦いにのぞんで、ときにはほらをふくことも必要なのである。一万の兵を十万に見せかけ、敵が戦意を失って降伏すれば、双方とも戦死者を出さずにすむ。こんな喜ばしいことはないではないか、と曹操は思っている。

だが、袁紹は、一万の兵を十万に見せかけるのは奇であり、奇は正に勝てない、と信じている男である。役に立たない老兵を寄せ集めてでも、数を揃《そろ》えようとするはずだった。河北四州の人口からみて、少なくとも二十五万の兵を率いているに違いない。

そのうち五万は老兵とみても、実戦能力のある兵力は、曹操の約三倍である。まともにぶつかっては不利である。

曹操は思案に思案を重ねたが、よい知恵がうかばなかった。

(やむを得ない。かくなる上は死地に身を投ずるしかない。天下のため義をもって滅亡するのであれば、後世の範となるに足りよう)

と曹操は悲壮な心境で軍議に出たのである。

しかし軍議の席では、曹操は朗らかであった。状況が不利だからといって、総大将たるものが陰気な顔をしていては士気はふるわない。それに、いったん覚悟を定めると、不思議なもので袁紹ごときに負けるものか、という闘志が湧いてくる。

「諸君、いよいよ決戦の秋《とき》がきた。敵は全軍を東西七、八十里に散開させてじりじりと南下しようとしている。わが軍は官渡《かんと》に出撃するが、このさい何か考えがあれば、いかなることでも構わぬ。遠慮なく聞かせてくれ」

曹操の言葉に応じて、

「申し上げます」

と立ったのは、荀攸《じゅんゆう》だった。荀彧の甥《おい》で、字は公達《こうたつ》、叔父に劣らぬ智謀の士である。

「おお、公達か。申してみよ」

「袁紹の軍勢は三十万と聞きますが、恐れるに足りません。わが軍は歴戦の精鋭ぞろい、一騎をもって十騎に当たることができます。さりながら、無為に対峙《たいじ》して日を重ねますと、士気に悪影響を及ぼす恐れがあります故、速戦即決の方針をもって進まれるべきだと存じます」

「よくぞ申した。予もそれに同意見である。大軍を七、八十里にわたって散らせるとは、いかにも袁紹らしいが、こけおどしにすぎん」

と曹操はうなずき、荀彧を許都にとどめて兵站《へいたん》を任せ、他の諸将とともに官渡へ向けて出陣した。

袁紹の大軍は東方から黄河《こうが》を渡り、砂丘ぞいに鶴翼《かくよく》の陣形をとってじりじりと迫ってきた。

曹操は中牟県《ちゅうぼう》に砦《とりで》を築いた。この地と北方の官渡との間には、官渡水と呼ばれる人工の運河があって、東の陳留郡《ちんりゅう》へ通じている。曹操は、兵力の一部を中牟県に残し、残りを率いて官渡水の両岸を占拠した。官渡水は別名を古鴻溝《ここうこう》ともいい、魏《ぎ》の恵王《けいおう》が約五百六十年前に開いたと伝えられている。このあたり、現在では官渡橋村という農村になっているが、官渡水そのものは明代《みん》に廃止されていまはない。筆者が本稿の取材で訪れたときには、良田と樹林の散在するのどかな村であった。数万の死者を出した激戦の地だったとは、とうてい信じられない風景だった。

この官渡橋村の北に霍荘村《かくそう》というところがある。その西端に高さ十八メートルほどの小高い丘があり、土地の人は、袁紹崗《こう》と呼んでいる。袁紹が部下を督励して作った人工の岡といわれている。

五

建安五年（二〇〇年）八月なかば、両軍の旗鼓は大地を埋め、砂塵《さじん》は雲と化して、戦機は天地にみなぎった。

先制攻撃をしかけたのは袁紹だったが、その前に参謀の一人、許攸《きょゆう》、字は子遠《しえん》が献策した。

「何も急いで敵を攻める必要はない、と存じます。このまま睨《にら》み合う形で曹操を釘《くぎ》づけにしておき、その間に、別働隊をひそかに迂回《うかい》させていっきょに許都を襲うのです。そして、帝をわが方にお迎えすれば、事はそれで終わりましょう。殿は帝を奉じて天下に号令できますし、曹操は逆賊ということになります」

するとと審配が、

「おぬしは、たしか譙《しょう》の生まれだったな」

といった。譙は曹操の故郷であり、許攸と同郷だった。許攸はいやな顔をした。

「いかにもそうだが、何の関係がある？」

「曹操が逆賊であることは、前に殿が発せられた檄文《げきぶん》のなかですでに明らかにされたことだ。帝を奉じようが奉じまいが、はっきりしていることではないか。それにわが軍は圧倒的な兵力で敵を締め上げている。勝利を目前にしてそんなことをいうのは、同郷の誼《よしみ》で、やつを助けようという魂胆じゃないのか」

「バカな！　曹操から帝を取り上げてしまえば、翼を失った鳥同然になる。だから申し上げたのだ」

聞いていた袁紹が、

「予が求めているのは曹操の首である。そのために大軍を率いてきているのだ。許攸は退っておれ」

と叱りつけた。

袁紹は、張郃《ちょうこう》と高覧《こうらん》を先手にして、曹操の前衛めがけて突進させた。

これを見た曹操は、

「張遼《ちょうりょう》、許褚《きょちょ》、行け！」

と命じた。

両軍、雄叫《おたけ》びを発してぶつかった。

四人の武将がそれぞれ一対になって戟《げき》をまじえたが、いずれも両軍を代表する勇者である。三十合、四十合と切り結んだが、優劣は決し難かった。

曹操は短期決戦をはかっている。夏侯惇《かこうとん》と曹洪《そうこう》を呼び寄せ、

「それぞれ五千の兵をもって左右から駆け破れ」

と命じた。

両将は勇躍し、先頭に立って斬りこんだ。張郃と高覧の軍は、側面を両がわから突かれて、見る間に浮き足だった。

「よし！」

と曹操の口から満足の言葉がもれたときだった。袁紹の中軍にあった審配が立ち上がり、天高く石火矢を放った。

夏侯惇と曹洪の軍のさらに外がわに、ひそかに配置してあった各五千の弩弓《どきゅう》隊が、夏侯・曹の軍めがけて雨あられと石火矢を射かけた。と同時に、淳于瓊《じゅんうけい》、韓猛《かんもう》らの軍が、張郃、高覧と合流して殺到した。

「徐晃《じょこう》、李典《りてん》、前へ出よ」

と曹操は声をふりしぼった。

いまや戦野は屍山血河《しざんけつが》の様相を呈したが、埋伏の計にひっかかった曹操の軍の不利は覆い難いものがあった。刻一刻と敵に追い立てられ、総くずれ寸前となった。

曹操は唇をかみしめた。袁紹軍の戦闘力をいささか甘くみていたのだ。前回は、関羽《かんう》が顔良、文醜の両将を討ち取って、敵の気勢をくじいたが、今度は、関羽を欠き、それにひきかえ、捲土重来《けんどちょうらい》を期した敵は、全軍が一丸となって雪辱の意気に燃えている。

だが、状況が苦しければ苦しいほど真価を発揮するのが、同時代の誰よりも卓《すぐ》れた曹操の特質であった。彼は、後詰めの于禁《うきん》を手もとに呼んで何事かをいいふくめると、旗本を率いてみずから最前線に駒を進め、

「曹孟徳《もうとく》ここにあり。袁紹がごとき逆賊の兵に追われておめおめと生きのびるより、予とともに死ね！」

と叫んだ。

崩れかけていた曹操の軍は、この叱咤《しった》でようやく立ち直った。かつて張繡《ちょうしゅう》に敗れたとき、長男の曹昂《そうこう》の死よりも悪来《あくらい》こと典韋《てんい》の死を嘆いたことを、みんなが知っている。この人のためなら命も惜しくはない——という信頼感が曹軍の将兵にはあった。

まず、張遼と許褚が踏みとどまって、張部と高覧を食いとめ、ついで夏侯惇と曹洪が、淳于瓊、韓猛らを押し戻した。

するとそのとき、袁紹の陣取った岡のうしろから数千の軽騎兵が突進してきた。于禁の指揮する一軍である。

袁紹のわきにあって采配をふるっていた審配は、

「心配なさることはありません。苦戦に陥った敵が窮余の策で後方攪乱《かくらん》をはかっているのです。わが軍の予備兵力の一部を向ければ防げましょう。曹操が前面に出てきたいまこそ、わが君も馬を進めて敵を包囲殲滅《せんめつ》なされませ」

と進言した。

だが、袁紹は聞き入れなかった。曹操の苦しまぎれの作戦だとは思わず、味方の主力が前面に引きつけられた隙に、敵の主力が後方から襲ってきたのだ、と判断した。

「曹操の戦い方は予にわかっている。若いころから虚実の策略を得意にしてきたやつなのだ。虚とみせて実、実とみせて虚、正面の戦いにみずから陣頭に立ったのは、わが軍をそちらに引きつけるためである。ただちに主力を後方に転進させよ」

と袁紹は命令した。

審配は、天を仰いで長嘆息したが、命令には逆らえず、張郃らの諸将を転進させた。

これを見た張遼らは、退く敵を追撃しようとしたが、曹操は、

「ここで追撃するのは用兵の定石かもしれぬが、追ってはならぬ。たしかに追えば小さな勝利を得ることはできよう。だが、それでは敵にこちらの手の内を悟られてしまう。袁紹のような、猜疑心《さいぎしん》が強いくせに、変に自信過剰の敵に対しては、追わぬ方がいいのだ」

といって、全軍に引き揚げを命じた。なにしろ兵力は敵が圧倒的に多い。総崩れになるところをかろうじて引き分けにもちこめたことに、ひとまず満足するしかなかった。

袁紹の方は、大勝をのがしたとはいえ、兵力に優っているだけに余裕があった。しばらくは対峙したままだったが、審配の進言で曹操軍の前線正面に約五十の櫓《やぐら》を組み上げた。

「どういうつもりか」

と曹操陣を固める将兵は首をひねったが、その答えはすぐに明らかにされた。袁紹軍の弩弓手たちが完成した櫓にのぼり、曹操の陣営めがけてつぎつぎに石矢を射はじめたのである。曹操陣営の兵士たちは、盾を頭上にかざして防ごうとしたが、かわしきれずに負傷するものが続出した。

「これは困った」

頭をかかえた曹操に、鄭欽が進言した。

「発石車をもって対抗したらいかがですか」

「発石車とは聞いたことがない。どういうものだ？」

「『説文解字《せつもんかいじ》』という書をご存知ですか」

「知らぬ」

「許慎《きょしん》という男が書いた辞書ですが、そのなかに旝《はた》という字の説明があります。飛石のことをいうのですが、それを兵器として用いるときは、大木を立て、石を上に置き、発するに機をもってし、もって敵を槌《う》つ、とあります。それが発石車です」

「石を飛ばすことができるなら、敵の櫓を打ち砕くこともできよう。理屈はわかるが、どうやって飛ばすのだ？」

「生木のもつしなりを利用するのです」

聞いた曹操は感きわまったように大きくうなずき、

「これまで辞書のようなものは、学者以外には必要はないと考えていたが、それが間違いであることをいま教えられたな。鄭欽、その書を予に見せてくれ」

「わたしは持っておりません。むかし、ある人のところにあったのを読ませてもらったのです」

「その人物に使いを出して、貸してもらうことにしよう」

おのれの知らぬ知識を求めることに、曹操は貪欲であった。

「その人はもはやこの世におりません」

鄭欽の答えを聞いて、曹操ははっとした。その人というのは陳宮《ちんきゅう》のことなのだ、と悟ったのだ。しかし、感傷にひたっている暇はなかった。すぐに木工をかり集め、図面をひかせて、数十台の発石車を作らせた。

六

発石車は恐るべき威力を発揮した。一抱えもある石が唸《うな》りを発して飛び、袁紹軍の弩弓手たちを殺傷し、櫓を打ち砕いた。

袁紹は審配を呼び、

「敵は不思議な兵器を考え出した。これでは敵陣を突破するどころか、逆にこっちがやられてしまう。わが将兵は、天から落ちてくる霹靂《へきれき》にたとえて、霹靂車と呼んで恐れているそうではないか」

「ご心配には及びません。上からの攻撃が駄目なら下から攻めればよいのです」

「どうする？」

「前に公孫瓚《こうそんさん》を亡ぼしたときに用いた地下道です」

「そうであったな」

袁紹は満足げにいった。

数千人の土工が動員され、地下道を掘りはじめた。大量の土砂を運び出すので、曹操陣からも望見できる。

「袁紹もなかなかやる。こんどはどう対処すべきか」

と曹操が問うと、諸将たちはそれぞれ意見をのべた。だが、どれもこれも中途半端な策だった。

一人だけ黙っていた男がいた。劉曄、字は子揚《しよう》、淮南《わいなん》郡の出身で、光武帝の血をひいた人物である。人物評論で有名な許劭から、時の英雄を補佐する才能あり、といわれたことがある。かつて一族である廬江《ろこう》太守劉勲《りゅうくん》のもとに身を寄せていたが、劉勲が孫策に亡ぼされてから、曹操のもとにきた。

「子揚、黙っているところをみると、ほかのものには考えつかない名案があるに違いあるまい」

「発言しなかった理由は、殿がすでに名案をおもちである、と思ったからです」

曹操は目を細くした。じつは、その通りだったのだ。

「たしかに予にも一案はあるが、それ以上の考えがあればと思ってな。そちの意見をぜひ聞きたい」

「これといって名案があるわけではありませんが、敵が地下道を掘ってわが軍にもぐりこまんとするなら、その前方に濠《ほり》を掘り、そこに官渡水の水を引き入れるのはどうか、と考えたにすぎません」

「その通りだ」

と曹操は手をうっていった。彼もまったく同じことを考えていたのだ。

ただちに掘子《くっし》隊が編成されて、濠を作る工事がはじめられた。袁紹もこれを知ると、地下道掘りを中止させ、そのまま両軍は睨み合いに入った。

九月も終わり、十月になった。

そのように長引いてくると、曹操の方が不利であった。というのは、彼は以前から屯田制を施《し》いているが、屯田兵の大半を動員しているので、収穫期になっていても、帰郷させることができずにいる。彼が短期決戦をめざした理由もそこにあったのだ。

曹操は思い悩んだ末に、許都に残してきた荀彧に手紙を送った。このままでは収穫もできず、食糧難に陥ることは必至である。いっそのこと官渡を放棄して許都へ引き揚げ、袁紹をおびき寄せる形にして一大決戦をこころみようと思うが、その策をどう考えるか、と問うたのである。

間もなく返書が届いた。

紹ハ悉《ことごと》クノ衆ヲ官渡ニ集メ、公ト勝敗ヲ決セント欲ス。公ハ至弱ヲ以《もっ》テ至強ニ当タル。若《も》シ制スル能《あた》ワザレバ、必ズヤ乗ゼラルル所ト為《な》ラン。コレ天下ノ大機ナリ。紹ハ布衣《ほい》ノ雄タルノミ、能ク人ヲ集メテモ用イル能ワズ。ソレ公ハ神武《しんぶ》明哲ニシテ、天下ヲ輔《ほ》スルニ大順ヲ以テス、何《いず》クンゾ向カイテ成ラザル所アラン哉《や》。今、軍食少シト雖《いえど》モ、楚《そ》・漢《かん》ノ滎陽《けいよう》、成皋《せいこう》ニ在リシ時ニ若《し》カズ。劉邦《りゅうほう》、項羽《こうう》ハ先ニ退クヲ肯《がえん》ズルナカリシハ、先ニ退ク者ハ勢イ屈スルガ故ナリ。公ハ十分ノ一ノ兵ヲ以テコレヲ守ル。敵ノ喉ヲ扼《やく》スモ進メ得ズシテ月余、コノ勢尽キレバ必ズヤ変アルベシ。奇策ヲ用イルノ時ヲ失スベカラザルナリ。

要するに、官渡から後退したら負けになってしまう、むかし、項羽と劉邦が互いに苦しいのに耐えて頑張り続けたときのことを考えたら、それがおわかりでしょう、というのである。

曹操にもそれはわかっていたが、これをくつがえすだけの奇策があるかどうか、それが問題だった。荀彧は、神武明哲の持主ではありませんか、といって曹操に自信をもたせてくれるが、じっさいには、さすがの曹操も行き詰まっているのだ。

「奇策を用いるの時、か」

と曹操は考えに沈んだ。

しかし、曹操は優秀な幕僚をもっていることにおいて、袁紹より恵まれていた。荀攸が捕虜を尋問して得た情報をもとに、

「袁紹軍の食糧車数千台が近く到着するそうで、その奉行は韓猛という武将だそうです。捕虜のいうには、鼻柱は強いが、無策な男のようです。これをそっくり頂戴できれば、味方の食糧不足を補えます」

と献策した。

「捕虜のいうことを真にうけるのは危ない。敵の罠かもしれませんぞ」

というものもあったが、曹操は、荀攸を信頼していた。慎重な荀攸のことだから、この情報の裏付けをきちんと取ってあるに違いない、と判断し、

「誰を送ろうか」

とたずねた。

「徐晃と史渙《しかん》に三千名をあたえ、張遼と許褚に各二千名をあたえて後詰めとすれば十分でしょう」

「よし。四人を呼べ」

例によって曹操の決断は速かった。

徐晃らは、曹操から命令をうけると、その夜のうちに黄河を渡り、馬がいななきを発しないように枚《ばい》を銜《ふく》ませて勇躍駒を進めた。

袁紹軍の兵糧貯蔵所は、官渡と鄴《ぎょう》の中間の烏巣《うそう》にあった。奉行の韓猛は兵を指揮して、袁紹の本陣まであと一日という村で夜営していた。

明け方近く、全員がぐっすり眠りこんでいるとき、いきなり火矢が射《う》ちこまれてきた。

韓猛は兵士たちに、

「うろたえるな。火を消せ」

とどなったが、続いて徐晃、史渙が攻めこんでくると、消火を放置して、

「おれが冀《き》州でその人ありと知られた韓猛である。命の惜しくないやつはかかってこい」

と大見得を切って立ち向かった。

徐晃も史渙も相手をせずに、兵糧を満載した荷車につぎつぎと火を放った。韓猛は、

「臆病者め、この韓猛様がよほどこわいらしいな」

といい気になって馬上にふんぞり返っていたが、ふと気がつくと、あたり一面は紅蓮《ぐれん》の炎に包まれていた。

「こりゃ、参った」

韓猛はからくも火の海をかいくぐり、袁紹の本陣にたどりついて報告した。

袁紹は烈火のごとく怒って、

「こやつを斬れ！」

とどなったが、審配が、

「処罰はいつでもできます。それより、敵の退路を断って、一兵も残さず殲滅するのが先です。張郃、高覧に出動をお命じあれ」

と進言した。

袁紹もそれを受け入れ、両将にそれぞれ一万の軽騎兵をあたえ、

「皆殺しにして参れ」

と命じた。

張郃と高覧は、燃え残った兵糧の荷車を分捕って戻ってくる徐晃らを待ちかまえた。

間もなく、徐晃と史渙が意気揚々と引き揚げてきた。

「うぬら、無事に帰れると思っているのか」

と高覧、ついで張郃も負けずに、

「兵糧に執着するところをみると、よほど腹をへらしていると見える。たっぷり黄河の水を飲ませてやるぞ」

と嘲って、いっせいに突進した。

「退《ひ》け」

徐晃は一合も交えることなく、まっさきに逃げ出した。

「意気地なしめ！」

高・張の両将は、曹操の陣営においても一廉《ひとかど》の雄として知られた徐晃を討ち取って手柄

にしようと思い、やみくもに追った。

ところが、両がわの樹林から、

「許褚、ここにあり」

「張遼、見参」

の名乗りとともに伏兵が現われ、喊声《かんせい》を発して襲いかかってきた。同時に徐晃らも駒を返し、

「黄河の水を飲むのはどっちか、これでわかったであろう！」

と激しく巻き返してきた。

張郃も高覧も、声をからして兵を督励したが、不意討ちをくらっただけ不利で、兵は散り、両将も追い立てられ、命からがら逃げ帰った。

徐晃らは深追いせず、官渡に帰還した。

「よくやった」

と曹操は労をねぎらったが、徐晃はなぜかしょんぼりしている。荀攸が、

「殿があしてほめておられるのに、どうしたことか」

と問うと、徐晃は、

「敵の兵糧を焼いてきたとはいっても、考えてみれば惜しいことをしたものです。そっくり持ち帰ってこられたら、もっとよかったのに」

「そこまで欲張ることもあるまい」

「とはいえ、残念なことをした」

と徐晃は苦笑した。

じっさい、曹操の軍の食糧不足は深刻であった。腹がへっては戦《いくさ》ができぬ、というのは古今東西いついかなる場合でも真理なのである。

袁紹の方は、まだ余裕があった。彼は、淳于瓊に二万の兵をつけて烏巣に送り、貯蔵した食糧を厳重に警備させた。何といっても袁紹は四つの州を支配しており、かつ長期にわたって準備してきたので、兵糧に困ることはなかった。短期決戦を避けたのも、それがあるからだった。

一方、曹操陣営の穀物倉は日ごとに減じていた。

第四十一章　天の声

一

曹操《そうそう》にとって、いざというとき頼りになる相談相手は、やはり荀彧《じゅんいく》を措《お》いてほかにはいなかった。彼は、食糧不足の実情をありのままに書き、この窮状を打開する手段をこうじてほしい旨の手紙を使いの者にもたせて許都《きょと》へ送った。

食糧不足を解消する有効な方法は、食糧をどこかで調達して前線へ送ってもらうことである。だが許都にその余裕がないこともはっきりしていた。余裕があるなら、とっくに輸送させているのだ。

知略に富んだ荀彧といえども、無い袖は振れないはずである。曹操にもそれはわかっていたが、荀彧ならば、何か別の方策を考えてくれるのではないか。

使いの者が官渡《かんと》から許都へ出発して間もなく、にわかに天候が急変して、深い霧が立ちこめた。

使いの者は方向を失い、あろうことか、袁紹《えんしょう》軍のはずれにいた許攸《きょゆう》の陣中に迷いこんでしまった。

袁紹に遠ざけられて腐っていた許攸は、曹操の使いの者を捕らえ、手紙を取り上げたと

いう報告をうけると、

「どうやら運が向いてきたな」

とほくそ笑み、手紙に目を通して、本陣の袁紹のもとへかけつけた。

ちょうどそのとき、袁紹は、鄴《ぎょう》から届いた報告書に目を通していた。

許攸の一族が、取り立てた税金の一部を袁紹の財務官に納めずに横領していたことが判明し、捕らえてきびしく尋問したところ、許攸の指図でそうしたことを自白した、というのである。

袁紹は怒りで体をふるわせながらその報告書を審配《しんはい》に見せ、

「じつに怪《け》しからぬ奴《やつ》である。一族に教えた不正がバレたと知って、あわてて弁解にきたのであろう。鞭《むち》で叩《たた》きのめした上、地面に首だけ出して埋め、通行するものに踏みつけさせろ」

と命じた。しかし、審配は、

「お待ち下さい。許攸が欲の深い男であることは承知しておりますが、税をくすねる罪が重いことは彼にもわかっておりましょう。一族のものが自分の罪を逃れるために、許攸の指図でそうした、といったのかもしれません。また、そのような酷刑を、本人を調べもせずに加えるのは、殿のお名にも傷がつきましょう」

となだめた。

袁紹もさすがに思いなおし、

「では、どうすべきか」

「鄴から彼の一族をこちらへ送らせ、いきなり両者を対決させるのがよろしかろう、と存じます」

と進言した。

袁紹はこの策を採り、

「許攸には、予は目下気分がすぐれない故、目通りはかなわぬ、といっておけ」

と命じた。

許攸はそうとは知らずに、近習から袁紹の言葉を聞かされると、

「ぜひともお耳に入れたいことがあって参ったのだ。もう一度、とりなしてくれ」

「無理です。何もいわずに帰った方が賢明ですよ」

と近習は目くばせした。許攸が日ごろから金品を贈って、袁紹の動きを教えてもらっていた男なのである。

許攸は、はっとした。

「では、後日あらためて参ることにいたす」

といって袁紹の本営を出ると、そのまま自陣に戻らずに曹操の陣営に向かった。

張遼《ちようりよう》の部下が許攸を捕らえた。許攸は、

「あわてるな。曹公に、南陽《なんよう》の許攸子遠《しえん》が会いにきた、と伝えてくれ」

と悠然といった。

曹操はたまたま手足を洗っていた。

「なに？　許攸がきた、だと？」

と呟《つぶや》いて、かすかに首をかしげたが、何か思い当たることがあったらしく、沓《くつ》もはかずに裸足《はだし》のまま出ると、

「やァ、子遠ではないか。たしか洛陽《らくよう》で別れて以来だが、袁紹のところにいるとばかり思っていた」

となつかしげに声をかけた。

「いかにも袁紹のところにおりました。いまそのことを恥じております」

許攸はうやうやしく頭を下げた。

「そうか。どうやら、おぬしがきたことで、万事がうまく行くような気がしてきたぞ。ともかく入りたまえ。久しぶりに酒でも酌《く》みかわそうではないか」

と曹操は許攸を幕舎に招じ入れた。

彼の欲の深い性質は、曹操にもわかっている。対戦している敵に身を投じてきたからには、それが災いして、何かいられない事情が起きたに違いない。

酒がまわってくると、許攸は饒舌《じょうぜつ》になった。

「袁紹ごとき小人にわが身を託そうとしたのは、生涯の失策でしたよ。自分でも後悔しているところです」

「必ずしも袁紹が小人とは思えんが……」

「いや、小人です。じつをいうと、このたびの決戦にさいして、わたしは一つの策を進言したのですが、彼は耳を傾けようとしなかった」

「ほう、どういう策かね？」

「主力の会戦を急がず、しばらくは睨《にら》み合う形で曹公の軍を正面に釘《くぎ》付けにしておく。その間に別働隊を迂回《うかい》させて許都を襲い、帝を手中におさめてしまえば、一兵も損ずることなく天下の権を握れるであろう、と進言したのです」

曹操の顔色が変わった。

「袁紹がその策を用いていたら、この身を葬る土地さえも失っていたところだったな。まったく危ないところだった。しかし、どうして彼はそうしなかったのであろう？」

「圧倒的な兵力に自信をもちすぎているのです」

「たしかに袁紹の兵力は、わが軍よりもはるかに多い。正直にいって、これを撃破するのは容易ではない。おぬしなら、袁紹の軍の弱点も知っていよう。何かいい作戦があれば、旧友の誼《よしみ》で教えてくれぬか」

「ないわけではありませんが、その前に、一つだけおたずねしたいことがあります」

「何かね？」

「袁軍は勢い盛んですが、曹公の軍の兵糧はどれほどの準備がしてありますか」

そういって許攸はうかがうように曹操を見た。

曹操はそくざに、

「そのことなら何も心配はない。一年は支えることができよう」

「あえていいますが、わたしは戯《ざ》れ言《ごと》を聞くために、危険を冒してきたわけではありません。どうか本当のことをお話し下さい」

「はッはッ……じつは、半年くらいは支えられるが……」

「どうして事実に反することをおっしゃるのですか。袁紹を打ち破るつもりはないのですか」

と許攸は怒ったようにいい、席を立とうとした。

「子遠、そう怒るな。軍の機密に関する事項だからの」

「それは承知の上で、あえて質問しているのです」

「わかった。三カ月くらいのものであろうか」

「世人が曹公を姦雄《かんゆう》だというわけが、いまのお答えで納得できます」

「おい、怒るぞ」

「どうぞご自由に」

「よろしい。では真実を話す。あと一カ月というところである」

「まだわたしを信用なさらぬようです。あえていいますが、偽りの投降で、曹軍の兵糧のあるなしを調べにきた、とお考えなのでしょう。それは違います。わたしには、すでに兵糧が底をつき、許都に助けを求められたことがわかっております」

「どうしてそれを……」

「これです」

許攸は、懐中から曹操の手紙を取り出した。さすがに曹操は声を失った。

「いかがですか。まだ、一カ月の余裕があるといわれますか」

と許攸は詰め寄った。曹操はふっと吐息をもらし、

「予には、二つの幸運が重なったようだ。一つは、袁紹がおぬしの策を採用しなかったこと、二つは、その手紙がおぬしの手に入ったことである。どうか三つ目を予にもたらしてもらいたい」

と曹操は謙虚にいった。

許攸は満足したらしく、

「では、わたしの考えを申し上げますが、このことによって勝利を得られたときは、わたしの功績をお忘れなきよう願います」

「もとよりのことだ」

「袁紹の大軍を追いはらう方法は一つしかございません。彼は、烏巣《うそう》に全軍の兵糧や予備の武器を集積しております。そこを急襲なさいませ」

「子遠よ、そのようなことは承知であるが、前に食糧の輸送車を襲っているから、袁紹も備えていよう」

「袁紹が誰に備えを命じたか、ご存知ありますまい」

「知らぬ」

と曹操は正直に答えた。

「淳于瓊《じゅんうけい》に二万の兵をあたえてきびしく警備させております」

「その者は袁紹の部将のなかでは、一廉《ひとかど》の男と聞いているぞ。下手をすると、飛んで火に入る夏の虫ということになりかねん」

「ところが、彼は功名心の強い男で、最前線から後方の守備に回されたことに不満を抱き、酒ばかりくらって防備をおろそかにしております」

「そうか。で、袁紹の食糧奉行は誰じゃ？」

「前は韓猛《かんもう》でしたが、いまは蔣奇《しょうき》と申すものです」

それを聞いた曹操の表情に、ようやく満足の笑みがうかんだ。ここまで敵の内情がわかれば、うつ手はある。

二

許褚《きょちょ》、徐晃《じょこう》らの武将たちの多くは、曹操の説明をうけても納得しなかった。寝返ってきた男の言葉をうかつに信ずるべきではない、というのである。

これに対して、賈詡《かく》と荀攸《じゅんゆう》は、

「お手紙が敵の手に渡ったのは、本来ならわが軍にとって致命傷ともなるべきことでした。

このまま対峙《たいじ》していたのでは、ジリ貧になるばかりです。ここは、ご決断あってしかるべし」

と口をそろえて進言した。

曹操はもとより奇襲作戦を行う決意であった。彼はみずから騎兵歩兵五千名を選抜し、

「旬日のうちに袁紹を撃ち破るであろう。糧食は乏しく、皆の者の疲労も重なっていることは、予も承知しているが、予とともに最後の苦労をしてもらいたい」

と激励し、夜中、間道をとって出発した。

曹操は、味方の兵に袁紹軍の旗や幟《のぼり》を用意させておいた。勝つためには、手段を選ばなかった。

はたして――。

袁紹軍の警備の隊長が、

「このような深夜、どこへ行くのか」

と咎《とが》めた。曹操は、

「食糧奉行蔣奇の手のものです。敵軍が烏巣を荒すことを案じた殿のご命令により、淳于瓊殿の応援に参ります」

と作り声で応答した。

「それはご苦労なことだ。そんな心配は無用だろうが、ご命令とあれば致し方あるまい」

と隊長は通行を許した。許攸から食糧奉行の名を聞いていたことが役立ったのだ。

ほぼ同じころ――。

袁紹軍の参謀の一人、沮授《そじゅ》はなぜか眠れぬまま、幕舎を出て夜空を見た。沮授は、天文をよくした。

ふと見ると、太白星《たいはくせい》が逆行し、斗《と》と牛《ぎゅう》の星座を犯しているではないか。斗牛の間に入るとは、鋭く食いこむことを意味している。

「これは一大事だ」

沮授は、袁紹に嫌われていることを承知していたが、あえて本陣へかけつけ、

「内密に急ぎ申し上げたい重大事がある。殿に取り次ぎを頼む」

と宿直《とのい》の武士に申し入れた。

袁紹は、軍中に呼んでおいた寵姫《ちょうき》と酒を飲んだあと、ぐっすりと眠っていた。宿直の武士はそれを知っているので、取り次ぎをためらったが、沮授の強い言葉に、

「沮授殿がお目通りを願い出ております。何でも、重大なことで、急ぎ言上したいと申しておりますが……」

と幕舎の外から伺いを立てた。

袁紹は目を覚ました。かたわらには寵姫がしどけない姿で横たわっている。

「何かは知らんが、明朝にせよ」

「ははッ」

宿直の武士は、袁紹の不機嫌な口調に畏怖して退き、そのことを沮授に伝えた。

沮授は居ても立ってもいられない思いであった。

「それがしの責任になります。どうかお帰り下さい」

と押しとどめる武士を押しのけ、袁紹の幕舎の外に立って、

「夜中、非礼をかえりみずに押しかけた咎めは、あとでお受け仕《つかまつ》りますが、曹操がわが軍の奥深くに侵入すべく行動を起こしております。おそらく烏巣に奇襲をかけるに違いありません。すみやかに勇将と精兵をつかわし、対処なされませ」

と熱誠をこめていった。袁紹もさすがに聞き流しにできず、

「何ぞ知らせでも入ったのか」

「天文により察知いたしました」

「そんなことで予の眠りを妨げにきたのか。じつにくだらん。今夜のことは忘れてやるから、二度と致すな」

「殿！」

沮授は必死の思いで叫んだが、かけつけた武士たちに手足を押さえられ、陣外に放り出された。

沮授は地べたに手をつき、

「わが軍の滅亡は目前じゃ。わが肉体もこの地の土と化すに相違ない。これも天命というものか」

と涙ながらに呟いた。

一方、曹操は夜のあけるころ、淳于瓊が守りを固めている烏巣の近くに達した。哨兵《しょうへい》がこれを知って、淳于瓊に報告した。

「おかしいな。いまごろ現われるのが味方であろうはずがない」

さすがに油断がなかった。すぐに使いを袁紹のもとに出し、

「皆のもの、敵襲に備えよ」

と号令した。

曹操は、連れてきた張遼、于禁《うきん》、許褚らに火を放つことを命じた。たちまちのうちに、炎と煙が淳于瓊の陣を覆った。

が、ちょうどそのとき、背後に敵の一隊が出現した。督軍《とくぐん》の眭元進《すいげんしん》、騎督《きとく》の呂威璜《りょいこう》らが審配の指示で巡察にきたのだった。審配は、後方に回された淳于瓊の不満を知っていたので、警備をおろそかにしているのではないかと心配していたのである。

曹操はうろたえなかった。

「うしろにかまわずに敵陣につっこめ。あとは予が引き受ける」

この気魄《きはく》にみちた言葉に、張遼らは奮い立ち、雄叫《おたけ》びを発して突撃した。本来なら曹操の軍は、敵の増援部隊に背後をおびやかされて、大いに不利な状況だったのだ。

もし、曹操が自軍を二手に分けていたら、前面の淳于瓊の軍に立ち直る時間をあたえ、背後の敵を押しかえすこともできず、逆に包囲されて大損害を蒙《こうむ》っていただろう。だが、

曹操の果断がそれを救った。

淳于瓊の軍は、大半の兵がぐっすり眠っていたために、彼がいかに声をからして叱咤《しった》してもすっかり浮き足立ってしまった。さらに炎と煙がかれらの戦意をくじき、武器を放り出して逃走するものが続出した。

「ふがいなき者どもめ！」

と淳于瓊は苛立《いらだ》ったが、返り血を浴びて赤鬼のようになっている張遼らが突進してくるのを見ると、

「こりゃ、かなわん」

と逃げ出そうとした。

「これでも喰《く》らえ！」

張遼がその場に落ちていた熊手を投げた。淳于瓊は足をとられて転倒した。張遼はとびかかって縛りあげた。

「これが一軍の将に対する扱いか。礼儀知らずの虫ケラめ！」

と淳于瓊は口汚く罵った。

「やかましい！」

張遼は一喝し、淳于瓊の鼻と耳をそぎ落して放逐した。

これを望見して、眭元進と呂威璜らの軍は怖気《おじけ》をふるっていっせいに退却した。

袁紹の本営では、この報告をうけた審配が取るものも取りあえず、各部将に召集をかけ

て袁紹に目通りを願い出た。

　こういう事態になっては、袁紹も寵姫と痴夢にひたっているわけにはいかない。すぐに軍装を着用して評定《ひょうじょう》の間に出た。

「何か考えのあるものは申してみよ」

　袁紹の言葉をうけて進み出たのは郭図《かくと》であった。

「烏巣が奇襲されてわが軍の兵糧が失われたことは、まことに痛恨事ではありますが、いまさらそれを悔やんでも致し方ありません。それより、ここは手薄になった曹操の本営を攻めるのが肝要かと存じます」

　すると、審配が立ち上がった。

「逃げ帰った兵の報告によりますと、烏巣を襲った敵軍は、曹操自身が指揮をとっている由にて、それならわが軍は全力をあげて官渡へ戻る曹操を包囲撃滅すべきであります。いわば、藻抜《もぬ》けの殻《から》の敵の本営を攻めたところで意味がありません」

　郭図も負けていなかった。

「曹操が本営を空にして、みずから遠く烏巣まで出撃するはずがありません。何しろ策略の多い男です。きっと影武者を使ったに違いありません。かりに、影武者ではなくて本人だったとしても、帰るべき本営を失ってしまえば野良犬同然です。ここは官渡の本営の攻撃一本にしぼるべきではありませんか」

「曹操が自分の留守の間のことを考えずに打って出るとは考えられません」

「待ちたまえ、貴公は曹操を買いかぶりすぎている」

「そんなことはない。敵の力を過小評価するのは失敗の因《もと》だぞ」

両将は互いに自説を主張してゆずらなかった。

袁紹は迷ってしまった。郭図の言葉にも一理あるし、審配の主張にも一理があるように思われたのだ。

（はて、どうしたものか）

袁紹は自分では決断しきれずに、長男の袁譚《えんたん》に問うた。

「いずれが優《まさ》ると思うか」

袁譚はちょっと思案してから、

「いずれの策にも一長一短があります。で、このさい、張郃《ちょうこう》と高覧《こうらん》にそれぞれ一万騎をあたえて官渡の敵の本営を襲わせ、蔣奇と辛明《しんめい》にも各一万をあたえて烏巣から引き揚げる敵軍を討たせたらいかがでしょうか」

と進言した。

「その通りだ」

袁紹は手をうって賛成した。それぞれの策の長所をとって一つに合わせた名案だ、と考えたのだ。

すぐに、四人の将は進発した。袁紹は本営の前で見送り、

「互いに競って手柄を立てよ」

と上機嫌でいった。それぞれの一長一短の長所を合体させて一つにしたと信じきっており、じっさいには、互いの短所を重ね合わせたことに気がつかなかった。

もし袁紹が、どちらかの策をとり、全力をあげて攻撃を加えていれば、官渡の本営が奪われるか、曹操自身が包囲されるかしていたところだった。いずれであっても、烏巣の兵糧を焼かれた以上の戦果を、袁紹はおさめることができたはずだった。郭図の策も審配の策も、決して悪くはなかったのだ。

が、袁紹は二兎《にと》を追った。

三

蔣奇と辛明は、互いに部下の兵をせき立てて烏巣へ通ずる道を急いだ。

すると、山あいの小路から五十騎百騎と一固まりになって出てくる軍兵がある。

「何者なるや？」

先頭のものが声をかけると、

「淳于将軍の手のものですが、烏巣の本営は火の海と化したので撤退してきたところです。しかし、応援部隊がきてくれたのであれば、われらも戻りましょう」

と口ぐちにいった。たしかに味方らしいことは、旗手の揚げる旗や幟を見ても明らかだった。

「しからば後詰めをせよ」

と蔣奇は命じた。

間もなく山あいを抜けた。

前方に曹軍の旗印を揚げた一軍がいた。一見して、五千名くらいの兵力である。

蔣奇は辛明にもちかけた。

「これで曹操の首はもらったようなものだ。しかし、どちらが彼を討っても、その手柄は五分五分に決めておこうではないか。その方が二人とも好都合ではないかね」

「異論はない」

と辛明はいい、部下を散開させた。

とつじょ、背後から吶喊《とっかん》の声が湧き起こった。いっしょになって烏巣へ行くはずの淳于瓊の兵たちが襲いかかってきたのだ。

「バカ！　同士討ちをするな」

「あわて者めが、たわけたことを！」

と両将は制止した。

淳于瓊の旗や幟を持っていたのは、じつは曹操の部下だった。蔣・辛の両軍を挟み撃ちにするために、戦場に遺棄されたものを利用したのである。

「しまった！　さては曹操の謀《はかりごと》であったか」

蔣奇が馬を返そうとしたとき、飛来した矢が彼の咽喉《のど》を直撃した。

混乱が支配した。残った辛明はかろうじて脱出し、置きざりにされた二万の兵の半分は降伏した。

一方、官渡の曹操の本営を襲った張・高の軍は、待ち構えていた曹洪《そうこう》、夏侯惇《かこうとん》、曹仁《そうじん》の兵に三方から逆襲されて大敗した。曹操がそのことを予期して、前もって策を授けておいたのだ。袁紹が兵力を一本にせず、二手に分けたことも悪影響を及ぼした。

「これはまずい。兵力不足だった。このさい引き揚げよう」

と張郃は高覧にもちかけた。

「やむを得まい」

と高覧は応じて、ともに退却したが、そこを烏巣から凱旋《がいせん》してくる曹操の軍にぶつかって、敗北の上塗りとなった。

相つぐ凶報に、袁紹は茫然《ぼうぜん》となった。そこへ、鼻や耳をそがれた淳于瓊がほうほうの体《てい》で逃げ帰ってきた。

「おめおめと、よくも……斬ってしまえ」

と怒りに任せて袁紹は命じた。

これを見て不安に感じたのは郭図である。敗軍の責任をとらされるのではないか、と恐れたのである。彼は進み出て、

「あえて申し上げますが、張郃や高覧はわが軍のこのありさまをひそかに願っていたふしがございます」

「何だと？」

「両人とも前々から曹操に走らんとする逆心を抱いておりました。合戦ぶりを見ても、討ちとれる敵を討ちとらず、手ぬきをして戦ってきたとしか思えないことがしばしばありました。さもなければ、敵の本営に不意討ちを喰らわしたのに、いともあっさりと負けるはずがありますまい」

「うむ……いわれてみれば確かにそうだ。よしッ、両人を呼び戻して糾問《きゆうもん》せずばなるまい」

と袁紹は体をふるわせた。大敗の責任は彼自身にあるのだが、その責任を誰かに押しつける必要も感じていた。

郭図は袁紹の前を退くと、二人の部下を張郃と高覧のもとへ送り、

「しばし帰還を延期されるがよかろう。殿は大いに立腹し、ご両人の責任を問う、といわれている。われわれが言葉をつくしてなだめているが、いっこうにお聞き入れにならない。もう少し待つように」

といわせた。

そこへ、袁紹の使いがきて、

「ただちに出頭すべし」

と命令を伝えた。両名は顔を見合わせ、

「なぜ出頭せねばならんのか、わけを教えていただきたい」

「存じません」

「ご主君のご様子は？」

「ひじょうなお怒りです」

「では、帰って伝えてもらいたい。われら両名、手をつかねて犬死《いぬじに》を待つ気はない、とな」

と使いを追いかえし、残った部下ともども曹操の陣前に赴くと、武器を棄《す》てて降伏の意をあらわした。

夏侯惇は曹操に、

「張郃と高覧が降参すると申していますが、本心からのものか偽計かはわかりません」

「心配いたすな。その両将は、袁紹の軍中にあって抜群の働きをみせていたものたちだ。わが部下に加えたいと思っていた心が通じたのであろう」

と曹操は軍門をひらいて迎え入れるように指示した。

曹操の美質、というよりもはや病気である。敵といえども、力量才能のあるものは愛するのだ。彼は、大地に平伏している張郃と高覧に、

「官渡でさきごろ戦ったときには、お前たちの武勇に肝を冷やしたぞ。わが方に加わってくれるとあれば、こんな心強いことはない」

と満足そうにいった。

張郃と高覧は感激した。これまで、袁紹には叱られたりバカ呼ばわりされたことはあっても、ほめられたり労《いたわ》りの言葉を与えられたことはなかった。それに比べたら何という違

いであろうか。

ここで荀攸が進言した。

「烏巣の兵糧を焼き、張・高両将をお味方に加えたといっても、まだ決定的な勝利を得たわけではありません。河北《かほく》は何といっても大国ですから、時をあたえれば立ち直ってしまいます。ここは一気に決着をつけねばいけません」

「そういうからには、妙策を用意しているであろう」

「袁紹の癖を逆用しない手はありません。一隊を黎陽《れいよう》に向けて袁紹の退路を断ち、別の一隊を酸棗《さんそう》の道へ出て州都の鄴を攻める……」

「わかった。少数の兵に黄河《こうが》を渡らせ、そういう噂《うわさ》を立てさせる、というわけだな」

と曹操は察しよくいった。

「御意」

「すぐに用意せよ」

と曹操は命じた。

それぞれ一千名の二隊が夜明け前に黄河を渡った。兵力に比べて、旗や幟は多い。風になびくその数だけを遠くから見れば、各二万の軍のようである。

曹操の精鋭が二手に分かれ、一軍は黎陽に一軍は酸棗を経て鄴を攻めんとしつつある、という前線からの報告に、袁紹は、辛明に三万の兵をあたえて黎陽へ向かわせ、さらに三男の袁尚《えんしょう》に五万騎をつけて鄴へ急行させた。鄴は冀《き》州の中心地であり、彼や一族の妻子がすべて居住している。が、守っているのは予備の弱小部隊だった。

当然のことながら、袁紹の本陣の兵力は半減した。

曹操は敵の動きをつぶさに探知していた。

「よしッ」

彼は、全軍を率いて官渡の本営を出発し、袁紹の陣取った岡を包囲した。

合図の火矢が天高く飛ぶと、各軍はいっせいに攻撃の火蓋を切った。先陣は、張郃と高覧であった。あとに、張遼、許褚、徐晃らが続く。

袁紹は、わが目を疑いたい思いであった。ついこの前までは、彼の命令のままに動いていた張・高の勇将両名が血刀《ちがたな》をひっさげて奮迅の働きをしているのである。

「この裏切者《うめ》が！」

袁紹は呻いたが、声に力がなかった。

すでに、彼の周囲には旗本や近習しか残っていなかった。兵士たちは、張郃や高覧の強さをよく知っている。その上、敗戦続きで士気も衰えていた。

「父上、ひとまず退いて再挙をはかりましょう」

袁譚の言葉で袁紹はようやく腰を上げ、わずかな手勢とともに北へ走った。

「われこそ敵の大将を！」

張遼も許褚も馬を駆ったが、このあたりには無数の沼や小さな川が錯綜《さくそう》していて、足跡を追うのは容易ではなかった。

それを見た曹操は、ここまで討てば充分である、と判断して集合の太鼓を鳴らし、戻ってきた将兵に、

「よくやった。諸君の奮闘に心から礼を申すぞ。いずれ恩賞をもってその労に報いるであろう」

といい、ともに勝ちどきを唱和した。

袁紹軍の遺棄死体は、約八万の多きに達した。史上名高い、曹操対袁紹の官渡の大戦はこうして曹操の圧倒的な勝利となった。

諸将を集めて曹操が祝宴を張っていると、袁紹の謀臣として知られた沮授が捕虜になった旨の報告があった。

曹操は、かつて洛陽で袁紹と交わっていたころに、沮授とも会っていた。

「ここへ」

と曹操は命じ、連行されてきた沮授の縄をみずから切って、

「一別以来きみも予も別々の道を歩んできたが、こういう形できみに再会するとは夢にも思わなかった」

と慰めた。沮授は、

「こんなふうに捕虜になったのは、冀州が策を誤った以上、致し方のないことです。わたしは知も勇も尽き果てました」

「冀州は、と地名をいって、本初《ほんしょ》（袁紹の字《あざな》）を出さぬところが、いかにもきみらしい。

彼は果断に欠けて、きみの策を用いようとしなかったのであろう。考えてみれば、動乱が起きてからすでに十二年になるのに、まだ諸国は安定していない。予といっしょに国のために働いてくれ」

「お言葉は感謝しますが、わたしの母も一族も袁氏に命をあずけています。もし公にわたしを思う気持がおありなら、早くわたしを死なせて下さい」

「もっと早くきみを味方にしていたら、天下の平定は容易だったろうに……」

曹操は涙ながらにいい、彼の望むままに自刃の剣をあたえた。

さらに祝宴のさなか、袁紹の幕舎にあった戦利品が運びこまれた。

その一つに、袁紹が大切にしていたらしい文箱《ふばこ》があった。曹操は鄭欽《ていきん》に、箱をあけるように命じた。すべてが袁紹あての書簡だった。

四

「鄭欽、誰からの手紙だ？」

曹操の問いに、鄭欽はちょっと考えてから答えた。

「いろいろありますが、許都からのものもかなりまじっております」

一座に動揺がひろまった。袁紹に内通していたものが許都にいたことを意味するからである。荀攸が進み出て、

「じつに怪しからぬ話です。一通ずつきびしく点検し、そのものを捕らえて死罪にしなければなりません」

と怒りをこめていった。

「待て」

曹操はすばやく荀攸を制し、荀攸にというよりも自分自身にいい聞かせるかのように、

「袁紹の陣営にも人材がいなかったわけではない。おそらく沮授はわが方を危うくするような策を袁紹に進言したに違いない。だが、袁紹はその声に耳を傾けようとしなかった。予と彼との違いは、まさにその一点にある。といって、予がすべてに袁紹より優っているわけではない。彼の勢いが強大だったときには、予も勝利の確信をもっていたわけではなかった。許都にいるものが不安を抱き、袁紹に通じたとしても不思議はない。だから、そのものたちを責めるつもりはない。鄭欽、それをよこせ」

というと、篝火《かがりび》のなかに投じてしまった。

宴が果ててから、曹操は鄭欽にいった。

「さきほど予が誰からの手紙かとたずねたとき、そちは人の名前をいわずに許都からと答えたな」

「そうでしたか。わたしは、どこからきたかというお尋ねだったような気がしておりましたが……」

「そういうなら、それでもよい。予にとっては、そちの言葉はいわば天の声のように聞こ

えたのだ」

と曹操は満足げにうなずいた。

一方、袁紹は敗兵とともに鄴をめざした。

ある夜、山中で野営していると、どこからともなく啜《すす》り泣きが聞こえてくる。思わず知らず耳を傾けると、部下の兵士たちが兄弟や友人を失った悲しみを語りあい、そして最後には、

「わが君が田豊《でんほう》や沮授の諫言《かんげん》を聞き入れていたら、おれたちもこんな目にあわずにすんだのに」

と嘆くのだった。田豊は、そもそも袁紹が打倒曹操の兵を発するときに、曹操の兵力が少ないからといって決してあなどってはいけない、正面からの会戦を避けて持久戦にもちこむべきだ、と説得した人物である。袁紹は、そういう弱気な言は士気を損ずると叱り、田豊を投獄してしまったのだ。

袁紹もこうなってみると、田豊のいったことが骨身にしみる思いであった。

夜が明けるまで、彼は一睡もできなかった。

そこへ逢紀《ほうき》が顔を出した。

「殿、どうなされました？　一敗を喫したとはいっても、鄴に戻って軍を整備すれば、まだまだ曹操ごときに負けはしません」

「そういうが、田豊の諫言を受け入れなかったために、多くの兵を失ってしまった。彼に

あわせる顔がない」

と袁紹は力なくいった。

するとかねてから田豊と仲の悪い逢紀はここぞとばかり、

「そういう殿の寛大なお気持を知らずに、田豊が何といっているか、ご存知ですか。あの男は、わが軍の敗北を聞いて、それみろ、わしのいった通りになった、と手を叩いて嘲笑したそうです。じつに怪しからぬ話ではありませんか」

と、ありもしないことを告げ口した。

袁紹の顔色が変わった。

「筆をもて」

と侍者にいい、何か書きつけると早馬で鄴へ行くように命じた。

当の田豊は獄中にあったが、袁紹が大敗したことを牢《ろう》役人から知らされると、静かに瞑《めい》目《もく》して、

「わたしの死ぬときがきたようだ」

と呟いた。牢役人は、

「そんなことは考えられません。わが君は、これから先あなたを重く用いて、諫言に耳を傾けるようになるでしょう」

「それは違う。もしわが軍が勝っていたら、わたしは生きられたろうが、負けたとあっては望みはない」

「まさか！」

「いまにわかる。だが、愚痴はいうまい。男子たるもの、この天地の間に生をうけて志を立てながら、仕えるべき主君を誤ったのは、みずからの不明のせいだ。人を恨んだところで何になろうか」

と田豊は憮然《ぶぜん》としていった。

はたして、袁紹の使いがきて、牢役人に田豊の処刑の命令書を渡した。

田豊は潔かった。ためらう牢役人に、

「その剣をよこしたまえ」

といい、みずから首をはねて死んだ。


袁紹は鄴に帰還してこのことを聞くと、さすがに悄然《しょうぜん》とした。一敗地にまみれたとはいえ、河北四州はいぜんとして彼の支配下にあるのだが、うつけ者のようになってぼんやりと日を送ることが多かった。

これを見て、後妻の劉《りゅう》夫人が、

「どうなさったのですか。一度くらい負けたからといって、そんなにしょげることはないじゃありませんか」

「そういうが、心身ともに疲れたよ」

と袁紹はものうげにいった。劉夫人は待っていたかのように、

「それなら、このさい跡継ぎをはっきり定めておき、人心一新をはかったらよろしいではありませんか。もちろん、あなたが隠居するわけではなく、大事な場面ではあなたが決断なさるとしても、元気溌剌《はつらつ》たる若い人が先頭に立てば、河北四州の人びとも活気をとり戻すはずですわ」

とすすめた。

袁紹には、病弱の末子の上に三人の男子がいた。

長男は袁譚、字は顕思《けんし》。次男は袁熙《えんき》、字は顕奕《けんえき》、三男は袁尚、字は顕甫《けんほ》である。袁紹は長男に青州《せい》、次男に幽州《ゆう》の統治を任せ、さらに幷州《へい》を甥《おい》の高幹《こうかん》にゆだねて、みずからは本拠の冀州を守り、手もとに三男を置いていた。というのは、袁尚が、若いころ姿貌威容《しぼういよう》アリといわれた袁紹自身によく似て、眉目秀麗だったからである。

劉夫人は、自分の産んだ三男を夫がもっともかわいがっていることを見ぬいていた。だから、このときを狙って、河北四州の後継者に指名してもらおうとしたのだ。

「うむ……」

袁紹はあいまいに呟いた。袁尚を気に入っていることは確かだが、長男、次男をさしおいて三男を跡継ぎにしたら、問題が起こるのではないか。

長子相続が原則であった。それに、袁譚に何か欠陥があるというわけでもない。また、家臣たちがどう思うかも気がかりだった。

田豊と沮授が亡きあと、有力な家臣というと、審配、逢紀、郭図、辛評《しんひょう》の四人だった。

袁紹はある日この四人を招いて、

「予の元気なうちに、国内のことを定めておきたい。世嗣《よつぎ》を誰にするか、ということであるが、譚は強情で短気だし、熙は逆に弱気な性格でもの足りぬ。しかし、年下とはいえ尚は英雄の相があり、賢者をうやまい士を重んじている。このさい尚を世嗣に決めておこうと思うが、どうであろう？」

と諮った。郭図がそくざに進み出て、

「お言葉でございますが、殿がご長男をさし措いて弟君をお立てになるとなれば、お家の乱れの因になりかねませぬ。いま、敵が迫っているときに、そのようなことがあってはなりません。一致団結して曹操を退けることこそ当面の大事で、お世嗣のことはしばらく差し措かれるべきかと存じます」

といった。

郭図は、じつは袁譚の幼少時代からの補佐役だった。ここで袁尚に定められては、郭図としては困るのである。

しかし、そういう個人の利害を抜きにしても、彼のいうことは正論であった。袁紹も無視することはできず、

「……む。それも一理はあるな」

と不承ぶしょうにうなずいた。

聞いていた審配と逢紀は、いまいましげであった。というのは、この両名は、かつて袁

尚の守役《もりやく》をつとめたことがあり、袁尚が世嗣になる方が好都合だったのだ。しかし、袁譚や袁熙に決定したわけでもないので、かれらもあえて何もいわなかった。

間もなく、高幹が幷州の精鋭五万名を率いて鄴に到着した。また、袁譚は青州に、袁熙は幽州に行って、それぞれ新手の兵を徴集してきた。

袁紹は、城の内外に満ちた旗幟《きし》を見て、すっかり上機嫌になった。

「やはり血のつながったものは頼りになる。これだけの軍勢が揃《そろ》えば、曹操ごときを恐れる理由はない」

「父上、おっしゃる通りです。こんどこそは曹操に一泡ふかせてやりましょう」

と袁譚がはげますようにいった。

官渡で敗れたときに約八万の兵を失ったとはいえ、その生き残りと三州の兵を合わせれば、袁紹軍は約二十万になる。曹操の率いる兵の倍はあるのだ。

袁紹はすっかり強気になり、みずから先頭に立って、倉亭《そうてい》という戦略上の拠点にくり出した。

五

このとき曹操は、黄河の北岸にあったが、袁紹が再び大軍をくり出してきた旨の報告をうけると、ただちに全軍を動員して倉亭に陣を張った。

口には出さなかったが、心の中では、

（やはり河北四州は強大なものだ）

と戦慄に近いものを感じていた。立場を換えて、もし曹操が官渡で大敗していたら、再起は不可能だったろう。それを思えば、河北の底力は驚くべきものがある。

（さて、どう戦うか）

と曹操は思案した。官渡の戦場と違い、倉亭には川の流れがない。代わりに起伏に富んだ丘陵がある。

そこへ袁紹から挑戦状が送られてきた。互いに正々堂々の会戦をし、雌雄を決しようではないか、というのである。

「よろしい」

曹操は挑戦状を持参した袁紹の使いにそう答え、曹洪、夏侯惇らをひきつれて陣頭に馬を進めた。

これを見て、袁紹も三名の息子や諸将を従えて前面に出た。

「それなるは曹阿瞞《あまん》ではないか。小賢《こざか》しい様子はいつになっても変わらぬのォ」

阿瞞というのは、曹操が年少のころに仲間うちからつけられた字である。父の曹嵩《そうすう》がつけた字は吉利《きつり》、長じてみずから孟徳《もうとく》としたのだが、阿瞞には、狡《ずる》い子という意味がある。

袁紹はそれを知っていて、曹操をからかったのだ。

「これはこれは健在なりや、袁本初。近ごろ河北では、こういう詩がうたわれていると聞くぞ」

と曹操は応じ、次のように朗誦《ろうしょう》した。

昨朝ハ沮授軍中ニ死シ

今日ハ田豊獄中ニ亡《ほろ》ビヌ

河北ノ棟梁《とうりょう》ハ皆折レ断エテ

本初何《いず》クンゾ家邦ヲ喪《うしな》ワザランヤ

袁紹は痛いところを突かれてかっとなった。曹操はなおも、

「わが精鋭の前に官渡で大敗し、精も根もつきはてて隠居したかと思うたに、懲りずにまたぞろ現われて老醜をさらすとは！」

と嘲った。

袁紹は大いに怒り、

「あの長舌児を誰ぞ討ち取って参れ」

とどなった。

「おう」

声とともに馬を駆って出てきたのは袁尚であった。父の前でいいところを見せようと思ったらしい。

曹操はその若さに目をみはり、

「あの若僧は何者じゃ？」

と問うた。

「袁紹の三男、袁尚です」

と張部が答えた。かつては袁紹の幕下にあったので知っているのだ。

「その獲物はそれがしに」

と叫んで、飛び出した部将があった。徐晃の部下の史渙《しかん》だった。

二頭の馬は、二度三度とかけ違ったが、かなわじとみたのか、袁尚は馬首を転じて逃げはじめた。

「待て、小僧」

史渙は逃がさじと追った。

と、そのとき、袁尚は振り向きざまに弓に矢をつがえて一矢を放った。

矢は史渙の左眼に突き立った。

史渙はたまらずに落馬した。

「でかした」

と袁紹は喜び、諸将は、

「お見事」

とほめそやした。

勢いに乗じて、袁紹の大軍が突入した。

曹操軍はこれを迎え撃ち、両軍入り乱れての混戦となった。かけひきも策略もなく、力と力のぶつかりあいである。双方ともにかなりの死者を出して、日暮とともにようやく互いに引き揚げた。

曹操は血まみれ埃《ほこり》まみれの将兵にねぎらいの言葉をかけたが、内心は穏やかではなかった。

この日は、五分五分の引分けだったが、兵力の差を考えると、実質的には曹操にとって不利な分かれであった。

曹操は参謀たちを集めた。

「このままでは勝算が立たぬ。しかも、わが軍は黄河を背にしているから、いざという場合に退くところがない」

すると程昱《ていいく》が、

「その背水の陣を利しての十面埋伏の計を用いるべきでしょう」

と進言した。

曹操は即決し、軍を左右五隊に分け、ほかに囮《おとり》となる前衛を配備した。対するに、袁紹は五星の陣をしいた。三人の息子、高幹、袁紹が五角形の星のように布陣するのである。どの拠点に敵が攻めこんできても、両わきの星がこれを左右から押し包むようにして討つ。攻撃よりも防御を主とした陣形だった。

しかけたのは曹操だった。

夜明け前、彼は前衛隊長の許褚に、

「行け」

と命じた。

許褚は五星の頂点を占めている袁紹の陣に突撃した。

袁紹はそれを引き入れるように退き、同時に左右の袁譚と袁尚に挟撃を命じた。

許褚はたちまち苦戦に陥った。

「よし、いまこそ」

袁紹は叱咤した。将兵たちも官渡の恨みをはらさんものと、許褚の隊に襲いかかった。

「こりゃ、かなわん」

許褚は逃げた。

袁紹の軍は激しく追撃した。そのために、五星の陣が細長く変形した。

「待て。深追いは危険だ」

袁紹もさすがに油断はなかった。だが、敗北続きだった将兵たちは、追撃の快感に酔ってその指示をきこうとしなかった。

とつじょ、左右から曹軍が出現した。左一番隊の夏侯惇と右一番隊の曹洪である。

袁紹は、袁譚と袁尚に連絡をとろうとしたが、そこに曹軍の左二番隊張遼と右二番隊張部が割って入った。

「退《ひ》け」

袁紹の声は悲鳴に近かった。

第四十二章　鳳毛《ほうもう》に鶏胆《けいたん》

一

曹操《そうそう》のしかけた十面埋伏の計は、退却しようとする袁紹《えんしょう》の軍に恐るべき威力を発揮した。袁紹の親衛隊が曹操の左右二番隊の猛襲を何とかかわすと、こんどは左三番隊の李典《りてん》、右三番隊の徐晃《じょこう》が、

「逃げるとは卑怯なり！」

「袁紹、恥を知れ！」

とこもごも叫んで攻めかかってくる。

その鋒尖《ほうせん》を必死の思いで逃れると、その次は休む間もなく、左四番隊の楽進《がくしん》、右四番隊の于禁《うきん》が、

「正々堂々の勝負をせよ！」

「命惜しくば降参せよ！」

と突進してくる。

袁紹は見栄《みえ》も外聞もなく、ひたすら馬を鞭《むち》打って逃げた。が、ほっとしたのもつかの間のこと、左五番隊の夏侯淵《かこうえん》、右五番隊の高覧《こうらん》が逃がすものかと襲いかかってきた。

「ああ、もうダメだ。敵に捕らえられて生き恥をさらすより、ここで自決しよう」

袁紹は覚悟をきめて馬をとめた。

そのとき、袁紹ともっとも遠くに布陣していた高幹《こうかん》の軍がようやく救援にかけつけ、高幹みずから矢傷を負いながらも、袁紹を守ってかろうじて包囲網を突破した。

しかし、損害は莫大《ばくだい》であった。二十万の大軍は半数が討ち取られ、残った兵たちのさらに半数が捕虜になった。

山野は屍《しかばね》におおわれ、草は血に染まり、吹く風は蕭条《しょうじょう》としていた。やがて、からくも脱出してきた三人の息子たちが、幽鬼のように立ちつくす袁紹のそばに寄りそった。

「ああ、惨《さん》だ」

袁紹は呻《うめ》いた。

慰めるものはいなかった。慰める言葉もなかったのだ。袁紹は慟哭《どうこく》しながら、

「これまで多くの合戦に出たが、かかる難儀にあったことはなかった。おそらく天がわれを見棄《みす》てたもうたのであろう。そちたちは、おのおの州に戻り、再起して必ずや曹操を討ち取ってくれ」

というなり血を吐いた。袁譚《えんたん》が駆け寄って、

「父上、気の弱いことを仰せられてはなりませぬ。勝敗は兵家の常、一度や二度負けようとも、最後に勝てばよろしいのです」

と励ました。

「うむ」

袁紹は気をとりなおし、息子たちに助けられて鄴《ぎょう》へ帰ったものの、そのまま病床に臥《ふ》してしまった。

袁譚は弟たちと高幹、審配《しんはい》、逢紀《ほうき》らと相談した。二度の大敗を喫したとはいえ、河北《かほく》四州は広大であった。まだまだ兵馬をつのる余力がある。袁譚、袁熙《えんき》、高幹は各州に戻って軍を新編成し、袁尚《えんしょう》は審配、逢紀ともども袁紹を守って鄴城にこもることになった。鄴城は近くを漳河《しょうが》が蛇行し、一方は沼地で、これを攻め落とすことは至難であった。

一方、曹操は各軍に恩賞をあたえてから、物見を出して冀《き》州の情勢を探索させた。彼も鄴城が守るに易く攻めるに難いことを心得ていた。十面埋伏の計は一長一短で、伸びきった敵軍を待ち伏せ討つには最良の策だが、網の目から逃れた敵を追撃するには不十分だった。

それだけではない。討ち洩《も》らした袁紹を追って鄴城へ押し寄せても、おそらくは損害を重ねるだけで、これを陥落させることはできそうにないことも問題だった。

物見が、

「袁紹は病気ですし、守っているのは、若い袁尚と審配、逢紀だけです」

という情報を報告してきた。諸将は、

「敗残の兵と病気の大将のこもる城など、鎧袖《がいしゅう》一触でござる。すぐさま出陣のご命令を賜りたし」

と口をそろえていった。曹操は、

「それは、一を知って二を知らぬ言である。官渡《かんと》に続いて倉亭《そうてい》でもわが軍は大勝したが、兵の疲労は深い。それが回復せぬうちに遠征したところで、結果の良かろうはずがない。それに審配、逢紀も、そちたちが思っているほど愚者ではないぞ。袁紹の勢いが強かったときは、互いに抜けがけをはかったろうが、いまのように窮境に陥ったときは、逆に力を合わせるようになる。それに、いまは農作物の収穫のとき、兵馬を動かして農民を泣かせてはならぬ」

と説いた。

一同は納得した。ことに、最後の農民を思う気持に涙するものさえあった。もっとも、曹操には彼なりの計算があった。

いずれは河北四州を平定するつもりなのである。いまは袁紹の支配下にあるが、近いうちに曹操の領民となるのだ。ここで収穫を妨げては、かれらを飢えさせることになる。そのときは、曹操は自分の領地から食物を運んでやらなければならない。彼の領地も、決して余っているわけではないのだ。

そこへ許都《きょと》の荀彧《じゅんいく》から急報が届いた。

劉備《りゅうび》が汝南《じょなん》で劉辟《りゅうへき》や龔都《きょうと》の残党をかり集めて、曹操主力のいない許都へ兵を進めようと動き出したというのである。

曹操は一瞬も躊《ため》らうことなく、行動を起こした。

曹洪《そうこう》と夏侯淵に、

「お前たちはいまの陣地を固く守れ。もし、袁紹の軍がしかけてきても、むやみにこちらから出撃してはならぬ」

と命じ、残りの全軍を率いて汝南へ進発した。

袁紹のもっていた大兵力に比べれば、劉備の軍は少数である。だが、人物としての器量は、劉備の方がはるかに大きい。いまの世に英雄といえるのは、きみとわたしの二人だけだ、といったことを曹操は忘れていない。その好敵手と相見《あいまみ》えるのは、楽しみでもあったのだ。

二

この時期、関羽《かんう》、張飛《ちょうひ》と再会し、勇士趙雲《ちょううん》も加えていた劉備は、豫《よ》州の汝南郡を中心に勢力を拡大することに成功していた。かつて都にあったころは、豫州の牧《ぼく》に任命されたことがあった。そのときは、袁術《えんじゅつ》の勢いが盛んだったために赴任できなかったが、その袁術が敗亡したのちは無政府状態になっていた。また、曹操は北方の袁紹との対決に主力を注いでおり、南方の豫州に対してはおろそかになっていた。そのことも幸いして、劉備は約五万の兵力をもつようになっていた。

しかし、州北の汝陽《じょよう》まで進んだとき、

「曹操が帥旗《すいき》を押し立て、大軍を率いて南下してきております」

という報告が入った。

「嘘《うそ》ではないか」

と劉備はいった。曹操はあと一押しで袁紹を倒せるのだ。それを放置して南方へ転進してくるとは考えられなかったのだ。

「いや、本当でしょう。曹操はそういう人物です。進むとみせて退き、退くとみせて進むのが彼の得意とするところですから」

と関羽がいった。劉備の陣営において、曹操を知ることにかけて関羽以上のものはいなかった。

「よかろう。敵は遠征続きで疲れているはずだ。われらに不利はない」

劉備は、近くの穣山《じょうざん》に拠《よ》って、曹操と決戦することにした。全軍を三手に分け、劉備は趙雲とともに中央に位置し、東に関羽、西に張飛を配置した。

やがて、曹操の大軍が地平線のかなたに現われた。左右に展開すること約三十里。曹操自身は中軍にあって、許褚《きょちょ》以下の武将を引き連れている。

曹操は許褚を従えて陣頭に立ち、

「劉玄徳《げんとく》、陣中にあらば前へ出よ」

と呼びかけた。

「おう」

劉備は趙雲を介添えにしてこれまた馬を進めた。

「珍しや、玄徳。おぬしがかくも不義忘恩の徒であったとは知らなかったぞ。呂布《りょふ》に敗れて命からがら逃げてきたおぬしを助けてやったのは誰であったか、まさか忘却したわけではあるまい」

「曹孟徳《もうとく》にそのようなことをいう資格があろうか。玄徳が都へ参ったのは漢《かん》室を復興するため、おぬしに頭を下げに行ったわけではないわ。それをあたかも自分の力だと思うことこそ、漢室をないがしろにするおぬしの逆心を示すものだ」

「忘恩の徒が何をほざく！」

「不義不忠の逆賊、よく聞け」

劉備は、かつて献帝《けんてい》が董承《とうしょう》に下された密勅の写しをとり出し、朗々と読みあげた。

曹操は大いに怒り、

「許褚、あいつの舌を抜いてこい」

と命じた。

許褚が得意の鉄槍《てつやり》を小わきに突進してきた。劉備のわきにいた趙雲が、

「わたしにお任せを」

といい、これまた長槍を手に馬を駆った。

ともに両軍を代表する勇士である。許褚は鉄槍を突くことはせずに棒のように振りまわす。対する趙雲の長槍は鋭い突きによって敵を倒す。

ぶうんという振りまわす音と、ひゅッという突きの音が交錯した。互いに馬を駆っての戦いは、二十合、三十合と続いた。

いつ果てるとも知れないと思われたときだった。

東西から関羽、張飛の軍が怒濤《どとう》のような勢いで押し出してきた。

「行け！」

劉備の一声で、中軍もまた鬨《とき》の声を発して攻めこんだ。

曹操の軍はさすがに疲れていたとみえ、反撃に力がなかった。

「これはいかん。ひとまず退《ひ》け」

曹操の号令で、曹操の軍は算を乱して逃げだした。

劉備は約十里も追ったが、

「深追いは禁物である。ここまで勝てばじゅうぶんだ」

と兵をまとめて穣山に戻った。

物見を出して探らせると、曹操は三十里以上も退却したという。

「これで敵の士気をくじくことができた。いかに曹操といえども、しばらくは出てこられまい」

と劉備は諸将にいった。

「いやいや、見くびってはいけません」

と冷や水をかけるようにいったのは関羽であった。

張飛が関羽にくってかかった。

「おい、雲長《うんちょう》、何で曹操を恐れるのだ。きょうは追撃をゆるめたが、この次こそ徹底的にやっつけてやる。みんながそう思っているのに、おぬしは水をさすようなことをぬかす」

しかし関羽は相手にせず、劉備に、

「曹操は企《たくら》みの多い男ですから、わけもなく三十里も退却したはずはありません。何か計略があってのことと思われます。決してご油断なきよう」

と進言した。

「わかっている。では、試みにあす趙雲に戦いを挑ませてみよう」

劉備はそういって、趙雲に準備を命じた。

翌日、趙雲は約一万の兵をもって曹操の軍に攻撃をしかけた。

しかし、曹操の軍は盾を並べてその陰にこもり、わずかに矢を放ってくるだけだった。

帰ってきた趙雲は、

「敵は元気がありません。きのうの敗北がこたえているようです」

と報告した。

「それみろ、おれのいった通り、敵は怯気《おじけ》づいているんだ」

張飛は得意げにいった。

日ごろは用心深い劉備も、

（関羽は考えすぎだ）

と思いはじめた。そして、張飛にせがまれるままに、

「よかろう。あす、一気に敵の中軍を攻めてみよ。だが、何か謀《はかりごと》があるようだったら、すぐに引き揚げてくるように」

と襲撃を許可した。

張飛は、こんどは二万の兵を率いて出撃した。いぜんとして曹操の陣は守りを固くして反撃してこなかった。張飛は苛立《いらだ》って、

「やい、曹操、出てこい。許褚はいねェのか。徐晃はどうした？　張遼《ちようりよう》は臆病風にふかれたのか」

とどなった。

曹操の全軍は、鳴りをひそめたままであった。

空しく帰ってきた張飛は、

「あすはこちらも全軍をあげて進みましょう。横に長い敵陣を突破するのは容易です」

と主張した。

劉備は迷った。本当に曹軍の士気が衰えているのであれば、絶好の機会なのである。いかに戦いをしかけても、相手が出てこないところをみると、遠征の疲れが兵の動きを鈍くしているのではないか。

ところが、後方から急報が入った。

汝南から食糧や弓矢を運んできつつあった龔都の一隊が、とつぜん出現した敵に包まれた、というのである。

「張飛、すぐに救援せよ」

と劉備は命じた。

とるものもとりあえず、張飛が一隊を率いて穣山を下ると、こんどは、汝南の劉辟から早馬の使いがきた。

「申し上げます。夏侯惇《かこうとん》を大将にした約五万の兵がいつの間にか迂回《うかい》して汝南の城に攻めかけて参りました。至急、お戻り下さい」

「しまった。関羽のいった通りであった」

劉備は呻いた。汝南を奪われては、本拠がなくなる。

「それがしが参りましょう」

と関羽が申し出た。

劉備はそれを認め、関羽を出発させた。残った兵は約三万である。これでは穣山を守るのが精いっぱいで、敵を攻めるどころではない。

それを待っていたかのように、許褚を先頭に、曹操軍の主力がひたひたと穣山めざして押し寄せ、またたくうちに包囲した。蟻《あり》のはい出る隙間もないような布陣である。

「殿、かくなる上は、残った全軍をあげて山を下り、曹操の中軍に攻めこんで雌雄を決すべきだ、と存じます」

と趙雲が進言した。

「そのような捨身の策はとるべきではない。バラバラになったわが軍を一つにまとめれば勝機はある」

という孫乾《そんけん》の言葉に、劉備はうなずいた。その夜は兵にたっぷりと休養をとらせ、夜明けとともに汝南をめざして出発した。

趙雲は先頭に立ち、群がってくる敵兵を追い払った。その長槍は見る間に血まみれとなり、返り血を浴びた趙雲は赤鬼さながらであった。

「待て、劉備、きょうこそ勝負をつけようではないか」

許褚が大声で呼びかけた。趙雲は、

「相手にすることはありません。ここはお任せ下さい。わが君は一刻も早く汝南へ」

といい、馬首をめぐらせた。

両雄の戦いに背を向けて、劉備はひたすら南をめざした。

すると、小山の陰から、李典、于禁の軍が出現した。

劉備自身、二本の剣をふるって応戦した。

いかにせん、多勢に無勢であった。すぐに追いまくられて、兵もちりぢりになった。

許褚との戦いを打ち切って、趙雲が駆け戻ってきた。

「申し訳ありません。匹夫の勇にかられて、わが君をお守りする務めを忘れました。さァ、先を急ぎましょう」

「うむ」

劉備は力なくうなずいた。

そのとき、前方の岩山に松明《たいまつ》がいっせいにともり、曹操の姿がうかび上がった。

三

劉備の駒の足がとまった。すでに兵はかなり討ち減らされている。しかも低い位置に追いこまれており、曹操や部下の将兵は高いところにいる。形勢は不利、というよりも、もはや絶望的に思われた。

曹操の方は余裕たっぷりに、

「そこにいるのは劉玄徳ではないか。さきごろ正義の旗はわれにあり、とか、大きなことをいっておったが、あの勢いはどこへ失せたのじゃ。それとも、空元気《から》だったのか」

とからかった。劉備は、

「いかにも形勢われに非だが、われに天子の密勅あることに変わりはない。もし望みとあれば、もう一度読んで聞かせようぞ」

とやりかえした。

「曳《ひ》かれ者の小唄とは、いまのおぬしのことだ。何も命まで取ろうとはいわぬ。すなおに降伏せよ。さもなくば、皆殺しにするぞ」

曹操の言葉に、わずかに残っていた兵たちの間に動揺がひろがった。劉備の軍は、寄せ集めである。危うくなると、戦うよりも逃げることを選び、逃げきれぬと思えば、武器を棄てて降参する。曹操はそれを見越しているのだった。

はたして――、

劉備の兵のなかには、手にした剣や弓矢を投げうって地に伏すものが現われた。

もはやこれまでか、と劉備が観念したときに、趙雲が馬首を寄せてきて、

「お案じなさいますな。敵は高地、われは低地にあって、いかにも不利のように見えますが、必ずしもそうではありません。あのような岩山から一気に馬で駆け下りることは不可能です」

「それもそうだ」

劉備は趙雲の励ましに気をとり直した。趙雲は、

「それがしが先に進みます故、はなれぬようにお出で下さい」

といい、槍をかまえて杣路《そまみち》に分け入った。

劉備はわずかに残った兵とともに、趙雲のあとに続いた。

すでに夜が明けかかっている。前日朝からの激戦続きで、一杯の水を口にふくむ余裕もなく、全身が棉《わた》のように疲れ切っていた。

途中、山あいの清流を見つけ、劉備たちは渇きをしのいだ。

「甘露の味とはこのことだ」

と劉備はいった。蘇生した思いだった。

同時に悔恨がこみ上げてきた。

曹操との実力の差は決定的なものがあるように思えた。このまま戦い続けたところで、勝利を得るのは不可能なのではないか。

そのとき、ほど遠からぬところに、人馬の気配がした。曹操の出した追手ならば、逃げ道はなかった。

「ここにお出であれ」

趙雲が小声でいい、徒歩で様子をさぐりに出た。

すぐに人声とともに一隊が現われた。先頭に立っていたのは趙雲で、そのあとに汝南にいた簡雍《かんよう》や糜竺《びじく》・芳《ほう》らである。夏侯惇の猛攻に耐えかねて、城を出て退却してきたというのである。劉備の家族もいっしょで、とりあえず休ませてあるという。

「わが家族のことはどうでもよい。救援に行った関羽はいかがいたした？」

と劉備は気色《けしき》ばんでいった。

「関将軍は、追ってくる夏侯惇の軍を防ぐ、といわれて残りました」

「関羽を死なせてはならぬ。及ばずとも、駆けつけよう」

そういう劉備に、趙雲が、

「そのようなご心配は無用でございましょう。関将軍が夏侯惇ごときに討たれるはずがないではありませんか。ひとまずここを出て、しかるのちに再会の機を見つけるのがよいと存じます」

「趙雲、そちにはいつも正しい道を教えられる」

「とんでもありません」

趙雲は顔を朱《あか》く染め、

「さ、参りましょう」

と馬に乗った。

一行が十数里ほど進んだとき、行く手に一群の人馬が出現した。先に立っているのは張部《ちょうこう》である。

「そこへきたのは腰抜け大将の劉備と見た。わが殿の情け深い思召《おぼしめし》もあるから、降参すれば命は助けてやる」

「大口はそれくらいにしておけ」

というなり趙雲が打って出た。

その隙に劉備らはそこを逃れて南をめざした。すると、またもや十里も行かぬうちに、一隊が立ちはだかった。高覧の軍だった。

簡雍らはもともと文官であり、武を得意とするものではない。が、必死になって押しかける高覧の軍と戦ったが、悲しいかな、じりじりと追い立てられてきた。

「かくなる上は死あるのみ。これも天命というものであろう」

劉備は天を仰いで長嘆息し、故郷涿《たく》県で旗揚げしたときから愛用してきた二振りの剣を手にした。かつては、虎牢関《ころうかん》の三戦とうたわれた戦《いくさ》で、呂布ともわたりあった剣である。

だが、それを用いるのも、これが最後となりそうであった。

覚悟を決めた劉備が馬を前に進めたときだった。高覧の軍が不意に後方から灰かぐらの湧き立つように乱れた。

「何やつ？」

振り向いた高覧の目にうつったのは、偃月刀《えんげつとう》を打ち振り赤兎馬《せきとば》を駆って突進してくる関羽であった。

「や、や、これは……」

高覧は馬首をめぐらし、長槍をしごいて関羽に立ち向かった。

「関羽、勝負！」

「愚かなり、高覧、汝《なんじ》もまた死を急ぐか」

というなり関羽は偃月刀をふるった。高覧の長槍はまっぷたつに切られた。

「あッ」

それが高覧の最後の声となった。高覧は一突きに倒された。

そこへ張部を振り切って趙雲が帰還した。あとは龔都の救援に赴いた張飛の行方がどうなったかである。

張飛は楽進と徐晃の軍に包囲され、龔都とは連絡がつかぬまま、どうにか敵の囲みを破り、穰山に引き返してくる途中で、運よく劉備らにめぐり会うことができた。

劉備はどれほどの兵が残っているかを、簡雍に調べさせた。

三千であった。戦う前は五万だったのである。あまりにも惨めな敗戦だった。しかも、帰るべき城も失われていた。いったい、どこへ行ったらいいのか。また、曹操の追手がいつ再び現われんとするのか。

四

とりあえず、劉備は西南へ兵を向けた。曹操の本拠地の許都から、少しでも遠く逃れる方がいい、と判断したのだ。

やがて、行く手に川が見えた。土地の者に聞くと、灌水《かんすい》であった。兵たちは、川原に腹ばいになって川水をすすった。黄色く濁っているが、贅沢《ぜいたく》はいっていられなかった。

灌水は豫州の西部を流れている。その上流に沿って進めば、荆《けい》州の舞陰《ぶいん》にたどりつく。劉備は糜竺に命じて、代金を支払って土地の農民から食物を買ってこさせた。農民たちは驚いたようだった。それまで金を払った軍などは見たことがなかったのだ。

じじつ、張飛などは、

「人がいいというか何というか、こういう場合に金を払う必要はないのに……」

と糜竺にいった。それを小耳にして、劉備は、

「張飛、バカなことを申すな。わたしは、名前だけかもしれぬが、朝廷より豫州の牧を拝命している。領主が領地の農民から食糧を取り上げて、天下に義をとなえることができようか」

と叱った。

張飛は首をすくめた。

理屈はたしかにその通りなのである。しかし、それは泰平の時代にいえることではないのか。戦乱続きのいま、まして敗戦のあとにそのような悠長なことはいっていられないのではないか。

張飛としては、相手が劉備だからいいかえさなかったが、もし本心をいえば、そういいたかったろう。

劉備にもそれがわかっていた。張飛だけではなく、そう思っているものは、ほかにも多いに違いない。いや、それどころか、劉備の軍に入ったことを、いまとなっては後悔しているのではあるまいか。

劉備自身も、つい先刻は苦い悔恨の味をかみしめていたのである。所詮いくら戦ったところで、曹操に勝つことはできないのではないか……。

不意に、涙が溢《あふ》れてきた。

「どうなされました?」

と関羽がたずねた。

「ほかでもない。打ち続く負け戦に、この劉備は武運つたない男よ、と思っていたが、決して運のせいではないことを、いま身にしみて感じているのだ」

「それはどういう意味でしょうか」

「つまりは、わたしには、人に将たるの才能も資質もないということだ。それにひきかえ、皆のものは、一騎当千の勇をもち、王佐の才に恵まれているというのに、わたしに仕えたばかりに、このような目に遭っている。身を置く寸土の地もないこのありさまに、皆のものもほとほと愛想がつきたであろう。もう遠慮は無用じゃ。ほかによい主君を見つけ、おのおの才能にふさわしい栄達を得るがよいぞ」

劉備の思いのたけを吐く言葉に、将兵は声もなかった。

関羽が進み出ていった。

「これは異なことを承るものです。むかし漢の高祖《こうそ》は項羽《こうう》と天下を争い、百度の敗北を喫しながらも、最後に九里山《くりさん》の一戦に勝って、泰平の世をひらいたではありませんか。そのことは、よくご存知のはず」

「知らぬではないが、わたしと高祖とではとうてい比較にならぬ」

と劉備は力なくいった。

関羽の顔がいっそう朱くなり、長髯《ちょうぜん》がふるえた。

「ならば、あえて申し上げます。思い起こせば十有余年のむかし、黄巾賊《こうきんぞく》を討つために決起してからどれほど勝敗を重ねてきたことか。しかし、いかような苦境にあっても、志はますます高く、いかなる難儀にもくじけず、今日に至ったのではありませんか。しかるに何故《なにゆえ》に弱音を吐かるるのか。漢朝を復興し、万民の幸せを願う志は失われたのですか。天下の笑いものになりましょうぞ」

「関羽よ、志は失ってはおらぬ。だが、志だけでは天下は動かぬ」

「動かぬ天下を動かすのが、万難にくじけぬ志ではありませんか。成功も失敗も、一時のことです。それに、家兄おひとりになったわけではございますまい。不肖、この関羽もいれば張飛もおります。趙雲、孫乾、簡雍、糜兄弟、そのほかこれだけの元気者がまだ揃《そろ》っているではありませんか」

関羽は、武勇一点ばりではなく、知を備え情を解し、さらに強い意志をもっていた。劉備は顔を上げ、

「わたしが悪かった。動かぬものを動かすのは志だという言葉、骨身にしみたぞ」

といって立ち上がった。うちひしがれていた表情に精気が戻っていた。

孫乾が進み出て、

「われら一同、関羽と思いは同じです。二度や三度の敗戦、相手が曹操であることを思えば、不思議でもないし恥でもありません。それどころか、われらを撃ち洩らしたという意味では、曹操は勝ったことにはなりますまい」

「その通りだ」

と張飛が大声を発した。

劉備は思わず微笑した。張飛には屈託というものがない。つねに明るく、くじけることを知らない。

とはいえ、現実には身の置きどころがなかった。三千の兵を養うためには根拠地をもたなければならない。山賊や野盗になるわけにはいかない。また、袁紹にはもはや劉備を迎える余裕はないだろう。あとは、呉の孫権《そんけん》か、荊州の劉表《りゅうひょう》かである。

劉表を頼るのがいい、といったのは孫乾である。

劉表は字《あざな》を景升《けいしょう》といい、山陽《さんよう》郡高平《こうへい》県の出身である。身の丈は八尺（約一八四センチ）以上あり、容姿は立派で、若いころ洛陽《らくよう》にあって、八俊の一人と呼ばれた。都にあった八名の秀才の一人と目されたのである。大将軍何進《かしん》の下で、北軍中候《ほくぐんちゅうこう》の職にあったが、荊州刺史《しし》の王叡《おうえい》の死後、後任に補せられた。当時、荊州八郡は各地に宗賊《そうぞく》が横行していた。宗賊というのは、有力者を中心に結集した一揆《いっき》のことをいう。ふつうの山賊や海賊とは違い、地域住民が一体となって官に反抗するので、それを鎮定するのは容易ではなかった。

しかし、劉表は短期間のうちに見事に荊州を治めた。現有兵力は十万。ほかに水軍を有し、衣食は豊かであった。中央の戦乱にも巻きこまれずにいたので、各地から文人や学者が移り住んだ。

糜竺がそれに賛成した。

ただし、問題がないわけではなかった。劉備を迎えることは、曹操と対立することである。袁紹が健在なころならともかく、叩《たた》きのめされた現在では、曹操と事をかまえたくない、と劉表は思っているのではないか。

孫乾と糜竺が、いっしょに荆州へ説得の使者として赴くことになった。孫乾は弁舌をもって知られ、糜竺は妹が劉備の夫人になっているから、劉備の代理として劉表に接することができる。また、糜家は先祖代々の富豪として天下に知られていた。劉表もそれは知っているはずである。

劉備は、左将軍の印綬《いんじゆ》をもっている。その職権で、糜竺を従事中郎《じゆうじちゆうろう》に任じた。大将軍府あるいは太尉府《たいいふ》にあって、謀議に参与する職名である。石高は六百石。この場合は、名前だけであるが、糜家の隠し財産はその百倍はあるだろうと噂《うわさ》されていた。

一方、劉表は荆州城にあった。周囲に堀をめぐらした要害の地にあり、景観の美しい城である。

「なに、劉備の使いとして、孫乾と糜竺がきただと？」

そのとき、彼は蔡《さい》夫人、二人の間に生まれた次男の劉琮《りゆうそう》、夫人の兄の蔡瑁《さいぼう》、腹心の軍師である蒯良《かいりよう》、蒯越《かいえつ》兄弟を集めて食事中だった。

蒯兄弟が進み出て、

「殿、かれら両名の狙いは、会わずともわかっております」

「何か理由をつけて追い返した方がよろしゅうござる」

とこもごもいった。

蔡瑁も同調した。

「せっかく平和な荊州が乱れる因《もと》になりましょう」

すると蔡夫人が、

「そうかしら。いまの荊州は、誰がきたって乱されることはありませんわ。そんな国ではないはず……」

と横からいった。

「うむ」

劉表はうなずいた。まさしくその通りだ、と思ったのだ。

「よし、通しておけ」

劉表は自信にみちた声で命じた。

五

劉表は衣冠を改め、蒯兄弟と蔡瑁の三人を従えて客殿に出た。

糜竺と孫乾は一礼してから口上をのべ、劉備の書簡を差し出した。劉表は一読し、それを三人の部下に渡した。劉表が劉備の使者に会うと決めたからには、三人もそれ以上は反対できなかったが、使者に質問したいことがあるので同席を許してほしい、と願い出た。

蒯兄弟は他国にも知られた智謀の士であり、蔡瑁は義兄弟の仲である。劉表としても、信頼している三人の願いを無視することはできなかったのだ。

「劉皇叔《こうしゆく》は曹操に一敗を喫してご難儀のご様子じゃな」

と劉表は使者両名に声をかけた。

「さようでございます」

「そんなことはございません」

と同時に別な答えが返ってきた。認めたのは糜竺、否定したのは孫乾である。

蔡瑁が身をのり出し、

「これは異なことを承るものだ。いったい、どちらが本当なのか、しっかと答えていただきたい」

とからかうようにいった。

「どちらも本当です」

と再び両名は答えた。蔡瑁は嘲った。

「そんなバカなことのあろうはずはない。難儀しておられるという糜竺殿の答えが正しいに決まっている」

「いかにも」

と答えたのは孫乾だった。蔡瑁は、

「では、貴公は嘘をついたわけだ」

とたたみかけた。すると糜竺が、

「それは違う。彼は真実を申し上げている」

「ますますもって奇怪なことだ。では、貴公が嘘つきということになるが……」

と蔡瑁は苛立ちを面上に見せていった。

「とんでもない。わたしは嘘つきではござらぬ」

「しからばもう一度おたずねしよう。劉皇叔は曹操に敗北して、ご難儀であろうな」

「さようでござる」

「そんなことはござらん」

と両者はいった。

蔡瑁の顔面が朱を注いだようになった。ブルブルふるえる手を剣にかけ、

「殿、この両名はそれがしばかりか、殿までも愚弄しております。この場で成敗することをどうかお命じ下さい」

と劉表にいった。

劉表も不快であった。劉備の書簡には、天下の乱れや国土の荒廃を憂い、漢室の復興と万民の幸福のために力を尽くす決意がのべられ、さらに、劉表の治める荊州八郡の繁栄をたたえたのち、近日中に拝眉の栄に浴することができれば幸いである、と書いてあった。

しかし、劉備が曹操に敗北したことは、すでに広く伝わっていた。拝眉の栄に浴したいというのは、じっさいには行くところがないから受け入れてもらえないか、という意味である。

糜竺は、劉備のそういう困難な状況を認めているが、孫乾は認めようとしない。その上に、両者とも自分も正しいし、相手も嘘をついていない、といっている。蔡瑁のいうように、これでは劉表をからかっているとしか思えない。だが、劉表は慎重であった。

（どうすべきか）

というふうに蒯兄弟を見た。

まず蒯良がいった。

「ご両所とも使者のお役目、まことにご苦労なことに存ずる。天下に行きどころのない劉備殿を何とかして荊州に迎え入れてもらうべく、何やかやと詭弁《きべん》を弄しておられるが、すなおにわが君に膝を屈して、保護を願う方がよろしいのではないかな」

頭を下げて家来になったらどうか、というのである。

「これは名高い蒯良殿のお言葉とは思えませんな」

と糜竺が応じた。

「何をいいたいのか、もっとはっきりいわれたらどうか」

「劉表殿は漢室のご一族であらせられる。同じように、わが主君は景帝《けいてい》の玄孫にして、現に帝から皇叔と尊称されていることは、貴殿もご存知でしょう。つまりは、互いに劉氏の身内同然です。それなのに膝を屈したらどうかなどといわれるのは、劉表殿ばかりか漢室に対する侮りになるのではありませんか。だから、蒯良殿のお言葉とは思えぬ、と申し上げたのです」

返答につまった蒯良に代わって蒯越が進み出た。

「お説、ごもっとものようだが、劉備殿が身の置きどころもないことは天下に周知のことでござる。にもかかわらず、ご両所が言葉のあやを用いて糊塗《こと》しようとしているのは、まことにもって笑止千万というしかない」

「これは蒯越殿らしからぬ短見です」

と孫乾が応じた。

「短見だと？」

「そうです。一を知って二を知らぬ、と申し上げてもよい。たしかにわれらが主君は曹操に敗れました。しかし、曹操が当代の英雄の一人であることを思えば、別に恥ではありません。また勝敗は兵家の常です」

「そういう弁解はもう沢山だ」

と蒯越はやりかえした。

孫乾は少しも動ぜずに続けた。

「弁解ではござらぬ。さきほど、拙者はわれらが主君は少しも難儀しておられぬといい、糜竺は難儀しておられると申した。いかにも矛盾しているようですが、そうではない。というのは、じつは南方のさる豪族からわが君を支援したいという申し入れがあったのです」

「さる豪族とは孫権のことか」

と蒯越はたずねた。孫乾はそれには答えずに、

「誰であれ、われらが窮境にないことはおわかりでござろう。しかし、わが君はお困りになった。その点は糜竺のいうとおりです」

「困ることもあるまいに」

「わが君は劉表殿に漢室の同族として敬意を抱いておられます。南方に助けを求めるのは易しいが、それでは血縁の親族を無視してアカの他人を頼るようなもの、事情を知らぬものは、助けを求められなかったとは知らずに親族らしくない冷たさだ、と非難するでしょう。で、同族の誼《よしみ》を考え、お目にかかってご理解を得たいというお気持なのです。部下のなかには、同族の誼も、へちまもあるものか、とか、荊州に行けばもっけの幸いと捕らえられて曹操のご機嫌とりに利用される恐れがあるとか、いろいろいうものがありました。わが君は、きついお怒りで、劉表殿は鳳毛《ほうもう》に鶏胆《けいたん》のごときお方ではない、とたしなめ、われら両名に使者をお命じになったのです」

鳳毛に鶏胆とは、大鳳のような羽毛に覆われた体であっても、胆ッ玉は鶏のように小さいということである。

黙っていた劉表がようやく口をひらいた。

「予は一族の危難を見ても知らん顔をするような不仁不義のものではない。劉備殿に心おきなくご来向下さるよう申し上げてくれ」

するとと蔡瑁が、

「もう一度、お考え下さい。はじめは呂布に従い、のちには曹操に身を寄せて呂布を亡《ほろ》ぼし、さらに袁紹のもとに走って曹操と戦った人物が誰であったか……」

孫乾が顔色を変えて立ち上がった。

「いわれなき侮辱を聞き棄てにはできぬ。わが君は呂布に従ったわけではない。窮鳥ふところに入れば殺さず、の仁をもって呂布を受け入れたところ、逆に仇《あだ》をなされたのです。そのとき曹操に身を寄せたことは確かだが、彼の帝をないがしろにする振る舞いの数々、その上に密勅を賜ったからには、たとえ劣勢なりといえども決起するのが当然、それともおぬしは、不忠を承知で身の安全を第一にせよというのか」

「何を小賢《こざか》しいことを……」

蔡瑁もまた激したが、劉表は、

「予の心は定《きま》っている。とやかく申すな」

と叱りつけた。

糜竺と孫乾は、劉表の親書をもらい、荊州城を出発した。

「お互い、よくぞ危ういところを切りぬけたものだ」

「その通り。しかし、蔡瑁と蒯兄弟がいたのでは、このさき容易ではあるまい。わが君を弑《しい》して曹操に献じようとするかもしれん」

「もとより油断はできぬが、正直にいって、さる南方の豪族には驚いたぞ。事前の打ち合わせにはなかったが、本当にそういうことがあったのか」

「あろうはずがない。ただ、こちらはさる南方の豪族といっただけで、孫権とはいっていないが、孫堅《そんけん》、孫策《そんさく》以来、劉表とは仲が悪い。もし、劉表に拒まれたわれわれが呉に走ったら、同族を見棄てた冷血漢として劉表は天下の嗤《わら》いものになるだろう」

「それはそうだ」

両者は顔を見合わせ、馬に鞭をくれて劉備のもとへ急いだ。

報告を聞いた劉備は大いに喜び、関羽、張飛らを従えて荊州に入った。

劉表の方も、劉備の一行を城外三十里のところまで出迎え、丁重に挨拶する劉備に、

「互いに漢室の一族として天下の安寧を願う志は同じです。どうか水くさいことはいわずに、荊州に留《とど》まっていただきたい」

といい、馬を並べて城に入った。

そうなっては、蔡瑁らも手出しはできなかった。

「劉備がわが荊州にいずれ害をもたらすことは明らかだが、しばらくは様子を見るしかあるまい」

「たしかに彼は殿の下でおとなしくしている男ではない。そのうちに必ず馬脚をあらわすから、そのときに始末すればよい」

「いや、それを待つよりも、あの男が殿に反旗をひるがえすように仕向ける方が早い」

などと、三人はひそかに語りあった。

一方、劉備を討ち損じた曹操は、彼の荊州入りを知ると、

「荊州には十万の精兵がある。人心収攬《しゅうらん》の巧みな彼がこれを利用し得るようになったら厄介だ。そうなる前に劉表を攻めようと思うが、どうか」

と諸将に諮った。

賛成するものが多かったが、程昱《ていいく》が、

「荊州攻めを急ぐには及びません。劉表は虎皮に羊心というべき男です。それより、いったんご帰陣の上、軍の英気を養い、来春を待ってまず北方を完全に鎮定なさるべきでしょう」

と進言した。

劉表は、虎のように見えるが、じっさいは臆病な羊同然だ、というのである。

「おもしろい。虎皮に羊心か」

と曹操はいい、全軍を率いて許都へ帰還した。

六

建安《けんあん》七年（二〇二年）正月、曹操は故郷の譙《しょう》に行き、布告を出した。

途中、睢陽《すいよう》の町を通ったとき、橋玄《きょうげん》の墓に詣で祈文を奉った。橋玄は太尉をつとめたことのある名士で、かつて無名だった曹操を見て、

「きみほどの人物を見たことがなかった。いずれ天下が乱れたときに、人びとの苦しみを

救うのは、きみのほかにあるまい」

といった。橋玄ほどの人物にそういわれ、曹操は大いに力づけられたものである。そのとき曹操が礼をいうと、橋玄は冗談をいった。

「わしが死んでから、この付近を通りかかったら酒など供えてくれたまえ。忘れたら三歩も行かぬうちに腹痛を起こすかもしれんよ」

曹操の祈文は、史書に残っている。

「故太尉ノ橋公ハ明徳ヲ誕敷《たんふ》シ、汎愛《はんあい》ニシテ博容ナリ」

橋玄はすぐれた徳をひろくほどこし、大きな愛情と広い包容力をもった人だったというのである。そして、曹操は、

「三歩ヲ過ギテ腹痛ミテモ怪シム勿《なか》レ」

という冗談についても、

「舊《きゅう》ヲ懐シミ顧ヲ惟《おも》イ、之《これ》ヲ念ジテ悽愴《せいそう》」

と書いた。そのことをなつかしみ、昔のご愛顧を思い出すと、わたしの心は（あなたの死を）いたましく感じます——というのである。

また、譙での告文においても、曹操は、
吾、義兵ヲ起コシ、天下ノ為ニ暴乱ヲ除ク、旧土ノ人民ハ死喪《しそう》シテ略《ほと》ド尽ク、国中ヲ終日行クモ、識《し》ル所ヲ見ズ、吾ヲシテ悽愴傷懐《しょうかい》タラシム。

という。天下のために義兵を起こしたが、いっしょに戦った故郷の人たちはほとんど戦

死して、知った顔に会わない、心が痛みやりきれない思いだ、というのだ。そして、曹操は、死んだ兵士の家族を捜し出し、田地や家畜をあたえ、教育をうけられるようにとりはからった。

戦死者の遺族に対するこうした思いやりは、この時代、曹操だけのものであった。彼の兵が他国よりも強かった理由は、こういうところにあったであろう。

最大の競争相手だった袁紹の場合は、そういう配慮に欠けていた。

袁紹は二度まで曹操に敗れたあと、かろうじて鄴に帰ったが、それをみて、冀州各地に小規模ながら反乱が続出した。

袁紹は残兵をまとめて、その反乱を討伐した。その無理が彼の体力を急速に衰えさせたのか、建安七年（二〇二年）の五月、袁紹は重病の床に臥した。

正妻の劉《りゅう》夫人、三男の袁尚、審配、逢紀が枕頭《ちんとう》に集まった。長男の袁譚と次男の袁熙はそれぞれ任地にあって間に合いそうになかった。劉夫人が袁紹の耳もとに口をよせ、

「あなた、跡継ぎは袁尚になさるのね？」

と囁《ささや》いた。

袁紹は無言であった。劉夫人に目顔でうながされて、袁尚がにじり寄った。

「父上、及ばずながらわたしがお志をついで必ずや曹操めを亡ぼしてみせます」

「……う、う」

袁紹は呻き声をあげ、何とか起き上がろうとした。劉夫人が介添えしようとすると、袁

紹は不意に体を慄《ふる》わせ、

「孟徳めが！」

と唸《うな》り、同時におびただしい血を吐いて悶絶《もんぜつ》した。

それが彼の最後の言葉だった。

劉夫人は、審配と逢紀に、

「袁尚を後継者にせよというご遺言は、皆も聞いたであろう」

と高飛車にいった。

「たしかに」

と二人は拝礼した。審配と逢紀は袁尚についている。もし袁譚が後継者になったら、郭《かく》図《と》と辛評《しんぴょう》が実権を握ることになるだろう。それを計算すると、異存はなかったのだ。

このころ、青《せい》州にあった袁譚は、郭図と辛評をつれて鄴へ向かいつつあったが、あと一日というところで、袁尚の使いを迎えた。

「大将軍はお亡くなり遊ばされ、ご遺言によって袁尚様が跡をお継ぎになりました。よって四州の君主になられました袁尚様は、あなた様を車騎《しゃき》将軍に任じ、引き続いて青州を治めるようにという仰せです」

「何をいうか。おれは長男だぞ。顕甫《けんほ》（袁尚の字）に命令される筋合いはない」

と袁譚はまっかになっていった。

「わたしは、ただ使いをせよ、と命令されたまでです」

使者はそういって早々に引き揚げた。

「よし、こうなったら鄴へ乗りこみ、遺言が本当かどうか確かめてやる」

と息まく袁譚を郭図が諫《いさ》めた。

「これは審配と逢紀の企みに違いありません。うかつに鄴へ行っては、とりかえしのつかないことになりかねません」

「その通りです。ここは一策あってしかるべし」

と辛評も賛成した。

第四十三章　亡国

一

袁譚《えんたん》の軍は、辛評《しんぴょう》の策に従って、進路を変えて黎陽《れいよう》へ向かった。また、郭図《かくと》が本隊から離れて早馬で鄴《ぎょう》に入った。

袁尚《えんしょう》は郭図が一人だけで到着したことを聞くと、すぐに呼び、

「兄者はどうした？　父上の葬儀のこともあるのに、何を愚図ついているのか、子として孝道に反するではないか」

と声高に詰問した。郭図は拝礼して、

「仰せはごもっともでありますが、当地へ参ります途中に、思いがけない急報が入りました」

「何じゃ？」

「曹操《そうそう》がひそかに黎陽に進出し、われらが亡き大将軍のご葬儀に心をとられている隙をついて襲撃しようという、いかにも曹操らしい奸策《かんさく》であります」

「こちらが出した使者の申すには、兄者は、長男たる自分があれこれ指図されるいわれはない、といって怒っていたというぞ。鄴にきたくないために、そんな口実を作っているの

ではないか」

「恐れながら、それは誤解でございます。たしかに、いっときはご不快だったかもしれませんが、曹軍の進出をお聞きになると、お父君のご葬儀に遅れるのは小さな不孝、冀州《き》を失うという大なる不孝よりはましであろう、と仰せられ、全滅玉砕を覚悟で黎陽へ行かれたのです」

「全滅玉砕を覚悟というのは解せんな。万余の兵だったと聞いているぞ」

「数だけは、たしかに揃《そろ》っておりますが、このたびは亡君に古くからゆかりのあるものを選抜なさいましたので、そう申しては何ですが、実戦にはさして役立たぬ老兵が大半でございます。精兵の多くは青州《せい》に残してきましたので、曹軍と一戦はできても二戦はできまいというお覚悟なのです」

「うむ……」

袁尚は唸《うな》った。弟の自分が後継者になったので袁譚が怒っていることは、容易に想像がつく。だが、郭図の話も、それはそれで筋が通っているのだ。

これを見て郭図がいった。

「それがしはこのまま黎陽へ参りますが、一つだけお願いがございます」

「何じゃ？」

「それがしは兄君ともども討ち死《じに》を覚悟で曹軍と戦う決意です。青州へ急使を出しましたが、とうてい間に合いますまい。しかし、黎陽は鄴にとって守りの要地、あそこが崩れては一大事と存じます。それがし個人のお願いですが、ここは一体となって曹軍に対するのが肝要、審配《しんはい》、逢紀《ほうき》の両将に五万の兵をつけて、どうか兄君をお助け下されませ」

と郭図は平伏した。

じつは――、

曹軍の進出も老兵が大半というのも嘘《うそ》であった。しかし、それを聞いては、袁尚も放っておけないはずである。そして、両将に五万の兵をつけて袁譚のもとに寄越せば、鄴はガラあき同然になる。そこで鋒先《ほこさき》を転じて乗りこみ、袁尚を押さえて袁譚があらためて四州の君主に立つことを宣明する……という策略だったのだ。

袁尚はしばらく考えていたが、

「よろしい。曹軍の進出が本当であれば、放置してはおけぬ。とりあえず、逢紀に五千の兵をあたえて送ろう」

「五千、でございますか」

「そうだ。不服か」

「とんでもありません」

郭図は平伏したが、心の中では舌打ちしていた。

ところが、瓢箪《ひょうたん》から駒というべきか、黄河《こうが》北岸を守っている曹洪《そうこう》から、

「袁譚、黎陽めざして南下」

の報告が許都《きょと》に入ると、曹操はすぐさま徐晃《じょこう》、楽進《がくしん》、李典《りてん》に各一万をあたえ、

「予もあとから行く。お前たちはとりあえず曹洪を助けて袁譚を叩《たた》け」

と命じた。

曹軍は続々と黄河を渡った。

驚いたのは袁譚である。いったん黎陽に入ったが、先手必勝とばかりに、汪昭《おうしょう》という武将に先駆けを命じた。

汪昭は約五千の兵を率いて前進した。曹洪がみずからこれを迎え撃とうとすると、徐晃が、

「それがしにお任せ下さい」

と買って出た。

かくて、両軍は黎陽の南十里のところで相対した。

まず汪昭が得意の長槍《ながやり》を小わきに馬を進めた。

「逆賊曹操の手下ども、よく聞け。このままおとなしく退《さが》れば赦《ゆる》してやるが、一歩でも前へ出たら、命はないものと思え」

「大言壮語するやつに、本ものの勇士はいないものだ」

と徐晃が大《おおまさかり》斧をたずさえて前へ出た。

「小癪《こしゃく》な！」

汪昭がどっと馬を走らせ、徐晃がこれを迎えて大斧をふるった。

駆け違うこと数合、徐晃の大斧は汪昭の長槍を真っ二つにし、そのまま肩口からぶち斬

った。

二

汪昭の兵たちは黎陽へ逃げこんだ。ちょうどそこへ、逢紀が五千の兵とともに到着した。徐晃はそれを見て、いったん兵を退《ひ》いた。だが、怒ったのは袁譚である。嘘が真《まこと》になったのを隠して、

「顕甫《けんほ》はどういうつもりなのだ！」

と逢紀を責めた。

逢紀は鄴を出発する前は、曹軍進出を信じていなかったのだが、このありさまを見てはさすがに頭を下げるしかなかった。

「申し訳ありません。すぐに書面をもって鄴へ知らせましょう。さすれば、袁尚様ご自身、必ず救援に駆けつけましょう」

とその場で実状を書き、使いに持たせて鄴へ送った。

袁尚はこれを読むと、審配に相談した。

「曹軍の先鋒《せんぽう》が進出してきたというのは、どうも本当らしいぞ。放っておいたら、兄貴はやられてしまうかもしれん」

「ご心配はわかりますが、辛評は小策を弄する男です。この前、郭図が説いたことも一見

いかにも理にかなっているようですが、本当に冀州のためを思っているのであれば、黎陽で玉砕するより、わだかまりを捨てて鄴に入り、ご兄弟で力を合わせて曹操に対決するのが本当ではありませんか」

「それはそうだ。しばらく様子を見ることにしよう」

と袁尚はうなずいた。

逢紀の送った使いは、空《むな》しく帰ってきた。

袁譚はその報告を聞いて激怒した。逢紀を呼びつけると、

「顕甫自身がくるなどと、お前のいうことは当てにならん。この嘘つきめ！」

といきなり剣を抜いて斬ってしまった。

逢紀はあえて手向かいもせずに、袁譚の剣を受けて死んだ。彼は、袁紹《えんしよう》が董卓《とうたく》のもとから逃亡したとき以来の家臣であった。審配が任用されたのはそのあとだった。二人の仲は良くなかったが、あるとき袁紹は逢紀に、

「じつは審配のことで予に忠告したものがある。審配は野心を抱いているから、あまり信用するな、というのだが……」

と諮った。すると逢紀はきっとなって、

「審配は節操をもった男です。彼を疑うのはよろしくありません」

「お前は彼を憎んでいるのではないか」

「はい、憎んでおります。しかし、それは私的な感情にすぎず、いま申し上げたのは、国

家のためを思ってのことです」

と答えた。

袁紹は感じ入り、審配もまたこれを知って逢紀との交わりを深くした。その意味で、逢紀は一廉《ひとかど》の士というべきであった。彼があえて手向かいしなかったのは、兄弟の骨肉の争いに亡国の兆しを予感し、そのことに自分も責任の一端があるのを自覚していたせいかもしれなかった。

袁譚の方は、父親の重臣だった逢紀を手打ちにしたことで、かえって逆上してしまい、

「こうなったのも顕甫のせいだ。いっそのこと、偽って曹操に降参し、ともども鄴を踏みつぶしてくれようか」

と破れかぶれのことをいった。

これを聞いた別駕《べつが》の王修《おうしゅう》というものが、匿名で袁尚に知らせた。

袁尚はさすがに愕然《がくぜん》として審配に、

「兄貴はどうも血迷ったらしい。どうしたらいいと思うか」

「兄君が曹操に加わっては厄介です。冀州全体のためを考えれば、ここは大軍を率いて殿が救援に行かれるべきでしょう。鄴やご家族はわたしが居残って守ります」

と審配は進言した。

袁尚は、蘇由《そゆう》という部将と一万の兵を残して、全軍を挙げて黎陽へ出発した。兵力約五万であった。

先手を命ぜられた呂曠《りょこう》、呂翔《りょしょう》という兄弟の将からこれを知らされた袁譚は、

「本気で救援にきてくれるというなら、何も曹操に降参することはない。互いに力を合わせて敵にぶつかろう」

といったが、それでも心底から信用せず、袁尚の軍を黎陽に入れずに郊外に陣を構えさせた。

建安《けんあん》八年（二〇三年）二月、曹操は十万の兵を率いて黄河を渡った。許都は荀彧《じゅんいく》にゆだね、郭嘉《かくか》を参謀長役の軍祭酒《ぐんさいしゅ》に任じた。

一方、袁軍の方も、袁熙《えんき》と高幹《こうかん》が応援に馳《は》せ参じた。全兵力は十五万であった。

激戦約六カ月、曹操はようやく黎陽を攻略して、鄴へ約三十里まで迫ったが、城内に袁尚と袁熙がこもり、城外に袁譚と高幹が両翼を張る形で布陣し、審配指揮のもと見事なまでに協力して戦うので、いっこうに勝機をつかめなかった。いや、それどころか、遠征する側につきものの弱点である兵糧不足にしだいに悩まされてきた。

「敵ながら審配というやつは、なかなかできる男だな。どういう人物か、知っているか」

と曹操は郭嘉にたずねた。

「魏《ぎ》郡の出身で字《あざな》は正南《せいなん》、若いころから烈士として評価の高い男です」

「何とかして、予の軍中に招くことはできぬか」

「不可能でしょう。それより、いつまでも力攻めをするのは殿らしくありません。袁紹の子供たちは互いに党派を作って争っていますが、それが一致して戦うのは、ほかに危難が

あるからです」

「そうか。わが軍が引き揚げれば、かれらは再び兄弟喧嘩《げんか》をはじめるというわけだ」

「御意」

「奉孝《ほうこう》（郭嘉の字）よ、そちこそ予の大業を真に補佐してくれるものだ」

と曹操はいった。


曹操は、曹洪に黎陽を守らせて、主力を撤退してゆっくりと荊《けい》州へ向かった。それも郭嘉の進言に従ったものだった。

「いずれは劉表《りゅうひょう》を攻めることになるでしょうが、冀州の自壊がはじまるのを待つわけですから、このたびは急ぐには及びません。そして事がはじまったら一挙に攻めこめるところに兵を留《とど》めておくべきです」

「それはいいが、いつになったら荊州攻めができるか、だな。あそこには劉備《りゅうび》もいる」

「荊州については、それほど気になさる必要はありません。それよりは孫権《そんけん》でしょう。南方遠征は、冀州などに比べてはるかに面倒です」

「そうかな？」

曹操は首をかしげた。その才能を高く評価している郭嘉との問答を楽しんでいるのだ。

「劉表と劉備が互いに私心を棄《す》てわが軍に対すれば、これは厄介です。しかし、そうはなりますまい」

「玄徳《げんとく》のような男を容《い》れるには、荊州は小さすぎるというわけか」

「殿はいまでも劉備を買っていらっしゃるようですね」

「あいつには一杯喰《く》わされたが、当代切っての人物だという考えに変わりはない」

「それには反対しません。でも、劉備が荊州を乗っ取るなら話は別ですが、彼にはそういうことはできないでしょう」

「かもしれぬ。が、孫権が面倒だというのは賛成できんぞ。おやじの孫堅《そんけん》や兄の孫策《そんさく》よりも上だとは思えん」

「上ではないとしても、下でもないように思われます。それに、南方に兵を進める場合には、かの地に特有の風土病の対策を立てておかなければ必ず失敗します」

「そちがついていてくれれば、予は安心だ」

「その節は、生きて帰れずとも、誓ってお伴します」

「おい、生きて帰れずともなんて、不吉なことをいうなよ」

と曹操はたしなめた。このときは、のちに赤壁《せきへき》の戦いで郭嘉の予言通り風土病に悩まされることになるとは、夢にも思わなかった。

三

この間、冀州では、郭嘉のいったように、兄弟の争いが再びはじまっていた。

三兄弟と高幹は、曹軍を撃退して祝杯を挙げ、共に喜びを分かちあった。そして、袁煕と高幹は葬儀を終えると、それぞれ任地へ戻ったが、袁譚だけは城外に兵を留めたままだった。

彼は、三男の袁尚が四州の支配者として君臨することに、何とも我慢できないのであった。辛評も郭図もそれを知っている。

「こうしたらどうでしょうか。袁尚殿と審配を招いて、青州に戻るから別れの宴をはりたいというのです。そして審配を成敗し、袁尚殿の身柄を押さえてしまえば、四州は殿のものになりましょう」

と辛評が進言した。

「郭図はどう思う?」

「それしか手がないかもしれません」

「では、それを進めろ」

と袁譚は命じた。

これを小耳にはさんだ王修が、

「いけません。ご兄弟は左右の手のようなものではありませんか。もし敵と戦う前に、自分の片方の手を切って、自分の勝ちだといったところで何にもなりません。それどころか敵を喜ばすだけです。心のねじけたものが、自分の利益のためにご兄弟を仲違《なかたが》いさせようとしているのです。そのような言葉をお取り上げになっては亡国の因《もと》になります」

と涙ながらに諫《いさ》めた。

「うるさい。弟のくせに兄を指図しようというのが正しいとでもいう気か。こいつを鞭《むち》打って放逐せよ」

と袁譚はどなった。

王修は天を仰いだ。

「名門袁家もついに終わらんとするのか」

「無礼者！　庭に引き出して斬れ！」

さすがに郭図がとめに入り、王修の耳を削《そ》いで営門の外へ放り出した。

やがて城内の袁尚のもとに、袁譚からの招待状が届いた。

「どう思うか」

と聞かれた審配は、

「これは辛評の考えでしょう。見えすいた罠《わな》ですが、かくなる上は致し方ありません。先手を打ってこちらから攻めかかり、姦臣《かんしん》どもを除いて袁譚殿の目を覚まさせるしかありません」

「よし」

袁尚はすぐさま合戦の準備をととのえ、五万の兵を率いて城を出た。

「何だと？　顕甫めがこちらに攻めてくるというのか」

袁譚もまた軍装に身を固め、動員令を発した。ただし、兵力は三万足らずであった。

両軍は互いに鼓を鳴らし、漳河《しょうが》をへだてて睨《にら》み合った。

日ごろは水量の豊かさをもって知られた漳河だが、このときは打ち続く日でりのために川床が露出し、両岸に陣取った袁兄弟の軍勢は互いに先手をとろうとして堤を下り立った。

袁譚も袁尚も先頭に立って駒を進めた。両者の距離が指呼《しこ》の間《かん》にせばまった。

まず袁譚が口を切った。

「おい、顕甫、弟のくせに兄に刃向かうとは、呆《あき》れ果てた奴《やつ》だ。その腐った性根を叩き直してやる」

袁尚も負けずにやりかえした。

「別離の宴にかこつけて、亡き父上のご遺言によって四州を継いだわたしを殺そうとしたくせに、兄貴風を吹かせるとは笑止千万」

「黙れ、父上のご遺言と称するのは、きさまが勝手に捏造《ねつぞう》したものに違いない」

「かりにも兄である以上、これまでは立てていたが、そのような親不孝な暴言は聞き棄てにはできぬ。父上に代わって懲らしめねばなるまい。前へ出よ」

「おお。望むところだ。その高慢な鼻をへし折り、礼儀知らずの舌を引っこ抜いてやる」

と袁譚は馬を流れに乗り入れた。

袁尚も負けずに突進した。

兄弟の争いである。両軍の兵士は手を出しかねて、どうなるかを見守った。

両者は馬をあやつり、剣をふるったが、武術においては弟が優《まさ》っていた。袁譚はしだい

に追いつめられ、とうとう堤の上に逃れた。それを見た審配が、

「全軍、前へ！」

と号令を発した。袁尚の方が兵力において多かったせいもある。袁譚の軍はもろくも敗走し、いったん平原《へいげん》の城に逃げこんだ。

何といっても血肉を分けた兄弟である。袁尚は勝ったことで満足し、それ以上は追わずに兵をまとめて引き揚げた。

兄として面子《メンツ》をつぶされた袁譚は悔しくて仕方がなかった。謀将郭図を呼び、

「このままでは腹の虫がおさまらん。何か名案はないか」

「あることはありますが、はたしてご採用いただけるかどうか……」

「申してみよ」

「このさい曹操に降伏を申し入れるのです。もちろん偽りの降伏ですが、鄴攻略の手引きをするといえば、曹操は喜んで攻めてくるでしょう。顕甫殿は放っておくことはできず、迎撃のために鄴を出るに違いありません。そこを狙って後方から鄴に入れば、城も兵も手に入れることができます。もとより偽っての降伏ですから、そのあとは、袁熙殿や高幹将軍の助けをかりて、遠来の曹軍を挟撃するのです」

「よろしい。それに決めた。だが、曹操をたぶらかすのは容易ではない。使者をつとまるものがいるかどうか……」

「辛評の弟の辛毗《しんぴ》がよろしゅうございます。若いころから弁舌のたくみなことで人に知ら

れております。きっと大役をはたしてくれるでしょう」

「ここへ呼べ」

と袁譚は命じた。

出頭してきた辛毗は、袁譚の話を聞くと、ちょっと考えてから、

「かしこまりました。ただちに出発しますが、将軍の曹操あての親書をいただきとう存じます」

と頭を下げた。

袁譚は書いて渡した。辛毗は押し戴《いただ》き、わずかな兵を連れて、平原を発した。

そのころ曹操は、ゆっくりと兵を進め、河南《かなん》の西平《せいへい》県に達していた。彼は、袁譚の使者がきたという報告をうけると、郭嘉に、

「そちの予言した通りになってきたぞ。ここはどうしたらいいと思うか」

と諮った。

「おそらく偽りの降伏でしょう」

「予もそう思う。懲らしめのために、辛毗という使者の首を刎《は》ねるか」

「いけません。辛毗は字を佐治《さじ》といい、使える男です」

それを聞いた曹操の表情が和んだ。

「歓迎の宴を設けるようにせよ」

才能があるなら盗人でもいい、とまでいった曹操のことである。郭嘉ほどの男が推奨し

たので、早くもその気になっているのだ。

すぐに宴席が用意され、辛毗が案内されてきた。

曹操は、辛毗の差し出した袁譚の親書に目を通してから、

「袁譚は予に帰順したい、とここに書いてきているが、あえてその方に聞こう。これは本心からのものか、それとも偽りか」

と鋭い視線を浴びせた。

辛毗はかろやかに受け流し、

「これは曹公のお言葉とは思えませぬ。本心か偽りかなどというおたずねは、無用のものと存じます」

「何をもって無用というか」

「河北《かほく》四州は連年の敗軍で、民も兵士も疲れきっております。それなのに兄弟同士が抗争し、有力な部将は謀殺され、天災人災ともに重なって、瓦解の時が近づいたことは誰もが感じております。これこそ天が袁氏を見棄てたもうた証《あかし》ではありませんか。曹公が兵をお進めになれば、袁尚を破るのは枯葉を風で吹き散らすようなもの」

「うむ」

曹操はうなずき、郭嘉に目配せした。この男は使える、という意味である。

四

曹操は辛毗を陣中にとどめ、別に袁譚のところへ使いを出してから、全軍を率いて冀州へ向かった。

曹操の大軍が黄河を渡って北上しつつある旨の報告が入ると、袁尚はすぐに鄴を出て南下しようとした。

「いけません。曹操の北上は見せかけです。殿はここにこもり、曹操相手の戦《いくさ》は、呂曠・翔の兄弟にお任せなさい。肝心なのは、袁譚殿に冀州を横盗《よこど》りされないことです」

と審配は進言した。冀州随一の謀将は、さすがに郭図の策略を看破していた。

曹操は黎陽まで軍を進めたが、それ以上は進まずに形勢を見守った。

困ったのは袁譚であった。冀州の首都である鄴城は、西南に漳河をひかえ、守るに易く攻めるに難い名城である。そこに兵力の大半を擁して袁尚が立てこもっていたのでは、空巣狙いの成功する見込みはない。

そのうち、曹操から、帰順するといったのは嘘だったのか、本当に帰順するならば出頭せよ、という催促がきた。

曹操のもとへ送った辛毗に、曹操陣営の内情を聞きたかったが、辛毗は留め置かれたままである。

「郭図、どうしたらいい？」

「やむを得ません。曹操のところへ行き、形だけでも頭を下げるしかないでしょう」

郭図にそういわれて、袁譚は覚悟した。彼は平原の城を郭図にゆだねて、黎陽へ行った。

驚いたことに、袁尚の有力な部将だった呂兄弟が曹操の左右にひかえているではないか。

曹操は袁譚を引見して愉快そうに、

「驚くことはない。このものたちは物事の順逆をよくわきまえている。本来なら河北の主《あるじ》になるべき長男のきみが予に帰順を誓ったと知って、降伏してきたのだ。よって、その気持を賞《め》でて、列侯に任ずるよう朝廷に申請した」

袁譚はしょげた。自分はどうなるか、と思った。それを見ぬいたかのように、

「こうしてまじかにきみを見るのは初めてだが、本初《ほんしょ》（袁紹の字）の若いころによく似ている。洛陽《らくよう》できみのおやじといっしょに悪さをしたころを思い出した。いろいろな事情が重なって、本初とは互いに死力をつくして戦うことになったが、もともとは友だちだったのだ。袁家の長男が帰順してきた以上、もう過去にこだわることはない。予の末ッ子曹整《そうせい》の嫁に、きみの一族の娘をくれないか」

と曹操は袁譚の肩を抱いていった。

「恐れ入ります」

袁譚は呆ッ気《あっけ》にとられるばかりだった。

「きみは平原に戻りたまえ。きみに代わって、必ず袁尚を懲らしめてやるから」

「いつ、そのことをやって下さるのか、できればお教えいただきたい」

「いますぐにはできぬ。兵糧の不足が悩みのタネなのだ。そこで、南の清河《せいが》と漳河をつなぐ運河を掘っている。これは何も戦略のためではない。司空《しくう》（土木行政の最高責任者）の職にある予の務めとして、天下万民のためにしていることだ。この運河ができれば、河北のために食糧を運ぶのが容易になる」

何から何まで大がかりな話であった。袁譚は、なかば茫然《ぼうぜん》として平原へ帰って行った。

鄴にあって、袁尚は審配に諮った。

「曹操は運河を作っているらしい。それができれば、彼の弱点の兵糧不足が解決し、大軍を動かしやすくなる」

「仰せの通りですが、曹操と正面切って決戦するには、兵力が足りません。やはり袁譚殿の兵力を手に入れる必要があります」

「わが兄ながら、父上の宿敵に降伏するとは嘆かわしい。どこまで性根の腐った男なのか」

「お嘆きごもっともですが、このさい、後方の不安を絶って曹操に備えるのが先決です。まず沮授《そじゅ》の子の沮鵠《そこく》に邯鄲《かんたん》を守らせて曹操の北上に備え、武安《ぶあん》の尹楷《いんかい》に後詰めをさせます。鄴は、わたしと蘇由が守ります故、殿は平原へ軍をお進めなされませ」

と審配は献策した。

袁尚はこの策を用いることにし、五万の兵を率いて平原へ向けて鄴を出た。

このころ、曹操は黎陽にあって、碁を打ったり本を読んだりの、陣中とは思えないような生活ぶりだった。

そこへ許都から許攸《きよゆう》が連絡のためにやってきた。彼は曹操の日常を聞くと、

「あえて申し上げますが、雷が袁兄弟の上に落ちるのを待っているかのように思われますが……」

「そうかもしれん」

「殿の気が知れませんな」

そのとき侍臣が入ってきて、前衛の曹洪の手紙を渡した。曹操は一読し、

「待っていた雷鳴が聞こえてきたぞ。袁尚が鄴を出た」

といって立ち上がった。主力の五万の兵がいなくなるのを曹操はじっと待っていたのである。

曹操は北上を開始した。

最初の攻撃目標は邯鄲である。ここは、のちに唐《とう》の時代になってから、一炊《いつすい》の夢の逸話を生んだことで知られている。盧生《ろせい》という若者が立身栄達しようとして長安《ちようあん》をめざし、ここまできた。そのとき茶店で休んだ。若者は長安で仕官し、皇帝に用いられて出世し、美しい妻をめとり、ついには宰相となり、八十歳を迎えた。栄華をきわめた一生であった。臨終の床にあって、彼はおのれの生涯を思いかえしていたとき、何か煮えたぎる音が耳

に入ってきた。

盧生は起き上がった。ふと見ると、邯鄲の茶店の椅子に横たわっているではないか。そして、煮えたぎる音は、彼が注文した黄粱《こうりょう》が炊き上がっている音だったのだ。

つまり、一炊の間に一生の夢物語を見てしまったというわけである。若者は人生の栄枯盛衰のはかなさを悟り、長安へ行くのを諦めて故郷に戻った。これを邯鄲の夢、ないし一炊の夢というが、三国志の時代よりも、数世紀あとの話である。

曹操のころは、この町は「邯鄲の歩み」の故事をもって知られていた。これは『荘子《そうじ》』に出ている逸話で、戦国時代に、燕《えん》の青年が邯鄲の人の歩き方がいかにも上品なので、わざわざ歩き方を学びにきた。しかし、じゅうぶんに会得しないうちに帰ろうとしたために、上品に歩けないばかりか、本来の自分の歩き方までも忘れてしまい、ついには這《は》って帰って行った――というのである。みだりに自分の本分を忘れて他人をまねるものは、両方とも失うことになるという教訓である。

それはさておき――。

曹操が兵を進めていくと、横合いから尹楷が攻撃をしかけてきた。

「許褚《きょちょ》はいるか」

曹操がうしろを振り向いていうのを待っていたかのように、許褚は早くも馬を駆って尹楷の軍に突入した。そして、迎え撃とうとした尹楷を一刀のもとに斬りすて、その首をこわきにかかえて戻ってくると、

「殿はわたしをお呼びになりましたか」

「もうよい。用はすんだ」

曹操は破顔一笑し、さらに兵を進めて邯鄲を包囲した。

曹操は使者を送って降伏をすすめたが、忠臣沮授の子沮鵠はこれをハネつけ、けなげにも決戦を挑んできた。

「やむを得んな。張遼《ちょうりょう》、行け」

と曹操は命じた。

張遼は駒を進めた。沮鵠はよく戦った。しかし、張遼の敵ではなかった。十数合、刃を交えたのち、ついに倒れた。

曹操は息つく間もなく鄴を包囲した。城は小高い丘の上に建っている。漳河の対岸に立って眺めると、堂々たる威容であった。

「さすがに名城である」

曹操は声を放って感嘆した。

五

建安九年（二〇四年）五月、曹操はとりあえず一隊に攻撃を命じたが、城壁は高く、そこまで行かぬうちに弩《いしゆみ》で倒された。

曹操はいったん兵を引き、郭嘉に諮った。

「力ずくで攻めても無理でしょう。呂兄弟を使って蘇由に内応させたらどうでしょうか」

「よし、工作してみよ」

すぐに郭嘉は、呂兄弟を招いた。

兄弟の腹心の家来が城内に忍びこみ、蘇由に連絡をとった。蘇由は、城内から手引きをすることを約束した。

だが、審配は油断していなかった。蘇由の屋敷を包囲し、

「裏切者を誅殺《ちゆうさつ》せよ」

と怒号した。

蘇由は部下とともに必死になって戦ったが、もとより敵し得べくもなく、かろうじて身一つで城外に逃れた。

落胆した曹操に、蘇由がいった。

「ご心配なさることはありません。じつは、突門《とつもん》を守っている馮礼《ふうれい》は、かねてからわたしと志を通じているものです。こういうときのために、あらかじめ相談してあった約束ごとがあります」

「何じゃ?」

「夜明け、火矢を三本、打ちあげて下さい。そうすれば、馮礼は突門を開きます」

突門というのは、城兵が城外の敵に奇襲をかけるために城壁にうがった小さな門のこと

である。

翌朝、曹操は合図の火矢を宙空高く打ち上げさせた。

はたして、東南の城壁の一角が内から動かされ、突門があいた。

「しめた！」

とばかりに曹洪の兵三百名が門をくぐって城内に入った。

と同時に、城壁の上から大石が落下してきて、突門をふさいだ。

審配が城壁の上に立った。その手には馮礼の首があった。

「射よ」

と審配は声を発した。

曹洪の三百名の兵は、蓑虫《みのむし》のようになって全滅した。

報告をうけた曹操は吐息をもらした。

「審配は聞きしに優る名将である。河北が人材に富むことは承知していたが、これほどとは思わなかった。まだまだ予も思慮が足りぬな」

だが、そうやって感嘆しているわけにはいかなかった。

曹操は、郭嘉らの参謀や許褚以下の武将を集め、小宴を張った。審配に計略の裏をかかれて、城を攻め落とすどころか、逆に犠牲者を出して、味方の陣営はすっかり意気消沈している。その気分を振りはらい、かつ連戦の労をねぎらいたい、というのが名目である。

曹操は、

「大きな戦いであれ小さな戦いであれ、命がけの緊張がなくなることはないが、緊張しっぱなしでは、体も心も保たぬ。今宵は無礼講である。くつろいでやってくれ」

といった。

酒がまわると、各人の口がほぐれてきた。誰もが心の底には、

（どうすれば鄴城を攻略できるか）

を考えている。だが、守りが堅く、これまでは力攻めが失敗しているのだ。

そうなると、武をもって立つものは知乏しきを憂い、知をもって立つものは武足らざるを嘆くようになる。いいかえると、武将たちは、参謀に策がないからだといい、参謀たちは武将の働きが不足しているためだというのだ。

もちろん、曹操の手前もあって、あからさまに批判するようなことはいわないが、

「こうなれば城の包囲を続けて兵糧攻めの策を採るしかないかもしれませんな」

と武将の一人がいうと、

「それは策というに値しないものだ。平原に出ている袁尚が遠からず戻ってくることは目に見えている。城の内と外から同時に攻められたら、包囲網は簡単に破られてしまう」

と参謀の一人が応ずる。

そのやりとりを聞いていた曹操は、

「そちはどう思う？」

と郭嘉にいった。郭嘉は、

「双方ともに一長一短ですが、やり方によっては、別の効果を生ずるかもしれません」

「別の効果か」

「そうです。包囲網をしけば、審配は密使を出して、袁尚に来援を求めるでしょう。内と外から攻められたら敗れることは確かです。しかし、労せずして袁尚をおびき寄せることもできるわけで、別軍をもってそれを撃滅すれば、城は本当に孤立します」

「いかにもその通りだ」

と曹操はうなずいた。

ほかのものたちも、郭嘉の説に一理あることを認めた。口ぐちに賛成するなかで、独りだけ黙々と酒を飲んでいるものがいる。鄭欽《ていきん》であった。

「鄭欽、何か意見がありそうだな」

と曹操が声をかけた。

「郭嘉殿の策にわたしごときがとやかくいうことはありません」

「無礼講だといってあるではないか。それに相手が誰であろうと、お前が遠慮するはずがない」

「これは耳に痛いお言葉ですが、それならあえていいましょう。ただし、意見ではなくて感想です」

「よかろう。その感想とやらを申せ」

「策ヲ用ウル者ハ策ニ溺ル」

鄭欽は一言だけいい、あとは酒を飲むだけだった。

生意気だとか、僭越《せんえつ》であるとかというものが多かった。献策した当の郭嘉が苦笑し、

「無礼講だと殿がいわれたではないか」

とたしなめる始末だった。

郭嘉自身、包囲策が最善だと確信しているわけではなかった。むしろ、窮余の一策といってもよかった。

曹操の思いも同じであった。河北四州を平定するためには、袁紹の築いた鄴城を落とし、後継者の袁尚を降伏させるか殺すかである。このままでは、その目的を達成できずに時間を空費するばかりの結果になりかねない。

(鄭欽の一言はそれを皮肉っているのか)

と考えたが、どうもそれだけではないように思われた。

翌日、曹操は新しく各将の配置を定め、包囲網を固めた。また、夜にまぎれて城内から密使が出るのを阻止するために、一晩じゅう篝火《かがりび》を絶やさぬように命じ、道路も封鎖した。

城中の将兵はこれを見て恐慌状態に陥り、審配に訴えた。

「城には、多数の一般住民がおります。このままでは、一カ月もしないうちに食うものがなくなります」

「心配せずともよい。老人と女子供を集めよ」

と審配は命じた。

集められたのは約五万人だった。審配は白旗に、

「冀州ノ民、恭順スルモノナリ」

と大書したものを持たせ、城門を開いて送り出した。

哨兵《しょうへい》からの報告をうけた郭嘉は、曹操のもとへきて、

「審配にしてやられました。あの五万人のなかには密使の役を帯びたものがひそんでいるに違いありません。かれらを袁尚のところへ行かせまいとすれば、一カ所にまとめてとじこめておくしかありませんが、そうなると、わが軍が五万人もの住民を食わせる義務が生じます。そして、敵はその分だけ兵糧を節約できることになります」

「たっぷりと食わせてつかわせ。曹操が恭順を誓う民には寛容であることを、天下に知らしめることになる」

と曹操は命じてから、鄭欽を呼んだ。

「偽りのないところが聞きたい。あのときの感想は、こうなることを見抜いた上でいったのか」

「そうではありません。前にある人から、能《よ》ク策ヲ立ツルモノハ策ニ斃《たお》ル、と聞いたのを思い出して、一般論としていったまでのことです」

「それだけではあるまい。何か妙案を思いついているのであろう。どうじゃ？」

「これもある人から教えられたことですが、策ヲ用イルニ急ナルモノハ策ノ不善ヲ見ズ、という言葉があるそうです」

「予も古今の兵書を読んできたつもりだが、最初の言葉はともかく、二番目のものについては出典を知らぬが、どの書物に出ている言葉だ?」

「存じません」

「おそらく……」

それはお前の義兄の陳宮《ちんきゅう》の言葉であろう、といいかけて曹操は口をつぐんだ。

陳宮のことは忘れ得なかった。曹操が今日あるのは、董卓のもとから逃げ出したときに陳宮が助けてくれたからである。洛陽に送還されれば、有無をいわさずに殺されたはずだった。陳宮は命の恩人であった。

また、荀彧、郭嘉、賈詡《かく》などに比べると、大局的な戦略において劣るところはあったが、部分的な作戦に関しては鋭いものをもっていた。惜しむべき才能だったのだ。

曹操は呟《つぶや》いた。

「策ヲ用イルニ急ナルモノハ策ノ不善ヲ見ズとは、たぶん予のことを批判したのであろうな。たしかにその傾向があることを予も自覚しているが、人間誰しもおのれの背中は見えぬものだ」

鄭欽は何もいわずに頭を下げただけであった。

曹操は彼を退らせて沈思黙考した。

やがて、暗かった彼の表情が明るくなった。

「そうか! 気がつかなんだ」

曹操はすぐに呂兄弟を呼び、審配がもっとも得意とする分野は何かをたずねた。

「土木に関することでございます」

という答えであった。かつて袁紹が曹操と官渡《かんと》で戦ったとき、高い物見やぐらを作って曹軍に矢を浴びせたり、地下道を掘って陣内に攻めこもうとした策は、すべて土木工事を必要とするが、その二つとも審配が考えついたものだった、という。

「よし」

曹操は土木工事を担当するものに、

「ただ包囲しているだけでは芸がない。敵の真下に通ずる地下道を掘れ」

と命じた。

すぐに工事がはじまった。

城の高楼からこれを見た審配は、

「曹操も耄碌《もうろく》したな。官渡のことを忘れたとみえる」

といい、すぐさま深い濠《ほり》を掘るように命じた。

そうなっては地下道作戦は失敗である。しかし、その失敗は、じつは予定していたことだった。

つぎに曹操は、城の周囲四十里（当時の中国では一里は約〇・六キロ）にわたって浅い濠を掘るように命じた。

審配はそれを望見し、

「またしても、見えすいたことを考えるやつだ。その手にはひっかからん」

と哄笑《こうしょう》した。城将の一人が、

「あの濠が完成して水攻めにされたら、袁尚様が助けにきて下さっても渡ることもできませんぞ。兵を出して妨害すべきではないか」

とたずねると、審配は、

「掘り方をよく見るがいい。浅く掘っているではないか。あれは水攻めと見せかけて、こちらの兵を誘い出そうとしているのだ。あんな騎馬でも徒歩でも渡れるような濠は無視してよい」

と教えた。

「さすがに審配殿はよく見ておられる」

と人びとは感心した。

曹操は、敵が妨害のために出撃してこないのを確認すると、かき集めた若者や兵士までも動員して、その夜のうちに濠の深さを二丈（当時の中国では約四・六メートル）とした。そして、近くの漳河の堤防を崩して水を流しこんだ。

堂々たる水濠の完成である。

審配はこれを知って唇をかんだ。もし彼が土木を得意としていなければ、浅く掘りはじめたところで妨害しただろう。しかし、得意としていたために、浅く掘るのは兵を誘い出すための偽装だと判断したのだ。

曹操は郭嘉にいった。

「工事中を襲われたら、人夫たちはこわがって逃げ散っただろう。審配は名将だが、土木を得意とし、地下道作戦をつぶしたことで、逆にひっかかったのだ。予がこれを思いついたのは鄭欽の言葉によってである」

六

さきに五万人の市民を城外に出していたとはいえ、曹軍のきびしい包囲網のために、城内の食糧は乏しくなりはじめた。

囲いから逃げた市民の知らせもあって、平原の袁尚は全兵力を挙げて引き返してきた。

曹操はこれを知ると、諸将を集めた。

「どう迎え撃つか、この一戦に全てがかかっている。皆の考えを聞きたい」

すると、張遼が進み出て、

「お言葉ですが、袁尚の軍兵は決死の勢いです。出血を覚悟で五万もの軍がまっしぐらに突き進んでくると、これを防ぐのは容易ではありません。それより全軍を入城させてやった方が、賢明ではないでしょうか。食糧不足がいっそう深刻になるだけですから」

といった。

この意見に賛成するものが多かった。曹操は、

「たしかに一理ある意見だ。ただし、鍵はどちらから敵がくるかにかかっている。東南の大道からくるならば、張遼のいうように防ぐことは難しい。しかし、北の山道からくるようなら、五万の兵がいっぺんに突出してくることはできないから、これを撃滅するのは難しくない」

と曹操はいった。

「殿、敵はどちらからくるとお考えですか」

と許褚がたずねた。

「そちならどっちの道をとる？」

「わたしが袁尚でしたら、損害を覚悟で大兵力の動ける大道を通ります」

「許褚が敵将でなくてよかったな。袁尚は一兵も損じまいとして、おそらく山道からやってくる」

そこへ物見の報告が届いた。袁尚の軍が、城の北十七里の陽平亭《ようへいてい》に陣を張り、そこから狼火《のろし》をあげて城中に知らせたというのである。

曹操が外へ出てみると、城内からも狼火が立ちのぼっていた。

「これで冀州はわが手に入ったも同然である」

曹操はそういうと、すぐさま兵力を二手に分け、一手を城の北門に、他の一手を陽平亭に向けた。

審配は袁尚の軍と連絡するために、北門から撃って出た。しかし、深さ二丈の濠にさえぎられ、立往生したところを弩で射すくめられ、城内に逃げ戻った。

この間、陽平亭にあった袁尚は、狭い山道のために動きがままならず、気がついたときには、曹操の大軍に包囲されていた。

袁尚はすっかり戦意を喪失してしまった。彼には、決死の勇気が欠けていた。謀将の陳《ちん》琳《りん》がすすめた。

「このさい偽りの降参をしたらどうですか。曹操は降人に対しては寛大だといわれております。包囲のゆるまったところで、一気に突破するのです」

「それがいい。お前が使者として行ってくれ」

と命じた。

陳琳は冀州きっての文章家として有名だった。曹操もその名を聞いている。

袁尚の使いとして陳琳がきたと知ると、曹操は、ここへ通せ、といった。

すぐに陳琳が導かれてきた。袁尚の書いた文章を差し出して、

「どうかご寛容を願い奉ります」

と陳琳がいうと、曹操は、

「そんなものを見る必要はない。袁尚の考えはちゃんとわかっている。いったん偽りの降伏をしてこちらを油断させ、隙をみて城中と合流しようというのだ。立ち帰って、袁尚にそう伝えろ」

とどなりつけた。

すごすごと退出しようとする陳琳に、

「待て」

と曹操は呼びとめた。

「何でしょうか」

「官渡の一戦の前に、袁紹が予を非難する告文を発したことがあった。なかなかの名文だったが、あれは実はお前が書いたそうじゃないか」

陳琳は黙ってうなずいた。

「予のことをボロクソに悪くいうのはいい。互いに敵として戦うわけだからな。だが、予の祖父が宦官《かんがん》だったとか、父親が賄賂で官位を盗み取ったとか、ひどいじゃないか。何もそこまで書くことはあるまい」

陳琳は蒼白《そうはく》になって平伏し、

「まことに申し訳ございません。ですが、わたしも袁紹に仕えておりました身として、そう書けと命ぜられればことわれませぬ」

「まァ、いい。本来ならぶった斬るところだが、臣下として主命にそむけなかったというなら赦してつかわす」

と曹操はにこやかにいった。

陳琳の文才を惜しみ、お前は本当に降伏したら助命してやるという意味である。

陳琳は陽平亭に戻ると、

「こちらの策は曹操に看破されていました。とても勝ち目はありません。いったん退いて再挙を期した方がよさそうです」

と進言した。

「仕方がないな」

袁尚はすっかり弱気になり、軍営を引きはらって北の濫口《らんこう》へ逃げた。

曹操はすぐに追撃した。袁尚も、

（もはやこれまで）

と覚悟をきめて防衛陣を張った。

ところが、陳琳が有力な武将の馬延《ばえん》、張顗《ちょうぎ》を誘って軍をぬけ出し、曹操の軍に降伏してしまった。

袁尚は、大切な印綬《いんじゅ》や礼服を放り出して、さらに北方の中山《ちゅうざん》に逃亡した。

曹操は、陳琳らの降伏を赦したが、

「国が亡《ほろ》びるときは、こういうものか」

と寂しげに独白したのであった。

第四十四章　苦《く》寒《かん》行《こう》

一

いまや鄴城《ぎょうじょう》は孤立無援であった。急を知って駆けつけてきた袁尚《えんしょう》の軍は曹操《そうそう》に撃破されてしまい、大切な印綬《いんじゅ》まで放り出して敗走したのである。

曹操は、その印綬や袁尚の部下たちが遺棄した衣服を集めると、城壁の近くへ運んで、これ見よがしに置き並べた。

城内の将兵はこれを望見して動揺した。袁尚軍には、かれらの友だちや親兄弟もいたから、その遺品のように思えたのである。もはやこれ以上の抗戦は無益であるかのように誰もが感じたのだ。

それを代表した形で、西門を守っている審栄《しんえい》が審配《しんはい》のもとへきた。審栄は、審配の兄の子である。

「叔父上《おじうえ》、あえて申し上げますが、この城を助けにくる友軍が期待できない以上、このさい開城を決断なさるべきではありませんか。兵糧もほとんど尽きていますし、士気も低下しております」

「救援の手がこないとは限らぬ」

と審配は自信ありげに答えた。

「荆州《けい》の劉表《りゅうひょう》から何かいってきたのですか」

「劉表は、ご兄弟の争いがはじまったとき、長い手紙をよこしたが、その文章たるや同盟者のものではなかった。彼がいま十万の精兵をもって許都《きょと》を突けば、天下を取ることさえも可能なのだが、そういう気概はまったくないようだ」

「では、袁熙《えんき》殿か高幹《こうかん》将軍ですか」

「この前送り出した五万人の市民に、あの二人への密使をまぎれこませておいたが、じつはそのほかにも密使を出したのだ」

「誰にですか」

と審栄は首をかしげた。袁熙、高幹のほかに、鄴城を救援にくる有力な将軍がいるとは考えられなかった。

「袁譚《えんたん》殿に、だ。仲違《なかたが》いされているとはいえ、血肉をわけたご兄弟である。袁譚殿は曹操のもとに走られたが、曹操が冀《き》州を占領したあとで、袁譚殿に返還するはずがないのは明白なことである。いずれは何か口実を設けて、曹操は袁譚殿を亡《ほろ》ぼすに違いない。それがおわかりにならぬ方ではない、とわたしは信じてお手紙を差し上げたのだ」

審配は、袁家の存亡をその手紙に賭けたのである。

春秋ノ義ニ、国君ハ社稷《しゃしょく》ニ死シ、忠君ハ王命ニ死ス、ト。

（五経の一書『春秋《しゅんじゅう》』の教えている道義では、君主たるものは国家社会のために命をす

て、忠義な臣下は君主の命令に死ぬものだ、とあります）

という書き出しではじまるその文章は、史書に記されているが、まさしく審配一代の名文であった。彼は、国家を危うくするものは、兄弟といえども断罪するのが義であるいわれを説き、袁紹《えんしよう》の遺言を無視して兵を起こした非をなじり、逆に袁尚に敗れたのは、人の力によるものではなく、天の意志だった——と説いた。

さらに審配は、袁譚が外敵（曹操）と連合したのは郭図《かくと》にたぶらかされたせいであるとし、
若《も》シソレ天ガ心ヲ啓《ひら》キテ、早クニソノ誅ヲ行ワバ、則《すなわ》チ我ガ将軍（袁尚）ハ匍匐《ほふく》シテ将軍（袁譚）ガ股掌《こしよう》ノ上ニ悲号シ、配《はい》ラマタ身ノ布ヲ袒《ぬ》ギテ礼シ、以《もつ》テ斧鉞《ふえつ》ノ刑ヲ待ツ。

（もしも天の心にそってすぐに郭図を処罰なされば、わが将軍はあなたの前に這《は》いつくばって泣き、わたしどももまた謝罪のために衣服をぬいで平伏し、斬罪の刑を受けるつもりです）

審配は、兄弟の仲を裂いたのは郭図であるとみなし、袁譚が彼を処分しさえすれば、袁尚も和をこうだろうし、自分たちは極刑にされてもかまわない、というのである。郭図を処分するというのは、とりもなおさず曹操のもとを去ることである。

この手紙は、袁譚のもとに届いていた。

一読した彼は、涙を流した。外敵をよそに骨肉相食《は》むの愚を犯した自分が情けなかった

のだ。激情にかられて曹操のもとに走ったものの、冷静に考えてみれば、鄴城を失うことはわが身を喰《く》らうようなものなのである。

(過去を水に流して、兄弟が力を合わせるのが天下の義にかなう道ではないか)

そう感じたとき、郭図が入ってきた。

「殿、鄴城から曹軍に投じた市民にまぎれこんだ密使がきたそうではありませんか」

「うむ」

袁譚は仕方なくうなずいた。

「どうせ審配のやつが、何か甘いことを申し入れてきたのでしょう。誑《たぶら》かされてはなりませんぞ。先君ご逝去以後の仕打ちをよくお考え下され」

と郭図は強い口調でいった。

「いや、だまされはせぬが……」

「殿、曹操の主力が鄴城に惹《ひ》きつけられているいまこそ、失地を回復する絶好の機会ではありませんか。袁尚殿は中山《ちゅうざん》に逃れていますが、甘陵《かんりょう》、安平《あんへい》、渤海《ぼっかい》、河間《かかん》の諸郡はガラあきです」

郭図が手に入れろという地方は、いずれも冀州の東部にあって、渤海湾に注ぐ多くの河川を有する肥沃の地である。

「うむ」

「では、わたしが手筈《てはず》をととのえます」

郭図は袁譚に軍令書を書いてもらった。

鄴城の運命はこのとき決したといってもいい。

二

袁譚が兵を動かしたという報告は、すぐに曹操の本陣に届いた。

「放置すれば袁譚は力をつけてしまいます。仲直りして袁尚と合体されたら面倒なことになります。水濠の包囲網は完璧ですから、一部の兵力をもって袁譚を始末すべきであると存じます」

と進言するものがあった。荀攸《じゅんゆう》だった。

すると、声を発して笑ったものがいる。一同が見ると、曹操の幼なじみで、官渡《かんと》の戦いのときに袁紹の陣から寝返ってきた許攸《きょゆう》だった。

「何がおかしい？」

「無用の心配をするからだ。あの兄弟のことはよく知っているが、あんなに仲の悪い兄弟は見たことがない。それに二人が協力する気があるなら、袁尚が戻ってきたときに袁譚は起《た》ったはずさ。かりにこの期に及んで兄弟がその気になったとしても、他人同士の審配と郭図がそうはさせまいよ。いまわが軍にとって大切なことは、冀州の都である鄴を一日でも早く手に入れ、中外に威容を示すことだ」

と許攸は昂然《こうぜん》といった。

「その通りである」

と曹操は裁決した。

それみろ、といわんばかりに許攸は胸を張った。曹操は、

「のう、子遠《しえん》」

と字《あざな》を呼び、

「一日でも早く、というが、口でいうほど容易ではない。おぬしのことだから何か策があろう。城内のものが餓死するのを待つのでは日にちがかかりすぎるし、予としてもそんなことはしたくない」

「ありますとも。前に馮礼《ふうれい》を内通させようとして失敗しましたが、それは審配の性質を知らなかったからです。彼は身内しか信用しない男で、その前に裏切った蘇由《そゆう》と仲のいい馮礼を見張っていたのです」

「なるほど。で、誰かいるのか」

「彼の甥《おい》の審栄が西門に旗を揚げています。気の弱い男だから、利と恩情をもって誘えば内通するはずですよ」

「よろしい。おぬしが勧告文を作って矢文《やぶみ》にせよ」

と曹操は命じた。

許攸は、曹操にいって城の東と南を攻撃させた。東南に望楼があり、そこで審配が指揮

をとっているからだった。

その間に、許攸は西門に矢文を射こんだ。

はたして、投降勧告を受け入れる旨の返し矢があった。

翌未明、ついに西門が内から開かれた。ひそかに接近していた曹軍は、張遼《ちょうりょう》を先頭に奔流のごとく城内に入った。

望楼で仮眠をとっていた審配は、その物音に目を覚ました。

「何たる不覚！」

血を吐くような呻《うめ》きであった。

このとき、城内の獄に辛評《しんぴょう》・毗《ひ》兄弟の家族が拘禁されていた。彼は部下に、獄中の辛一族を斬れ、と命じてから、殺到する曹軍を迎え撃った。

だが、飢えた兵たちに戦意はなかった。

「武器を棄《す》てよ。降伏するものは命を助けるぞ」

という声を耳にすると、つぎつぎに剣や槍《やり》を投じた。

「もはやこれまで」

審配は望楼の下に端座して自害すべく剣を構えた。遠くでこれを見た張遼がすぐさま矢をつがえて審配の腕を射た。曹操から、

「審配を殺すな。生きたまま捕らえよ」

といわれていたのだ。

審配は剣をもちかえようとしたが、その間もなくついに捕らえられてしまった。

この間に、辛毗は獄にかけつけたが、そこにあったのは累々と横たわる一族の死体だった。辛毗は号泣し、外へ走り出たとき、縛られて曹操のもとへ引き立てられる審配に出くわした。辛毗は手にしていた鞭《むち》で審配の頭を叩《たた》きながら、

「この人でなし野郎！　きさまの命もきょう限りだ」

と悪罵を浴びせた。審配は毅然《きぜん》として、

「裏切りの狗《いぬ》が人なみの口をきくな。うぬらのためにわが冀州は敗れたのだ。この手できさまを殺せないのが残念である」

とやりかえした。

曹操は、引き据えられた審配に、

「お前はじつによく戦ったが、こうして敗れたからには予に仕えぬか」

「負けたのは城門をあけたやつのせいだ」

「誰があけたのか、知っているか」

「知るものか」

「お前の甥の審栄だぞ」

「役立たずの小僧めが、そんなことをしたとは！」

審配は一座を睨《にら》みまわした。すると、陳琳《ちんりん》とともに降伏した張顗《ちょうぎ》が目にとまった。

「おのれ、この狗がぬけぬけと……」

「審配、いろいろ強がりをいうが、おぬしとおれとどう違うというのだ」

「バカめ！　きさまは降人、おれは忠臣だ。きさまが生きながらえているのとは違うぞ。さァ、早く討て」

と叫んだ。曹操は諦めた。

「お前は袁氏に忠義だった。惜しいが、その節を貫かせてやろう」

審配はうなずき、剣をもった刑吏に、

「北を向かせよ。わが君は北におわす」

といい、従容《しょうよう》として討たれた。

三

そのころ、袁家の広大な居館の一室で、袁紹の未亡人の劉《りゅう》夫人が、侍女に命じて、自分の両手を縛らせていた。

戦国の世に、敗将の家族がどういう目にあうかはわかっていた。勝者の妾婢《しょうひ》に落とされるか、それに従わなければ殺されるかである。劉夫人はどうであれ生きることを望み、服従の意をあらわすためにそうしたのだ。

「お母様」

劉夫人の膝にすがって、次男袁熙の妻の甄《しん》夫人が泣きじゃくった。袁熙が幽《ゆう》州へ出陣したとき、居残って劉夫人の世話をするようにいわれた。まさか鄴城がこんな悲運に落ちこむとは考えられなかったのだ。

甄夫人は、代々二千石の大官の家の五女として生まれ、幼いころから聡明で、かつ類まれな美貌だった。袁紹が在世のころ、その評判を聞いて次男の嫁に迎えた。

中国の史書に、女性の生年月日が記されることは皆無に近いが、『魏書《ぎしょ》』には光和《こうわ》五年（一八二年）十二月十五日生まれとある。従って、鄴が落城した建安《けんあん》九年（二〇四年）九月には、満二十一歳だったことになるが、史書が例外的に彼女の誕生日まで記したのは、その運命の変転が並はずれたものだったからであろう。

劉夫人は泣きじゃくる甄夫人に、

「仕方がありません。覚悟なさい。でも、そなたがここにいることは、寄せ手も知らないかもしれない。髪をふり乱し、顔を汚しておいてごらん」

といった。

「なぜですの？　わたくしは妾婢となって生きながらえたくはありません」

「いいから、いう通りにしなさい」

と劉夫人は叱った。

いわれるままに甄夫人がわが身を汚し終えたとき、長剣を右手に一人の若武者がぬっと入ってきた。

侍女たちは逃げ散って、二人だけになっていた。

つかつかと歩み寄ってきた若武者に、劉夫人は縛った両手を揚げて見せた。若武者は鋭い一瞥《いちべつ》をくれてから、

「ここは袁家の奥の間だと思うが、あなたたちは？」

とそれでもやさしい口調でいった。

「袁紹の妻ですよ」

「そのような方が、どうしてそんなふうに手を縛って……」

「お手向かいはせぬことをあらわしたくて、こうしたのですが、あなた様は？」

「わたしは曹丕《そうひ》だ」

と若武者はいった。曹丕は、曹操が黄巾《こうきん》の乱のあと東《とう》郡太守《たいしゅ》を辞退して故郷にこもっていた中平《ちゅうへい》四年（一八七年）冬、卞《べん》夫人との間に生まれた子である。曹操には最初の妻との間にできた長男の曹昂《そうこう》がいたが、建安《けんあん》二年（一九七年）張繍《ちょうしゅう》との一戦で戦死したために、曹丕が嫡男となった。字を子桓《しかん》といい、このとき満十七歳である。

「では、曹操殿のご嫡男におわすか」

「そうです。ともあれ、あなたのような身分の女性がそこまでなさらずともよい」

と曹丕はいい、剣を鞘《さや》におさめると、

「おい、そこの女、縄をほどいてさしあげろ」

といった。

甄夫人は涙をこぼしながら、縄をときにかかったが、恐怖のためにうまくできなかった。

曹丕はじりじりして、

「気のきかない侍女だな。早くせんか」

とどなった。

「曹丕殿、このものは侍女ではございませぬ。次男の嫁です」

「バカな！　袁煕の夫人がこんな見ぐるしいはずがない」

「あなた方の兵がどんな乱暴をするかわかりませぬ故、わたくしが顔を汚しておくようにいいつけたのです」

「たわけたことを！」

曹丕は、甄夫人の髪をつかみ、ぐいと引き寄せると、手巾をとり出してその顔をぬぐった。

「おお」

曹丕の口から、ため息がもれた。あまりの美しさに、彼の胸は高鳴った。

甄夫人は目を伏せ、

「お手を……」

と囁《ささや》くようにいった。

「手がどうかしたのか」

「痛《いと》うございます」

「や、これは失礼した。赦《ゆる》されたい」

と曹丕は髪をつかんでいた手をはなした。

そのとき、どやどやと足音を立てて、曹丕の部下たちが入ってきた。

「若殿、ここでしたか」

「いいところへきてくれた。お前たち、おれが戻ってくるまで、これなるお二方を大切に警護しろ。誰であろうと、一歩も部屋に入れてはならん」

曹丕はきびしく命令すると、佩剣《はいけん》を鳴らして急ぎ足で立ち去った。

「もう大丈夫。殺される心配はなくなりましたよ」

と劉夫人は美しい嫁に囁いた。

四

曹操が諸将を従えて鄴城の城門をくぐったとき、あたりに聞こえるような大声を放ったものがある。

「河北《かほく》第一のこの城がわが軍のものになったのも、よくよく考えてみれば、わたしが孟徳《もうとく》との旧交を思って馳《は》せ参じたからだな」

驚く一同が見れば、許攸であった。たしかに彼の寝返りによって、曹操は袁紹の糧食のありかを教えられ、また最後に審栄を引きこむこともできた。

それが大勝利のきっかけとなったことは確かだった。しかし、それだけで曹操が勝てたわけではない。これまでの何度かあった危機を切りぬけてこられたのは、参謀も武将も一丸となって力を合わせてきたからなのだ。

一同は、曹操の顔色をうかがった。当然、許攸の傲慢さをたしなめると期待した。

意外や、

「子遠、おぬしのいう通りだ」

と言葉を返して、曹操は大笑した。

二人は子どものころからのつきあいだから、互いに字で呼ぶのは別におかしくはない。だが、司空《しくう》の位にある曹操に対して、このような場所でそうするのは、時と所をわきまえぬ非礼であった。

諸将は不服だったが、曹操が太っ腹なところをみせた以上、誰もが許攸を咎《とが》めることはできなかった。

やがて、曹操は袁紹の居館に達した。

数名の兵士が入口を固めていた。曹操は中へ入りかけて、ふと足をとめ、

「予の前に、この館《やかた》に入ったものは誰もおらんだろうな」

と聞いた。兵士たちはもじもじしていたが、その一人が、

「じつは、おります」

曹操の顔色が変わった。城主の家族の居館には、総大将の許可なしには踏みこんではならぬ、というのがこの時代の軍律であった。かつて劉備《りゅうび》の家族が捕らえられたときも無事

だったのは、それが守られたからだった。ひとつには、敗れた大将の家族や妾婢は、そっくり勝った大将のものになる、という習わしもあった。

この軍律を破ったものは重罰を下される。

「何者か、予に先立ってここに入った不届き者は？」

兵士は困ったようにうつむいた。曹操は一喝した。

「誰なのか、いえ！」

「はッ。じつは、若殿でございます」

「子桓が？」

曹操は唸《うな》った。

じつは、袁熙の妻の甄夫人が絶世の美女であるという評判を彼も耳にしていた。曹操には、いまでは正妻となった卞夫人のほか、すでに何人かの側室がいる。

（その一人に……）

と曹操は心ひそかに考えていたのだ。

彼はものもいわず居館の奥に進んだ。

そして、最奥の一室の前を曹丕の部下たちが固めているのを見た。

曹丕の部下たちも、曹操をさえぎることはできず、敬礼した。曹操は帳《とばり》を排して中へ入った。

劉夫人と甄夫人が肩を寄せ合っていた。袁紹の家には、若いころ何度か遊びに行っているので、劉夫人は知っている。

「曹操殿」

と劉夫人は涙声でいい、その場にひれ伏した。曹操はねんごろに答礼し、

「お手を上げなされ。戦国の世の習いというべきか、袁紹殿とは互いに干戈《かんか》をまじえたけれど、もともとは董卓《とうたく》打倒の旗印の下に結集した仲です。また、それ以前は共に洛陽《らくよう》にあってよく学びよく遊んだものでした。そのことを思い出すと、この曹操も涙なきを得ません。じつはこれから本初《ほんしょ》（袁紹の字）の墓に詣でたい。ご案内をいただけませぬか」

劉夫人は喜色をとり戻して立ち上がった。

「それなる女性は？」

「次男の嫁でござります」

甄夫人は深ぶかと頭を下げてから顔をあげた。

曹操は静かにため息をもらした。古《いにしえ》の西施《せいし》もかくやと思われる美しさである。それを見ぬいたかのように劉夫人が、

「さきほどご子息の曹丕殿がお出ましになって、保護して下さいました」

「さようか。あれはなかなか機敏なところがありましてな」

曹操は朗らかにそう応じた。が、心の中では、

（この城を攻め落とすには大いに苦労したが、こうなってみると、子桓のために戦ったようなものだったな）

と呟《つぶや》いていたのである。

じじつ、このあと曹丕は甄夫人を正室として迎え、夫人は一男一女を産んだ。一男は曹《そう》叡《えい》、のちの魏《ぎ》の明帝《めいてい》である。曹操はこの孫をかわいがり、五、六歳のころから宴席にもつれて行くほどだった。しかし、その母である甄夫人の運命は必ずしも平安ではなかった……。

曹操は袁紹の墓に詣でたあと、劉夫人には袁家の宝物を返却し、下僕や奴婢《ぬひ》も前と同じようにあたえ、扶持米も支給した。

その一方で、彼は布告を発し、冀州の民の租税を免除もしくは軽減する措置をとった。

国ヲ保チ家ヲ保ツ者ハ、寡《すくな》キヲ患《うれ》エズ均《ひと》シカラザルヲ患イ、貧シキヲ患エズ安カラザルヲ患ウト曰《い》ウ。袁氏ノ政ハコノ理ニ逆ライ、権有ル者ノ暴ヲ許シ、民ヲ苦シムルノ弊多シ。

というのである。そして、これから先は、そのような悪政を自分は根絶する決意である、と宣言したのだ。

冀州の民は、袁紹が曹操と戦う軍資金を得るために重い税を課していたので、多くのものが苦しんでいた。その一方で、富農や有力商人は収税吏に賄賂を贈り、重税を逃れていた。貧しいものはますます貧しく、富めるものはますます富むという不公平な政治が行われていた。

曹操は布告を忠実に実行した。各村、各戸の実情を調べ、貧しいものは税を少なくとも一年は免除し、翌年以後も税率を軽くした。そして不正に蓄財し、賄賂で税をのがれていたものからは没収した。

許都の献帝《けんてい》は「曹公をわが州の牧《ぼく》に任命して下さいますように」という州民の奏上をうけて、曹操に冀州の牧の兼任を命ずる旨の辞令を発した。曹操は司空の職にあるが、同時にそれまでは兗《えん》州の牧であった。

曹操の治政で、鄴を中心とする地域はみるみる活気をとり戻した。戦乱を恐れて散っていた農工商のものたちも帰ってきて、城下の賑《にぎ》わいは袁紹全盛のころに劣らないありさまである。

じつは、曹操にこの住民融和策を進言した人物がいる。崔琰《さいえん》、字は季珪《きけい》、かつては袁紹に仕えていたころ、劉備を救うのに一役買ったことがあったが、たびたびの諫言《かんげん》を煙たがられて遠ざけられた。曹操は、崔琰が冀州の民簿戸籍を担当していたことを知ると、隠士の生活を送っていた彼を探し出し、

「冀州で兵員として使える若者の数はいかほどであるか」

と質問した。すると崔琰は毅然としていった。

「およその数は存じておりますが、申し上げられません」

曹操は怒気を発し、

「そのわけを申せ。袁氏に義理立てをしているのか、それとも予を軽んじているのか」

「そうではありません。袁紹は無益な戦《いくさ》に人をかり立て、その死後は兄弟が争いをはじめて、この州の士民は骨を野原にさらしてきました。いま曹公はこの州を手におさめられましたが、人びとの塗炭の苦しみをお救いなさろうともせず、わたしを召して戸籍の点検を計画なさっています。わたしが曹公を怖れて正直に答えれば、わたしは救われ、褒賞をいただけるかもしれませんが、若者たちは戦場にかり立てられ、母親や妻子は袁氏の時代の嘆きをまたもや味わうことになります。それを思えば、お言葉に従わぬ罪でわたしが罰せられても悔いはありません」

と崔琰は涙をこぼしながら答えた。

曹操は居ずまいを正し、

「よくぞいってくれた。まさしく天からの忠言だ。心から礼をいうぞ」

といって彼の手をとり、その場で別駕従事《べつがじゆうじ》に任命した。

崔琰はこれに感激し、人心を安定させる政策をつぎつぎに進言した。冀州の往年に優《まさ》るとも劣らぬ復興と繁栄は、崔琰の献策に負うところが大であった。

とはいえ、河北全体が鎮定されたわけではなかった。武将たちの間では、動こうとしない曹操にとまどいを覚えるものが多かった。

その一人、許褚《きよちよ》は、

「殿の気が知れんな。まだ北方には袁兄弟が残って勢力を挽回《ばんかい》しようとしているのに、何もなさらぬ。こんな毎日では、こちらの腕もなまってしまうわい」

といい、毎日のように狩猟に出かけた。

そんなある日、城門を出ようとした彼は、許攸にばったり出くわした。無視して通りすぎようとすると、許攸は横柄に声をかけた。

「おい、許褚。わしを見ても挨拶をせずに行くとはどういうわけだ。ま、礼儀をわきまえぬ、猪《いのしし》武者だから仕方がないが、お前たちがこうして偉そうに城門を出入りできるのは、いったい誰のおかげか、わかっているのか」

「やかましい。おれを猪武者などというのは許さんぞ」

「お前はこの前、孟徳のいったことを聞かなかったのか。この下郎が！」

「下郎だと！」

「下郎で悪ければ匹夫だ」

「その口をとざさんと、首を飛ばすぞ」

「はッはッ……偉そうなこ……」

とまでいったとき、許褚の腰の剣が閃光《せんこう》のように走って、許攸の首は飛んでいた。日ごろからその高慢ぶりを腹に据えかねていた許褚の怒りが、いわれのない侮辱をうけて爆発したのだ。

とはいえ、人を殺したことは事実なのである。許褚はすぐさま曹操のもとへ出頭し、委細を報告して処分を待った。

曹操はしばし黙考したのち、

「なるほど許攸は度し難い小人ではあった。しかし、功があったのもまた事実。また、予にとっては数少ない幼友だちだったから大目にみてきた。それをいっときの激昂《げっこう》に任せて斬り殺したのは怪《け》しからん」

許褚や仲間の武将たちが息を詰めていると、曹操は、

「十日間謹慎し、死者の冥福を祈れ」

といった。

五

この間、袁譚に中山を追われた袁尚は、袁熙を頼って幽州へ逃げていた。が、その兵力は弱小であった。

また、幷州《へい》にいる袁紹の甥の高幹は、鄴城の陥落を知って気力を失ったとみえ、使者をよこして帰順を申し入れてきた。

曹操はそれを許し、そのまま高幹を刺史《しし》に任じた。高幹の帰順には疑いの余地はあったが、河北がとりあえず安定することの方が大切であると判断したのだ。

問題は、冀州東部の諸郡を勝手に荒し回った袁譚である。曹操は、曹整《そうせい》と袁譚の娘との婚約を破棄し、なぜ兵を動かしたかを問責する書を送った。

平原にあった袁譚は郭図に相談した。

「どうしたものだろうか」

「曹操はついに本性をあらわしたんです。行けば殺されますよ。こうなったら覚悟を決めて戦うのみですが、この城では城壁も低いから無理です」

「どこがいい？」

「この前わが方のものにした渤海郡の南皮《なんひ》に行きましょう。ここより北で幽州に近いし、いざというときには、北方の烏丸《うがん》族を頼ることもできますから」

と郭図は献策した。

ついで辛評が呼ばれた。弟の辛毗が曹操の軍中に留め置かれたままなので、何となく浮き上がった存在になっているが、その謀才は郭図にひけをとらない。

「わたしの考えでは、曹操が殿に危害を加えることはないでしょう。彼がいまもっとも欲しているのは、冀州の人心を得ること、およびおのれの権威を天下に示すことです。殿に危害を加えれば人心を得ることはできません。しかし、放置すれば権威にかかわりますから、殿を呼びつけて謝罪させようというのです。また問責されても申し開きはできます。審配を攻めるのに手一杯だと思われたので、その間に東部の安定をはかって兵を動かしたのだ、他意はなかった、そっくり朝廷に献じて自分は青州《せい》に帰る、といえば、通りますよ」

と辛評はいった。

袁譚はすっかり迷ってしまった。父親に似て、もともとが人の言葉に動かされやすい性質である。それを取捨選択する決断力にも、欠けていた。

これを見て、郭図が叱りつけるように、

「甘言にだまされてはなりませんぞ。辛評は弟が曹操の軍中にいる。自分だけは殺されないと思って、あんなことをいうのです」

「ああ、何をかいわんやだ」

辛評はうめくようにいい、自室に戻ると、毒をのんで自殺してしまった。

袁譚は後悔したが、そうなっては郭図の策に従うしかなかった。すぐに兵を動員し、武器、糧食を平原の農民にかつがせて、南皮に立てこもった。

建安十年（二〇五年）正月、曹操は三十万の兵をもって南皮攻略に向かった。

この年の冬は、かつてない寒さであり、行軍は難渋をきわめた。三十万の大軍ともなると、その糧食を輸送するには、どうしても河川に船をうかべて運ばなければならない。だが、寒気のために、清河《せいが》をはじめ多くの川が氷結してしまい、船を利用するためには氷を割るしかなかった。

背に腹はかえられず、曹操は命令を出して農民を氷割りにかり出した。その作業の辛《つら》さに堪えかねて、逃亡するものが続出した。

報告をうけた曹操は、

「非常措置をとるしかあるまい。逃亡するものは処刑する、と布告せよ」

と指示した。

この厳命によって、さすがに逃亡者は激減し、三十万の大軍はようやく南皮に到達することができた。

袁譚の軍は城壁の上に弩弓《どきゆう》を並べ、濠《ほり》の結氷には逆茂木《さかもぎ》を敷設して、寄せ手を迎え撃った。また、郭図の発案で、兵を二手に分け、一隊は休んでいる間に大焚火《おおたきび》で煖《だん》をとるようにした。そのために交替したあとも手がかじかまず、正確に弩弓を発射した。

曹軍は、苦戦した。かれらは煖をとる暇がなかった。猛烈な寒気と矢ぶすまとの二重苦である。

その状況を巡察した曹操は、

「郭図もさすがである」

と嘆声をもらした。例によって当面の敵でも、才あるものに心を動かしたのだ。

「ひとまず退《ひ》きますか」

と荀攸がたずねた。

「ならぬ。攻撃をゆるめるな」

曹操はそういうと、馬から下り、みずから鼓手のもった桴《ばち》をとりあげて太鼓を叩《たた》いた。

これを知った曹軍は、雪片を踏みしだき、降り注ぐ矢をものともせずに突進した。屍《しかばね》に屍が重なり、かろうじて吐く息も血にまみれるがごとくだったが、猛襲数刻、ついに城壁の一角からよじ登った勇兵が、内がわから城門を開いた。

ようやく曹操は桴を置いた。

ふと見ると、一人の農民が足もとにうずくまっていた。

いつもは身辺を護衛している曹操の旗本たちも、凄絶な戦闘に気をとられて、その農民に気がつかなかったらしい。

「何者じゃ？　そこで何をしている？」

と曹操は声をかけた。農民が武器を隠し持っている様子はなかった。

「へい、わたしは氷割りに駆り出された農夫でごぜェますが、あまりの辛さに逃げ出しまして……」

「待て。お前は、逃亡するものは処刑という布告を知らなかったのか」

「知っておりやしたが、つい、作業の苦しさと寒さに耐えかねて逃げちまったんです。だけんど、食うものはねェし、いっそのこと自首してお仕置をうけた方が楽になると思いやして」

と農民は這いつくばった。

曹操はもとより自分の発した布告が苛酷すぎることを承知していた。しかし、そうしなければ、三十万の大軍が厳寒のなかに立ち往生したであろうことも確かだったのだ。

このとき曹操がこの農民にいった言葉を史書からそのまま引用すると、

汝《なんじ》ヲ聴カバ則《すなわ》チ令ニ違《たが》エ、汝ヲ殺サバ則チ首《しゅ》ヲ誅《ちゅう》ス、帰リテ深ク自ラ蔵シ、吏ノ獲《とら》ウル所無シト為《せ》ヨ。

（お前の言い分を聞いて赦してやれば自分が出した命令に自分で違反することになるし、

かといってお前を殺せば罪を悔いて自首したものを処刑することになる。そのどちらも困るから、お前は立ち帰って深く隠れ、追手の役人につかまらないようにせよ）

つまり曹操は規律と人情との板ばさみになり、あえて見のがすことにしたわけである。

だが、史書は次の文章を続ける。

民、垂泣《すいきゅう》シテ去ル、後、竟《つい》ニ捕得サル。

農民は涙を流して立ち去ったが、のちに結局はつかまってしまい、曹操の恩情も無に帰した——というのである。

この挿話は、曹操の生涯の事跡を記述した『武帝紀《ぶていき》』の本文にある。ふつう、この種の話は注釈に入れるか無視するかして、本文には書かないものだが、あえて本文に記述したのはどうしてであろうか。もし曹操の恩情を強調するためであれば、農民がのちにつかまったことを省略してもかまわない。むしろ、その方が強調できるだろう。史家があえて農民の捕縛まで記述したのは、それが曹操の耳に入ったことを暗示している。

自分がせっかく見のがしてやった農民が結局はつかまったと知ったとき、曹操はどういう反応を見せただろうか。三十万の将兵のためとはいえ、そのような布告を出したことを悔いただろうか。南皮に達するという目的をはたしたのに、なおも逃亡農民を捕らえた小吏の心ない職務遂行を苦にがしく感じただろうか。

それはさておき、南皮城はその日の夕方に陥落し、袁譚とその一族は誅殺された。

曹操は、個人的な復讐《ふくしゅう》や贅沢《ぜいたく》な葬祭を禁止する布告を出し、何事も法律によって処理されることを明らかにした。

残るのは、袁熙・尚の兄弟である。余勢をかって一息に攻めるか、兵を休めて寒さのゆるむのを待つか、曹操が考えあぐねていたとき、

「不届き者を引っ捕らえました」

という報告があった。袁譚と一族の屍は城外に放置されたままにしてあったのだが、そのかたわらで声をあげて嘆いていた男がいたというのである。

「おそらく袁氏の一族に違いありません。謀反人の片割れとして、ただちに処刑すべきだと存じます」

と警吏はいった。

「一応は調べてみよう。連れてこい」

と曹操は命じた。

すぐにきびしく縛り上げられた男が引き立てられてきた。警吏は縄尻を取って男を拝跪《はいき》させようとするが、男は臆するふうもなく、昂然と胸を張っている。

「こやつ、無礼者めが!」

警吏が打ち据えるのをみて、

「待て」

と曹操はとめた。男は麻の喪服をまとい、同じく麻の冠をいただいている。それは袁氏

の喪に服していることの証《あかし》であった。

「そちは何者か」

「王修《おうしゆう》、字を叔治《しゆくち》といい、北海《ほくかい》郡に生まれたものです」

「その名前は聞いたことがある。北海の太守孔融《たいしゆこうゆう》のもとにいたことはないか」

「はい」

「それがどうして袁氏のために泣くのだ？」

「故あって浪人しておりましたところ、袁紹殿に召しかかえられ、さらに袁譚殿に属して別駕《べつが》の職にありました。ご兄弟が相争うのをみて諌《いさ》めたのですが、お聞き入れなく、やむを得ずに退隠していたのです」

「それがどうしてノコノコ出てきて、あてつけがましく嘆くのだ？」

「あてつけのつもりはございません。ただ、それがしは袁氏からうけた恩を思い、せめて遺体を収容できますならば、その後は死罪になりましても悔ゆるところはありません」

それを聞いた曹操は、侍臣を呼んで何事か命じた。

間もなく戻ってきた侍臣は、

「書物のみ数百巻でございます」

と小声で報告した。

六

曹操は鄴城を攻略したあと、袁氏や部下の将たちの財産を調べさせた。袁氏の政治がいいかげんだったせいか、名将といわれた審配でさえも、五桁の財産をたくわえていた。ところが、王修の財産は、数百巻の書物だけだというのである。

「王修、そちはまことの義士だ。その願いを聞きとどけてつかわすぞ」

と曹操はいい、剣をぬいて縄を切った。

「感謝の言葉もございません」

王修は進んで拝跪した。

「念のために聞くが、袁氏を弔《とむ》ろうたあと、どうなろうとも不服はないな?」

「はい」

「では、そちを司金中郎将《しきんちゆうろうしよう》に任ずる」

と曹操はいった。司金中郎将というのは、官営の鉄、金、銀、塩などを管理する責任者である。審配でさえも私財をたくわえていたのに、それをしなかった清廉さを評価したのだ。

王修はびっくりしたようだったが、

「そのような大役がつとまるかどうか、自信はございませんが、ご命令とあればお受けいたします」

「ついでに聞こう。袁尚は袁熙ともども幽州に逃げたが、あの両名をどうすればとりこにできるであろうか」

「そういう策を考えるのは軍師の仕事でございましょう」

「まったく小気味よい男である」

婉曲《えんきょく》にことわられても、曹操は満足げであった。

しかし、曹操が策を立てるまでもなく、袁兄弟は、袁譚の滅亡を知ると、さらに北へ逃げて、烏丸族のもとへ身を寄せた。それまで二人に従っていた焦触《しょうしょく》、張南《ちょうなん》の有力部将が前途に見切りをつけ、曹操に降伏してきたせいもあった。

烏丸族は、万里の長城の北に屯《たむろ》する異民族で、中央の戦乱につけこみ、しばしば長城を越えて進入してきた。袁紹在世のころは、獄死したものの娘を自分の子ということにして、族長（これを単于《ぜんう》という）に嫁がせ、かれらを手なずけていた。袁兄弟はその縁を頼って亡命したわけである。

曹操は楽進《がくしん》と李典《りてん》を押さえとして残し、ひとまず鄴へ帰還した。

冀州の牧として、しばらくは内政の充実につとめなければならない。曹操の見るところでは、袁氏のもとで多くの忠臣義人が存在した。にもかかわらず、なぜ亡びたのかといえば、第一の理由は袁紹父子にそれを活用する能力がなかったからである。だが、それだけではない。臣下のなかで阿諛《あゆ》迎合し、徒党を組み、仲間でほめ合ったり、逆に白を黒といいくるめて対立するものをけなしたりするものが横行した。

王修の諫言をきかなかった袁譚も悪いが、もし郭図が審配と対立抗争せずに、互いに力を合わせていれば、亡国の惨状を見ることはなかったはずである。

そのむかし——。

郭嘉《かくか》が曹操と袁紹を比べ、十項目において曹操のすぐれた理由を挙げ、最後には勝つ、といったことがあった。曹操が力づけられたことは確かだったが、正直にいって、河北四州を支配する強大な袁紹に必ず勝てるという自信はなかったのだ。

いま、曹操は河北の大半を手に入れた。崔琰の献策をとり入れて領内の安定につとめているが、袁紹時代の悪《あ》しき風習が領民のなかに残っている限りは、いつまた阿諛迎合や足のひっぱり合いがはびこるか知れない。曹操自身は、そのような間違いを犯さぬように気をつけているが、神ならぬ身として絶対に失敗しないとはいえない。

そう考えた曹操は、さらに新しい布告を出した。袁氏が統治していたころの風潮を批判し、領民に教え訓《さと》す形をとっているが、結びの一節は、

「四者（迎合などの四つの悪習）ヲ除カズンバ、吾《われ》モッテ羞《はじ》ト為《な》ス」

とあり、あたかも自分にいい聞かせるかのようであった。

それでもまだ足りぬと感じたのか、曹操は鄴に帰った一カ月後に、さらに布告を発した。各部署にあるものは、毎月一回は政治むきのことで思いついたことがあれば遠慮なく進言せよ、というのである。

すぐに一案が提出された。いま天下は十三の州に分かれているが、これを古代の九州に復活するがよい。そうすれば、冀州は幽、并の二州も含むことになり、統治するにも便利だし、曹操のめざす領民の意識改革もいっそう徹底させることができるだろう——というものであった。

「なるほど、これはいいかもしれん」

曹操はうなずき、許都の荀彧《じゅんいく》あてに使者を出して、九州変更を献帝に奏上するように指示した。

使者は荀彧の意見書をもって帰ってきた。

古代の州制度を復活すると、いまの幽州、并州のほかに中央直属の河東郡《かとう》なども冀州の領域に入ることになる。それを見て天下の人びとはどう思うだろうか。曹操に領土的野心があるものとみなし、次は自分が奪われる番ではないかと疑心暗鬼になるだろう。そうなれば現在は服従しているものも反逆に加担するかもしれない……。

「天下の事は急いではなりません。まず河北を安定させ、旧都洛陽を修復し、そのあと荊州の劉表が朝廷への礼を欠いていることを咎《とが》めれば、天下は安定するでしょう。古代の制度について議論するのはそれからでも決して遅くはありません」

曹操がこれを読み終わったとき、慌しく入ってきたものがあり、

「并州の高幹が反乱を起こしました」

と報告した。

曹操は思わず膝を打った。

「荀彧のいう通りであったな」

高幹は帰順したあと幷州の刺史をつとめるように曹操からいい渡された。しかし、九州復活となれば、それを失うことになる。もともとは袁紹の甥《おい》であった。どうせ取り上げられるなら……と反乱を起こしたのであろう。

曹操はすぐさま荀彧あてに、九州復活は中止する旨を書き送ったのち、遠征の準備にとりかかった。

冀州と幷州との間には、太行山《たいこう》脈が横たわっている。これを大軍とともに越えるのは容易ではない。まして冀州は曹操の領有となってから時日が浅く、潜伏している袁氏の残党も多い。

曹操はとりあえず楽進と李典の軍に幷州へ転進するように指令を出し、曹丕に十万の兵と荀攸をつけて鄴に留《とど》め、二十万の軍を率いて出発した。建安十一年（二〇六年）の正月であった。

覚悟していたとはいえ、厳冬期の太行山脈を越える行軍は苦難にみちたものとなった。

このとき、曹操の作った詩が残っている。題して「苦寒行《くかんこう》」という。

北ノカタ太行山ヲ上レバ
艱《かた》キ哉《かな》何ゾ巍巍《ぎぎ》タル

羊腸タル坂ハ詰屈シ
車輪之《これ》ガ為ニ摧《くじ》ク
樹木ハ何ゾ蕭瑟《しょうしつ》タル
北風ハ声正ニ悲シ
熊羆《ゆうひ》ハ我ニ対シテ蹲《うずくま》リ
虎豹《こひょう》ハ路ヲ夾《はさ》ンデ啼《な》ク
谿谷《けいこく》ニ人民ハ少ナク
雪落ツルコト何ゾ霏霏《ひひ》タル
頸《くび》ヲ延バシテ長歎息シ
遠ク行カバ懐《おも》ウ所多シ

ここまでの意味は、北をめざして太行山に登ると、道は険しくて越え難いほどだ。坂は曲がりくねり車輪も軸が折れた。樹木は寂しげで北風の音も悲しげである。クマやヒグマは低く身構えてこちらをうかがい、虎や豹は道の両側から吠《ほ》えかかる。深い谷のために住む人はまれで、雪だけがしんしんと降りしきる。思わず首をのばしてため息をつき、こんなにもはるかに遠征してくると感慨も多い——。

我ガ心ノ何ゾ怫鬱《ふつうつ》タル

一タビ東ニ帰ラント思イ欲ス
水深クシテ橋梁《きょうりょう》ハ絶エ
中路正ニ徘徊《はいかい》ス
迷イ惑イテ故《もと》ノ路ヲ失イ
薄暮ニ宿棲《しゅくせい》無シ
行キ行キテ日已《すで》ニ遠ク
人馬時ヲ同ジクシテ飢ユ
嚢《のう》ヲ担《にな》イ行キテ薪《たきぎ》ヲ取リ
氷ヲ斧《き》リテ持チテ糜《かゆ》ヲ作ル
彼《か》ノ東山ノ詩ヲ悲シミ
悠悠トシテ我ヲ哀シマ令《し》ム

わたしの気持も不安にあふれ、いったん東へ引き返そうかとも思う。谷の水は深く橋は落ち、途中でうろうろした。迷ったあげくにもときた道までも見失い、日が暮れたのに宿るところもない。はるかに行軍してきて何日もたち、人も馬も飢えている。背嚢《はいのう》をかついで薪を取り、氷を割ってどうにか粥《かゆ》をこしらえた。古代の周公《しゅうこう》の東征の詩（東山ノ詩）が悲しく思い出され、それがいっそうわたしに悲哀をもたらす――。

曹操のつくった詩は六十余あったといわれるが、現存しているのは十六だけである。この「苦寒行」は、のちの南征にさいして作られた「短歌行《たんかこう》」とともに、彼の代表的な詩編である。

ある意味で、曹操にとっては、平和な時に心を許した仲間と酒を酌《く》みかわすのも、百万の敵を相手に決死の戦いをするのも、詩であった。あるいは、彼は人生そのものを詩だと思っていたのかもしれない。

ともあれ、曹操と二十万の兵は、凍傷に悩まされながらかろうじて太行山脈を走破し并州の地に入った。

そのころ、高幹は壺口関《ここうかん》の要衝を占めて、曹軍の来襲に備えていた。壺口関はその名のように、壺《つぼ》の口のように街道のせばまったところに位置し、自然の地形が要害そのものになっている。

これを正面から攻めても損害をふやすだけであり、かといって遠巻きに囲んで兵糧攻めにすることも不可能であった。先発した楽進と李典は試みに攻撃をしかけてみたが、いともかんたんに撃退されてしまい、いたずらに敵の士気を高めただけという結果に終わっていた。

第四十五章　北　征

一

曹操《そうそう》は、楽進《がくしん》と李典《りてん》を呼びつけ、きびしい口調でいった。

「お前たちに先発せよと命じたことは確かだが、予の到着を待たずに攻撃してもいいとはいわなかったぞ。功を急ぎ勝手にしかけて敗北するとは何事か」

楽進は小柄だが、胆《きも》ッ玉の太いことでは、曹操の武将たちのなかでも指折りの男であった。しかし、恐れ入って一言も発しようとしなかった。一方、李典の方は恐縮したふうもなく、むしろ平然として、

「高幹《こうかん》ごときに敗れるとはだらしないやつだというお叱りでしたら、まことに恐れ入る次第ですが、殿のご到着を待たずに敵を攻めたことについては、必ずしも非だったとは思っておりません。また、それがお咎《とが》めであれば楽進に罪はございません。彼は、殿のご到着までは動くべきではない、といっていたのですが、わたしがその必要はない、といいまして攻撃をしかけたのです」

「なぜ待つ必要がない、と判断したのか、申してみよ」

「わたしどもは先発を命ぜられてから、北の道を通って并《へい》州に入り、高幹が送ってきた部

隊と連戦して壺口関《ここうかん》に迫りました。その戦闘で捕らえた捕虜を訊問《じんもん》したところ、かつては、黄巾賊《こうきんぞく》だったものたちがまじっておりました」

「うむ」

曹操はうなずいた。并州にある上党郡《じょうとう》は、黄巾賊が猛威をふるっていたころ、根拠地の一つだったのだ。李典は、

「捕虜たちのいうには、壺口関の城内には仲間がいるから、自分たちを釈放してくれれば、城へ帰って仲間といっしょに城門をあけて手引きをしよう、ともちかけてきました」

「それで？」

「楽進は殿を待つべきだといったのですが、わたしは、『孫子《そんし》』の兵書にも、君命モ受ケザル所アリ、とありますからここは臨機応変の処置をとる方が、お国のためになると判断して一戦をしかけることにしようと楽進を説き伏せたのです。いたずらに功を急いだわけではございません」

それを聞いた曹操の口もとがゆるんだ。彼は戦陣にあっても書を読むことを欠かさない。兵法の書、詩編、史書などを軍旅にたずさえてきている。そして、部下の諸将にも、何でもいいから読め、と訓《さと》している。

郭嘉《かくか》や荀攸《じゅんゆう》などの参謀たちはさすがに読書の習慣をもっているが、武将たちは、口では読んでいるようなことをいっても、じっさいには大半のものが一行も読まないらしい。戦闘があればもちろんのこと、ないときでも敵の攻撃に備えて緊張の連続なのだ。許褚《きょちょ》な

どは、

「殿には申し訳ないが、おれには書物は眠り薬のようなものだ」

などといっているらしい。

曹操も事情がわかっているだけに、咎めることはしなかった。人にはそれぞれ得意不得意がある。それをどう使いこなすかは将たるものの裁量であって、武将は武をもって立つのを第一とするが、知が加わればさらによい。それだけに、李典が『孫子』を読んでいたことは、意外でもあり嬉《うれ》しくもあった。

「李典、そういうことであったなら、予の到着を待たなかったことは不問にする。また、敗れたことを責めるつもりは毛頭ない。勝敗は兵家の常である。予もこれまで骨身にこたえる敗戦を何度も経験してきたからな」

「ご寛恕《かんじよ》を賜り、辱《かたじけの》う存じます」

と李典は平伏した。

「だがな、李典、お前の読み方は少し違っているぞ」

「は？」

「その言葉は、『孫子』の九変篇《きゆうへんへん》にあるが、その冒頭の文を知っているか」

「はい。孫子曰《いわ》ク、凡《およ》ソ用兵ノ法ハ、将、命ヲ君ヨリ受ケ……」

「よろしい。では、同じ文が軍争篇の冒頭にあることも知っているであろうな」

「もとより存じております」

「大切なのはそこだ。孫子は同じ教えを重ねて説いた。主命を守るのが何よりも肝要であることを強調したかったからなのだ。ただ、例外的に命令に従わずともよいこともあると認めたが、いつもおのれの判断で行動してもいいことではない。それを認めたら統制は成り立たん」

「もとよりでございます」

「それに、お前は、君命モ受ケザル所アリ、と読むが、そうではない。君命ニと読むのが正しいのだ。君命モ、と読むと、主君以外の命令もあるかのように聞こえる。将が行動にあたって命令を受けるのは主君だけだ。そしてその君命を守って行動するさなかに、守り続けるよりも、命令以外の処置をとる方が全体の利益になる事態が生じたとき、そうしてもよい、と孫子はいっているのだ。わかりやすくいえば、命令されたことだけをバカ正直に守っていればいいというものではない、という意味を含んでいる。また、君命モと読んだ場合、主君の命令といえども、の意味が生じてくる。学者のなかには、その意味だと主張するものがいるが、とんでもない間違いだ。戦場に出たことのない学者には、君命のもつ重さが少しもわかっておらんのだ」

曹操の教えはいつもわかりやすい。また、君命を守ることが基本であることは、誰にもわかっていることだったが、曹操は、あえてそれをいう。

人間は、わかっていながら基本や原則をつい忘れる。それが人間だといってもよい。そして、その基本を怠ったときに限って、重大な結果を招くものなのだ。それを避けるためには、自明の理であっても、くりかえし教えるべきだ、と曹操は信じている。

つぎに曹操は楽進にたずねた。

「李典の言葉を聞いて臨機応変の策をとることにしたのはいいとして、黄巾賊だった連中を釈放し、城内にいる仲間と内通させなかったのか」

「させませんでした」

「どうしてじゃ？」

「そうやってわが軍を誘い入れて殺戮《さつりく》する罠《わな》ではないか、と疑ったのです」

「それで？」

「まだ守りの固まらざるうちにと思い、李典ともども北門から攻めたのですが、敵に十分な備えがありまして、手強《てごわ》い反撃をくらいましてございます」

と楽進は悔しそうにいった。

「捕らえた黄巾賊はどう処置した？」

「定法《じょうほう》に従い、額に黄の烙印《らくいん》を押して放ちました」

「惜しいことをしたな」

「は？」

「たしかに黄巾賊とわかればそうするのが定法だ。それはいいが、君命ニ受ケザル所アリで、そうせずに釈放し、城内の仲間と内通させる手もあったかもしれぬ。かりにそれが敵の罠だとしても、前もって備えておくことによって、罠にはまらず、むしろ逆手をとることができたかもしれん」

「は、はァ」

楽進は感心したように聞いている。そこまで思いが及ばなかったようだった。

「そうだ、試してみよう」

曹操はふと思いつき、降将の呂曠《りよこう》・翔《しよう》兄弟を呼び、何事か策を授けた。

その夜、両名は旧部下約百名を連れて曹軍をぬけ出し、夜明け近くに壺口関の城門に達した。

「何やつだ?」

鋭い誰何《すいか》を受けて、

「われらは袁《えん》将軍の部下だった呂兄弟である。武運つたなく曹操に降《くだ》ったが、疑い深い曹操はわれらをことごとく辱しめ、諸将もまたそれにならう始末。降参した報いとは思ったが、このまま生き恥をさらすより、高幹殿に加わって必死の働きをせんものと、兄弟語り合い、部下ともどもぬけ出してきた次第である。呂曠・呂翔は、高幹殿もご承知のはず、よろしく取り次ぎを頼む」

「そこで待て」

城門の隊長は、このことを高幹に報告した。

高幹は城門の上に立ち、二人を確認した。

「おぬしたち、鎧《よろい》をはずして中へ入れ」

約百名の兵は城外に残された。呂兄弟は裸同然の姿になって高幹の前に膝をついた。

「何か策があるなら申してみよ」

「策というほどのものではありませんが、曹操の大軍を相手にするには、濠《ほり》を深くし、守りを固めてかれらを疲れさせるしかない、と存ずる」

「曹操はどこを通っていつ着陣した？」

「太行《たいこう》山脈を越え、つい昨日、東方五十里のところに陣を張りました」

「はッはッ……おぬしたちがここへきたわけはわかっている。冬の太行山脈を越えてきた曹操の兵はへとへとになっているはずだ。その疲れを回復するために、おぬしたちをよこして時間かせぎをしようとしたのだ。その手にはひっかからんぞ」

高幹はそういうと、念のために部下の夏昭《かしょう》と鄧升《とうしょう》に城を守るように命じ、

「さア、案内しろ。疲れきった曹軍を討つのだ」

と呂兄弟を先に立たせた。

二万の軍が曹操の陣営の近くまできたときだった。

後方で、鯨波《とき》の声が響き、前方の草むらから数万の兵が起き上がった。

「しまった！」

高幹は急いで戻ろうとしたが、立ちはだかった李典と楽進に攻めこまれ、わずかな部下とともに北方へ逃れた。

その間に曹操の陣営に戻った呂兄弟は、軍衣をあらたにして曹操の前へ出た。

「よくやった。高幹のことだから、お前たちが守りを固めよといえば、その裏をかくつもりで出撃してくるのではないかと読んだのだが、はたしてその通りだった。あと一働き、城に残った守将に降伏を説得せよ」

と曹操は命じた。

夏昭と鄧升は、呂兄弟の勧めを受けて城を明け渡した。

こうして并州は平定された。曹操は、李典を捕虜将軍に、楽進を折衝《せっしょう》将軍に任じて、その功に報いた。

二

高幹は北へ奔《はし》り、南匈奴《きょうど》の単于《ぜんう》（族長）左賢王《さけんおう》を頼った。袁紹《えんしょう》が存命のころ、かれらを手なずけるために、女や財宝を贈ったことがあった。

左賢王の妻は、そういう女の一人だった。高幹は左賢王の宿舎に行き、

「曹操は袁紹将軍と違い、血も涙もないやつで、あなた方と仲よくするつもりはありません。いずれこちらへも攻めてくるでしょう。どうかわたしに援兵をいただきたい。并州各地に残っている部下と力を合わせ、曹操を討てば、あなた方も安心でしょう」

といった。

「わしは曹操に恨みはない。また、漢人《かんじん》のために、わしの部下を戦わせる気もない」

と左賢王はそっけなかった。

「そうおっしゃるが、あなたの夫人は漢人ではありませんか」

「いかにもそうだ。子供も二人いる。頭のいい女でな、もうわが部族の一員になりきっている」

といって、左賢王は高幹を追い出した。

高幹は思案した。烏丸《うがん》族のもとにいる袁兄弟のところへ行くか、南の劉表《りゅうひょう》を頼るか、である。

袁兄弟は、一時にせよ曹操に帰順して、幷州の刺史《しし》となった自分を赦《ゆる》さないだろう、と彼は判断した。

そうなると、荊州《けい》へ行くしかなかった。

高幹はわずかな兵を連れて出発した。

左賢王の宿舎の窓から、それを見送った女があった。妻の漢人である。その名を蔡琰《さいえん》、字《あざな》を文姫《ぶんき》という。

彼女は陳留《ちんりゅう》郡出身の学者蔡邕《さいよう》の一人娘だった。父に劣らぬ学殖の深さをもって知られ、かつて霊帝《れいてい》のころ宦官《かんがん》の告げ口で父娘とも流刑になったことがあった。

その後赦免され、『後漢記《ごかんき》』の改訂に従事していたとき、全権を握った董卓《とうたく》に出仕を命じられた。

蔡邕は辞退したが、許されなかった。やむを得ずに出仕したが、董卓が殺されたあと、その死体にとりすがって泣いた罪を問われ、司徒王允《しとおういん》の命令で処刑された。

娘の文姫は冀《き》州へ逃れた。

袁紹は彼女の学識を知らず、左賢王を手なずける手段として、彼女を贈った。それが興《こう》平《へい》二年（一九五年）だった。

蔡文姫が匈奴以外の男を見るのは、それ以来、何と十一年ぶりであった。

せめて一言でもいいから、話をしてみたかった。かつて父と暮らした洛陽《らくよう》はいまどうなっているのか。

彼女の目に涙がうかんだ。望郷の念に胸がふるえた。

「阿母《おかあ》さま」

二人の息子が蔡文姫にまつわりつき、

「どうして泣くの？」

「泣いちゃいや」

とこもごもいった。

「ご免なさいね。もう泣きません」

蔡文姫は涙をぬぐい、子供たちを抱きながら、

（曹操は本当にここまで攻めてくる気だろうか）

と思った。

洛陽にいたころ、会ったことはなかったが、その名は知っている。ひところは董卓のも

とで典軍校尉《てんぐんこうい》の職にあったが、逃亡して兵を挙げたのだ。

その後の活躍についても、噂《うわさ》は伝わってきていた。

(どんな人物なのだろうか)

高幹は、悪《あ》しざまに罵っていたが、それは負けたからであろう。

もし、曹操に手紙を出したら、何とかしてくれるのではないか。左賢王の妻とはいっても、左賢王には十人以上も妻がいた。一夫一婦ではなかった。男はその力があれば、何人でも妻を所有することが認められていた。たしかに二人の子をなしたが、いまでは置き物同然の毎日だった。

だが、手紙を届ける術《すべ》はなかった。

(このまま北の辺地で生涯を終えるしかないのだろうか)

蔡文姫はおのれの悲運を嘆くしかなかった。

一方、高幹は荊州をめざしたが、出発するとき、左賢王の宿所の帳《とばり》が動いたのが気になった。

漢人の妻があそこにいたに違いない。もしそうであれば、そのことを左賢王にいい、彼の同情を惹《ひ》くべきではなかったか。

ちょっと後悔しながら、上洛県《じょうらくけん》というところまできて、宿をとった。そこの県尉《けんい》は王《おう》琰《えん》という男で、前に袁紹に仕えたことがある。

高幹は王琰をたずね、これまでのいきさつを語って、援助を求めた。

「わかりました。部下を集めましょう」

王琰はそういって出て行った。

高幹が鎧をぬいでくつろいでいると、部下といっしょに王琰が戻ってきた。全員が手に剣をもっている。

「おのれ！」

と立ち上がろうとした高幹は、王琰らに斬り殺されてしまった。

王琰はすぐさまくわしい報告書とともに高幹の首を曹操に届けた。

折りかえし、曹操から功をねぎらい、都尉《とい》に昇進させる旨の沙汰書が送られてきた。

王琰がそのことを妻に告げた。

「喜べ。これでおれも出世できるぞ」

すると妻は悲しげに泣き出した。

「バカ、泣くやつがあるか」

「泣きますとも。あんたのことだから、出世したら妾《めかけ》を囲うにきまっているわ」

と叫んだ。

三

曹操は、高幹の首級に添付された王琰のくわしい報告書に目を通すと、壺口関で降伏した高幹の旧部下のなかで、かつて匈奴と交渉した経験のあるものを呼び寄せた。処罰されるのではないかとブルブル慄《ふる》えている相手に曹操はたずねた。

「高幹が頼ろうとした左賢王のところに、袁紹が贈った女がいるというのは本当か」

「はい。あれは十一、二年前になりますが、異民族を手なずけるために、都から逃げてきた女たちをつかまえて、匈奴や烏丸の単于たちに届けましてございます」

「左賢王のもとに届けられた女のことを知っているか」

「蔡なんとかという女で、何でも父親は偉い学者だったそうですが、逆賊の董卓に味方した罪で処刑された由にて、そういうことになっても仕方があるまいといわれておりました」

「蔡邕の娘の文姫ではないか」

「そう仰せられますと、たしかそんな名前だったような気がいたしましてございます」

「そうであったか」

曹操はしばしもの思いにふけった。かつて都にあって青雲の志を抱いていたころ、曹操は蔡邕をたずねて教えを受けたことがあったのだ。蔡邕のもとに出入りする若者は学者志望が大半で、曹操のように武をもって天下に起《た》とうとするものは門下生から敬遠された。だが、蔡邕は、

「きみたちは曹孟徳《もうとく》を武人と見て嫌っているようだが、彼の詩文は千年ののちにも残るだろう。わたしは文人としての才能を高く評価している」

とたしなめた。曹操はそれをあとで聞いて大いに感激したものである。

「殿、この男はいかがいたしましょうか」

侍臣に声をかけられて我にかえった曹操は、その男にすぐさま左賢王へ使者として行くように命じた。馬、絹布、玉など贈り、蔡文姫を送り返してほしい、と申し入れたのだ。

左賢王はこれを受け入れた。ただし、彼女の産んだ二人の子は同行を許されなかった。

蔡文姫は泣く泣くわが子と別れて冀州へ戻ったが、そのとき曹操は東海《とうかい》郡一帯を荒し回っている海賊の管承《かんしょう》を征討するために出発したあとだった。

その遠征先に、蔡文姫の礼状と長詩が届けられた。

漢《かん》ノ季《すえ》権柄《けんぺい》ヲ失イ

董卓、天常《てんじょう》ヲ乱ス

ではじまるもので、曹操は読むうちに、次の文章で思わず涙ぐんだ。

児《こ》ハ前《すす》ミテ我ガ頸《くび》ヲ抱キ

問ウ、母ハ何《いずこ》ニ之《ゆ》カント欲ス

人ハ言ウ、母ハ当《まさ》ニ去ラントス

豈復還《あにまたかえ》ル時有ランヤト

阿母《あぼ》ハ常ニ仁惻《じんそく》ナルニ

今何ゾ更《あらたま》リテ不慈ナル

我尚未《なおいま》ダ成人タラズ
奈何《いかん》ゾ顧ミテ思ワザルヤト
此《これ》ヲ見テハ五内《ごだい》崩レ
恍惚《こうこつ》トシテ狂癡《きようち》ヲ生ズ
号泣シテ手モテ撫《な》デ摩《さす》リ
発スルニ当タリテ復《また》回疑ス

蔡文姫がわが子を置いて出発しようとすると、子どもが首にかじりついて、母さんはどこへ行くの、と聞く。すると人が、お母さんは遠くへ行ってもう戻ってくることはないんですよ、と教える。すると子は、母さんはいつも慈愛が深かったのに、どうして急に邪険にするの、ぼくはまだ一人前じゃないのに、どうして心配してくれないの、という。これを見ては、わたしの胸はかき乱され、茫然《ぼうぜん》として気も狂わんばかり、ただ泣き叫んで子どもたちをなで、出発の時間がきたのもわからなくなってしまう……。

左賢王との間になしたわが子と別離しなければならぬ悲しみの詩である。曹操は、自分も詩をつくるだけあって、蔡文姫の五言詩がじつにすぐれたものであることが理解できるのだ。

彼は郭嘉を呼んでこの詩を見せ、

「文姫によい婿さんを世話してやりたいが、誰ぞ心当たりはおらんか」

「これほどの才女ですから、凡庸な男では無理でしょう。鄭欽《ていきん》はいかがです？　いまだに独身ですし、彼ほどの才知なれば、文姫にもふさわしいと思いますが……」

「予の考えは逆だな。利口な女には、むしろぼうっとしている男の方がいい」

「なるほど。では、董祀《とうし》はいかがです？」

と郭嘉はいった。

董祀は陳留郡の出身だから、蔡文姫と同郷である。屯田兵のことを司《つかさど》る職についているが、お人よしだけが取り柄という人物だった。

「それはいい。二人を夫婦《めおと》にしてやれ」

と曹操はうなずいた。

四

東海郡を鎮定して、曹操が鄴《ぎょう》に帰還したのは建安《けんあん》十二年（二〇七年）二月であった。袁《えん》尚《しょう》を討つために、荊州へ進みつつあった軍を北へ向けて黄河《こうが》を渡ったのは建安九年（二〇四年）の正月だったから、すでに三年の歳月が流れている。

河北《かほく》四州はすでに安定した。諸将は、曹操が許都《きょと》へ凱旋《がいせん》するものと信じて疑わなかった。しかし、曹操は布告を発して論功行賞をすませると、主だったものを集めて軍議をひらき、

「北方三郡の烏丸族を征討しようと思うが、何か考えがあれば遠慮なく申してみよ」

と問うた。

一座に動揺と驚愕《きょうがく》が走った。征旅三年、かれらは、こんどこそ妻子の待つ許都へ帰れるものと期待していたのだ。その気分を代表するかのように荀攸が進み出た。

「烏丸族へ兵を向けるというのは、袁兄弟を討つということでしょうか」

「そうだ」

「では、あえて申し上げます。袁兄弟は河北を追われて根無し草同然の逃亡者にすぎません。また、二人をかばっている烏丸族はもともと貪欲で、漢人に対しては敵意を持っております。いまはともかく、さきざき袁兄弟のために働くとは思えません。それに、かの地は遠く、大軍をもって兵を進めた場合、もし劉表が劉備《りゅうび》にそそのかされて許都を襲わんとしていると聞いても、引き返すのは容易ではありません。そのことをどうかお考え下さい」

うなずくものが多かった。

「ほかに意見はないか」

と曹操はいった。すると鄭欽が、

「いまの論に同意はできませんが、北征にも賛成いたしかねます」

「おもしろいことをいうな。どういう意味であるか、説明せよ」

「烏丸族の本拠地が遠く、万一の変事があったときに後悔することになるだろう、というのですが、じつは必ずしもそうとは思えません。本当のことをいえば、この三年間の遠征で大半のものが許都に残してきた妻子に思いを馳《は》せているのです。つまり、みんなはもう帰りたがっているわけです」

するとと許褚が、

「おい、失礼なことをいうな。おれたちは、そんな女々《めめ》しい心を持ってはいないぞ」

と色をなしていった。鄭欽は平然として、

「わたしは何もおぬしたちが女々しいとは申していない。三年も故郷を離れた兵士が、また北へ戦争をしに行くと聞かされれば、心の中ではうんざりするだろう、というのが、人間の情として偽りのないところだ、といっているのだ。もし劉表の軍がやってきたら困るから、北征には賛成できないなどというのは、いかにも理にかなった論のようだが、バカげている」

「バカげているとは何だ。どうしてバカげているのか、いってみろ」

「はッはッ……わたしに聞くより、そうだな、郭嘉にでも聞くがよい」

「自分の論を人に聞けなどと、ふざけた野郎だ」

と許褚はいきり立った。

曹操はそれを制して、

「許褚、いいかげんにせんか。そちのように気に入らぬからといって大声でどなっていては議論はできん。いうべきことをいい、聞くべきことを聞くのが大切である」

と訓し、

「ほかに意見はないか」

「ございます」

といったのは郭嘉だった。曹操は内心ではそれを待っていたのだ。荀攸も参謀としてすぐれているが、どちらかといえば、守りに適した資質である。攻めについては郭嘉の方が卓見を吐く。そして、さらに高い所からすぐれた意見を出すのが荀彧《じゅんいく》だ、と曹操は思っている。

「そちの考えを聞かせてくれ」

「わたしは鄭欽の論は筋道にかなっていると思いますが、結論には反対です」

「どういうことじゃ？」

「遠征に疲れて、みんなが故郷に帰りたがっているというのは確かです。そのことには反対はしませんが、北征は断固として行うべきです」

「劉表が許都へ攻めてきたら困る、という論も一理あるぞ」

「それは確かです。もし荊州の主《あるじ》が劉備であればきっとそうするでしょう。しかし、劉表は劉備とは違います。いかに劉備が説得しても、優柔不断な劉表は兵を動かすことはしないはずです。彼にその気があれば、殿が東海郡に兵を進めたときにそうしているでしょう。だから、劉表の動向を気にかける必要はありません。また、兵士たちの里心についていえば、ここで徹底的に袁兄弟や烏丸族を叩《たた》いておかないと、後日になって勢いを盛り返したかれらのために、二倍三倍の苦労を強いられるでしょう。その理を説けば、かれらも必ず

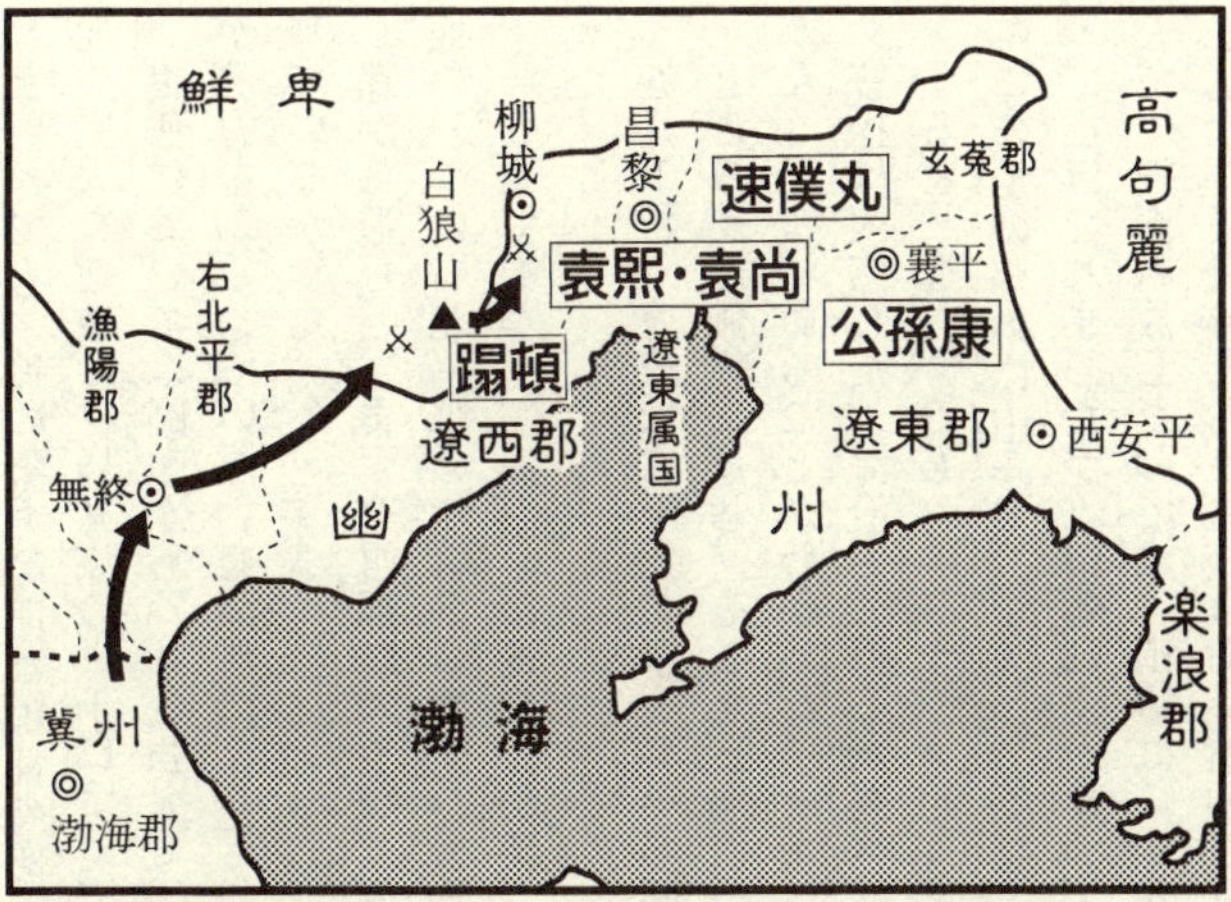

北方三郡平定図

理解すると存じます」

「よろしい。五月をめどに準備にかかれ」と曹操は命じた。

いろいろと議論があっても、いったん曹操が断を下せば、その意を体《たい》して全軍が動く。そこに曹軍の強さがあった。

曹操は幕僚を集めて作戦をねった。

北方三郡というのは、この場合、遼西《りようせい》、遼東《りようとう》、楽浪《らくろう》のことをいう。長城を越え、いまの山海関《さんかいかん》から遼寧《りようねい》省の朝陽《ちようよう》へんまでが遼西、さらにその北東、遼東湾に面した地域から遼東半島をふくむ地域が遼東、そして朝鮮半島北部の西半分が楽浪だった。

そこまでは、形の上では漢の版図に入っており、幽《ゆう》州に含まれている。そして遼東郡には太守《たいしゅ》として公孫康《こうそんこう》がいた。しかし、何ぶんにも中央から遠いために、公孫康は独立国のように支配していた。

といっても、彼の勢力範囲は郡都のある襄平《じょうへい》（現在の遼陽市《りょうようし》）付近に限られていた。他の広大な地域は、烏丸族の単于によって支配されていた。

遼西においては蹋頓《とうとん》がもっとも強大で、ついで楼班《ろうはん》、遼東においては速僕丸《そくぼくがん》という単于が勢力をふるっていた。楽浪郡になると、もはや遠すぎて、くわしい事情はほとんどわかっていなかった。

鄴から進むと、まず遼西郡に入るが、道は二通りあった。一つは海沿いに進むもので、他の一つは右北平《うほくへい》郡の無終《ぶしゅう》から盧龍《ろりょう》へ入るものであった。

いうまでもなく、海沿いに進む方が楽である。それに糧食の運搬にもはるかに好都合だった。

五月下旬、曹操は二十万の軍を率いて鄴を出発した。

ところが、無終に達し、そこから海沿いの道へ出る予定だったのに、大洪水のために道がなくなっていることがわかった。

曹操は困惑した。海沿いの道しか調べていなかったのだ。

すると、進言するものがあった。元は袁紹の部下だった呂兄弟である。

「この地の郊外に田疇《でんちゅう》というものがおります。かつて劉虞《りゅうぐ》に仕え、劉虞は、公孫瓚《こうそんさん》によって亡《ほろ》ぼされましたが、田疇はつかまっても節を変えませんでした。公孫瓚もその心に免じて、彼を釈放したのです。田疇は一族とともに故郷のここに戻りまして、山地を開拓しました。異民族たちともつきあい信頼されております。それを耳にして、袁紹が彼を召し出そうとしたのですが、笑って受けませんでした。もし、殿が誠意をもって招けばきっと出てくると存じます」

「よし、すぐに使いを出せ。鄭欽がいい」

と曹操はいった。

鄭欽は曹操の親書をもって、山中の田疇をたずねた。

彼の一族や彼を慕うものたちが数千人集《つど》って村落を作っている。

親族の一人がきて、

「曹操の使いがやってきました。どうせ用件はわかっているから追い返しましょうか」

「使者の名は？」

「鄭欽と申しています。こっちが聞きもしないのに、呂布《りょふ》といっしょに殺された陳宮《ちんきゅう》の義弟だと称しています」

「わかった。会うことにしよう」

「本当ですか。前に袁紹が何度も召命をよこしたのに、あなたは出ようとしなかったではありませんか。いったい、どういう心境の変化ですか？」

「お前にはわからぬことさ」

と田疇は笑っていった。

彼は鄭欽に会い、親書を読むと、

「曹公の本営へご案内下され」

といった。

曹操は出頭してきた田疇を見るなり、抱きかかえるようにして、

「よくきてくれた。千万の味方を得たような気がするぞ」

「恐れ入ります」

「きみにきてもらったわけは、予が説明するまでもあるまい」

「見当はついております。海沿いの道が大洪水によってふさがれたからでございましょう？」

「それで弱っているのだ」

「わたしの考えをいいますと、盧龍へ進む道は狭いし、険しいものがあります」

「やはり行けぬか」

「まっすぐに行くのは無理です。しかし、烏丸族は、海沿いにくる道が不通になったので油断しています。かえって、絶好の機会がきたと申すべきでしょう」

「盧龍まで行ければのことだが……」

「人の通りそうにない白檀《びゃくだん》の険を越すのです。わたしが道案内をつとめましょう」

「ありがたい」

曹操は田疇の手をとった。

約二カ月かけて、曹操は兵備をあらためて出発した。武器のほかに、土木工事の用具を持ったのである。

そして、道をひらき、谷には橋を架け、秋には盧龍の近くに達した。これを知って、烏丸族はびっくりした。予期しなかった大軍がさながら不意に出現したからである。

かれらはひとまず退却した。奥地へ誘いこもうという策略だった。

「かまわん。進め」

と曹操は命じた。

烏丸族が集結したのは、柳城《りゅうじょう》だった。

そこから西南のところ二百里に一つの山があり、白狼山《はくろうざん》といった。全体に白っぽい岩山で、横から見ると、狼のような山容をしている。

「ここに布陣なさいませ」

という田疇の進言で、曹操は陣を張った。すぐに烏丸族三十万の大軍が、さながら満ち潮のように押しかけてきた。

五

曹操の軍はこのとき五万名であった。盧龍を出発するときに郭嘉が、

「兵は神速を尊びます。全兵力の二十万名をもって遠くの敵を討とうとすれば、兵糧の運搬その他に手間どって、その行動はどうしても鈍重になります。そうすれば、敵に防備の

余裕をあたえることになり、撃破するのが難しくなります。ここは輜重《しちょう》をとめおき、軽騎兵を主力に倍の速度をもって進むのがよろしいでしょう。わたしは体調がよくないので、ここで残留組を預かります」

と進言した。曹操がそれを採用したので、兵力は少なくなっていたのだ。

烏丸族三十万の大軍を目にすると、曹軍のなかにもさすがに心細がるものも現われた。それを察した曹操は、主だった部将を白狼山の頂に集め、

「おびただしい大軍ではある。だが、よく見てみよ。それぞれの部族が自分勝手に陣取りしているだけで、文字通り烏合《うごう》の衆だ。わが方は兵員の数は少ないが、恐れるには及ばぬ。それどころか、これを破るのは容易である」

といって作戦の指示をあたえた。

張遼《ちょうりょう》に一万の兵をあたえ、右翼から敵の中核に向かってまっしぐらに突入させ、同時に、徐晃《じょこう》もまた一万の兵をもって左翼から敵の中核めがけて進ませる。そして、両軍は中核に達したら、こんどは共に右と左へ直角に転進する。つまり、敵陣を斜め十文字に引き裂く形になる。

その上、張遼と徐晃の軍をそれぞれ追いかける敵兵は、中核付近で互いにぶつかり合って同士討ちになり、大混乱をきたす。そこを見はからって、曹操が三万の主力を率いて突入する。しかも、曹軍はいずれも高いところから攻めるので勢いがある。

「よいか。敵軍は数は多いが、全軍を統帥する大将がいない。必ず勝つ」

と曹操は断言した。

じじつ、戦闘は曹操の予言したとおりになった。

蹋頓は張遼に討ち取られ、速僕丸やほかの単于たちは命からがら逃走した。

曹軍は勢に乗じて柳城（現・遼寧省朝陽）へ迫った。袁熙《えんき》・尚《しょう》の兄弟は、烏丸族の勝利を期待して柳城で待っていたが、かれらが敗走してくるのを見ると、袁熙が、

「人数ばかり多くても、未開の異民族は頼りにならんな」

「そのとおりだ。遼東の公孫康のところへ行こう。そして、力を合わせて曹操を討とうともちかけ、機会をみて公孫康を斬れば、遼東はわれわれのものとなる」

と袁尚はいい、数千の兵とともに柳城を脱出して東へ向かった。

曹操は烏丸族を追って柳城に到着した。主だった族長が逃げたため、戦意を失ったかれらは武器を棄《す》てて降伏した。その数、約二十万。曹操は、以後忠誠を誓うことを条件に、かれらを赦《ゆる》した。

烏丸族は大いに喜び、一万頭の良馬を献上した。曹軍にとっては、大いなる戦力の増強である。

曹操は田疇を呼び、

「このたびの勝利については、そちの功績が第一である。食邑《しょくゆう》五百戸をあたえ柳亭侯《りゅうていこう》に任ずるよう奏上しよう」

とねぎらった。

意外なことに、

「そのような心くばりはご無用でございます」

と田疇は辞退した。曹操は、

「なぜじゃ？　そうか。これは予としたことが迂闊《うかつ》であったな。五百戸ではなく、一千戸とし……」

「違います。不服を申しているのではありません。それがしは前に劉虞に仕えておりましたが、劉虞は理不尽にも公孫瓚に殺されました。それがしは釈放されましたが、一族郎党と、その仇《あだ》を討たなければ生きる資格はないと誓ったのです。しかし、公孫瓚は袁紹に亡ぼされ、その誓いを果たすことはできませんでした。そのあと袁紹からは仕官するように何度も誘われましたが、再び世に出るつもりはありませんでした。ただ、このたびお招きに応じたのは、失礼ながら、曹公が才あるものはこれを登用し、信義を重んずるものは敵の血縁であっても用いて、万民に泰平をもたらそうとしている方だと思ったからです。そのお役に立っただけで、それがしは満足しております。また、前に親しくしていたものたちが烏丸族に惨殺されたことがありました。その仇を討てたのも公のおかげです。高禄《こうろく》や爵位を頂戴しては、かえってそれがしの信条に反します」

と田疇は涙ながらに、その心情を訴えた。

「わかった。近ごろにない何とも気持のいい話だ」

曹操は大きくうなずき、

「むかし、伯成《はくせい》が国を棄てたとき、夏《か》の禹《う》王は無理強いをしなかったという。それは高尚な人物と寛大な君主を一代限りのものとしたくなかったからであろう。田疇の辞退を認めることは、信賞必罰の原則を崩すことになるが、ここは田疇の気持を尊重してやろう」

と左右のものにいった。

六

曹操が柳城にあってしばし兵馬を休養させていると、盧龍に残してきた郭嘉の手紙をもった使者がきた。

曹操は一読すると、

「郭嘉ならではの文章だが、気がかりなのは字の乱れだ。体調がよくないといっていたが、まだ良くならんのか」

と使者にたずねた。

「殿にご心配をかけてはいけないから、すっかり良くなったと報告するように、といわれましたが、じっさいには、はかばかしくありません。薬もきかず食も進まずで、衰える一方でございます」

「何と！」

曹操は呻《うめ》き、すぐに侍臣を呼んで、見舞いに行くように命じた。

郭嘉重病の話はたちまち陣中にひろまった。張遼が一同を代表する形で、

「あえて申し上げますが、ここに留《とど》まっている理由はないと存じます。すぐに遼東へ発し、敵の備えの固まらぬうちに攻めるか、しからずんば盧龍へ戻るか、どちらかに決すべきではないでしょうか」

と諫言《かんげん》した。兵の神速を尊ぶ曹操が愚図グズしているのは、郭嘉の病状が気になって、遼東攻略をためらっているらしい、と見たのだ。

「そちの考えはわかる。だが、進むべきか退《ひ》くべきかで迷っているのではない。ここは待つのだ。待っていれば、兵を用いなくても、いまに袁兄弟の首が送られてくる」

と曹操は自信ありげにいった。

張遼は黙って引き退《さが》ったが、心のなかでは曹操の言葉に首をかしげていた。ほかのものたちも思いは同じだった。待っていれば袁兄弟の首が送られてくるといわれても、信じられなかったのである。

一旬、二旬と日が過ぎた。

曹操は、ほとんど毎日のように郭嘉のもとへ見舞いの使者を出したが、いっこうに動こうとしなかった。

この間――。

遼東では、公孫康が弟の公孫恭《こうそんきょう》と密議をこらしていた。

袁兄弟が速僕丸らといっしょに逃れてきたとき、公孫康はひとまず迎え入れ、

「ここまでは曹操も追ってこないはずだが、もし追ってきても心配することはない。敵は遠路の行軍で疲労しているし、わが方はこの付近の地形をよく知っているから必ず勝つ。それまでは、城内は手狭だから、城外に駐屯してゆっくり休養するがいい」

　といって食糧をあたえた。

　公孫恭は袁兄弟が城外に去ってから、

「兄者よ、いまのは本心か」

「はッはッ……バカなことを聞くなよ。あいつらが何を考えているか、ちゃんとわかっているさ。だが、曹操がここまで攻めこんでくるなら、あいつらを前軍にして戦わねばならんから、しばらくは様子を見るんだ」

　と公孫康はいった。

　公孫康・恭の父親の公孫度《こうそんたく》が遼東太守に任命されたのは、董卓健在のころだった。公孫度は、東の高句麗《こうくり》を討伐し、海を渡って東萊郡《とうらい》を支配下におさめ、勝手に漢の二祖（高祖《こうそ》と光武帝《こうぶてい》）の霊廟《れいびょう》を建立した。そして、天地を祭る壇を設け、天帝に供える穀物を耕作する儀式を行った。要するに国王気どりであった。漢の中央が戦乱続きであったために、そんなことができたのだ。

　袁紹が死んだころ、朝廷は、彼が袁紹に味方しなかったことを理由に、武威《ぶい》将軍《しょうぐん》永寧《えいねい》郷《きょう》侯に封ずる旨の勅書を下されたが、公孫度はせせら笑い、

「おれは遼東の王だ。こんなものはいらん」

と下された印綬《いんじゅ》を倉庫に放りこんだ。

その公孫度が病死したのが建安九年（二〇四年）で、三年前のことである。跡を継いだ公孫康にしてみれば、父親の不遜な行為を曹操から咎められる不安も大いにあった。

しかし、物見の報告で、曹軍動かず、と知った公孫康は、屈強の武士十名をひそませた上で、袁兄弟に使いを出し、

「どうやら曹操が動き出しました。作戦を相談したいのでお越し願いたい」

と招いた。

そうとは知らず、袁兄弟はやってきた。

たちまち十名の武士が飛び出し、兄弟を縛り上げて凍てついた地面に座らせた。

「冷えてかなわん。せめて茵《しとね》をくれぬか」

と袁尚がいった。すると袁熙は、

「顕甫《けんほ》よ、われらの首が万里の旅に出ようというのに、いまさら茵などは要らんではないか」

といった。

七

公孫康は、城外の速僕丸を殺し、袁兄弟を斬ってその首を曹操のもとへ送った。

曹操は公孫康を襄平侯左将軍《じょうへいこう》に任じ、柳城を出発して盧龍へ急いだ。

その道中で張遼がたずねた。

「なぜ公孫康が袁兄弟を斬ることを予想しておられたのか、わたしどもには、さっぱりわかりませんが……」

「これを見よ。予にもわかっていたわけではない」

といって、曹操は前に郭嘉から届いた手紙を見せた。

「外患ハ内睦《ないぼく》ヲ生ズ、則《すなわ》チ動カザレバ果報ノ到来モ遠カラズ」

つまり、曹操が攻めて行けば、相手は一致団結する。しかし、逆にじっとしていれば、相手は曹操の意を迎えるために兄弟を討ち果たすだろう、と郭嘉は進言してきたのであった。

「予の意を知ることにかけて、奉孝《ほうこう》（郭嘉の字）ほどのものはいない」

曹操はそういうと、馬に鞭《むち》をくれた。

しかし、盧龍に帰還したとき、郭嘉はすでに危篤となっていた。

「奉孝、わしだ、孟徳だ、しっかりせい。共に天下のことをなしとげようと約束したではないか」

と曹操は枕頭《ちんとう》に座して叫んだ。

郭嘉はうっすらと目をあけた。

「その約束、果たせないのが心残り……」

「気の弱いことをいうな。北征がすんだら、この次は荊州だ、といっていたではないか」

「たしかに……ですが、荊州のあと、さらに南へ行ってはなりません」

「なぜだ？」

「南には北国の兵がやられる病が……」

郭嘉はそこまでいうと目をとじ、静かに息を引き取った。齢《よわい》、三十八歳。

「ああ、哀《かな》しいかな奉孝、痛ましいかな奉孝、惜しいかな奉孝」

曹操は嗚咽《おえつ》しながら胸中の思いを吐露した。

のちに曹操は赤壁《せきへき》で大敗を喫したとき、

「郭奉孝在《あ》りせば、わたしをこんな目に遭わせることはなかっただろうに！」

と嘆いたと史書にある。

ともあれ、曹操はここに袁氏一族を完全に滅亡させ、北方の不安を取り除いた。

郭嘉の葬儀をすませると、曹操は鄴へ向けて出発した。道を海ぞいにとったが、寒い上に日でり続きで、食糧や水の欠乏に悩まされた。やむを得ずに数百頭の馬を殺し、地下三十丈（一丈は約二・三メートル）を掘って、飢えと渇きをしのいだ。

しかし、その難行軍のなかでも、彼は詩心を失わなかった。「歩出夏門行《ほしゆつかもんこう》」という五編からなる詩がそれで、その最後の一編は、おそらく詩人曹孟徳の最高傑作といってよいであろう。

神亀《しんき》ハ寿ナリト雖《いえど》モ
猶竟《なおおわ》ル時有リ
騰蛇《とうだ》ハ霧ニ乗ルモ
終《つい》ニハ土灰《どかい》ト為《な》ル
驥《き》ハ老イテ櫪《れき》ニ伏スモ
志ハ千里ニ在リ
烈士ハ暮年ナルモ
壮心ハ已《や》マズ
盈縮《えいしゆく》ノ期ハ
但《ただ》天ニ在ルノミナラズ
養怡《ようい》ノ福ハ
永年ヲ得ル可《べ》シ
幸イ甚《はなは》ダ至レル哉《かな》
歌イ以《もつ》テ志ヲ詠ゼン

神亀というのは中国古代の説話に出てくる寿命三千年という亀のことである。そういう神亀でも寿命がつきて死ぬときがくるし、霧に乗って天に登るという竜も最後は土くれとなってしまう。つまり、この世に永久不変というものはなく、必ず終わりがある、と曹操はうたうが、しかし、名馬が老いて馬小屋に横たわるだけになっても、千里を駆ける志を有するように、烈《はげ》しい志をもった男は年老いても強い精神を失わぬものなのだ。寿命は長いか短いか、それは必ずしも天のみが定めるとは限らない。衰えないように気力を養えば長命することも可能なのだ。（そうすれば）この上ない幸せがやってくる。さア、歌をうたって、胸中の思いを声高らかにのべようではないか——。

困難な北征を終えたとき、曹操は五十三歳であった。この時代にあっては、もはや老境に入ったといってもいい。黄巾の乱のとき、曹操は三十歳だったのだ。

この間に何進《かしん》、董卓、呂布、公孫瓚、孫堅《そんけん》、孫策《そんさく》、袁術《えんじゅつ》、袁紹父子らは、殺されるか憤死するかでこの世を去り、曹操もまた長子の曹昂《そうこう》を戦陣に失った。

しかし、まだ天下万民に泰平をもたらそうとする曹操の志は完結していない。年老いて残る寿命がどれほどかはわからぬが、その志を棄てることはしない。この詩は、

「さァ、やるぞ」

と曹操は自分自身を励ましているのである。

この詩の「驥ハ老イテ櫪ニ伏スモ　志ハ千里ニ在リ　烈士ハ暮年ナルモ　壮心ハ已マズ」の四行は人びとの心をとらえ、現代においても口ずさまれている。

曹操が鄴に凱旋したのは、建安十三年（二〇八年）の正月だった。

曹操がまず着手したのは、漳河《しょうが》の流れを利用して玄武池《げんぶち》を造成すること、ついで侍郎《じろう》に命じて、さきに北征にさいしてそれを反対したものの氏名を書き出すことだった。

玄武池は、池というよりは湖に近い広大なものであった。なぜそれを作るのかは、誰の目にも明らかだった。そこで水軍を訓練しようというのである。荊州にしろ呉《ご》にしろ、漢水《すい》や長江《ちょうこう》、さらには多くの支流、湖などを渡る技術がなければ、征服することは不可能なのだ。

しかし、曹操がそのどちらを狙うにしろ、水軍が必要だった。

北征に反対したものの氏名を列挙させることに、どういう意味があるのか、誰にもわからなかった。

反対した人びとは不安になった。処罰されるのではないか、と恐れたのも当然であったろう。

第四十六章　髀《ひ》肉《にく》の嘆《たん》

一

北征するか否かの軍議のとき、荀攸《じゅんゆう》をはじめ大半の部将は反対した。その理由は、曹《そう》軍の主力が烏丸族《うがんぞく》と戦っている間に劉表《りゅうひょう》が攻めてきたら困るというものだが、鄭欽《ていきん》がいみじくもいったように、袁《えん》氏との長い戦《いくさ》に倦《う》み疲れていたことも確かなのであった。その臆心を咎《とが》められるのではあるまいか。

人びとの不安を小耳にはさんだ鄭欽が、

「はッはッ……要らざる心配をするものだ。咎められるどころか、その逆だろう」

「逆とはどういう意味だ？」

と許褚《きょちょ》が問いかえした。

「決まっているじゃないか。処罰の逆は恩賞だよ」

「おい、いいかげんなことをいうな」

「別に当てずっぽうをいっているわけではない。曹公の胸中を忖度《そんたく》すれば、わたしのいうとおりになる」

「もしお前のいうとおりにならなかったら、どうする？」

「そうだな。首を賭けてもいいくらいだが、かかる私闘で命を粗末にするとは怪《け》しからん、と処罰される恐れもあるから、髪を切って諸君に詫《わ》びることにしよう」

「よし、その言葉を忘れるな」

「忘れはせんが、では、わたしのいうとおりになったら、どうしてくれる？」

「そのときは、おれが髪を……」

「待たれぃ」

と荀攸が割って入った。

「なんでとめる？　鄭欽の坊主頭を見て、笑ってやろうじゃないか」

「そういうことではない。こういう内輪《うちわ》揉《も》めを殿がお喜びになるかどうか、よく考えたまえ、といいたいのだ」

と荀攸がいった。

それが曹操《そうそう》の耳に入ったとみえ、鄭欽は曹操に呼ばれた。

「許褚をあまりからかうものではない」

「そういう気持はありませんでしたが、北征に反対したものの氏名を書き出させた真意を理解できずに、ああでもないこうでもないと不安がるものが多い故、それを解消してやろうと思ったのです」

「予の真意がわかっているのか」

「このたびの北征は成功しましたが、それは田疇《でんちゅう》のような人物がいた幸運によるもので、それこそ天助に恵まれたからでしょう。ある意味では危険な賭けだったわけで、これをもって常例とすることはできません。そこを考えて、あえて北征に反対したものたちに、いいにくい諫言《かんげん》をよくしてくれた、このさきも遠慮せずに発言するように——という期待をこめて恩賞を下さるのだろうと推察したのです」

「そのとおりだ」

と曹操はうなずいてから、

「では、聞こう。袁氏は亡《ほろ》んだが、荊州《けいしゅう》に劉表、呉《ご》に孫権《そんけん》、さらには蜀《しょく》に劉璋《りゅうしょう》、漢中《かんちゅう》に張魯《ちょうろ》もいる。天下泰平には程遠い形勢だが、黄巾《こうきん》の乱からすでに二十数年、戦乱に悩まされた万民のことを思うと、でき得べくんば兵を用いずして和をもたらしたい。何か考えがあれば聞かせてくれぬか」

「難題ですが、ないわけではありません。大をもって小に仕えるならば、人心は安定し、公の偉業は後世に評価されるでしょう」

「大をもって小に仕える、か」

と曹操はくりかえした。

奥の深い言葉である。これをいまの情勢にあてはめれば、大を曹操、小を献帝《けんてい》にたとえることができる。漢を支配するのは形の上では皇帝だが、その皇帝に兵馬の権はない。曹操がその気になれば、献帝を廃してみずから帝位につくことも決して不可能ではない。曹操の部下のなかには、ひそかにそれを期待しているものもいるに違いない。

そうではなく、あくまでも帝室を立てよ、と鄭欽はいうのだ。当たり前といえば当たり前のことだが、董卓《とうたく》以来、皇帝には何の権威もなかった。また、献帝自身にも昔日の権威を取り戻そうという覇気がないかのようである。

曹操は、北征に反対したものたちに恩賞をあたえてから、曹丕《そうひ》を鄴《ぎょう》に留《とど》めて許都《きょと》に帰還した。

曹操が北征の成果を献帝に奏上するために朝廷に入ると、たちまち多くの人が寄ってきて、曹操の戦功をたたえた。曹操はいちいち礼を返したが、ふと孔融《こうゆう》に目をとめ、

「あなたに教えてもらいたいと思っていたことがある」

「何ですかな？」

「鄴を攻略したあとだったが、あなたから手紙があった。そのなかで、周《しゅう》の武王《ぶおう》が殷《いん》の紂王《ちゅうおう》を討ったときに、王妃の妲己《だっき》を自分の弟の周公《しゅうこう》に賜ったという故事を書いてあったのを覚えておられるか」

「確かにそうでしたな」

「気にかけて諸書に目を通したのだが、いまだに見つけられない。どうか教えていただきたいのだ」

「そういわれても困りますな。わたしも史書で読んだわけではなく、現在のことから推量して、たぶんそんなことがあっただろう、と思ったまでのことですよ」

と孔融はいい、顔をそむけて去った。

曹操の顔色が変わった。曹丕が甄《しん》夫人を妻としたことに対する皮肉だった、とわかったのだ。

その夜、曹操は北征に参加した張遼《ちょうりょう》や荀攸《じゅんいく》ら主だったものと、居残った荀彧らを招いて祝宴を張った。

その席で曹操は、郭嘉《かくか》に一千戸を贈って息子の郭奕《かくえき》に跡を継がせることや、貞侯《ていこう》と贈《おくり》名《な》することを明らかにしたのち、荀彧にも一千戸の加増を賜るように上表する、といった。

荀彧は困惑したように、

「それはいけません。わたしは許都にいただけで、そのような恩賞を頂戴する資格はありません」

「資格はある。たとえば、狩猟をするときに獲物の足跡を見つけたものと、じっさいに獲物をとらえるものと、どちらの功績が大きいかを考えてみればわかる。袁紹《えんしょう》と初めて官渡《かんと》で対決したとき、わが方は軍勢も少なく、食糧も底をついていたから、予はいったん許都へ引き揚げようとした。そのとき、予の考えの浅さを指摘し、予の心を奮い立たせ、進撃の策を授けてくれたのは、いったい誰であったか。そして、袁紹を黄河《こうが》の北へ追い払うことができたものの、河北《かほく》の平定はまだ容易ではないと思い、荊州へ兵を進めようとした予に苦言を呈し、北へ旗を向けさせたのは誰であったか。いずれの場合でも、そちの献策があったから勝利を得ることができたのだ。獲物の足跡を見つけたにひとしい……いや、それ以上の功績といっていい」

「そのお言葉だけで満足です」

「荀彧、謙虚なのはいいが、そちが受けてくれないと、予がその手柄を盗んだ人間になってしまうではないか」

「恐れ入ります。しかし、そのことは後回しにして、せっかく諸将が集まっているのですから、荊州をどう攻めるか、当面の問題を論じようではありませんか。さらにいえば、わたしとしては、その前に官制改革をなさるべきだ、と考えております」

「官制改革とは？」

「司徒《しと》の趙温《ちょうおん》殿が若君を司徒府の長史《ちょうし》に迎えるべく奏上しておりますが、ご存知でしょうか」

司徒府の長史は諸官をとりしきる重要な役職である。

曹操には初耳だった。曹丕の若さを考えると、趙温が曹操におもねって奏上したとしか考えられなかった。

「それは知らなかった。あすにでも、中止していただくよう奏上するが、このさい、司徒、司空《しくう》、太尉《たいい》の三公《さんこう》制度を考え直した方がいい、というのだな？」

「三公制度は平時においては有用でも、いまの時代には適しません。政令はやはり一途《いっづ》に出るがよろしかろうと思います」

と荀彧はいった。

三公は同格であった。太尉は空席だが、形の上では、じっさいに政権を握っている司空の曹操と司徒の趙温とは同格である。荀彧は、そのような不自然な官制はやめるべきだというのだ。

荀攸や程昱《ていいく》らも賛成だった。実質が名目にそぐわないのは乱れの因《もと》になり、趙温のように曹操に迎合しようとするものが現われてくる。放置しておけば、曹操はお追従《ついしょう》をいうものを好むと見なされても仕方がないのだ。

曹操の奏上を受けて、献帝は趙温を罷免したのち、三公を廃止して、丞相府《じょうしょうふ》を設ける旨の布告を出した。司徒は一般行政、司空は土木、太尉は軍事を司《つかさど》っていたが、それらの権限を丞相に集め、補佐役として御史大夫《ぎょしたいふ》の職を置くことに改めたのである。

建安《けんあん》十三年（二〇八年）六月、曹操は丞相に任ぜられた。彼は、荀彧を御史大夫にしようとしたが、荀彧は、しばらくの間は空席にしておく方がよい、と進言した。主要な役職のすべてを曹操の派閥のもので固めるのはよくない、というのである。

「それはわかっているが、かといって、能力のないものを登用するわけにもいくまい」

「まだまだ有能なものはおります。たとえば田疇、崔琰《さいえん》などがそうです」

「田疇はいくら誘っても中央へは出てこんのだが、崔琰は使える男だ。しかし、いきなり御史大夫にはできぬ」

「彼の朴訥《ぼくとつ》な人柄や誠実な身の処し方については、わたしも聞いております。とりあえず丞相府の東曹掾《とうそうえん》になさったらいかがですか」

官吏の登用に当たる職で、公正な人間でなければつとまらない。

曹操が賛成すると、荀彧は、

「あと一人、どうしてもお迎えになるべき人物がおります」

「誰だ？」

「西涼《せいりよう》の馬騰《ばとう》です」

かつて董承《とうしよう》や劉備《りゆうび》といっしょに打倒曹操を企てた勇将である。しかし、馬騰本人は老境に入っており、勇猛の誉れ高い長子の馬超《ばちよう》、字《あざな》は孟起《もうき》がとりしきっている。

「そうか」

曹操はにっこり笑った。狙いは馬騰ではなく、馬超を曹操の陣営に加えようというのである。

いうまでもなく、荊州攻略を考えての深謀であった。放置しておいて、劉表と馬超の同盟が成立すれば、容易ならざる敵となる。

二

この間、荊州では――。

劉備が曹操に追われて劉表のもとに身を寄せたのは、建安六年（二〇一年）のことであった。そのとき、劉表は城外まで劉備を出迎え、上客に対する礼をもって接したが、彼の部下の蔡瑁《さいぼう》らは、それを快く思わなかった。劉備には、いまに荊州を乗っ取ろうという野心がある、とみなしたのである。

おりしも、江夏郡《こうか》で反乱が起こった。呉にそそのかされて、張武《ちょうぶ》と陳孫《ちんそん》という二名の部将が兵を挙げたのだ。その兵力は約一万。

それを知った劉備は、軍議の席に出ると、

「ご心配には及びません。わたしが討伐に参りましょう」

と申し出た。すると蔡瑁が、

「そうしていただけると助かるが、曹操に備える必要上、多くの兵は振り向けられませんぞ。ま、五千名というところでしょうか」

「もちろん結構です。それだけあればよろしい」

「敵は一万、本気でおっしゃるのか」

「いうには及びません」

と劉備はいった。劉表が、

「蔡瑁、いくら何でも五千名では足りまい。少なくとも敵と同じ兵力を玄徳殿《げんとく》にお任せしたらどうか」

とさすがに心配して口ぞえした。

「殿のお言葉ですが、呂布《りょふ》や曹操と戦ってきた劉備殿が五千名で足りるといわれるのです。ここは信頼してお任せしようではありませんか」

と蔡瑁はぬけぬけといった。劉備が反乱軍に討たれるのを望んでいるのは明らかであった。

「玄徳殿、蔡瑁はああいうが、現地に着いてから、もし不足と思われたら、遠慮なく使いをよこしなされ」

と劉表はいった。

「まことにかたじけない」

劉備は礼をいい、関羽《かんう》、張飛《ちょうひ》、趙雲《ちょううん》らを従え、五千の兵を率いて荊州を出発した。ほどなく江夏に到着した。張武と陳孫は、長江《ちょうこう》に沿って布陣している。劉備が馬を進めると、敵の二将も陣前に出てきた。

張武は、劉備の「左将軍」の旗を見て、

「やい、劉備！　天下に身の置きどころもない居候《いそうろう》のくせに、何が左将軍だ。とっとと旗を巻いて消え失せろ」

とどなった。

劉備は悠然としている。

「あの男、弱犬の遠吠《とおぼ》えに似ているが、一つだけ感心したことがあるな」

「わたしには、そうは見えませんが……」

と関羽が応ずると、

「そちらは赤兎馬《せきとば》に乗っているから気がつくまい。あの男の乗馬はなかなかの逸物《いちもつ》のように思える」

劉備の言葉が終わるか終わらないかのうちに、趙雲が槍《やり》を構えてまっしぐらに突進した。

これを見て張武が長剣をかざして迎え撃った。

両者の馬が駆け違った。

趙雲の槍は相手の長剣をはねとばしたかと思うと、そのこじりで張武を突き落とし、あわてて起き上がろうとするところを一突きに突き刺した。

さらに趙雲は、乗り手を失った馬の手綱に手をかけ、劉備のもとまで曳《ひ》いて帰ると、

「殿、どうぞ」

といって捧げた。

「おい、趙雲、命令のないうちに抜け駆けするとは怪《け》しからんぞ」

と張飛は大声でどなり、馬腹を蹴って陳孫めがけて突進した。

多くの軍兵に守られている陳孫は、

「何者だ？　名をいえ」

とどなった。

「燕人《えんじん》張飛！」

その声を聞くと、陳孫の周りの軍兵はいっせいに散った。

「あッ！」

陳孫は呻《うめ》いた。と同時に張飛の蛇矛《じゃぼう》に馬もろとも斬り倒されていた。

最後に、「漢寿亭侯《かんのじゅていこう》」の旗とともに関羽が赤兎馬を進めて大声を発した。

「武器を棄《す》てよ。降参するものは赦《ゆる》すが、さもなくば長江に投げこむぞ」

剣、槍、弓矢を棄てるものが相ついだ。その数五千。

劉備は残敵を掃討し、出発時の二倍の兵力を連れて荊州に凱旋《がいせん》した。

劉表は城外まで出迎え、いっしょに城に入ると、すぐに祝宴をひらいた。

「玄徳殿、ほとほと感心いたした。あなたがおられるなら、荊州をむやみに侵すものはおるまい」

「それは過褒というものです。劉表殿の威権があってこそ、賊を征討できたのです」

と劉備はあくまでも謙虚だった。

「いやいや、関羽、張飛、趙雲の勇名は聞き知っていたが、聞きしにまさるとはこのことであろう。このさい、江夏に赴いて、孫権に備えていただけるとありがたいが……」

「お言葉とあれば、喜んで参りましょう」

と劉備は喜んでうなずいた。荊州にいて、何となく肩身のせまい思いをするよりも、その方が気楽であった。

だが、この話に思わぬところから横槍が入った。

その夜、劉表の後妻の蔡《さい》夫人は閨《ねや》に入ると、

「あなた、劉備殿に江夏を任せると聞きましたけれど、本当ですか」

「そうだ。いい案だと思うが……」

するると、蔡夫人はなぜかさめざめと泣きはじめた。

「どうしたのだ？　さっぱりわからぬが……」

「これでわが劉家も終わりかと思えば、悲しくて涙がとまりません」

「バカなことを申すでない。どうしてわが一族が終わりになるというのか……」

「だってそうではありませんか。江夏は長江の中ほどに位置する要地です。そこに一万もの兵をつけて劉備殿にあたえれば、どういうことになるかは火を見るよりも明らかではありませんか。かの地の壮丁を集めれば一万の兵はすぐ二万となり、その上で孫権と結んで荊州へ攻めてきたら、どういうことになるとお考えですか」

と蔡夫人は恨めしげにいった。

「劉備は信義を重んずる男だよ。その心配はあるまい」

「あなたは、ご自身が信義を重んずる性質だから、他人もまたそうだと信用なさるけれども、よくお考えなされませ。呂布を裏切り、曹操に背き、袁紹を見棄てたのは、いったい誰なんです？」

「うむ」

劉表は押し黙った。ここぞと蔡夫人は、

「もとより江夏は要地ですから誰かを守りに送らなければなりませぬが、よそ者よりはやはり身内がよろしゅうございましょう」

「そういうが、誰もおらんではないか」

「適任者をお忘れですわ。ご長男の琦《き》君こそ江夏の太守《たいしゅ》にふさわしい、とわたしは思いますけど」

劉表には二人の息子がいる。先妻の陳《ちん》夫人との間に生まれた劉琦《りゅうき》と、蔡夫人との間に生まれた劉琮《りゅうそう》である。

「あれはまだ若い。せめて蒯良《かいりょう》が生きていれば介添えにつけてやれるが……」

蒯良は弟の越《えつ》とともに軍略家として他国にも知られた人物だったが、つい先ごろ急死してしまったのだ。といって、蒯越《かいえつ》を手もとから放すのは心細いのである。

「それなら黄祖《こうそ》がいるじゃありませんか」

と蔡夫人はいった。

黄祖は劉表に仕えて古いが、呉の軍に捕虜となったこともあり、また、そのあとも孫策《そんさく》に敗北したことがあった。だが、何といっても歴戦の武将である。そこで劉表は、黄祖に知略に富んだ蘇飛《そひ》、若い校尉《こうい》のなかでは武勇第一と評判の魏延《ぎえん》をつけて江夏に送ることにした。

劉備に江夏をゆだねることに蔡夫人が反対したのは、兄の蔡瑁にそそのかされたせいだった。反乱軍を鎮圧した実力やその人柄のために、劉備の人気は日ましに高まっていた。蔡瑁としては、江夏をゆだねることは野に虎を放つようなもので、いずれは荊州にとって災いの因《もと》になると考えたのだ。

さらに、蔡夫人としては、これを機会に陳夫人の子である劉琦を遠ざけ、わが子の劉琮を後継者に据えようと企《たくら》んだのである。

劉表もそうしたことをうすうすと感じていた。だが、後継者をどちらにするかは、まだ決めかねている。長男をさし措《お》いて次男に後を継がせることに、家臣一同がどう反応するかを見きわめる必要があった。また、劉備や部下たちの武力が、いざというときの頼りになることは確かであるにしても、いわれてみれば、たしかに不安を覚えるのだ。

三

翌日、劉表は劉備を招き、食事をともにしながら、

「じつは江夏の件だが、宿将の黄祖が名誉挽回《ばんかい》のために、自分に機会をあたえて欲しい、といい出しましてな、実をいうと迷っているのです」

と頃合いを見ていった。

劉備はその言葉の真意をすぐに見ぬき、

「黄祖といえば荊州でも名だたる武将、前に呉軍に敗れたことがあったとしても、勝敗は兵家の常です。かの地のことをよく知らぬわたしよりも、はるかに適任でしょう。黄祖の願いを聞きとどけてあげたらいかがですか」

とあっさり辞退した。

劉表は喜び、宴が終わると、賓館の外まで送りに出た。そういう形で謝意をあらわそうとしたのだ。また、劉備の意を迎えようとしてか、彼の乗馬を見て、

「玄徳殿、さすがにすばらしい馬ですな」

とほめた。

「これですか。さきごろ江夏に出陣したとき敵将張武を討って趙雲が手に入れ、わたしに献じてくれたものです。劉表殿がお気に召したとあれば喜んで進呈いたしましょう」

「いや、そういうつもりで申したわけではない」

「もとより承知です。わたしとしても微意を表わしたいだけのこと故どうかお使い下さい」

と劉備は手綱を劉表に渡した。

劉表も戦国に生きる大将として、名馬の価値を知っている。贈られた馬をさっそく馬場に引き出し、みずから一鞭《ひとむち》くれようとしたとき、蒯越が出てきて、

「殿、お待ち下され」

と声をかけた。

「何ぞ用か」

「その馬はどこからお求めになりましたか」

「買ったわけではない。じつは……」

と劉表が説明すると、蒯越は、

「たしかに優駿《ゆうしゅん》ではありますが、このような黒い馬体に白い斑点が額にあるものは的盧《てきろ》といい、古来それに乗るものに災厄をもたらす凶馬とされております」

「まことか」

「はい。亡兄の良《りょう》は馬相を見る名人で、わたしに的盧には乗るなと申しておりました。現に張武も哀れな最期をとげたではありませんか。おそらく劉備はそのことを……」

「もうよい」

劉表はさすがに最後までいわせず、手綱を馬番に渡して奥へ入ってしまった。

劉備に悪意があって的盧をくれたとは思えなかったが、不快であることに変わりはなかった。数日考えた末、劉表は使いを出して劉備を呼び、

「玄徳殿、荊州にとっては、孫権の動きもさることながら、やはり気がかりなのは曹操です。ついては襄陽《じょうよう》の北、南陽《なんよう》郡に新野《しんや》という所がある。小さな城ですが、付近一帯は肥沃の地で五千の兵を養うことができます。曹操の南下に備えて、新野を守って下さらぬか」

といった。劉備に異存はなかった。

「承知しました。あすにでも出発いたしましょう」

「では、お願いするとして、この前頂戴した名馬は、わたしの手もとに置くよりも、あなたに必要でしょうから、このさいお返ししたい」

「いったん差し上げた以上は……」

「的盧を曳いてこい」

と劉表はかまわずにいった。

劉備は相手の意図がわかりかねたが、素直に馬を受けとり、数日後、関羽以下を連れて荊州を出発した。

すると、城門を出たところで、

「劉将軍、お待ちなさい」

と声をかけたものがあった。見ると、劉表の客分で、伊籍《いせき》、字を機伯《きはく》という人物であった。学問があり、おだやかな人柄なので、劉備はかねてから好意を抱いていた。

「やァ、あなたでしたか。ご挨拶する暇《いとま》がなかったが、これから新野へ行くところです」

「そのことは聞きましたが、一つだけ将軍に忠告したいことがあるのです」

「何でしょう？」

「その馬をお使いにならんように」

「はて、そういわれても……」

「馬相によれば、将軍のご乗馬は的盧といって、乗り手に害をもたらすとか。劉表殿が返したのは、そのためなのです」

「そうでしたか。まことにありがたいご忠告で、そのことには感謝します。さりながら、死生命アリ富貴ハ天ニ在リというではありませんか。あえていうなら、たかが馬一頭でわたしの運命が左右されるとは思いません」

「ああ、さすがに将軍は高い見識をおもちです。つまらぬことを申し上げて申し訳ありませんでした」

「とんでもない。ご配慮、まことにかたじけない」

と劉備は礼をいい新野へ向けて馬を進めた。

襄陽で漢水《かんすい》を渡り、樊城《はんじょう》を経てさらに泊まりを重ねながら北へ行くと、なだらかな平野がひらけてきた。

「ああ、何と美しい眺めではないか」

と劉備は駒をとめて呟《つぶや》いた。

思いは関羽以下の将兵も同じである。そしてまた劉備らを迎えた新野の領民たちは、新しい城主の人柄を伝え聞いていたとみえ、入れかわりたちかわり食物や酒を届けにやってきた。

劉備はその一人ひとりに礼をいった。張飛は、

「あいも変わらずバカ丁寧なことだ。領民が物を献上するのは当然のことじゃないか」

と関羽に小声でいった。

「あいも変わらず、親ノ心、子知ラズなのはお前の方だな」

「どうして？」

「劉表がどうしてわれら一同を新野に送ったのか、よく考えてみろ。いずれ曹操は河北を平定したら必ず南下してくる。劉表はそのときにおれたちを棄て石にする魂胆なのだ。お

れたちがいかに勇猛でも、わずか五千の兵力では互角に戦うことはできない」

「なァに、おれたち二人とほかに趙雲もいるからな、五万や十万の敵兵はひねりつぶしてくれるさ」

と張飛は豪語した。関羽は苦笑して、

「そりゃ、雑兵相手ならいかに大軍といえども支えることはできようが、曹操の陣営には強者が多いぞ。張遼、徐晃《じょこう》、李典《りてん》、楽進《がくしん》、許褚、ほかに夏侯惇《かこうとん》、于禁《うきん》といった連中は、決して侮ることはできぬ」

「やつらが束になってきたところで、おれは負けんぞ」

「その意気たるや壮というべきだが、敵を甘く見てはいかん」

張飛はそっぽを向いた。もちろん彼にも関羽の言葉が正しいことはわかっていた。関羽はなおも、

「おぬしのいうように城主が領民に頭を下げたなどということは、かつて例のないことではある。だが、よく考えてみろ。勝敗を決めるのは軍勢の大小、兵の強弱、智謀《ちぼう》の有無だけではない」

「ほかにあるというのか」

「ある。天の時、地の利、人の和だ。わが君が、ほかの城主なら絶対にしないことをなさるのは、人の和を重んじておられるからではないか。おぬしのように威張っていたのでは人の和は生まれんよ」

それとなく聞いていたのか、

「関羽、よくぞ申した」

と劉備がいった。

四

劉備の治政に新野の領民は心から帰服した。それまでは、いかに収穫をごまかして徴税を免れるかに腐心していた領民たちが、

「劉皇叔《こうしゆく》様のような情け深い方をだましては罰があたる」

「ああいうご城主にいつまでも治めていただくためにも、決してごまかすまいぞ」

と互いに誓《いまし》めあって税を納め、進んで労役に服すのである。

霊帝《れいてい》のころからどの地方でも、官吏の苛斂誅求《かれんちゆうきゆう》は至極当たり前のことになっていた。南陽郡は前に袁術《えんじゆつ》が領していたことがあり、当時はもっとも苛酷だった。劉表が治めるようになってからは、袁術のころより改められたとはいえ、領民に対しては、活《い》かさず殺さずの方針がとられていた。

劉備は、賄賂をとったり不正をはたらく官吏を追放し、税は必要最小限にとどめ、労役にはきちんと報酬をはらった。

住みよいところだという評判がひろまり、新野の街は日ましに賑《にぎ》わい、人びとの移住も

ふえた。

それだけではない。関羽が劉備に会うべく独歩行をした折りに出会った襄陽の廖化《りょうか》が、そのころの仲間だった周倉《しゅうそう》をたずねてきて、

「いずれ家来にして下さる約束だったのだ。おぬしから関将軍に取り次いでくれ」

と頼みこんだ。

周倉に否やはない。彼が廖化を伴って、新しく造られた兵営に行くと、関羽は赤兎馬を桑の木につないで飼葉をあたえているところだった。

ちなみに、その兵営跡は現在は中学校になっており、代替りしているが、桑の大木が校庭内の保存柵の中にいまも生えている。また、そこから遠からぬ場所に城の望楼遺跡があり、これは清《しん》代のものといわれるが、その規模からして新野がいかに小城だったかがわかる。劉表のいた荆州城の遺跡の巨《おお》きさと比べると、たとえていえば、大学の構内と地方の分教場くらいの差があった。

それはさて措き、関羽は周倉に連れられた廖化を一目見るなり、

「珍しや、廖化ではないか」

と叫んだ。

「覚えていて下さいましたか」

「忘れるものか。二夫人のお供をして冀《き》州をめざして放浪したころ助けてもらったことは忘れはせぬ」

「ああ……」

廖化は胸がいっぱいになったのか、関羽の足もとに拝跪《はいき》したまま涙をこぼした。

周倉がとりなすまでもなく、関羽は廖化の願いを許した。

さらに数日後、こんどは舞陽《ぶよう》の豪族関定《かんてい》の次男の関平《かんへい》が数人の郎党といっしょにやってきた。

劉備が袁紹の陣営から離れて汝南《じょなん》郡へ行ったとき、関定の屋敷に滞在していた。そこへ関羽が二夫人とともども到着し、主従再会を果たした。

関定の二人の息子のうち、長男の関寧《かんねい》は学問好きだったが、十六歳の関平は筋肉たくましい武芸好きの若者だった。かねてから同姓の関羽の勇名を慕っており、父親の関定も、

「どうかお側《そば》に置いて、一人前の武人になれるよう鍛えてやっていただけませんか」

と頭を下げた。

関羽は即答せずに劉備を見た。劉備は、

「当家にお世話になっている間それとなく見ていたのだが、じつにしっかりした若者であると感じていた。同姓の誼《よしみ》もあるし、いっそのこと養子として申し受けたらどうか。わたしとしても頼母《たのも》しい甥《おい》ができて心強い」

と口ぞえした。

関羽にも異論はなかったが、主従とも当時は落ち着く先の定まらぬ窮境にあった。また関平もなりは大きいが、まだ十六歳と若い。そこで十八歳になるまで実父のもとに留まっ

て身心を鍛えることにし、固めの杯をくみかわしたのちひとまず別れたのだった。

それから一年半たったが、劉備が新野にあって治政の実をあげている噂《うわさ》が伝わり、関平はもはや待ち切れずに関定がつけてくれた郎党とともにやってきたというわけである。

そのほか、徐《じょ》州に居残っていた糜《び》兄弟の親族らも、やはり噂を聞いて新野へ移住してきた。

こうして新野は、日に月に殷賑《いんしん》を加えていたが、劉備の心は必ずしも満足しているわけではなかった。

劉表は十万の精兵を有し、形の上では袁氏と同盟しているが、じっさいには一兵も動かそうとしない。曹操のいない許都へ攻めこめば、献帝を奉じて天下に号令することも決して不可能ではないのだが……。

そういう劉備の気持を察して孫乾《そんけん》が進言した。

「殿、ここで胸中に鬱念をあたためておられるよりも、荊州城へ出向いて劉表に直言なさってはいかがですか」

「それも考えないではないが、彼を取り巻く連中がわたしのことをどう思っているか、そちも承知であろう。素直に忠言をきくとは考えられないのだ」

劉備の言葉に孫乾は首を振って、

「それはもとより存じておりますが、新野の北の宛《えん》県を守っている文聘《ぶんぺい》は、ほかの腰抜けどもとは違って土性骨《どしょうぼね》があるという評判を聞きます」

「そうか。文聘を誘って行こうということだな」

と劉備はうなずいた。文聘は字を仲業《ちゅうぎょう》といい、この地方の出身である。劉表が信頼して北の最前線を守らせている部将だった。

孫乾が使者となって会いに行くと、文聘は承諾し、劉備といっしょに馬首をつらねて荊州へ赴いた。彼もまた曹軍の主力が河北に出陣しているいまこそ、ガラあき同然の許都を攻める好機と見ていたのだ。

しかし、劉表は、

「冀州がそうかんたんに敗れるとは思えぬ。唯一の弱点は、袁兄弟の仲がよくないことだが、そのことについては袁譚《えんたん》に手紙を書き送っておいた故、さほど心配することはない。かれらが一つにまとまれば、曹操も勝つのは容易ではあるまい。逆に軍を損耗して引き揚げてこよう。わが軍が動くのはそれからでもよい」

と気乗り薄であった。

劉備は失望した。

曹操がそんな甘い人物でないことも、一片の文書で袁兄弟が結束するはずのないことも、劉備は知りぬいている。

「劉表殿、かりにお言葉の通りになったとしても、それでは打倒曹操の手柄を袁氏と二つに頒《わ》けることになってしまい、天下に志を伸ばすことはできぬと思いますが……」

「玄徳殿、天下に志を伸ばすのもよいが、事を急ぐ必要はあるまい。曹・袁が互いに死力をつくして戦い、双方とも疲れ切ったときを待てばよろしかろう」

（何と悠長な！）

と劉備は心の中で歯ぎしりしたが、城も領民も劉表から借りている身として、それ以上は強いことをいえなかった。

劉表もさすがに悪いと思ったのか、辞去しようとする劉備を引きとめ、小宴をひらきたいから泊まって行くように、といった。

劉備はことわる気力もうせた感じで、

「では、お言葉に甘えましょう」

といった。

その夜、劉表は蔡瑁、蒯越、文聘をはじめ主だったものを同席させて宴会を張った。山海の珍味に美酒、それに興をそえる楽女たちも侍《はべ》って、小宴どころか豪華な酒宴であった。

そのさなか、劉備は座を立って廁《かわや》へ行き、戻ってくると涙を流した。

「どうなされた？」

と劉表がけげんに思ってたずねた。史書はそのときの劉備の答えをこう記録している。


吾《われ》常ニ身ハ鞍《くら》ヲ離レズ、髀肉《ひにく》皆消ユ。今復《ふたた》ビ騎セズ、髀裏《ひり》ノ肉ハ生ジタリ。日月ハ馳《は》セルガ若《ごと》ク、老イハ将《まさ》ニ至ラントス、而《しか》ルニ功業ハ建タズ、是以《これもっ》テ悲シム耳《のみ》。

わたしはいつも（戦場にあって）馬に乗っていたので、髀《もも》の肉はみな消えていました。（それなのに）いまはもう馬に乗らないために（戦場に出ないの意味）髀肉がついてしまいました。歳月は走るがごとく過ぎて、老年になろうとしているのに、何一つとして功業を立てていません。それを悲しんでいるだけなのです――という意味である。

このことから、実力がありながらそれを発揮する機会に恵まれないのを残念がることを「髀肉の嘆《たん》」というようになった。

これを聞いて劉表は慰めた。

「お気持はわかる。そういえば、前に聞いた話だが、許都におられたころ曹操が、天下の英雄は自分とあなただ、といったとか」

「そんなこともあったかもしれませんが、このありさまでは情けない限りです」

「そうお嘆きなさるな」

「もしわたしに十万の精兵を養う国土があれば、曹操ごときに……」

負けはしない、といいかけて、劉備は口をつぐんだ。酔ったとはいえ、失言したことに気がついたのだ。あえて動こうとしない劉表の意気地のなさを責めているようであり、そそれ以上に、荊州の地を欲していると誤解されかねない言葉になっていた。

「いやいや、考えてみれば、曹操もずいぶんとわたしを買いかぶったものですな」

と劉備は大杯を飲みほし、すっかり酔ったふりをして、

「では、ご免。おさきに寝《やす》ませていただきましょう」

とよろよろ立ち上がり、客殿に用意された寝所へ引き揚げて行った。

「殿、お聞きになりましたか。劉備は食客の身でありながら、非礼きわまる当てこすり

を……」

と蔡瑁がにじり寄っていった。

「む……」

「それどころか、劉備はこの荆州を奪わんとする野望を胸に蔵しているのです。いまのうちに始末しておかなければ、いつか必ず禍《わざわい》をなすでしょう。どうかそれがしにご一任下さい」

と蔡瑁はいった。

劉表はそこまでは思わなかった。流浪を続けてきた劉備の嘆きもわかるのである。やはり、蔡瑁とは違って、彼は大人《たいじん》であった。

「気にするな。それに、帝から皇叔と呼ばれた人物に危害を加えたら、予の名に傷がつくではないか」

と蔡瑁を叱った。

五

劉表が奥に入ったあと、蔡瑁は蒯越に、

「殿はああいわれたが、劉備の心底は明らかだ。このさい、断の一字あるのみ、と信ずるが、どうであろう?」

「それは賛成だが、彼の寝所を襲うわけにはいくまい。殿のお言葉をないがしろにしたことになる」

「どうすればよい？　あすの朝には新野へ発《た》ってしまうぞ」

「それでいいのだ。荆州城内で殺すのはまずいが、新野へは一日では行けぬ。どこかに宿を求めるはずだから、夜盗のしわざと見せかけて襲えばよい」

と蒯越は策を授けた。

「それは妙案」

蔡瑁は手をうって喜び、自分の居館に戻ると、腕利きの部下二十名を呼び寄せた。

そのころ――、
劉備は寝所で眠れぬ時間を過ごしていた。新野から連れてきたのは、若い従者たちで、関羽も張飛も趙雲も残してきた。まさか、とは思うが、劉表はともかくも、蔡瑁には油断できない。といって、単身である。どうすればいいのか……。

すると、ひそかに寝所の戸を叩《たた》くものがあった。

「誰じゃ？」

覚悟を決めて問いかえすと、戸外のものは声をひそめて名乗った。

「伊籍でござる」

劉備がほっとして戸をあけると、伊籍は、居残った蔡瑁らが語り合った企みを説明し、

「いますぐにご出発なさい」

とすすめた。

「まことにかたじけない。ですが、劉表殿に挨拶もせずに立ち去るのは、礼儀を知らぬものと嗤《わら》われます」

「将軍、あえていいますが、大行《たいこう》ハ細謹《さいきん》ヲ顧ミズというではありませんか」

と伊籍は『史記』にある言葉を引き、真情をこめて忠告した。

劉備は、はっとした。そして彼が礼をいったとき、伊籍の姿はすでに消えていた。すぐさま劉備は従者を呼び、的盧を馬屋から引いてこさせると、その夜のうちに立ち去った。

そうとは知らず、蔡瑁は、朝になってから劉備の様子を探るために、何食わぬ顔で寝所にやってきた。

が、もぬけの殻である。

「しまった！」

蔡瑁は地団太踏んで悔しがったが、ふと思いつき、部下の一人に筆をあたえて寝所の壁に五言の詩を書かせた。

　年年徒《いたずら》ニ難ヲ守リ

　空シク対ス旧山川《さんせん》

　竜ハ豈《あに》池中ノ物ナランヤ

　雲ニ乗ジテ天ニ上ラント欲ス

自分を竜にたとえ、つまらない揉《も》めごとの処理をしてきて、かつて活躍した山河を傍観するばかりだったが、もう荆州のような小さい池にはひそんでいても仕方がない。思う存分天下に雄飛するぞ——というのである。つまり、劉表にうんざりしたから、これからは好きなようにやるぞ、と宣言したことになる。

それから蔡瑁は登城し、

「やはり案じていた通りでした。劉備は殿を揶揄《やゆ》する詩を書き置きして、挨拶もせずに立ち去りました。忘恩かつ反逆の徒であると存じます」

と告げた。劉表も驚いて、

「あの礼儀正しい男が……予には信じられない」

「では、みずからご覧なされませ」

蔡瑁にそういわれ、劉表は寝所へ行った。

「これは！」

唸《うな》り声が劉表の口から洩《も》れた。蔡瑁は心のなかでほくそ笑み、

「劉備の邪心はもはや明らかです。すぐに追手を出し、引っ捕らえて参りましょう」

と膝を進めた。追いついたらその場で討ち果たし、抵抗したのでやむを得ずに斬りました、と報告するつもりだった。

「うむ」

劉表はなぜか命令を下さずに考え込んでいる。蔡瑁は苛立ち、

「どうかご命令を」

とうながした。

「いや、その必要はない」

劉表はいやにきっぱりというと、踵《きびす》をめぐらして寝所を出てしまった。

蔡瑁はわけがわからずに、あとで蔡夫人に事情を話し、劉表が決断を下さなかった理由をそれとなく確かめてほしい、と頼んだ。

蔡夫人は機会をみて、

「劉備殿は、挨拶もせずに新野へ帰ったそうじゃありませんか。ほんとに失礼な野人ですこと。それに、何でも逆意をあらわした詩まで書き残したとか」

「そのことか。たしかに、あの五言詩を目にしたときはかっとしたが、考えてみれば、あれは何者かがわれわれの仲を裂こうとして小細工をろうしたのだよ」

「どうしてそういえますの？」

「劉備は詩をつくれない男だ。いつだったか詩作の才能がないことを嘆いていたのを覚えている」

と劉表は静かにいった。

劉備は新野に戻ったものの、鬱々とした日を送った。伊籍の好意でかろうじて難を逃れることができたが、これからさきのことを考えると、心は晴れなかったのである。

関羽と張飛には、そのことがすぐに感じとれる。張飛は、

「家兄の様子がどうもおかしいぞ。荊州で何かあったに違いない」

と関羽にいった。

「そうかもしれん。だが、お帰りになってすぐ聞いてみたんだが、何事もなかった、といわれてな、どうにもならん」

「おい、雲長《うんちょう》。どうにもならんなどと他人事《ひとごと》みたいにいうな。おれが荊州へ行って調べてこよう」

「お許しを得ずに、そういう勝手なことをしてはいかん」

「バカいえ。放っておいてもいいのか」

と張飛はどなった。

二人の言い争いを耳にして、劉備は後悔した。桃園に義を結び、生死を共にしようと誓った三人なのである。彼はあらためて二人に事情を説明した。

「ようし！」

張飛が血相を変えて立ち上がった。

「おい、どこへ行く気だ？」

と関羽が袖をつかんだ。

「はなしてくれ。荊州へ乗りこんで、蔡瑁の首をひっこぬいてやる！」

いきり立つ張飛を劉備がたしなめた。

「やめよ、張飛。そのようなことをすれば荊州は乱れる。それを喜ぶのは曹操だけではな

「わたしに追手がかからなかったことは、劉表殿が見るべきところは見ていた証《あかし》であろう。いまなすべきは、たとえ小城とはいえ、ここを守り兵を養うことだ。むしろ心に翳《かげ》りをもって怏々《おうおう》としていたわたしが悪かった。つまらぬことは忘れて、調練にはげもうではないか」

「さりとて、このまま蔡瑁を放置していたら何をすることやら……」

いか」

さすがに劉備であった。将たるものが鬱屈していてはならぬ、と気がついたのだ。

翌日から、劉備は自ら兵の調練の指揮をとった。

するとある日のこと、調練場の外で俗謡をうたうものがあった。

八、九年の間に衰えはじまり

十三年もたったころには

ああ、もう一人も残らない……

「耳ざわりなやつだな」

と張飛が顔をしかめた。見ると、粗末な頭巾に黒い単衣《ひとえ》という貧しい身なりの男だった。

一見浪人ふうのその男は、張飛の声が耳に入ったのか、

「流行歌はいけませんか。では、こういう詩はどうです？」

と軽くいなして、朗々たる音声を発した。

天地ハ反覆《くつがえ》リテ火ハ滅《ほろび》ント欲ス

大廈《たいか》ノ崩レルヲ一木《いちぼく》ハ支エ難シ
山谷《さんこく》ニ賢《けん》有リ明主ニ投ゼントスルモ
明主ハ却《かえ》ッテ賢アルヲ識《し》ラズ

張飛は怒った。

「うるさいといっているのが、お前にはわからんのか。とっとと消え失せろ！」

「いやはや」

苦笑して立ち去りかける男を劉備が呼びとめた。

最初の俗謡は劉備も前に耳にしたことがあった。子供たちがよくうたっているのだが、どういう意味がこめられているのか、よくわからない。

だが、そのつぎの詩にいう「火」とは漢のことである。

「待ちなさい。いまの詩は、きみがつくったものか」

「どうも恐縮です。まことに拙《つたな》い作で……」

「わたしには詩の良し悪しはわからぬが、何か深い意味があるように思える。教えてもらえないだろうか。わたしは劉備というものだが」

「これは恐れ入ります。わたしは潁川《えいせん》のもので、姓は単《ぜん》、名は福《ふく》といいますが、拙作にさほど深い意味はありません。しいていえば、下手な調練を眺めているうちに、つい心にうかんだものにすぎません」

張飛が目を怒らせ、

「こいつ、下手な調練とは、無礼極まる侮言である」

と飛びかかろうとした。

劉備は関羽に目配せして張飛を押さえこませると、馬から下りていった。

「どこに欠点があるのか、どうかご教導をお願いしたい」

第四十七章　軍師

一

見知らぬ男に対する劉備《りゅうび》のあくまでも謙虚な態度に、張飛《ちょうひ》は、

「どこのどいつとも知れん素浪人に、何を教えてもらおうというのか、まったく気が知れんな」

と聞こえよがしにいった。

その無礼を叱ろうとした劉備を、単福《ぜんふく》は押しとどめ、

「お見受けしたところ、堂々たる体軀《たいく》をお持ちですから、五人や十人の力では、あなたを動かすことはできそうにありませんね」

「あたり前だ。十人は疎《おろ》か、百人だっておれを動かせるものか」

と張飛はどなった。

「本当にできるかどうか、十人で結構ですから見せていただけませんか」

「よし」

張飛は調練場の端にある小岩に腰を下ろした。十人の兵が五人ずつに分かれ、左右から張飛の肩や腕をとって前へ引っぱった。だが、張飛はビクとも動かない。それどころか、

「えいッ！」

と気合いを発して張飛が腕を振ると、十人の兵はハネ飛ばされた。

「どうだ、わかったか」

「たしかに拝見しました。じつに見事なものですが、では、わたしが一人であなたを持ち上げてご覧に入れましょう」

「一人でおれを持ち上げてみせるだと？　ふざけたことをいうと、許さんぞ」

「本気です」

単福は、兵舎の工事用に積まれた長さ二丈の棟木を持ってきた。そして、その木を岩に置き、三尺（六九センチ）ほど突き出し、自分は反対側の端を持った。

「その三尺ほど突き出したところに腰をかけていただけますか」

「どういうつもりか知らんが、おれを持ち上げるなんて笑止千万」

張飛は悠然と腰を下ろした。

「用意はいいですか」

「いつでもこい」

「では……」

単福は反対側の端に手をかけ、全身の重みをかけて、ぐいッと下へ押した。

「うわッ！」

叫び声とともに張飛の体は宙にハネ上がった。さすがに、転倒することなく、ぴたりと地面に下り立ったが、顔は真っ赤であった。

「おのれ、人をペテンにかけおって、狡猾《こうかつ》なやつだ。尋常に勝負しろ」

「まともな方法では、そこにお出《いで》の美髯公《びぜんこう》を別として、あなたを持ち上げられるものは一人もいないでしょう。しかし、わたしのやり方をもってすれば、不可能が可能となりました。あなたのいうように、これは一種の詐術かもしれませんが、決して非合理的なものではない。これを戦《いくさ》にたとえると、百人の兵と二百人の兵士がまともにぶつかったら、百人の兵は負けるでしょう。でも、兵法を用いれば勝つことができます」

張飛は負けていなかった。

「ペラペラとよく喋《しゃべ》るやつだな。負け惜しみというわけじゃないが、実戦というものはおれを持ち上げるのとはわけが違う」

「では、質問しますが、百人の兵で守る城を攻め落とすには、何人の兵が必要でしょうか」

「わかりきったことを聞くな。少なくとも三倍の兵力が必要だ」

「それなら、あの丘を百人の兵であなたが守って下さい。わたしも百人の兵で攻めてみせます」

「よし」

張飛は百人を率いて、丘の上に陣取った。

単福も同じ数の兵をもらい、かれらに何かこまごまとした指示をあたえたのち、丘の下の草むらに布陣した。

やがて正面から約三十人ほどの一隊が大喊声《だいかんせい》を発して攻めかかった。

丘の上の張飛は、

「バカめ、そんな手にひっかかるものか。主力は左翼に迂回《うかい》しているじゃないか。旗差物を見ればわかる」

といい、正面には二十人を残して、八十人を左翼に振り向けた。

すぐに左翼から攻め方の一斉攻撃がはじまった。先頭に立っているのは単福である。

「虎ヒゲの薄のろ大将はどこぞ！　この単福様の計略に恐れ入ったか」

「何を！」

張飛は仁王立ちになり、

「たわけ！　こんな見えすいた罠《わな》にひっかかるものか。しかも、おれのことをよくも虎ヒゲの薄のろと……」

と駆け下りた。

「あッ。しまった」

単福は逃げ出した。

「待ちやがれ！」

とどなりながら張飛は追った。あと一息というときだった。不意に、丘の上から鯨波《とき》の声がひびいてきた。見ると、攻め方の旗差物がへんぽんと翻っているではないか。

「くそッ」

張飛がなおも単福にとびかかろうとすると、関羽《かんう》が割って入った。

「やめろ。お前の負けだ。正面から攻めるのは小兵力、左翼に主力と旗差物で見せかけ、じつは主力を正面に伏せてあったのだ。その上、お前の短気な性格が見抜かれて、外へおびき出された」

単福がにっこりうなずいた。

「誘虎抜山の計とでもいいましょうか。心ならずも悪罵を放ったことをお許し下さい」

見ていた劉備は感服するばかりであった。単福を城へいざない、

「いまのわたしは劉表《りゅうひょう》殿からこの新野《しんや》の城をあずかっている身にすぎませんが、漢《かん》室復興の念だけは誰にも負けぬつもりです。どうかわが帷幄《いあく》にあって扶《たす》けていただけまいか」

と改めて頭を下げた。

「ありがたいお言葉ですが、一つだけ申し上げたいことがあります。将軍のご乗馬は的盧《てきろ》といい、駿馬《しゅんめ》ではあっても、いつかは主人に災厄をもたらすといわれております。お聞きになったことはありませんか」

「前に聞いたことはあったが、馬一頭で人間の運が変わるとは思わぬ故、あえて乗っております」

「それも一つの見識ですが、前もって避ける方法があります」

「ほう、どうすればよいのか、お聞かせ願いたい」

「お小姓を的盧に乗せておくのです。で、その者が患いを蒙《こうむ》ってからお乗りになればよいのです」

　それを聞いた劉備は、侍臣に、

「湯を点ぜよ」

　と命じた。お湯をわかして茶を点《た》てろ、という意味である。とりもなおさず、いっしょに食事をしようと思ったが、用が終わったから帰ってくれ、という催促になっている。単福はむっとしたように、

「これはしたり、帷幄にあって扶けてほしいとのお言葉は戯れでござったか」

「そうではない。しかし、わが身の安全のために側近の命を犠牲にせよとすすめるような人物は、いかに智謀《ちぼう》の士であっても欲しくはない」

　と劉備は不興を隠さずにいった。

　すると単福はその場に拝跪《はいき》し、

「ああ、どうかわたしの非礼をお赦《ゆる》し下さい。かねてから劉皇叔《こうしゆく》は仁慈に篤《あつ》いお方であると聞いておりましたが、この乱世にそのようなことで生き抜くのは難しい、とも考えておりました。それ故お仕えするのはこの方しかいないと思いながらも、さきほどのようなことを申し上げたわけで、いまはおのれの浅はかさを恥じ入るばかりです」

　と誠意をこめて詫《わ》びた。

　劉備は座を立って、

「その手をお挙げなされ。不明を恥じるのはわたしの方だ。貴君のような智謀の士がこの新野にあったことを知らなかったとは」

といい、改めて単福に座をあたえると、関羽以下を集めて、単福を軍師とする旨を宣言した。つまり、軍の指揮権を新参の単福にゆだねたのである。

これには関羽らも驚いた。単福の手並のほどはわかったにしても、あまりにも優遇しすぎるのではないか。

しかし、劉備は動じなかった。人を見る眼をもち、人を信ずる点において、やはり劉備は同時代の誰にも引けを取らなかったというべきであろう。

単福もまたその信任にこたえた。張飛をハネ上げるのに梃子《てこ》の原理を用いたことで明らかなように、単福には科学の知識があった。大石を動かして、それまで土塁に近かった新野の城壁を堅固なものに作りあげ、装備を改良し、さらに兵馬の調練にあたっては、手足を動かすように自由自在であった。

だが、納得しないものもいた。関羽と張飛である。無理もなかった。千軍万馬の二人にしてみれば、調練と実戦とは違う。いざというときに、はたして役に立つのか、と疑ったのだ。

建安《けんあん》八年（二〇三年）八月、その時がきた。

このころ曹操《そうそう》は、袁譚《えんたん》と袁尚《えんしょう》を互いに争わせて、双方が損耗するのを待つという戦略をとろうとしていた。そのためには、当面の関心は冀《き》州にはないふりをする必要があり、夏侯惇《かこうとん》を大将に、于禁《うきん》と李典《りてん》をつけて荆州《けい》へ向かわせた。

兵力十万を呼号する大軍の先鋒《せんぽう》は、早くも南陽《なんよう》郡の葉《よう》県に進出した。

物見の報告でこれを知った劉備は、劉表に早馬で知らせるとともに、単福にどうすべきかを諮った。

「援軍がくるまで新野に籠城して敵を防ぐべきか、ここを出て宛《えん》県の文聘《ぶんぺい》と合流するのがいいか、いずれにしても十万の大軍が相手では容易ではない」

「十万というのはおどかしで、本当は五万でしょう」

「そうかもしれぬが、わが方が劣勢であることに変わりはない」

「仰せの通りです。しかし、籠城も合流も良くありません。何となれば、援軍は当てにできませんし、合流は文聘の下に入ることになるので仲間割れを招くでしょう」

「では、どうするのだ？」

「ここから北、葉との中間に博望坡《はくぼうは》という丘陵地帯があります。そこで迎え撃てば勝機は十分あります」

と単福は自信にみちた声でいった。

二

現在の河南《かなん》省南陽市の東北にある方城《ほうじょう》県博望鎮《はくぼうちん》が、このころの博望坡である。伏牛《ふくぎゅう》山という山の南麓に位置する村で、上り下りする坂道の両側は、見渡す限り麦と菜種の畑がひろがっているが、当時は住む人はほとんどなく、丘陵全体が雑木林になっていた。

この村の中央を北から南へ幅二メートルほどの土の古道が貫いている。古代からの駅道で、中央から荊州へ通ずる幹線道路だった。

単福は諸将を集めると、指揮鞭《しきべん》を手に、

「趙雲《ちょううん》に先鋒を命ずる。兵三千をもってこの駅道に布陣せよ」

と凜然《りんぜん》といった。

「軍師、待たれい。こういうときに先鋒をつとめるのは、おれか関羽のどちらかに決まっているんだ」

不服げに声をあげたのは張飛だった。

「兵ノ形ハ水ニ象《かたど》ル、と孫子《そんし》はいっています。戦に定法はありません。それに今回の先鋒は趙雲にしかつとまらない」

と単福はきっぱりといい、趙雲を呼び寄せて何事か囁《ささや》いた。

すぐに趙雲は出発した。単福はつぎに関羽に兵二千をあたえ、これまた何事かを命じた。さらに孫乾《そんけん》、糜竺《びじく》、簡雍《かんよう》らも命令をうけ、つぎつぎに出発して行き、残ったのは張飛と兵一千だけとなった。

無視されたと思ったのか、張飛の顔は早くも朱を注いだようになっている。単福は、

「これで布陣は終わりました。わたしども本営も出発しましょう」

「おれの役は何だ？」

と張飛がどなるようにいった。

「殿は趙雲の後方にあって全軍を指揮なさるから、それをお守りするのです」

「そういうしんき臭い役はおれには適《む》かん。先頭に立って敵を蹴散らすのが……」

「お黙りなさい。身勝手は許されない。それに、わたしのいう通りにやれば、趙雲が敗れて、敵が本営に殺到してくる」

「趙雲が敗れる？　それじゃ負けるように戦え、と命じたのか。バカげた話じゃないか」

「敵を誘いこむにはそうするしかないからです。しかし、あなたには、負けるように戦うことはできない」

「いや、おれだって……」

なおも抗弁しようとする張飛を、

「軍師の命令はわたしの命令と同じである。いわれた通りにせよ」

と劉備が叱った。

一方、葉を発した曹軍は博望坡の手前でいったん停止した。兵力は、単福の見こんだように五万であった。

李典、于禁を左右に従えた夏侯惇が、小手をかざして前方を望見すると、数軒の小屋が道のわきにあり、敵の兵士が火を放っているさいちゅうだった。そして、出現した大軍を見ると、あわてて逃げ出した。

「おい、どう思う？」

夏侯惇の問いに李典が答えた。

「一戦もせずに逃げたのが怪しいですな。きっと伏兵があるのでしょう。地形からしてもこの先は坂道になっていて狭そうです。林も深くなっているだろうから、ここは追うべきではない」

すると于禁が、

「そうとは思えない。逃げたのはわが軍の圧倒的な兵力を見たせいだ。おそらく火を放ってこちらの進撃を止めようとしたのだろうが、われわれがあまりにも早く出現したので、何もかも放り出して退却したんだ」

「しかし、両側の林のなかに旗差物が見え隠れしているではないか」

「それこそ詭計《きけい》をもってわが軍の進撃を止めようとした証拠だよ。本当に伏兵を設けるなら旗差物など用いるものか」

于禁の言葉に、夏侯惇はうなずき、

「その通りだ。かりに伏兵があったところで構わん。この大軍をもってすれば鎧袖一触《がいしゅういっしょく》だ。あくまでも反対なら、お前はここに残っておれ」

と李典にいって号令を発した。

「進め！」

すると、前方に趙雲の一隊が現われた。

于禁は名乗りをあげ、一万五千の兵とともに襲いかかった。趙雲は得意の槍《やり》を使って奮戦したが、兵力の差はいかんともしがたく、じりじりと後退した。

「まどろこしくて見ちゃおれんな」

隻眼の猛将夏侯惇はそう呟《つぶや》くと、

「おれに任せろ」

と叫んで突進した。二万の兵もそれに続いた。その当たるべからざる勢いに押しまくられ、趙雲隊は総崩れとなった。

勝ち誇った曹軍は一気に押し進んだ。

にわかに坂道が狭くなり、左将軍劉備の旗を立てた一軍が現われた。

先頭に立ったのは張飛であった。その蛇矛《じゃぼう》が宙に舞ったかと思うと、たちまち血煙が立ちこめ、曹軍の兵士たちは雪崩《なだれ》をうって退いた。

「おのれ！」

夏侯惇が馬首を向けたとき、とつぜん後方の林から火焔《かえん》がふき上げた。それにさえぎられ、後続の于禁の部隊から夏侯惇は孤立した。

「しまった！」

于禁は、進み過ぎた夏侯惇と連絡を絶たれ、とりあえず引き返そうとした。

その鼻先を押さえるかのように「漢寿亭侯関羽《かんのじゆていこう》」の旗がひるがえった。

関羽の強さは于禁も知りぬいている。于禁も曹操から偏《へん》将軍に任ぜられた一方の雄ではあるが、夏侯惇や李典とともに力を合わせて戦うならともかく、おのれ一人ではとうてい敵し得ないことはよくわかっていた。

「そこにいるのは于禁ではないか。灞陵橋《はりょう》での一別以来、久しく会わなんだが、こうして戦場でめぐり逢《あ》うのも何かの縁、お互い存分に戦おうではないか」

という関羽の声に耳をふさぎ、一目散に逃げ出した。

大将がそのありさまだから、于禁の軍兵たちも先を争って逃散《ちょうさん》した。それを孫乾らの諸隊が待ち受けて、さんざんに撃ち破った。

夏侯惇は、張飛を相手に必死の勢いで戦った。後続の于禁をさえぎられて孤立したとはいえ、兵力ははるかに多い。さすがに歴戦の夏侯惇は陣容を建て直し、

「さァ、きたれ」

と張飛を迎え撃った。

だが、この日の張飛は格別であった。夏侯惇はじりじりと追い立てられ、

「後日、見参」

と一声残して馬首を返した。

「待て! 大口たたいたくせにしっぽを巻いてスタコラ逃げるとは、口ほどにもねェ野郎だ。戻って勝負しろやい」

と張飛は追ったが、夏侯惇の方も必死である。煙の中に走りこみ、かろうじて逃げ去った。

一方、後方にあって観望していた李典は、煙と喊声があがったとき、自分が予想した通りになったことを知った。彼はすぐさま手勢を率いて前進し、于禁の敗兵を追ってくる孫乾らを喰《く》い止めた。何といっても、一万五千の兵が手つかずで残っていたことが、曹軍にとって幸いした。

ついで李典は、火傷《やけど》を負いながらも脱出してきた夏侯惇らを収容した。

「あと一息だ」

「この勢いに乗じて……」

と攻めかかろうとする関羽らを、単福は押しとどめた。

「これ以上の追撃は無用である」

「軍師のお言葉だが、納得しかねますぞ。追えば、敵を全滅させることができるではないか」

と関羽が詰め寄った。

「おそらくできるでしょう」

「それを承知でなぜ追わぬ？」

「敵にもそれがわかっているからです。だから李典らは全滅を覚悟して必死に戦う。そのために、わが軍はかれらを全滅させても、半数の兵を失います。また、曹操もそうなれば北へ向けるべき兵をこちらに転進させてくるでしょう。そのときは、半減した上に疲れ切ったわが軍兵では勝負になりません。いまは、手痛い目にあわせただけでじゅうぶんなのです、曹操も、当分はこちらへ攻めてこないはずです」

と単福は理を説いた。

「ああ、じつに達識の軍略である」

と劉備は心から感嘆し、兵をまとめて新野へ引き揚げた。

後世の史書は簡潔にこう叙述している。


備《び》、一旦、屯《とん》ヲ焼キテ去ル。惇等之《とんらこれ》ヲ追ワントス。李典曰《いわ》ク、賊故無クシテ退ク、疑ウラクハ必ズ伏有ラン、南道ハ窄狭《さくきょう》ニシテ草木深シ、追ウ可《べ》カラズ、ト。惇等聴カズ、典ヲシテ留《とど》マリ守ラシメ、而《しこう》シテ之ヲ追ウ。果タシテ伏ノ裏《うち》ニ入リ、兵大イニ敗ル。典往《ゆ》キテ之ヲ救ウ。備ハ乃《すなわ》チ退ク。(『資治通鑑《しじつがん》』建安八年の項)

曹操は、夏侯惇らの敗報を耳にすると、

「相手は劉備だ。郭嘉《かくか》でもつけてやればよかったろうが、仕方があるまい。それに、本当の狙いはあくまでも河北《かほく》にある。わが軍が全滅したのであれば別だが、追ってこなかったところをみると、やはりわが方の背後を攻める気はないと判断してよい」

といい、州境に防備を固める兵だけを残して戻るように命じた。単福の見こんだ通りであった。

劉備は荊州城へ使者を出すと、祝宴を開いた。

席上、劉備は改めて、

「御身を軍師に迎え得たのは、形容の言葉もないほどの喜びだ。聞くならん、曹操は荀《じゅん》彧《いく》を得たときに、汝《なんじ》はわが張子房《ちょうしぼう》だ、といったとか。それをまねるわけではないが、わたしにとって、御身は古《いにしえ》の太公望《たいこうぼう》に比すべきであろう。ただし、わたしの器量が周の文王《ぶんおう》に及ばぬのは承知だが……」

「もったいないお言葉です。たまたま相手が猪《いのしし》武者の夏侯惇だったから勝を得られただけのことで、太公望はおろか、わたしは荀彧にも及びません」

「そんなことがあるものか。謙譲も度が過ぎると謙譲にならぬ」

「そうではありません。ご主君が真に智謀の士を望んでおられるなら、この単福ごときに満足なさってはなりません。このさい、かの管仲《かんちゅう》や楽毅《がくき》に比すべき人物をお求めになるべきだと存じます」

管仲は、春秋時代（紀元前八世紀から同五世紀）に、斉《せい》の桓公《かんこう》を補佐して覇者たらしめた名宰相であり、楽毅は小国の燕《えん》に仕えた武将で、強大国の斉に対抗する連合軍を組織し、七十余城を攻略した名将である。昔から、管・楽は、名宰相名参謀の代名詞だった。

劉備もむろん知っている。だが、彼は、

「いうなかれ、わたしの軍師は御身ひとりでじゅうぶんである」

といって相手にしなかった。

三

劉備快勝の報告が荊州に届くと、蔡瑁《さいぼう》と蒯越《かいえつ》は額を寄せて相談した。

「やはり案じていた通りだった。あれだけの兵力で十万の曹軍を敗走させたとあっては、劉備の名声はいまに全荊州を圧することになりかねない。何とか細工して、彼が大患となる前に除いてしまおう」

と蔡瑁はいった。

蒯越はやや慎重であった。

「単福とかいう軍師を新しく加え、そのものの作戦で勝ったと聞いたが、その名を聞いたことがあるか」

「いや、知らぬ」

「いったい何者であろうか。劉備のところには、関羽、張飛、趙雲といった豪の者は揃《そろ》っているが、知恵のあるものは一人もいなかった。だから安心していられたのだが、そういう軍師が劉備の帷幄に入ったとなると、事は面倒だな」

「そんなやつはどうでもよかろう。劉備さえ除いてしまえば……」

「それでは殿の名前に疵《きず》がつく。天下に人望を失うことにもなろう。やめた方がよい」

と蒯越は反対した。

しかし、蔡瑁は執拗《しつよう》だった。人望を気にしているうちに、この荊州を劉備に乗っ取られたらどういうことになるか、よく考えてみてくれ、と説いた。

ついに蒯越の気持が動いた。

「それほどまでにいうなら、策を立てよう」

と、しばし黙考したのち、何事かを蔡瑁に囁いた。

「絶妙なり」

と蔡瑁は手をうっていい、数日後に劉表の前に出ていった。

「殿、あえて苦諫《くかん》を奉りますが、曹軍を追い払った新野の劉備殿にどうして恩賞をあたえようとなさらぬのか、わたしにはわかりかねます。わが部将のなかにも、不思議がっているものもおりますが……」

「いや、それは考えないではなかった。しかし、彼は予の客分であって、部下ではない。部下ならばここへ呼んで、恩賞を授けることはできるが、左将軍にして皇叔と天子から呼ばれている人を部下扱いにしたら、逆に失礼になると思ってな」

「ははァ、いわれてみますと、殿のおっしゃる通りです」

「どうしたものであろうかの」

「では、こうしたらいかがでしょうか。殿もここと新野の中間にある襄陽《じょうよう》までお出ましになり、そこへ劉備殿にきていただきます。また、近年は豊作続きですから、百官を集めて慰労の宴を張り、席上、殿から称讃《しょうさん》とねぎらいの言葉をおかけになれば、劉備殿も満足されるでしょうし、百官も荊州の安泰と両劉家の結束を喜ぶと存じます」

「なるほど、それは妙案じゃが、近ごろ予は膝がのォ」

と劉表は眉をしかめ、手を膝にやった。持病の神経痛で、馬に乗っても響くのである。

蔡瑁はもとより承知だったが、何くわぬ顔で、

「これは気がつきませんでした。ならば、若殿ご両名を代理となさったらよいではありませんか」

「そういうが、二人ともまだ半人前だ。玄徳《げんとく》殿を相手に一人前の応接がはたしてできるかどうか不安である」

「そのことでしたら、蒯越ともども補佐役をつとめさせていただきます故、ご心配はないものと考えます」

「よかろう。では、粗相のないように頼んだぞ」

と劉表は承諾した。

蔡瑁は策略が図に当たったことに内心にんまりし、劉表の前から退くと、すぐさま蒯越ともども準備にとりかかった。

新野の劉備は、荊州からきた使者の口上を聞き、劉表の書簡を読むと、別室に主だったものを集め、

「厄介なことになった。どうすべきであろうか」

と諮った。

「バカバカしい。劉表の取り巻きたちが何を企《たくら》んでいるか、明々白々じゃないか。何か口実をつくって、ことわってしまえばいい」

そくざにそういったのは張飛であった。

「これは驚いた。おぬしにしては珍しくよくぞ察したものだな」

と、これは関羽である。

「雲長《うんちょう》、何をいうか。こんな幼稚な策略は、三歳の童《わっぱ》にだって看破できる」

と張飛は肩をそびやかした。

両者のやりとりに、いつもの劉備ならば微笑するところだったが、この日ばかりは別であった。前回の例からみて、蔡瑁の企みははっきりしているが、劉備の苦しさは、襄陽への招きが筋道の通ったものであるために、ことわり通せないことであった。

「張飛よ、口実をつくればいいというが、荊州の刺史《しし》が、代理にもせよわざわざ襄陽へ出向いてくるのに、行かぬとあっては、こちらに非があることになる」

と劉備はたしなめた。

「それなら、五千の兵を連れて、みんなで行こうじゃありませんか」

「慰労をかねた豊作の祝いに、そんな殺伐なことは許されんよ」

と関羽がいった。その通りだった。

「軍師、どうしたらよいであろうか」

と劉備は単福に問うた。

「欠席は不可能でしょう。ここは多少の危険を冒して出席するしかありませんが、五千もの兵ではもの嗤《わら》いになるとしても、三百名程度はお連れになるべきです」

「それにおれと関羽がお供をすれば心配はない」

と張飛が口を出した。誰にも異議はあるまい、といわんばかりだった。

「さにあらず」

と単福がいった。張飛は目を剝《む》き、関羽は首をかしげた。劉備も気になるのか、

「軍師、それはどうしてじゃ？」

「申し上げます。劉表殿が本当のところは何を考えているのか、まだ判然としませんが、蔡瑁の意図の明白なることはいうまでもありません」

「それ故に、義弟両名も行を共にしたい、と申している」

「そこです、この難局を切りぬける鍵は」

と単福はいった。

「はて、わからぬが……」

「ご主君が両名をお連れになれば、蔡瑁もまた策略を看破されたことを確信し、必殺の罠をさらに念入りに固めるに違いありません。そうなると、敵地同然の包囲網の中にあってこれを破るのは至難の業であります」

「うむ」

「お供は趙雲がよろしかろうと思います。蔡瑁はそれを見て、わが事成れりとにんまりす

るに違いありません。人間、そういうときには誰しも心に緩みを生ずるものです。その隙を突いて脱《ぬ》け出す方がはるかに容易です」

「いかにも」

と劉備はうなずき、単福をいよいよ頼母《たのも》しく思った。これまで劉備の帷幄にあって、そこまで先を読む謀将はいなかった。単福はなおも、

「もとより、ご主君や趙雲を危地に送って、わたしどもが何もせずに拱手《きょうしゅ》しているわけではございません。襄陽の城には入りませんが、関・張両将をはじめ、他のものも目につかぬところに伏せて備えます」

「おぬしはどうする？　わが君といっしょに城中へ入るのか」

と関羽がたずねた。

「わたしは入りません」

「それはおかしいな。蔡瑁を増長させるのはいいとして、じっさいに包囲網を破るのはどうするのか、おそばにあって趙雲らを指示するものがいなくてはなるまい。当然のことながら、その役のつとまるものは一人しかいないが……」

それが単福をさしていることはいうまでもない。だが、単福は、

「その役を必要としないような手段をこうずるために、わたしはお供をしないのです」

とそっけなくいった。

関羽はなおも何かいいかけたが、劉備が抑えた。劉備の信頼は絶対であった。

打ち合わせが終わって、関羽は張飛と二人きりになると、

「どうもあの若僧は気にくわんな」

といい出した。張飛は、

「まったくだ。家兄は人がいいからな、ああいう口先野郎にころりとだまされる。おれたちに指示をあたえて、自分のことは何もいわん。叩《たた》き出してやろうじゃないか」

「まァ、待て。叩き出すのはいつでもできる。もう少し様子を見てみよう」

と関羽はさすがに慎重だった。

いよいよ、襄陽へ行く日がきた。

劉備は、趙雲が選んだ屈強の兵三百名とともに新野を出発した。

関羽らも後を追ってそれぞれ配置につくことになっている。すると、孫乾が関羽のところへきて、

「気にかかることがある」

と小声でいった。

「何だ？」

「けさから軍師の姿が見えんのだよ。あちこち捜してみたが、見つからない」

「何だと？」

関羽は顔色をかえた。

すぐさま彼は赤兎馬《せきとば》に跨《またが》った。

快足一鞭《ひとむち》、劉備に追いつくと、

「お待ち下さい。行ってはなりませぬ」

と立ちはだかった。

「関羽ではないか。どうして止める？」

「じつは……」

関羽は馬首を寄せ、孫乾のもたらした情報を伝えると、

「お戻り下さい。単福の行方が判明するまでは危険です」

「何も心配はない。そちたちは軍師の手配通りにしていればよい」

「では、せめてそれがしだけでもお供を」

「その必要はない」

劉備は単福を信じきっているのであろう、悠然と襄陽へ向けて的盧を進めた。

その襄陽は漢水《かんすい》の右岸に位置した街である。対岸は樊《はん》城の街があり、現在では大きな橋によって結ばれ、襄樊《じょうはん》市として一つの都市になっているが、往古は漢水の広い流れにさえぎられて、川舟で往来するしかなかった。また、襄陽城は漢水を引きこんで三方に濠《ほり》をめぐらした名城だった。攻めるに難く守るに易しい。

蔡瑁は、劉備が趙雲と兵三百を伴って慰労宴にくると知って、雀躍《こおど》りして喜んだ。さっそく蒯越に、

「わが事成れり、といってよかろう。彼奴《かやつ》を城内に引き入れてしまえば、もはや袋のネズ

ミも同然、煮るなり焼くなり、どうにでも料理できる」

「しかし、劉備は一人ではあるまい」

「趙雲と兵三百だという通報があった。こちらは兵五千を用意しておけば足りよう」

すると蒯越は首をかしげた。

「そうかな。劉備の陣営では、何といっても義弟の関羽と張飛が音に聞こえた豪の者だ。関羽が官渡《かんと》の戦で、河北第一といわれた顔良《がんりょう》や、勇名高かった文醜《ぶんしゅう》を斬った話は、こちらにも伝わっている。張飛は、その関羽にひけをとらぬ、とも聞いている。かれら両名がどうして劉備につきそってこないのか、どうも不思議でならぬ」

「そのことなら気にする必要はあるまい。劉備がわが方の計略に気がついていないからだろう」

と蔡瑁はことなげにいった。

蒯越は何かしら納得しかねるようだったが、といって、義弟両名がつきそってこない別の理由も思いつかず、

「念のために、城外にも兵を配置しておくのがよかろう」

と忠告したにとどまった。

四

そのころ――、
漢水の下流を小舟をやとって左岸から右岸に渡った男があった。身なりは、武者修行中の浪人ふうである。彼は襄陽の南にある峴山《けんざん》の麓をぬけて西へ急いだ。約二十里ほど行ったところに、樹木が青々と茂った山々があった。そのほぼ中央にあるのを隆中山《りゆうちゆうざん》という。

隆中山の麓に小さな川が流れ、小虹橋《しようこう》という石の小さな橋があった。そこを渡ると、道はしだいに高くなり、その奥に草ぶきの家があった。戸口は石段になっていて、そのわきに柏《かしわ》の古木が三本そびえている。

急ぎ足できた男は、そこまでくると安心したらしく、大きく息をついてから戸口に立った。

石段を上る足音で人の来訪を知ったのか、扉が中からあいて、眉目秀麗な若者が顔を出した。そして男を見ると、

「元直《げんちよく》さんじゃありませんか」

と驚いたようにいった。元直と呼ばれた男は、

「均《きん》君か。兄上はご在宅かね？」

「いまは畑に出ていますが、間もなく戻るでしょう。中に入ってお待ち下さい」

「ありがたい。そうさせていただくよ」

元直は衣服の埃《ほこり》をはらった。

「しばらくお見えになりませんでしたね。どこかへ旅をしておられたんですか」

そう聞かれて元直は、

「いや、旅をしていたわけではないんだ。ある方のところに仕官した」

「そうですか。でも、そういっては失礼かもしれませんが、仕官先はあまり裕福ではなさそうですね」

「なぜかね？」

「だって、前と同じような身なりじゃありませんか」

「ああ、この服か。じつは事情があって以前に着ていたものをわざと身につけてきた。誰か知人に出会っても、徐庶《じょしょ》元直はいぜんとして浪人中だと思わせるためにね」

そのとき、農具をたずさえた男が戻ってきた。身の丈は八尺（約一八四センチ）の偉丈夫である。農衣をまとっているが、深い知性をたたえた双眸《そうぼう》を見れば、たんなる農民でないことは明らかだった。

「やあ、元直じゃないか。しばらく見えなかったが、どうしていた？」

と偉丈夫はなつかしげに声をかけた。

「久しぶりだね。あなたも元気らしいな。いまも弟さんに話したんだが、じつは仕官をした」

「ほう、それはよかった。で、どこで？」

「新野にいる」

「そうではないか、と思っていた」

「なぜわかる？」

「きみほどの才能があれば、どこへ行っても仕官できる。広元《こうげん》や公威《こうい》からきみが旅に出たらしいと聞いて、おそらく許都《きょと》へ行ったのだろうと思っていた。しかし、博望坡で曹操の大軍が劉備の反撃をくらって大敗したと聞いて、もしかすると、その作戦を立てたのはきみではないか、と推測したのだ」

「まァ、そういうことだが、新野では本名を用いずに単福と称している」

「なるほど、そのわけもわかるよ。劉備の軍師が徐庶だと知られれば、襄陽にいる母上の身が無事にはすむまい、と考えたのだね」

「孔明《こうめい》、その通りだよ。まったく、あなたにはかなわない」

と元直は苦笑した。

孔明と呼ばれたこの家の主人こそ、諸葛亮《しょかつりょう》、字《あざな》は孔明であった。豫章《よしょう》郡の太守《たいしゅ》だった叔父の死後、孔明は姉、弟といっしょに荊州に移住した。はじめは城下に住んだが、襄陽の名士の龐徳公《ほうとくこう》を慕って隆中山の麓に土地を買い、そこに粗末な家を建てて畑を耕した。隆中山と龐徳公の住む峴山とはいくらも離れていなかった。

龐徳公は劉表に招かれたが、世に出ることを好まなかった。

「世間の連中は子孫に危険を遺《のこ》していますが、わたしは安全を遺してやりたいのです」

といってことわったのだ。しかし、その高雅な人柄と学識を慕ってくる若者は拒まなかった。

河北の名士で霊帝《れいてい》のころ司徒《しと》をつとめ、董卓《とうたく》の部下に殺された崔烈《さいれつ》の子の崔州平《さいしゅうへい》、汝《じょ》南《なん》郡の孟建《もうけん》、字は公威、潁川《えいせん》郡の石韜《せきとう》、字は広元といった秀才たちが、その門弟となった。ほかに、龐徳公の子の龐山民《ほうさんみん》、甥《おい》の龐統《ほうとう》、字は士元《しげん》もいる。

孔明も徐庶もやはり門弟であった。ことに孔明は龐統と並んで評価が高かった。龐徳公は孔明の姉を息子の嫁として求め、また襄陽の名士の黄承彦《こうしょうげん》は、自分の娘を孔明のもとに嫁がせた。

そのことについて逸話がある。孔明の才能を見込んだ黄承彦は、ある日孔明にいった。

「亮君、きみも嫁さんを迎えていい年齢になったと思うが、その気はないのかね？」

「お言葉ですが、わたしのような財産も官位もない男のところへ嫁にきてくれる人なんていませんよ」

「あるとも。じつをいうと、わしの娘だ。ただし、髪は赤いし肌は色黒で、ひいき目にみても美人とはいえぬ。だが、頭は決して悪くない。きみの妻として恥ずかしくはない、と思っているのだが……」

「では、喜んで」

「えッ、本当にもらってくれるのか」

黄承彦はたちどころに馬車を用意させて、愛娘《まなむすめ》を孔明のもとへ送り届けた。そして、これを知った襄陽の人たちは、

学ブ莫《なか》レ孔明ノ婦択《よめえら》ビヲ
止《ただ》得タリ阿承《あしよう》ノ醜女ヲ

と嘲った、という。孔明ほどの秀才ならば、もっと財産家の美しい娘を嫁に迎えられるのに、どうして択《よ》りに択って評判の不美人をもらったのだ――というのである。

たしかに、そうかもしれない。だが、孔明は少しも意に介さなかった。美醜は問題ではなく、人柄や聡明さが大切だった。

当時において、孔明のこの考え方は、やや異端だったかもしれない。なぜなら、男でさえも容貌が重視されていた。才能あるものは外見も立派だ、とされていた。史書が孔明の身長を八尺だったと記録するのも、そのあらわれなのである。平均に比べれば際立った身の丈であり、それだけで群鶏の一鶴という印象をあたえたに違いない。

男でさえそうだったのだから、まして女性の容貌は重んぜられた。だから龐一門の門弟のなかには、美醜を問わなかった孔明を、

「彼はへそ曲がりの自信家だ」

というものも少なくなかった。

徐庶は孔明とは別の意味で、仲間うちでは敬遠されていた。それは、彼が若いころ任《にん》俠《きよう》の徒に与《くみ》して撃剣を好み、義のためとはいっても、人を殺したことがあったからである。

そのとき彼は顔に土をぬり、髪をザンバラにして逃亡したが、結局は警吏につかまって

しまった。警吏は彼を車の上に縛りつけ、人の集まる市場に引き出して、

「こいつを知っているものは申し出よ。褒賞金をつかわすぞ」

とふれ回ったが、名乗り出る人はいなかった。

殺人が義のためだと知っていたから、とする説と、任俠組織の仕返しが恐ろしかったから、とする説とがある。仲間が奪い返してくれたためにやっと逃げられた事実からすると、証言するものが現われなかった原因は、後者だったかもしれない。

ともあれ、これをきっかけに彼は剣を棄《す》て、任俠時代のきらびやかな服から粗衣にあらため、心を入れかえて学問に励んだ。前歴が知れて仲間うちで敬遠されても、人より早く起きて掃除をし、侮蔑の言葉を浴びても受け流した。

わけへだてなくつきあい、彼に冷たい仕打ちをしなかったのは、師の龐徳公を除けば、同郷の石韜と孔明だけだった。

徐庶は孔明よりかなり年上だった。

史書には、人を斬ったのは中平《ちゅうへい》末年（一八九年）とあるから、そのころ孔明はまだ九歳である。しかし年齢差に関係なく、徐庶が若い孔明を尊敬したのは、何もお尋ね者の自分に彼が親しくしてくれることが理由ではなかった。古の管仲・楽毅に比すべき大才である、と信じているからであった。

いま徐庶は劉備の陣営にあって、軍師として優遇されている。が、真にその名にふさわしい人物は、孔明を措《お》いてはいない、と徐庶は思っているのだ。

孔明は衣服をあらためてから、

「あいにくと家人は実家へ行っているが、均にいって食事をつくらせよう。今夜は久しぶりに泊まって、ゆっくりしてくれたまえ」

「お言葉は嬉《うれ》しいが、そうもいかないのだ。じつは、あなたにお願いしたいことがあってやってきた」

それが耳に入らなかったかのように孔明は、

「それにしてもきみが新野にとどまったとは、意外だったね。どうして許都へ行かなかったのだ？」

「それも考えないではなかった。しかし、曹操の陣営には、わたし程度のものは掃いて捨てるほどいる。いやいや、それどころか、あの荀彧、荀攸《じゅんゆう》、賈詡《かく》などは、とうていわたしの及ぶところではない。そう思ったら許都へ行く気がしなくなったんだ」

「元直、それは謙遜に過ぎるよ。かれらに才能のあることは確かだが、かれらにはないものをきみは有している。聞くところによると、曹操は人使いの名人だというから、行けば登用されるはずだよ」

「そのことは、まァ、いいじゃないか。頼むから、わたしの話を聞いてくれたまえ」

と徐庶は頭を下げた。

孔明はちょっと思案したのち、

「きみが曹操を選ばなかったのは、彼の性格に自分がついて行けないと思ったからではないかな。そして劉備を選んだのは、その人柄に惹《ひ》かれたためだろうと思うよ。そして、ここへきたのは、主君のために何とかして、この孔明をひっぱり出そうというのだ。はっきりいっておくが、わたしにその気はない。別に劉備では不足だというわけではない。そもそも仕官する気があるなら、劉表のところへ行くよ。きみも知っているように、わたしの岳父の夫人は、蔡《さい》夫人の実姉だからね」

黄承彦の妻は、襄陽の有力者蔡諷《さいふう》の娘であった。その妹が劉表の後妻となっている。つまり黄承彦と劉表は、義理の兄弟という間柄だった。

徐庶はもとより承知である、そして、孔明に看破されたように、彼を劉備の陣営に迎えることができれば……と思っていたことも事実だった。しかし、それを認めるわけにはいかなかった。

「劉将軍の人柄がいいことは間違いないが、わたしがいかに説得したところで、諸葛孔明が動かぬことくらい、じゅうぶんに承知している。わたしのお願いというのは別のことです」

「というと？」

「じつは、わが主君が生涯の危機にさらされている。原因は蔡瑁です。あす劉将軍は襄陽城に入らなければならない」

「元直、きみらしからぬ話だ。曹操の大軍をあっさり料理した智謀をもってすれば、それを切りぬける策くらいは造作ないと思うが……」

「あれは戦場でのことだ。その上、相手が猪武者の夏侯惇だったから成功した」

「岳父を通じて、蔡夫人を動かしてくれというのか」

「そうしていただけるとありがたい」

「無理だ。荊州城へは一日で往復できないよ」

「どうすればいい？　教えてくれ、孔明」

悲痛な口調であった。孔明はため息をもらし、

「きみの主君を救い出すには、伊籍《いせき》を頼りにするしかあるまい。きみも彼を知っているだろう」

「そのことは考えた。しかし、残念ながらわたしは城内へ入れない。単福と称している男の顔を見れば、徐庶だとわかるものは城中にたくさんいる」

「わかった。わたしが今夜のうちに伊籍をたずねよう」

「ありがたい。恩に着る」

徐庶はそういうと孔明に頭を下げ、とめる間もなく飛び出して行った。

孔明は重苦しい表情だったが、

「致し方あるまい」

と自分を納得させるかのように呟き、弟の均に馬を用意してくれ、といった。

「兄上、聞くつもりはなかったけれど、自然に耳に入ってくるのです。元直さんにうまくやられたんじゃないですか」

「お前のいう通りかもしれない」

「生意気なことをいうようですが、この戦乱の世に将軍の一人や二人がどうなったって、わたしたち兄弟に関わりのないことではありませんか」

「確かに……でも、人間には自分の意思ではどうすることもできぬ流れがある。元直と知り合ったのもその一つだろう。その彼が天子のおわす許都へ行かずに新野に足をとめたとは」


孔明の見るところ、劉備は曹操に遠く及ばない。その版図はむろんのこと、その才能においても資質においても――。

また、両者の優劣がどうであれ、孔明には関係のないことだった。まさしく弟のいう通りなのである。龐徳公の生き方が理想であった。位階も栄爵も欲しくはなかった。が、ただ一点だけ、師とは異なる思いが孔明にはあった。このまま逸民として隆中の山麓に埋もれても悔いはないが、時運に遭えば必ずしもその限りにあらず、蛟竜《こうりゅう》が水を得て天に駆けるのもまた悪くはない、という思いもあるのであった。

第四十八章

弾《だん》琴《きん》高《こう》談《だん》

一

劉備《りゆうび》は、趙雲《ちよううん》以下三百の兵とともに、襄陽《じようよう》に入った。劉表《りゆうひよう》の二人の子息、長男の劉《りゆう》琦《き》と次男の劉琮《りゆうそう》が蒯越《かいえつ》らを従えて城門でこれを迎え、丁重に挨拶した。劉備も答礼し、劉兄弟に案内されて、ひとまず客殿に入った。

「劉表殿のおかげんを案じておりますが、いかがですか」

劉備の問いに、

「ありがとう存じます。日常の起居には差しつかえはありませんが、馬に乗りますと、体の節々が痛みまして難儀をいたします。本来ならば、父がこの地へ出向いて、曹《そう》軍を追い払われた劉皇叔《こうしゆく》にお礼を申し上げねばならぬところでございますが、何分荊《けい》州からここまでは道程《みちのり》もあります故、そのことがかないませぬ。われら両名、父より意のあるところをお伝えせよ、と命をうけて参りました」

と劉琦が口上をのべ、ついで、

「また、群臣諸将を招いての会に、父の代理をつとめていただき、まことに恐縮に存じます。われら両名、至らぬものでございますが、お手伝いをさせていただきますので、よろしくご指導下さい」

と劉琮がいい、兄弟ともに拝礼した。

「これは丁重なご挨拶、まことに痛み入ります。曹操《そうそう》の軍を退けることができたのは、何もわたしの力ではありません。劉表殿のご威光のおかげです。また、本夕の会の主人役をつとめよとのお言葉ですが、この玄徳《げんとく》にそのような資格はありません。どうかご兄弟でその席におつき下され」

「とんでもないことです。未熟なわれらにはつとまらぬ大役です」

「そのようなことをしては、父に叱られます故、なにとぞよろしくお願いいたします」

と両名はこもごもいった。

「では、心苦しいが、つとめさせていただきましょう」

と劉備は会釈し、ひとまず休息することにして趙雲とともども奥の間に入った。

すぐに身辺の世話をする小者が現われ、鎧《よろい》をぬいでくつろぐようにすすめたが、

「いや、このままでよろしい」

と趙雲はにべもなく追い払った。そして、部下の兵に、

「油断いたすな。いかにすすめられても、鎧をぬいだり、酒をのんだりしてはならんぞ。酒の中に毒が入っているかもしれん」

といましめた。

「趙雲、気持はわかるが、いまから緊張していては身がもつまい」

「お言葉ですが、ここは戦場同然でございます。一瞬の油断が命取りになりかねません。それに、群臣のなかに蔡瑁《さいぼう》の姿が見えなかったのも気がかりでございます」

と趙雲は律義にいった。

やがて夕刻となり、劉備は礼服に着かえて正殿に出た。その背後に影のようにつき従っている趙雲は、兜《かぶと》こそつけていないが、長剣を佩《はい》して鎧をまとっている。劉兄弟をはじめ他の諸将はすべて礼服であった。趙雲の武装はその場にふさわしくないことは誰の目にも明らかだった。

蒯越が趙雲に近寄り、

「今宵は平和の宴《うたげ》でござる。お召しかえになったらいかがですか」

と小声でいった。

「いや、それがしはこれしか着るものは持っておりませぬ。失礼はご容赦願いたい」

と趙雲はつっぱねた。

「では、こちらで用意しても、よろしゅうござるが……」

「いや、結構です」

「しかし……」

なおも説得しようとする蒯越を劉琦が制して、劉琮ともども前へ進み出ると、主人役の劉備に一礼し、おごそかに開会を宣した。

劉備はゆっくりと立ち上がり、設けられた祭壇に進むと、五穀豊穣を感謝し平和を祈念する祭文を朗々と読みあげた。

さらに、劉表からの劉備の武功をたたえる文章が劉琦によって読みあげられ、ついで劉琮が、群臣諸将のうちこれまで功労のあったものたちの名を呼んで、褒美の品を渡した。

粛々として諸事が進行し、それが終わると、席を移して宴がはじまった。

劉備は兄弟を左右に主人席についた。趙雲は当然のようにその背後に立った。

酒肴《しゆこう》が各人の卓上に盛られ、歌妓楽女《かぎがくじよ》がうたい舞いはじめると、文聘《ぶんぺい》が進み出て、

「趙雲殿、博望坡《はくぼうは》ではめざましい働きをなさったと聞いておりますが、そのようにいかめしく立っておられたのでは、お話を承ることもできぬ。われらが席にお入りになって、曹軍のことなど、今後のためにお聞かせ下さらぬか。さァ、どうぞこちらへ」

とすすめた。

「お話するほどのことは何もござらん」

趙雲はぶっきらぼうに答えた。

しばらくして、こんどは王威《おうい》が、

「趙雲殿、劉皇叔のご家中にあっては、関羽《かんう》、張飛《ちようひ》の両将軍の勇名は鳴りひびいているが、本当は貴殿が第一だというものもおります。ちょうどよい機会、ぜひとも一献いただきたいと存ずるが……」

といった。

趙雲は無言で王威を睨《にら》みすえた。

見ていた劉備がさすがに見かねたらしく、

「趙雲、せっかくの宴の興を損じては、劉表殿にも相すまぬ。お言葉に甘えてくつろぐがよかろう」

と声をかけた。

趙雲は困惑したようだったが、劉備がうなずくのを見て、

「では」

といって、諸将の間に入った。文聘たちは入れかわり立ちかわり趙雲に杯を勧めた。注がれた酒はきれいに飲みほし、一滴も残っていないことを示すために杯を下に向けるのが、こういうときの作法である。しかし、趙雲は杯を口につけるまねをしただけで、一滴も飲まなかった。

劉備はそれを見ながら、かたわらの劉琦にたずねた。

「蔡瑁殿がお見えになっておらぬようだが、いかがなされた？」

「荊州から使いがきたとかで、けさほど兵を率いて出発いたしました」

「何か急用でも？」

と蒯越が引きとって答えた。

「江夏《こうか》に孫権《そんけん》の水軍が出没したとか。蔡瑁は水師都督《すいしととく》をつとめておりますので、そちらへ向かったものと思われます」

「孫権が来攻したとあれば、このように宴を楽しむわけには参りますまい」

「いやいや、水軍といっても、二、三隻が現われたにすぎません。どうかご懸念なく。それより、博望坡で見事な勝利をおさめられたについては、新規召抱えの軍師があざやかな軍略を発揮されたとか。どういう方か、お教えいただけませんか」

「それは単福《ぜんふく》というものです」

「聞いたことのない名前ですが、どちらの出身ですか」

「潁川《えいせん》の産だと聞いている」

「して、これまでどこの家中にいたか、ご存知ですか」

「曹操や袁紹《えんしょう》のもとでなかったことは確かですな」

「一度お目にかかりたいものです。失礼ながら新野《しんや》の城兵は一万、曹軍十万を撃破するのは不可能に近い。これまでどこにいたかも知れぬ軍師のよくなし得ることではありません。わたしの知る限りでは龐徳公《ほうとくこう》門下の臥龍《がりよう》か鳳雛《ほうすう》のどちらか……」

「臥龍か鳳雛？」

「ご存知ありませんか」

「寡聞にして知りません。どういう人たちですか」

その問いに答えず、蒯越は、

「それを除けば、徐庶《じよしよ》というものがいるくらいでしょう。単福というものは、年はいくつくらいです？」

と問いかえした。

単福は劉備よりもやや若い年齢である。しかし、劉備は、

「単福はまだ三十歳にもならぬ若者ですよ」

と嘘《うそ》をいった。信用のできない相手に、何も本当のことをいう必要はない、と判断したのだ。また、劉備自身、単福の人間そのものは信用しているが、仕官してきたときの状況からして、何か事情があって本名を匿《かく》しているのではないか、と心中ひそかに考えていたせいもあった。

「三十歳にもならぬ若者……」

と蒯越は首をひねっている。

そこへ侍臣の一人がきて蒯越の耳もとに何事か囁《ささや》いた。

蒯越はうなずいた。

すると劉琦が小声で、

「廁《かわや》にご案内させましょうか」

といった。

劉備は一瞬迷ったが、

「よしなに」

と応じた。弟よりも兄の方が信用できるとかねてから考えていたのだ。劉琦は、

「伊籍《いせき》」

と呼び、劉備を廁へ案内せよ、と命じた。

伊籍は先に立った。そして、厠へ行く途中で、

「客殿にお帰りになっては危険です。すでに蔡瑁が兵を配置し、夜明け前に乱入する手筈《てはず》をととのえ、さらに城外にも伏兵を置いております。唯一《ただひと》つ、南門から峴山《けんざん》へ通ずる道がありますが、そこには檀渓《だんけい》という急流に架けられた橋を通るしかありません。そこも兵で固められているでしょう」

「どうすればよい？」

「急流の幅は二丈、跳ぶしかありません」

と伊籍はいった。

当時の二丈は約四・六メートルである。

余談になるが、檀渓は現在も襄樊《じょうはん》市に残っている。筆者が訪れたときは、三国志の時代に比べると、川幅も狭くなっており、流れもさほど急ではなくなっているが、難所であったことはうかがえた。

二

劉備はそのまま宴席に戻らず、伊籍に、

「ご兄弟をはじめ諸将には、気分が悪くなって客殿へ引き揚げた、とお伝え下され」

といって、正殿をぬけ出した。

劉備の長所は、信じ得る人とそうでないものを見分ける目をもっていたことであった。彼は劉琦と伊籍を信じ、劉琮や蒯越らを信用しなかった。もし、伊籍の言葉を、

（これは罠《わな》ではないか）

と思っていたら、このとき命を失っていただろう。

劉備は客殿近くにつないであった的盧《てきろ》を引き出し、単身で南門へ向かった。もとより警備の兵がいた。

「何者か」

と立ちはだかる兵を蹴散らし、劉備は的盧を進めた。

客殿包囲の指揮をとっていた蔡瑁は、この報告をうけると、

「よし、すぐに追え。見つけしだい、斬ってしまえ」

と命令した。

一方、関羽は小舟をやとい、夕闇にまぎれて漢水《かんすい》を渡り、張飛は下流を渡って峴山のわきをぬけ、城をめざしつつあった。

関羽が部下とともに城壁に身をひそめていると、にわかに城門にあわただしく往来する人馬のざわめきが起こった。

そのとき城壁の上に何者かが立ち、火矢を放った。

と同時に東門があいた。趙雲の部下があけたのだ。関羽はまっさきに突入した。

「ご主君はどこにおわすか」

関羽の叫びに、兵の一人が答えた。

「わかりませぬ」

「バカな！」

関羽は一喝し、正殿へ突進した。

そのとき趙雲が飛び出してきた。

「子龍《しりよう》ではないか。殿はどうした？」

「不覚にも見失いました。南門をぬけたという報告もあって……」

「よし、いっしょにこい」

両雄は怒れる獅子《しし》のように南門へ突進したが、そこには警備の兵がいるだけだった。関羽はその一人をつかまえ、

「劉皇叔はここを通ったのかッ」

とどなった。

「はい。お一人で……。いま蔡瑁将軍が追っております」

「おのれ！」

関羽はその兵を投げとばし、わきにつないであった馬を奪って後を追った。

すぐに檀渓の橋である。見ると、蔡瑁がいる。

「おい、蔡瑁。わがご主君はどこだ？」

「わからぬ」

「何をいうか。きさまが害《あや》めようとして追ってきたのであろうが」

「違う。城中での宴席をぬけ出されたと聞いて、お迎えにきたのだ。他意はない」

「そのような嘘にはだまされん。お迎えというなら、なぜ武装兵をこれほど沢山連れてきたんだ。きさま一人で足りることではないか」

関羽はどなった。

「このあたりは物騒だからな、皇叔の御身に万一のことがあってはと思い、兵を連れてきたまでのことだ。しかし、皇叔がこの橋を渡った形跡はない。警備の兵たちは、橋を渡ったものは一人もいない、といっている」

「シラジラしいにも程がある。いずれは決着をつけねばならん、と思っていた。斬ってくれようぞ」

劉備を失ったのではないかという不安な思いで、関羽も日ごろの冷静さを欠いていた。

趙雲が押しとどめた。

「殿の身に何事かあったのであれば、蔡瑁がここでうろうろしていることもないはず。もしかすると、そのあたりか城内に戻って身をひそめておられるかもしれません。わたしは城内を捜索しますから、将軍はこのへんを探索して下さい」

「うむ」

関羽も気がついて、

「おい、蔡瑁、一歩たりともそこを動くなよ。もし変な動きをしようものなら命はないものと思え」

と大喝《だいかつ》し、部下に付近一帯の捜索を命令した。

しかし、草むらにも樹木のかげにも、劉備の姿はなかった。

劉備は――、
南門を出た彼は、橋の手前まできて、警備の兵を望見すると、尋常に橋を渡ることは難しいと判断した。手前だけでも百名の兵がたむろしているし、それを突破しても、対岸にそれ以上の兵がいるらしい。

劉備は馬首を上流へ向けた。

しばらく進むと、やや川幅の狭いところがあった。

「的盧よ、汝《なんじ》がわれに害をなすとは思わぬぞ。この危地を脱するのは、汝の蹄《ひづめ》しかない。頼む、われを救え」

と劉備はまるで人間にいい聞かせるように語りかけて首をなでた。

的盧は雄々しく首を振った。

「よしッ」

劉備は数十歩馬を退《さが》らせてから、

「行け！」

と一鞭《ひとむち》くれた。

的盧は力強く疾駆し、あざやかに急流を跳んだ。

「ああ、よくぞ……」

劉備は的盧の首をやさしくたたき、馬首を南へ向けた。彼は襄陽へ入る前に、

「万一のときは峴山の麓に住む隠者をおたずね下さい」

と単福から教えられていたのだ。

単福のいうには、隠者は司馬徽《しばき》、字《あざな》を徳操《とくそう》というが、雅号の水鏡《すいきょう》先生の方が人に知られており、峴山の付近でたずねればすぐにわかるという。劉備が、

「軍師とはどういうお知り合いか」

と聞くと、それには答えず、

「当代切っての碩学《せきがく》ですが、世に出ることを望みません。若いころは人に教えたこともあったようですが、いまでは気の合ったものとだけ交わり、興がのれば琴を弾じ、詩文を論ずる日々を過ごしております」

「この乱世にそういう風雅な生き方をする人もいるとは……」

と劉備はいった。もっとも、それが羨ましいという言葉は口にしなかった。それはそれで一つの生き方だろうが、劉備自身はそうしたいとは思わなかったからである。風雅に生きるのは、本人や家族はいいかもしれない。だが、乱世に苦しむ多くの民はどうなろうと構わぬ、ということではないか。世に隠れていては、いかに有能であろうと、天下に泰平をもたらすことはできない。黄巾《こうきん》の乱以来、血腥《ちなまぐさ》い戦場を往来してきたのも、その志が

あったればこそ、なのである。曹操もそのことにおいては同じであろう、と劉備は考えている。

三

さて、劉備は的盧を走らせているうちに、一人の牧童が牛の背にまたがり、草笛を吹きながらやってくるのに出会った。のんびりとした牧歌的な情景である。

「これこれ、童《わっぱ》よ、このあたりに住む水鏡先生の隠宅はどこか知らぬか」

と劉備は声をかけた。

「おらは童じゃない。ちゃんと名前がある。それより、先生のことを聞きたいのなら、自分が何者かを告げるのが礼儀というもんじゃないか」

と牧童はいいかえした。劉備は怒らなかった。

「これは道理である。わたしは劉備と申すものだ」

牧童はびっくりしたように、

「劉備？　それじゃ新野の城主の、あの劉皇叔様ですか」

「わたしのことを存じておるのか」

「北方の大軍を追っ払ったということで、知らないものはいませんよ。なるほど耳が長くて、腕は膝まである。噂《うわさ》のとおりのお方だ」

劉備は苦笑し、

「ともかく教えてくれぬか」

「喜んでご案内しますよ」

と牧童は先に立った。

二里ほど進むと、雑木林に隠れるように傾きかけた草堂があった。

「ここか」

「そうです。おらから先生に伝えて参りましょう」

「まァ、待て」

劉備は馬を下り、中門につないだ。草堂から澄んだ琴の音が洩《も》れてくる。たしかに、隠者の住居らしく見えるが、蔡瑁の手が回っているかもしれないのである。

すると、琴の音が不意にやんだ。

はっとして劉備は思わず身構えた。

扉をあけて出てきたものがある。劉備はほっとした。白髪古木のような老人だった。

「弾琴のさなか、にわかに殺気のこもった気配が感じられたのはいかにも不審だったが、やはりそうであったか。興を削《そ》がれたことについては何もいわぬ。どうか立ち去っていただきたい」

すると牧童が、

「先生、この方は劉皇叔様ですよ」

「なんと！」

劉備は進み出て名乗った。

「申し遅れましたが、劉備、字を玄徳と申します。先生の風雅なお楽しみを妨げた非礼をお教《ゆる》し下さい」

「これは恐縮。何もおもてなしはできぬが、このあたり一帯が危うく曹操の軍靴に踏みにじられるところを救って下さったお礼に、せめて酒なぞをあたためて献じたい。どうかお入り下されし」

と司馬徽は招じ入れた。

劉備は草堂に入った。外から見て傾きかけていた理由がわかった。万巻の書の重みで、屋台がかしいでいるのだ。

司馬徽はみずから酒をあたためながら、

「つかぬことをお聞きするようじゃが、さきほど将軍が発せられた殺伐の気は、いかなるわけですかな」

「じつは襄陽において蔡瑁がしかけた罠を逃れ、からくも檀渓を跳んで九死に一生を得た次第です」

「それはご災難じゃったな。しかし、あの檀渓を跳び越し得たのは、将軍の武運の強さを示すものではありませんか。蔡瑁ごとき小才のものが牛耳るこの荊州をば、いっそのこと将軍みずから治められるがよろしかろう」

「先生のお言葉とは思えません。曹操に追われたこの身を迎えてくれたのは劉表殿です。家臣の蔡瑁がどうあれ、そのような義に背くことができるものでしょうか」

「なるほど、将軍は仁のお人じゃ」

「先生も本気でおっしゃったわけではありますまい」

「よしよし」

と司馬徽はにこにこしていった。柳に風といった感じである。

たしかに風韻高雅な隠士ではあるが、しょせん別の世界に生きている人だ、という思いが劉備にはある。しかし、その一方でこの閑寂な佇《たたず》まいに清々《すがすが》しさを覚えるのも事実であった。

「先生、どうかご教示下さい。この戦乱の世を鎮めたいと日ごろから念じてはおりますが、時運拙く、このままでは蛟竜《こうりゆう》たらんとする志も池中に朽ち果てるのみです」

「よしよし」

「先生、わたしは本気です。どうすべきか、お考えをお聞かせ下さい」

劉備の真情のこもった言葉に心を惹《ひ》かれたのか、司馬徽は、

「それでは申し上げよう。将軍はいま時運拙く、といわれたが、はたしてそうだろうか。余計なことをいうようじゃが、将軍の左右にその人を得ないためではないかな。たとえば、曹操の陣営を見たまえ。文武ともに有能な士が揃《そろ》っている。彼の勢威は、決して時運に恵

まれたが故だけではあるまい」

「それはあえて否定しません。しかし、お言葉を返して恐縮ですが、菲才《ひさい》なこの玄徳の周りにも、関羽、張飛、趙雲という武将がおりますし……」

「たしかにその豪傑たちの勇名はわたしの耳にも入っているが、機に臨み変に応ずる策をこうずるものがいなければ、その武勇も時として徒花《あだばな》ではないか」

「これはしたり、決して武のみではなく、文にも人はおります。孫乾《そんけん》、糜竺《びじく》、簡雍《かんよう》……」

「そう申しては悪いが、かれらは白面の書生も同然、天下の事を謀る才はあるまい」

「では、いいましょう。博望坡で曹操の大軍を撃退し得たのは、わが軍の指揮をゆだねた軍師がいたからです。じつは、先生のことを教えてくれたのもその人物」

「誰かの？」

「単福というものです。かつてご門弟の一人だったと思いますが……」

「いや、知らぬ」

「潁川の出身で、年齢はわたしより少し若いくらいですが……」

司馬徽はにわかに表情を和ませ、それが口癖の、

「よしよし」

を発した。

「やはりご存知でしたか」

「将軍、単福というのは本名ではない。徐庶、字を元直《げんちょく》というものでしょう。わたしの

友人ではあるが、弟子ではない。元直には老いた母君が襄陽に住んでいるので、蔡瑁から害を加えられるのを恐れ、偽名を用いて将軍のもとに身を寄せたに違いない」

「それは存じませんでしたが、それこそ単福、いや徐庶の大才を証明するものではありませんか」

「なるほど彼は有能の士じゃ。曹軍を撃退するくらいのことは朝飯前だったろうが、それは、敵将が夏侯惇《かこうとん》のような猪《いのしし》武者だったからじゃな。徐庶は将軍にそういわなんだか」

「たしかに、そのように謙遜しておりました」

「将軍、徐庶はおのれの能力を知っていて、正直にそれをいったまでのことじゃよ。もし曹操がみずから発しきたれば、徐庶といえども敵し得まい」

「先生、いまにして思い至りました。尊師が雅号を水鏡と称されるゆえんを。万象、水の鏡にうつすがごとく、何一つとして明らかならざるものはありません。どうか新野にお出まし下さって、徐庶ともども、この凡なる玄徳をお導きいただけませぬか。いいや、一玄徳のためではなく、天下のために……」

と劉備は膝を屈していった。

司馬徽は迷惑そうに、

「わたしは世捨人です。それに、万巻の書に囲まれて放談するのは好きじゃが、それだけのことであって実理には暗い。とうてい将軍のお役には立ちませんよ」

「では、ひとたび曹操が軍を発しきたれば、何ものもそれを防ぐことはできませぬか。この地の平安もそれまでということですか」

「いやいや、必ずしもそうではない。将軍が野にある賢才俊傑を身を屈してでも求める気持さえあれば、道はおのずから開かれよう」

「そのような人物がいるのでしょうか」

「さよう、臥龍か、あるいは鳳雛か、そのいずれかを帷幄《いあく》に得れば、もって天下の事を謀ることができるじゃろうな」

「臥龍、鳳雛……襄陽においても聞きましたが、どなたのことでしょうか」

「よしよし」

劉備は、それが司馬水鏡の癖であり、是非善悪にかかわりなく口をついて出てくることを悟っていた。おそらく、この調子では、たとえば友人の訃報に接しても、

「よしよし」

というのではあるまいか。

いずれにせよ、彼ほどの具眼の士が、いつかは雲雨を得て天に昇るが、いまはそのときを待って伏している龍（臥龍）か、あるいは天高く飛翔する大鳥の雛《ひな》（鳳雛）のような賢才がこの地にいることを暗示してくれたのである。それだけでも劉備としては満足すべきであった。

四

とつぜん雑木林を揺るがして、人馬の響きが伝わってきた。

「大変だ。たくさんの兵隊がやってきた」

と先刻の牧童が駆けこんできた。

劉備は立ち上がった。覚悟はできている。ここで死ぬとしても、司馬徽に迷惑をかけたくなかった。

「先生、これでお暇《いとま》いたします」

「よしよし」

その、変に明るい声を背に、劉備は草堂を出た。

兵の先頭に立ったのは張飛であった。中門につないだ的盧の手綱をとり、

「おお、やはりここにおわしたか。心配いたしましたぞ。さァ、早くお乗り下さい」

と叫んだ。

「よしよし」

劉備はうなずきながら、ふと思いついて、司馬徽の口まねをしてみた。

張飛は呆ッ気《あけ》にとられている。

劉備は的盧にまたがり、草堂に一礼して去った。張飛は馬を並べながら、檀渓を跳んだ

馬のあったことを聞き、手わけして探したことを説明し、襄陽に入った関羽や残った趙雲にも連絡したことを告げた。

すぐに使いが走り、間もなく関羽らも合流した。

「単福はどこにいる？」

と劉備はまず気にかかることをたずねた。

「何かすることがあると申して、姿を消したきりです。もしかすると、裏切ったのではありませんか」

というものがあったが、

「愚かなことをいうものではない。ともあれ新野へ引き揚げよう」

と劉備は駒を進めた。

その新野の城門の前に、徐庶が立って出迎えていた。

「よくぞご無事で」

「軍師、おかげでこうして帰還できた」

「わたしはほとんど何もしておりません。趙雲をはじめ、諸将がご主君を思う心のたまものです」

と徐庶は謙遜した。

劉備には、おそらく徐庶が伊籍に働きかけたに違いない、と見当がついている。ただ、城外にあった徐庶がどうして伊籍と連絡をとったのかはわからなかった。しかし、その場は何もいわずに、帰還を祝う小宴を張った。

「蔡瑁の害意はもはや明白だが、このさきどうすべきか、皆の考えを聞きたい」

と席上、劉備はいった。

「いまさら議論の必要はありませんよ。すぐにも押し出して、あいつの素ッ首をはねるのみ！」

と張飛がどなった。関羽が、

「そのさきはどうする？」

「どうもこうもない。劉表が文句をいうなら相手になってやるさ」

「その隙に曹操が攻めてきたら？」

「うむ」

と張飛は口ごもった。

孫乾が進み出て、

「ここは怒りを抑えて忍耐するしかない、と考えます。しかし、蔡瑁の無礼を見逃すべきではありません。このような企てを二度としないよう、劉表殿にありのままを申し入れるべきでしょう」

「軍師の意見はどうかな？」

と劉備は聞いた。

「孫乾説に同意します」

「よしよし」

と劉備はいい、徐庶を見つめた。

徐庶はうつむいた。

宴が終わると、劉備は徐庶だけをとどめ、

「水鏡先生にお目にかかることができた。どうして名を偽ったのか……」

「申し訳ありません。偽名の罪、万死に値しますが、襄陽にある老母のことを思い、心ならずも身を偽りました」

「やはりそうだったか。じつは水鏡先生もそういっておられた。このさい、母上を新野にお迎えしたらどうか」

「ありがたい仰せです。最初から正直に打ち明ければよかったのですが、じつは、わたしは若いころ義のためとはいえ、人殺しの罪を犯しております。それ故に殿の御名に傷をつけてはならぬという思いもありました」

「それは先生もご存知か」

「はい」

「先生ほどの方がそれを承知の上で交わりを結んだのであれば、その義を認められたのであろう。いまさら問題にするには及ぶまい。それより教えてもらいたいことがある」

「何でしょうか」

「臥龍といい、鳳雛というのは、どこのどなたのことか」

すると徐庶はちょっと思案したのち、

「水鏡先生は、何も説明しませんでしたか」

「口癖の、よしよし、をいうばかりであったな」

「やはり……」

と徐庶は黙りこんだ。劉備は、

「徐庶、わたしがお前を頼りにしていることは、改めていうまでもないと思うが、先生が激賞するほどの賢才が野にいるとすれば、放っておく気にはなれぬ。もしその者たちが望むなら、わたしとしても登用したいが……」

「あえて申し上げます。かれらのいずれかがご家中に入るのであれば、徐庶は喜んでその下で働きます。わたしごときでは及びもつかぬ人物ですから……ですが、たぶん動かぬでしょう」

五

徐庶は、諸葛孔明《しょかつこうめい》が志操の高雅な人物であることを知っていた。また孔明の妻の黄《こう》夫人の血縁関係からすれば、孔明が劉表に仕官するのが当然だった。しかし、孔明にはその気がまったくないようだった。

まだ司馬徽の門に学んでいたころ、親しい仲間といっしょに徐庶は孔明の家をたずねたことがあった。

話がはずんでいるうちに食事どきになった。孔明は黄夫人に、

「臼をひいて麵をつくり、皆さんにお出ししなさい」

と命じた。

「はい」

と黄夫人はいった。だが、それとなく見ていると、黄夫人はいっこうに麵つくりにとりかからなかった。麵をつくるためには、まず麦を石臼にかけて粉末にしなければならない。この作業がなかなか大変なのである。徐庶たちは、黄夫人が面倒がって、口では「はい」と答えたものの、じっさいには孔明の指示を無視しているのだ、と思った。

徐庶たちは互いに顔を見合わせた。「学ブ莫《なか》レ孔明ノ婦択《よめえら》ビヲ」という俗謡がひとりでに心に浮かんでくる。美人ではないだけならまだしも、父母が名士であることを鼻にかけ、客の前で夫のいいつけたことも従わない女ではないのか。

しかし、孔明はそんなことを気にする様子もなく、この乱世にあって知識人はどう生きるべきかの話を続けた。いかに学問を修得しても、それを活用しなければ宝の持ち腐れにひとしい。では、どうしたら活用できるのか。

徐庶たちは、自分の学問や才能を活《い》かすためには、時代を動かす人物に仕えることだ、と考えていた。いいかえれば、その人物は誰か、ということでもあった。当時は、袁紹《えんしょう》、曹操、孫策《そんさく》であった。かれらの住む荆州の劉表もその一人になる。

孔明は黙っていた。徐庶が、

「ぼくらの考えをどう思うかね？」

と聞くと、孔明は、

「遠慮なくいわしてもらえば、きみたちは、良い主君を得れば、州の刺史《しし》か郡の太守《たいしゅ》くらいにはなれるだろうね」

と答えた。仲間の一人の崔州平《さいしゅうへい》が、

「そういうきみ自身はどうなのかね？」

と問いかえした。崔の父親は、司徒《しと》をつとめたことのある崔烈《さいれつ》で、董卓《とうたく》の子分の李傕《りかく》や郭汜《かくし》に殺された。孔明の場合も、育ての親である叔父の諸葛玄《しょかつげん》を戦乱のうちに失っている身である。互いに似通った境遇であった。

「ぼくか……」

孔明はそう呟《つぶや》いたが、それ以上は何もいおうとしなかった。

「ぼくらは刺史か太守になれるというが、きみはそれ以上のことを考えているのか」

と崔州平がなおも追及すると、孔明は、

「よしよし」

と司馬徽の口まねをして笑い、黄夫人に声をかけた。

「麵はまだかね。皆さん、お待ちかねだよ」

「はい、ただいま」

と黄夫人の返事が返ってきた。

徐庶たちは、どうせ口さきだけだろう、と思った。ところが、黄夫人ができたての麵をもって現われた。

徐庶たちはびっくりした。いつの間に麦を石臼でひいたのか。もっとも、前もって石臼でひいてあったのであれば、話は別である。ただし、その場合は、麦粉が湿気を含んでしまい、味は悪くなる。だから客をもてなすときは、そのたびに石臼でひくのだ。

「さァ、どうぞ。ひきたての麦を使いましたから」

と孔明はすすめた。

そうはいっても、どうせ古い粉を用いたのだろうという予想に反して、麵はじつに美味だった。仲間の一人の石韜《せきとう》が、声をひそめてたずねた。

「つまらぬことを聞くようだが、奥方はいつ石臼をひいたのかね？　何かほかのことをしているみたいだったが……」

「ああ、そのことなら本人に聞くのがいいでしょうな」

と孔明はいい、黄夫人を呼んだ。

黄夫人は恥ずかしそうに、自分のくふうした木製の人形が自分に代わって臼をひく作業をしたものだ、と説明した。徐庶たちが厨房《ちゆうぼう》をのぞいて見ると、石臼のまわりを牛馬のような人形が回る仕掛が作ってあった。どういう細工がほどこしてあるのか、黄夫人が紐《ひも》をひっぱると、その人形が石臼の周囲をぐるぐる回りはじめた。

「ふうむ」

徐庶たちは唸《うな》ってしまった。孔明は書斎に戻ると、

「家人をほめるのは士大夫《したいふ》のすることではない、というが、うちの家内に限っては、じつに大したものです。ぼくはかりに木牛流馬《もくぎゅうりゅうば》と命名したが、人間の代わりをするあの人形は彼女が発明した細工なんだ。巷《ちまた》の俗謡ふうにいえば、学ブ可《べ》シ孔明ノ婦択ビヲということでしょうな」

と孔明はいった。

六

時代を動かす英雄は誰かの話はそれきりになったが、徐庶は、孔明とのつきあいが深まるにつれて、孔明がみずからを春秋時代の名宰相として知られた管仲《かんちゅう》に、あるいは戦国時代の名将として名高い楽毅《がくき》に比していることを知った。

管仲は、斉《せい》の桓公《かんこう》に仕えて覇者たらしめたが、もともとは桓公に背いた男だった。しかし、親友の鮑叔《ほうしゅく》のとりなしで桓公のために働くようになった。両者はともに貧しい書生時代からの友だちで、その友情は終生変わることがなかった。管鮑《かんぽう》の交わりという言葉が生まれたくらいなのである。

楽毅は魏《ぎ》の人物だったが、使者となって小国の燕《えん》に出向いたとき、燕の昭王《しょうおう》が楽毅の

秘めたる才能を見抜き、上将軍として招いた。楽毅はその知遇にこたえ、五カ国の連合に成功して、強国斉に攻め入って七十余城を降《くだ》した。

管・楽とも、史上名高い人物であるが、共通していることは、己を知るもののために過去のこだわりを水に流して仕え、国家の運命を切りひらいた点である。

孔明は、この両者に自分を比している。比しているというのは、何も自分にそういう才能があると自惚《うぬぼ》れることではない。そういう自負と同時に、自分もそういう人物でありたいという志をもって勉強しているということでもある。一介の書生が刺史や太守になるのは、それなりに成功ではあるが、地方の長官程度には満足せず、文臣なら管仲、武将なら楽毅のように国家の運命を決める仕事をしたい――と孔明は念じているのだ。

しかし、孔明はどこにも仕官せずに、いつもは田畑を耕して、まるで農民のような生活をしている。その合い間に書を読み、ときには小さな小屋で膝をかかえて、「梁父の吟《りょうほ》」という古い歌を口ずさむ。

それはこういう詩句である。

一朝讒言《ざんげん》ヲ被レバ
二桃《にとう》モテ三士ヲ殺ス
誰カ能ク此《よ》ノ謀《はかりごと》ヲ為《な》サンヤ
相国《しょうこく》斉ノ晏子《あんし》ナリ

晏子というのは、斉の霊公《れいこう》、荘公《そうこう》、景公《けいこう》の三代に仕えた名宰相で、字を平仲《へいちゅう》という。斉には、三人の豪傑がいた。公孫接《こうそんせつ》、田開彊《でんかいきょう》、古冶子《こやし》といい、いずれも斉を大国とするのに功労があった。だが、そのためにとかく傍若無人の振る舞いが多かった。それを放置しておけば、斉国の存立そのものが危うくなりかねない。

それを案じた晏子は、景公に進言して、三人を集めた。景公は二個の桃を出して、

「われこそは功労者なりと思うものは、遠慮せずにこの桃を取るがよい」

といった。

かつては虎を素手で殺したことのある公孫接がすばやく一個をつかんだ。彼は、

(晏子のやつ、われら三名の仲間割れを狙って小細工をしたな)

と悟っていたのだが、ここで遠慮していたのでは、功労がなかったことを自認する結果になる。

ついで、大軍を指揮してしばしば軍功のあった田開彊がこれまた手をのばして残った一個を取った。

怒ったのは、かつて景公といっしょに黄河《こうが》を渡ったとき、舟をひっくりかえそうとした大亀と格闘し、これを退治した古冶子である。人びとは、古冶子のことを河伯《かはく》とほめたたえた。「伯」は一芸に長ずる、の意味がある。絵画に秀でた人が画伯なのだ。

「待て。河伯といわれたわたしこそ桃を取る資格がある。早く桃を返せ。主君のお命を救

ったのはわたしだぞ」

と叫んで古冶子は剣を抜いた。

先に桃を取った二人は、

「たしかにわれらは古冶子には及ばない。ここで桃を譲らずにいれば、人びとから強欲なやつだといわれるだろう」

「その通りだ。といって桃を返せば命を惜しんだといわれかねない。命を惜しんだ卑怯《ひきよう》者《もの》といわれないために自決しようではないか」

といい、ともに自刃してしまった。

独り残った古冶子は、

「二士共に死して、吾《われ》一人生きるは不仁である。また、二士を辱める言葉を吐いたのは不義な行為であった。そのおのれの行為を恥じていながら死のうとしないのは、勇なきものといわれよう」

といい、二人のあとを追って自刃した。

二桃モテ三士ヲ殺スの詩句は、こうした故事をもとにしている。晏子は勤勉努力家で、宰相になってからも食事に肉のおかずは一品だけ、家人にも絹服を着用させなかった。主君に不快がられても諫言《かんげん》し、不正な命令には抵抗した。

三人の豪傑の最期は哀れであった。晏子はかれらの義心を利用して自決に追いこんだ。いかにも策謀家のようだが、三人のわがままを放っておけば国家が危うくなると見て、あえて三人に二桃をあたえたのである。

七

孔明が「梁父の吟」を好むのは、三人の豪傑の悲壮な死に同情しているためか、あるいは、国家の安泰のためにあえて策を弄した晏子を偲《しの》んでいるのか、それとも古くは斉の一郡だった故郷の琅邪《ろうや》郡で過ごした少年時代のことを思い出しているのか、徐庶にはわからなかった。

ただ、年少の孔明が自分たちとは桁違いに器量の大きな人物であることは、徐庶らにもわかっていた。刺史や太守の地位に甘んずるような人物ではないのである。しかし、隆《りゆう》中《ちゆう》にこもって動こうとしないのは、孔明の目にかなう英雄がいないということであろうか。

徐庶は必ずしもそうは思っていなかった。

名門出身で若いころから将来の大物といわれた袁紹、打倒董卓の連合軍を組織し、いまでは献帝《けんてい》を擁している曹操、有名な軍略家孫子《そんし》の血をひく孫権は、英雄といえるのではないか。だが、徐庶自身はその誰にも仕える気になれなかった。

袁家が名門であるために、出自の低いものは冷遇されるらしい。徐庶のような経歴のものは、おそらく芽が出ないだろう。その点、曹操は、才能さえあれば盗賊でも登用する、といわれている。実力第一で、出身がどうあろうと問われない。だが、曹操のもとには、「わが張子房《ちようしぼう》だ」といわれたという荀彧《じゆんいく》がいる。荀彧は徐庶と同郷の潁川郡の出身であった。若いころから、その才知は有名だった。

徐庶は、軍略の才にかけては、荀彧には負けないという自信をもっているが、治国経世になると、とうてい及ばない、と自覚している。曹操に仕官すれば、喜んで迎えてくれるだろうが、荀彧と競争するのは気が重かった。そうなると、あとは孫権ということになるが、素質はあるにしてもまだ若く、どういう人物かもはっきりしない。それ以上に、孫権に仕えるためには呉《ご》に移住しなければならないが、徐庶の母は、江東《こうとう》へ行きたがらなかった。親孝行な彼は、孫権を断念するしかなかった。

劉備は、黄巾の乱のころは、まったく無名であった。その後は風雲に乗じ、豫《よ》州の牧《ぼく》になったが、曹操と対立して荆州へ逃れ、劉表の客分となっている。そういう現状では、曹操とは比べものにならないが、もしかすると、曹操がもっとも警戒しているのは劉備ではないか。自分が劉備に仕えれば、曹操に対抗しうる存在にすることができるのではないか。

といっても、劉備その人が凡物ならば、どうしようもないが。

徐庶が新野へ行ったのは、劉備をじかに確かめるためだった。部下思いの仁君だった。乱世を生きぬくには、その美徳も妨げになるかもしれないと思わせる人柄だった。

徐庶としては、劉備を主君に選んだことに悔いはなかったが、その帷幄に人材の乏しいことは認めざるを得なかった。夏侯惇を撃破することはできたが、いずれ曹操は大軍を率いて進攻してくるだろう。荊州十万の兵をもって迎え撃つならば、これを撃破することもできようが、わずか一万人の新野の城兵では不可能である。

荊州を動かすことのできる軍師は誰かいるだろうか。

いる。孔明である。その血縁関係からいっても、劉表を動かすことができる。それに、孔明の下であれば、徐庶も喜んで働ける。

あとは、龐徳公の甥《おい》の龐統《ほうとう》がいる。ただ、このころ龐統はふらりと旅に出たきりで、襄陽にはいなかった。孔明の姉は、龐徳公の息子の龐山民《ほうさんみん》に嫁いでいるが、彼女に聞いても消息を知らないという。孔明の兄の諸葛瑾《しょかつきん》が呉に仕官しているので、そこへ遊びに行っているという噂もあるが、本当かどうかもはっきりしなかった。

徐庶は、劉備が司馬徽から臥龍と鳳雛のことを聞いて、いかなる人物かをたずねられたあとで、自分が知っていることを残らず説明した。

劉備はすっかり感心して、

「鳳雛といわれる龐統はこの地にいないとあれば、これはどうにもならぬが、もう一人の臥龍といわれる諸葛亮《りょう》にはぜひとも会ってみたい。ご苦労だが、彼のところへ行って連れてきてくれないか」

「お言葉ですが、それはできかねます。わたしは孔明から、世に出る気はない、といわれておりますので」

と徐庶はことわった。管・楽に己を比している孔明には、劉備に仕える気はない、とも考えたが、当の劉備にそうはいえなかった。

「世に出る気はない、というのもおかしな話ではないか。それでは何のために研鑽《けんさん》につとめたのか、わからぬことになる。それとも、この劉備玄徳では不満なのかな。いや、不満でもよい。一度会ってみたい。それでことわられるなら諦めよう」

「では、失礼を承知であえて申し上げます。孔明には、将軍の方からお出かけになって会うべきです。呼び寄せようとしても、孔明は動きません。本当に智謀《ちぼう》の士を欲しておられるならば、将軍の方から孔明を訪問なさるしかありません」

「わかった。お前がそれほどいうなら、こちらから孔明をたずねよう」

と劉備は素直にいった。

これを知って怒ったのは関羽と張飛であった。

第四十九章　三顧《さんこ》の礼

一

劉備《りゅうび》は、いまは劉表《りゅうひょう》から新野《しんや》の小城を任されているにすぎない境遇だが、左将軍にして豫州《よ》の牧《ぼく》という官位を献帝《けんてい》から受けている身である。曹操《そうそう》はその気になれば献帝に強要して、それを剝奪することもできたはずだが、何か思惑があるとみえ、劉備の官位はそのままだった。名よりも実を重んずる曹操にしてみれば、そういう肩書をあたえたままにしておいても、何も支障はないと考えていたのかもしれない。つまり劉備の領地とされている豫州は曹操の支配下にあり、任地に赴けない浪々の劉備の無力さを天下に示しているにひとしいわけだった。

しかし、関羽《かんう》や張飛《ちょうひ》にしてみれば、高い官位をもつ劉備が無位無官の一書生のもとへ会いに出かけて行くのは、みずからを貶《おとし》める行為であった。また、それをすすめる徐庶《じょしょ》は主君に対して礼を失していることにもなるわけで、二人が怒ったのもまた当然であった。まず関羽が、

「徐庶のいうことをお取り上げになりませんように。そのようなことをなさっては、天下の物笑いになります」

「雲長《うんちょう》のいう通りです。わたしにお命じ下されば、その孔明《こうめい》とかいう若僧の首根ッ子をつかまえて、ここへ引っ立てて参りますよ」

と張飛がいった。憤懣《ふんまん》やる方ないといった顔であった。

「いや、それは違うぞ。いまの時代、見栄《みえ》や外聞を気にしていては何事もなし得ない」

「いたずらに見栄を張ることの愚は存じておりますが、これは違います。野に遺賢を求めたいのであれば、礼をつくした手紙を使いのものに持たせれば、それですむことではありませんか」

と関羽がいった。

「では、いおう。文王《ぶんおう》が太公望《たいこうぼう》を得たときの故事を知っていよう。文王は太公望を呼びつけはしなかった。渭水《いすい》のほとりで釣り糸を垂れているところをたずね、辛抱強く待った。徐庶ほどの男があれほどにいうからには、諸葛《しょかつ》孔明はおそらく太公望にも劣らぬ人物に違いない。わたしには文王ほどの能力はないが、賢臣を求める気持にかけては決して劣らない。それを思えば、こちらからたずねることくらい何でもないではないか」

と劉備は訓《さと》した。

そういわれては、関羽も張飛も反対できなかった。数日後に進物を用意した劉備につきそって新野を出た。

徐庶から教えられた孔明の住む隆中《りゅうちゅう》までは、途中に漢水《かんすい》もあって丸一日かかる。到着したのは日没近い時刻だった。

松と竹に覆われたなだらかな岡が幾重にもつらなり、麓へ流れてくる幾筋もの清流の音が耳に清々《すがすが》しい。劉備は馬をとめて、しばしその静かな佇《たたず》まいにひたった。

いつぞや劉表に髀肉《ひにく》の嘆《たん》をかこったことがあった。新野に移ってから、たしかに髀肉は消えたものの、劉備にしてみれば何一つとして胸中の志を果たしていないのである。かつて徐《じょ》州を領していたころに比べれば、状況は悪くなっているといってもいい。

(こういう場所で、隠者の暮しをするのもこれまた人生だが……)

と劉備はふと思ったのだ。

が、すぐに彼は首を振った。平穏な日常を望む人がいてもそれは構わない。人にはそれぞれの生き方がある。

劉備は曹操のことを思いうかべた。曹操は若いころに人物鑑定の名手といわれた許劭《きょしょう》から「泰平の世なら姦賊《かんぞく》、乱世なら英雄」といわれ、莞爾《かんじ》としてほほえんだという。自分がどう生きるべきか、胸中にえがいていたものをぴたりといい当てられた満足感だったに違いない。

いま劉備は否応《いやおう》なしに乱世を生きている。生きぬこうと志している。隠者の暮しを思うようでは、その資格がないといってもいい。

「どうなされましたか」

と関羽が声をかけてきた。

「いや、何でもない。つい、つまらぬことを考えていたが、もうふっきれた。さァ、急ごう。初めての訪問で暗くなっては失礼になろう」

　と劉備は馬腹を蹴った。

　すぐに、麓からやや高いところに柴垣《しばがき》をめぐらした家の前に出た。徐庶から聞いたとおりの構えであった。

　劉備らが馬を下り、近くの楊柳につないでいると、柴門《さいもん》から一人の童児が出てきた。

「おい、童《わっぱ》。諸葛亮《りょう》という男の家はここか」

　と張飛がどなった。

　童児は怯《おび》えたように立ちどまった。

「張飛、相手が子どもだからといって、そういうたずね方をしてはいかん。むしろ、怯えさせるだけではないか」

　と関羽がたしなめ、あらためて、

「諸葛先生はご在宅か。われらは、漢《かん》の左将軍にして豫州の牧、劉備将軍とその家中のものだ。当家のどなたかに、そのことを伝えてくれぬか」

　とやさしくいった。すると童児は、

「漢のナントカカントカいわれたって、覚えきれないや」

　と肩をそびやかした。

「童、やさしくしてやればつけ上がりおって」

　と張飛が一喝した。

そのやりとりが聞こえたらしく、家の中から若い男が出てきた。

関羽が進み出て、あらためて名乗りを告げると、若い男は、

「劉将軍の高名はかねて承知しておりますが、あいにくと兄は不在でございます」

「すると、あなたは弟さんか」

「はい、均《きん》と申します」

「先生はいつごろお帰りかな？」

「わかりません。いまは農閑期で野良仕事もありませんから、勝手気ままに友人の家をたずね歩くのです。話に興がのれば一晩じゅう語り明かすこともあるようで、今夜は帰らぬかもしれません」

その答えに、関羽は劉備に、

「お聞きのように不在とあっては致し方ありません。またの機会になさるしかありますまい」

劉備は大いに落胆したが、

「わたしが新野におります劉備です。諸葛先生にご教示を頂きたくて参上したのですが、ご不在とあっては残念ながら日を改めるしかありません。ご令弟からよろしくお伝え下さい」

と丁重に口上をのべて会釈した。

「恐れ入ります。兄が戻りましたら、その旨は確かに伝えましょう」

と諸葛均は答礼した。

劉備らが乗馬して立ち去ると、諸葛均は家の中に戻った。

「やれやれ、ご苦労だった」

と奥の一室にいた孔明は均をねぎらった。

「せっかく新野からやってきたのに居留守を使うなんて、兄上も人が悪い。会うだけなら会ってやればいいじゃありませんか。わたしなどは、劉将軍はともかく、あの関羽が目の前にいるだけで、胸がドキドキしましたよ」

「そう……さすがに関羽はなかなかの人物ではあるな。それに、劉備も仰々しい肩書をいわずに、たんに新野にいる劉備とだけいったところは並ではなかった」

「それなら出てあげればよかったのに」

「徐庶がきたときから、こういうことになりはしないか、とひそかに案じていたが、まだ心が決まらぬ」

「兄上のお気持もわかります。この静謐《せいひつ》な日々を捨てて荒海のような生活に入りたくないというためらいがあるのは、まことに当然のことです」

「うむ」

「ただ、一人前のことをいうようですが、兄上が決心しかねているのは、何もそれだけではないのではありませんか」

と諸葛均は孔明の顔色をうかがうようにいった。

弟が何をいいたいのか、孔明にはわかっていた。

劉備が、太公望を迎えた周《しゅう》の文王や張良《ちょうりょう》を得た劉邦《りゅうほう》に匹敵する英雄といえるかどうか、孔明の大きな才能を活用できる英雄は、ほかにいるのではないか、もっと端的にいえば、劉備では物足りないのではないか――。

良禽《りょうきん》ハ木ヲ択《えら》ブ、という。良い鳥は自分にふさわしい木を選んでそこに巣をつくる、というのだ。この場合、良禽は孔明であり、木は劉備であり曹操であり孫権《そんけん》である。どの木に羽をやすめるかは孔明の自由であり、木の方が決めるわけではない。

孔明の視《み》るところ、荊《けい》州の劉表や蜀《しょく》と呼ばれる益《えき》州の牧の劉璋《りゅうしょう》は羽をやすめるに値しない木であった。前に徐庶に、仕官する気があるなら劉表のところへ行くといったことがあったが、もとより本心ではなかった。また、冀《き》州の袁《えん》氏は、かつては盛々《せいせい》とした枝ぶりを誇っていたが、内部が空洞化していまや枯死しかかっている。残るは三本の木だけであった。そのうちの一本には、すでに兄の瑾《きん》が羽をやすめている。となれば、孔明に残されたのは、二本しかなかった。

冷静かつ公平に観察して、幹や枝葉に勢いがあるのは曹操だった。幹とは資質や才能であり、枝葉とは版図や部下のことである。彼に比べれば、劉備の方は幹も細く、枝ぶりもまばらである。しかし、見た目には頼りなげな幹の芯《しん》に強《したた》かなしなやかさがあるらしい。

そして、一方の曹操は喬木《きょうぼく》にありがちな脆《もろ》さも垣間《かいま》見えるのだ。

いずれにせよ、そのどちらにも、孔明の方から進んで羽をやすめ巣をつくろうという気にはなれないのであった。その気になるような木がないというのも、めぐりあわせであり、運命でもある、と孔明は感じていた。管仲《かんちゆう》も楽毅《がくき》も、それぞれふさわしい木のあったことが幸運だった。そして、おのれが生をうけた時代にそのような木がないとあれば、このまま隆中にあって詩文を楽しみ田野に汗するのも天命というべきか、それもまた悪くはない、現に龐徳公《ほうとくこう》はそのように生きている、と孔明は達観していたのであった。

許都《きよと》をめざしたはずの徐庶が現われ、劉備の危機を救うために伊籍《いせき》を動かすのに、友人として一役買ったことで、いわば運命の流れが方向を転じはじめた。良禽が木を択ぶ前に、木の方がやってきた……。

二

劉備の一行は夜通し馬を走らせ、明け方近くになって新野へ帰りついた。

張飛は不平たらたらであった。襄陽《じようよう》に一泊するものと思っていたところ、関羽が、

「まだ安心はできませぬ。夜を徹してでもご帰城なさるがよろしかろうと存じます」

と進言し、劉備もそれを認めた。

張飛としては、ゆっくり酒を飲めると思っていたのに、当てがはずれたのだ。

「なァ、雲長、一晩くらい城を留守にしたからといって、何もありはしねェよ。どうしてあんな進言をしたんだ？」

と関羽に文句をいった。

「何も城が心配だからではない」

「だったら襄陽に泊まればよかったじゃないか」

「それができんからだ。いいか、われわれが襄陽に泊まれば、蒯越《かいえつ》らの耳に入る。そうすると、誰をたずねたかもわかってしまうではないか」

「わかったたって構わんだろうに。徐庶はいやにほめちぎっているが、孔明とかいう男はそれほどの人物じゃあるまい」

「そのことは別として、家兄が智者を求めてはるばる隆中を訪れたと知れたら、蒯越らはますますいやがらせをするようになる。場合によっては、強引に孔明を隆中から追い立てるかもしれんではないか」

「孔明なんていうやつがいなくたって、いっこうに痛痒《つうよう》を感じない。だいたい、おれは気にくわん」

「何が？」

「孔明は家のなかにいたくせに、居留守を使いやがった。失礼な野郎さ」

「ほう、居留守を使った……何か証拠でもあるのか」

「おれの直感よ」

と張飛は傲然といった。

関羽は首をかしげた。張飛は荒っぽい気性の持主であるが、決してそれだけの男ではない。知とは理である。それが張飛に不足しているとしても、代わりにそれを補う動物的な感があるのだ。そうでなければ、千軍万馬、数知れぬ苛烈な戦《いくさ》を生きぬけるはずもなかった。

「おい、そのことは誰にもいうなよ」

と関羽は釘《くぎ》をさした。

日を置いて、劉備は、

「また隆中を訪れたい。ご苦労だが、張飛といっしょに供をせよ」

と関羽にいった。

「もちろんお供しますが、前回のように無駄足をふむことのないよう、このたびは事前に通知しておくべきだと考えます」

「その必要はないと思うが……」

「あえて申しあげますが、相手に居留守を使わせないために」

といって関羽は劉備をじっと見つめた。

意外や、劉備の口からは、

「ああ、そのことか」

という言葉が微笑とともに出た。関羽は瞠目《どうもく》した。

「ご存知だったのですか」

「いや、そういうわけではない。ただ、弟さんと話をしているうちに、もしかすると在宅しているのではないか、とふと感じたことは確かだ。そちもそう思ったのか」

「わたしではなく張飛の直感ですが、それを封じておくためにも、前もってご通知あって然《しか》るべし」

「違う。無駄足をふみたくないという気持はわかるが、ここは無駄足となってもいいのだ」

「わかりませぬ。行くからには、やはり会わなければ意味がないと思いますが……」

「お前たちがこの玄徳《げんとく》についてきてくれることに、わたしが心の中でどれほど感謝しているか、それをいいあらわすのは難しい」

「何を仰せられますことやら、それがしにしろ張飛にしろ、あるいは他のものも……」

「聞いてくれ。わたしがいいたいのは、曹操とわたしとを比べたとき、世人がどう思うかはいうまでもなかろう。それは何も曹操の領地や兵力のことではない。彼の知略、人を用いることの巧みさ、危機にさいしての決断力など、どれをとってもわたしより上だ。いつぞや、許都にいたころ、彼はわたしに天下の英雄は自分たち二人だけだ、といったことがあったが、わたしはとうてい彼には及ばない」

関羽は無言のまま聞き入っている。劉備は続けた。

「いまここに、おのれの才能を活用してくれる英雄を求めているものがいるとしよう。わたしと彼とを秤《はかり》にかけて、そのどちらを選ぶだろうか」

「あえて申さば、それは曹操でしょう。ですが、そういうものばかりとは限りません。具眼の士は、また違った見方をするはずです」

その言葉に劉備はうなずいた。

「まさしくそうだが、わたしが領土や兵力はもとより、軍事の才能や兵略において彼に劣るというのは、別に卑下しての言葉ではない。ありのままの話にすぎぬが、さらにいうなら、この玄徳にも曹操にないものがあると自負している。お前や張飛の義弟二人、趙雲《ちよううん》らの勇士、そして、わたし自身の誠意だ。それを孔明に知ってもらうためには、何度でも足を運ぶ。というよりも、それしかないのだよ」

劉備の心にしみ入るような言葉に、関羽は思わず目をうるませた。

劉備は関羽と張飛の二人だけを連れて新野を出発した。今回は夜中に発《た》って、隆中には朝に着くようにした。前回のように夕方に着くと、孔明が外出したといわれるとそれまでなので、そうなるのを避けたのである。

道のりの半ばまできたころ、雪が霏々《ひひ》として舞いはじめ、北風が肌を刺した。

張飛が関羽に馬を寄せてきて、

「大雪になりそうだぞ。引き返した方がいいんじゃないか」

「つべこべいわずにお供をするんだ。それがいやなら、さっさと一人で引き返せばよかろう。お供はおれ一人でも足りる」

「いやとはいっておらん。しかし、ちと思うことがあってな」

「思うことがある？　お前にしては殊勝なことだ」

「何だと！　いや、まァいい。日ごろから玄徳兄やおぬしが、たまには古人の書をひもといてみろというから、この前、孟子《もうし》とかいうやつの書いたものを読んでみた」

「ほう」

「また人をバカにしたような……まァいい。じつはその一節に、仁人ハ天下ニ敵無シ、という言葉があった。知っているか」

「ああ、知っている。仁者ニハ敵無シとも、あるいは別のところで、国君《こくくん》仁ヲ好メバ天下ニ敵無シともいっている。仁政こそが王道の基本だというのが孟子の説くところだ」

「へェ、そうかい。しかし、おれにはどうも信じられんな」

「これは驚いた。おぬしが孟子を批判するとは」

「おれは感じたままをいっているまでのことさ。だって考えてみろよ。わが玄徳兄は仁の人だ。そうだろう？」

「その通り」

「なら聞くが、曹操は仁の人か。そりゃ、あいつにも長所はある。袁紹《えんしょう》を撃破した軍略は大したものさ。それは認めてやってもいい。しかし、あいつは仁の人ではあるまい。その点に関する限りは、玄徳兄の足もとにも及ばん。それなのに、どうして曹操の勢いが上回っているんだ？　天下に敵なしは曹操の方であって、こちらじゃないぞ」

「うむ」

「孟子とかいう男の言葉が正しいならば、中平《ちゅうへい》元年の黄巾《こうきん》の乱からすでに二十年以上もたっているんだから、いまごろ天下に敵なしは玄徳兄のはずじゃないか。しかるに、そうはなっていない。このさき、そうなるという保証もない。もちろん、おれは曹操の勢いが強くたってこわくない。そのことは、おぬしも玄徳兄も同じだろう。だが、世の中はおれたちのようなものばかりじゃない。むしろ勢力のある方につくやつが多い」

張飛はいつになく雄弁だった。その声が聞こえるのか聞こえないのか、先に立つ劉備は黙々と馬を進めて行く。張飛はなおも言葉を奔出させた。

「袁一族を片付けた曹操が鉾先《ほこさき》を荊州へ向けてきたらどうなると思う？　新野では、かき集められるだけかき集めたって、せいぜい二万の兵力しかない。徐庶はたしかにすぐれた作戦家だが、十倍の精兵が相手では歯が立つまい。どうだ、おれのいっていることは間違っているか」

「間違っているか正しいかは別として、現実をいい当ててはいるな」

「おれの考えでは、孔明とかいう男がいかに頭がよくたって、殺到してくる曹軍を撃退することはできんだろう。机上の作戦と実戦とは別だからな。こんな大雪の夜にわざわざ行くことはない。それより、もっといい方策がある」

「何だ？」

「荊州城へ乗りこんで劉表をとっつかまえ、全土を支配下に置くんだ。十万の兵をもってすれば、曹操にじゅうぶん対抗できる。そうは思わんか」

「それは仁者のすることではないな」

「そういったって、仁者も不仁なやつに負けちゃ仕方があるまい」

と張飛はふてくされたようにいった。

関羽には、張飛の気持が痛いほどにわかるのであった。かれら両名の義兄であり主君でもある劉備は、疑いもなく仁の人である。張飛はがさつで乱暴な男のようだが、劉備に対する気持は純真であり、熱烈である。それだけに迫りくる危機に対して、誰よりももどかしく感じているのだ。

関羽は張飛を説いた。

「おぬしの考えたことくらいは、玄徳兄も考えておられるさ。しかし、孟子はこうもいっているのだ。天下ニ道アレバ道ヲ以《もつ》テ身ニ殉ジ、天下ニ道ナケレバ身ヲ以テ道ニ殉ズ。つまり道理の行われる世ならばその道理に従って行動する、しかし、道理の行われない世ならば、その一身を捨てても道理を守ることが大切だ、というわけだ。いまは、天下に道のない時代なんだ。不仁が仁に勝つかもしれん。だからといって不仁に殉じていたら、ますます道理は行われなくなる。そういう時代こそ、わが身を犠牲にしても仁をもって貫きたい、と玄徳兄は決心なさっているのだよ」

三

義弟二人のやりとりは、劉備の耳に入っていた。

（関羽、よくぞ申してくれた）

と劉備は心の中で呟《つぶや》いた。

しかし、彼はそのことはあえて口にせず、ひたすら駒を進めた。

雪はしだいに深くなった。そのために道ははかどらず、隆中近くに達したときは、昼ごろになっていた。

道ばたに一軒の酒店があった。

「雲長、あれを見ろよ」

と張飛が舌なめずりをして声をかけた。

そのとき、酒店の中から酔いに任せて詩を吟ずる声が聞こえてきた。

　壮士、功名未《いま》ダ成ラズ
　陽春ニ遇《あ》ワザルコト久シ
　君見ズヤ東海ノ老叟《ろうそう》ガ
　後車シテ遂ニ文王ト親シメルヲ

どうやら太公望のことを即興でうたっているようだった。

劉備は馬をとめた。すると、こんどは別の声がうたった。

　青蛇妖虹《ようこう》ノ下リシヨリ
　群盗奸雄《かんゆう》四方ニ立ツ

独リ酒盃《しゆはい》ヲ傾ケテ手ヲ搏《う》タバ
拍音空《むな》シク日日安ラカナリ

青い蛇が下り妖しい虹が立ったのは、霊帝《れいてい》の時代にあった話である。それ以後の動乱をよそに、酒をのんで手拍子で歌をうたい、のんびり暮らしているというのだ。

どっと笑う声が流れてきた。

劉備は馬を下り、

「われらも酒をもらい、食事をしてから参ろうか」

と二人に声をかけた。

「そうこなくちゃ」

と張飛は小声でいい、まっさきに店に入ると、大声でどなった。

「亭主、酒だ」

奥の席で酒をくみかわしている二人の男がいた。一人は色白で背が高く、眉目秀麗な若者だった。もう一人は対照的に色黒で背も低い醜男《ぶおとこ》だった。

劉備は二人に会釈し、

「お楽しみを妨げて申し訳ありませんが、たまたま通りかかって詩を吟ずるのを聞き、それに心を惹《ひ》かれて入りました」

「いや、ほんの座興です。そんなふうに生まじめに感心されると、せっかくの酒もまずくなる」

「彼のいう通り、われわれにはどうかお構いなく」

と二人の男はこもごもいった。

張飛は、亭主の運んできた酒をぐいと飲みほしてから、

「こちらが礼をつくして挨拶しているのに、偉そうに何ということをいいやがるんだ。承知せんぞ」

と卓を叩《たた》いた。

劉備はあわてて、

「黙れ」

と叱りつけ、二人に、

「この野人の非礼をお赦《ゆる》し下さい」

と詫《わ》びた。そこへまた新しい客が入ってきた。前からいた二人の仲間らしく、親しげに肩を叩きあってからようやく劉備に気がついたのか、何か小声で仲間に囁《ささや》いた。中肉中背の凜《りん》とした顔立ちである。

三人の男は席を立とうとした。劉備は急いでいった。

「お待ち下さい。わたしは新野にいる劉備と申すものですが、失礼ながら、お三方のうちのどなたかが諸葛孔明先生ではございませんか」

三人は顔を見合わせた。最後に加わった男が代表するかのように、

「あなたは徐庶が仕官した劉皇叔《こうしゆく》ですか」

「おお、徐庶をご存知ですか。たしかにその劉備です。こちらの二人は、わたしの義弟の関羽と張飛と申すもの」

「これは恐縮です。わたしは崔州平《さいしゆうへい》というもので、こちらの色白の男は石韜《せきとう》、黒い方が孟建《もうけん》、いずれも徐庶の友人ですが、おたずねの孔明はここにはおりません」

「さようでしたか。しかし、皆さん方にこうしてお目にかかれたのは幸運です。どうかご高論をお聞かせいただきたい。浅学菲才《せんがくひさい》の身ですが、国を安んずるにはどうしたらよいかを日ごろから案じております」

「いやいや、将軍のような方に、われわれのような若僧がお役に立つような話はできません。そういうことなら、やはり孔明です。どうかご自身で孔明のところへ行かれるのがよろしいでしょう」

その通り、というふうに、あとの二人もうなずいた。

「わかりました。ですが、あなた方も折りをみて新野へいらっしゃいませんか。徐庶もきっと喜ぶと思います」

「そうですな。ま、折りがあれば……」

と崔州平は気のない口調で応じた。

四

劉備らは食事をとってから酒店を出た。雪はややこぶりになっていたが、寒気はますますきびしかった。

「いまの三名、いかが思われますか」

関羽の言葉に劉備は答えた。

「徐庶はあの三名の友人なのに、一人も推さなかった。それも当然だなという気がする。三人とも学者としてはすぐれた才能を有しているのだろうが、実際の役には立たないものたちであろう」

「わたしもそのように感じました」

と関羽はうなずいた。

劉備らは隆中への雪道を進んだ。

柴門に馬をつなぎ、劉備は案内を乞うた。すぐに諸葛均が顔を出した。

「あ、これは、劉将軍!」

「また推参いたしました。どうか先生にお取り次ぎ下さい」

「困りました。兄は昨日朝から出かけてしまい、まだ戻っておりません」

劉備は心底から落胆した。

「そうですか。わたしはよほど運のない男のようです」

「居留守を使っているんじゃないだろうな」

と張飛が聞こえよがしにいった。

「黙れ」

劉備は一喝した。諸葛均は苦笑し、

「この雪で帰りが遅れているのかもしれません。とりあえず中へお入り下さい。茶を一服さしあげましょう。そのうちに戻ってくることもあり得ますから」

「かたじけない」

劉備は礼をいい、中へ入った。

小さな部屋だった。隅に琴があるが、壁には一冊の書物もなく、むしろ索漠とした印象だった。

劉備は茶をすすりながら、

「先生の書斎は別室ですか」

「書斎などはありません」

「では、書物などはどちらに収納なさっているのです?」

「わたしは、兄が書を読んでいるのを見たことがないのです。たしかに読書はするのでしょうが、それはこの家においてではなく、お友だちをたずねたときに、そこの蔵書を読ませてもらうようです」

「これは意外なお話です。万巻の書を蔵し、かつ読破されているものと思いこんでおりました」

「弟の口からいうのも変ですが、兄は読書家ではありません。膝を抱いて何かぼうッと考えこんでいることが多いですね」

関羽が目で合図した。孔明の不在は確実だった。帰りを待ちすぎ、しかも会えないとなると、雪のなかの夜行軍ということになってしまう。

劉備は筆墨を取り出し、一書をしたためた。

久シク臥龍《がりよう》先生ガ高名ヲ慕イ両度参上スルモ吾《われ》ニ運ナク、失望落胆譬《たと》ウルモノ無シ、備《び》ヤ漢朝ノ末ニ連ナリ、爵位ヲ辱《かたじけ》ノウスル身ナレド、朝廷ハ衰微シ群雄ハ国ヲ乱シ逆臣マタ道ヲ浸ス、之《これ》ヲ正サントスル意アルモ経国済民ノ策ノ乏シキヲ恨ム耳《のみ》、願ワクバ先生ノ仁慈ノ志ヲ以テ呂望《りよぼう》（太公望）ガ大才ヲ展《の》べ、子房《しぼう》（張良）ガ知略ヲ備ガ為《ため》ニ施シ賜ワランコトヲ。否、備ガ一身ノ為ニ非ズ、天下万民ノ幸ヲ希求スルノ念ハ当《まさ》ニ急ナリ、後日再ビ斎戒シテ身ヲ清メ、尊顔ヲ拝シテ愚意ヲ表スルノ機ヲ欲スルコト切ナリ
漢《かんの》左将軍宜城亭侯《ぎじようていこう》豫州牧　劉備
劉備は封をすると、

「どうか先生の机下に」

といって諸葛均に手渡した。

「承知しました。たびたびのお越し、兄も恐縮して、こちらから新野へお伺いするかもしれません。といっても、気まぐれなところもありますから、当てにしていただくわけには参りませんが……」

「いやいや、こちらが勝手にお邪魔しているだけのことですから」

劉備はそういって別れを告げた。

帰途はいっそう辛《つら》かった。前夜来ほとんど乗りずくめで酒食を軽く一度とっただけなのである。

しかし、劉備は一冊の書物も置いていなかった諸葛孔明という人物に、以前にもまして心を惹かれた。おそらく、書は書、実理とは違う、と考えているのであろう。いいかえれば、学問的な知識だけの秀才とは違うのだ。

新野に戻ってから、彼は徐庶を呼んでいった。

「二度とも不在で会えなかった。弟さんは、そのうち兄の方から行くかもしれない、といっていたが、どう思う？」

「その望みはないと思います。しかし、近日中に三度目の訪問をなさるのはよろしくありません」

「そうかな。わたしは旬日後にも行ってみようと考えているが……」

「孔明は考える時間を欲しているのです」

「考えるとは？　わたしに仕えるべきか否かということか」

「違います。孔明がすでに将軍に仕える決心をしていることは確かです。だが、何の策も持たずにお会いするのでは意味がありません。どうすれば、将軍の抱志に役立つことができるか、おそらく日夜苦慮しているのだと思います」

「では、いつまで待てばいい？」

「春まで」

と徐庶は短かくいった。

「春までとは……何と待ち遠しいことか」

劉備は焦る自分を慰めるように呟いた。

五

建安《けんあん》十二年（二〇七年）は春の訪れが遅かった。一、二月は何度も大雪が降り、三月に入っても、北風が吹きまくって、山野を覆った白雪はいっこうに溶けなかった。

だが、新野の城には喜色がみなぎっていた。というのは、甘《かん》夫人が男児を出産したからである。糜《び》夫人との間に一女があったが、荊州へきて間もなく病死した。それに何といっても父系尊重の時代である。劉備にとっては後継ぎの子であり、久しく待ち望まれていたのだった。劉備は、延熹《えんき》四年（一六一年）の生まれだから、このとき数え年で四十七歳になっていた。ちなみに、曹操は、張繡《ちょうしゅう》との戦闘で戦死した長男曹昂《そうこう》のほかに、卞《べん》夫人との間に、丕《ひ》、彰《しょう》、植《しょく》の三子、第二夫人の環《かん》夫人との間に沖《ちゅう》、その他の女性との間にも十人近い男子をもうけている。

劉備はようやく誕生した長男を禅《ぜん》、字《あざな》を公嗣《こうし》と命名した。禅には、天子が行う祭りごと、天子が位をゆずることなどの意味のほかに、心を静かにして真理をきわめることの意味がある。劉備がどの意味をこめたかはわからないが、結果的にはこの子の運命を暗示するものとなった。

それはさておき――。

隆中の孔明は長い冬の間、ほとんど家にとじこもっていた。劉備の二度の訪問の応接をした弟の均は、劉備の人柄に好感をもったせいもあって、ひねもす膝を抱いて何か考え事にふけっている孔明に、

「兄上、まだ決心がつきませぬか。わたしなどはあの仁者に肩入れしたい気持ですが、でも、冷静に見て、曹操に比べれば実力も才能も劣りますものね」

「曹操はたしかに英雄だ。しかし、その曹操が、天下の英雄はきみとわたしの二人だけ、といったというではないか」

「ならば、これ以上は迷うことはないではありませんか。それとも、ご本人はともかく、曹操の陣営に比べると、あまりにも人材に乏しい劉将軍の下では、いかに兄上といえども見込みが立ちませんか」

「お前のいうように、現状のままではとうてい勝負にならぬが、それを打開する策については、この冬の間じゅう考えに考えぬいてどうにか成算を得た」

「では、心が定まらないのは、ほかに理由があるということですか」

「そうだ」

孔明はうなずき、やや間を置いてから、黄《こう》夫人を呼んでいった。

「雪が溶ければこの草廬《そうろ》を出ることになろう。いまさら説明するまでもなく、そなたにはわかっていることだろうが、難を逃れてこの地に落ち着いて以来、わたしのささやかな望みはこの乱世にあって生命を全うし、家族ともども平凡な暮しを楽しむことだった。龐徳公先生の生き方こそがわたしの理想だった。だからこそ、諸侯に仕官して栄達することをあえて求めなかった。しかし、人には自分の意志ではどうにもならぬ運命がある。徐庶がついている限り、おそらく旬日のうちに劉皇叔が三度《みたび》この草廬をたずねてきて、わたしに出馬を求めるだろう。一個の男子として、これ以上は辞退することはできない。ここを出て乱世に身を投じなければならぬが、平穏無事な逸民の生活を棄《す》てることを、まずそなたに詫びたいのだ」

このときの孔明の心境は、このときから二十年後、蜀漢《しょくかん》の二世皇帝、劉禅に彼が捧げた「出師《すいし》の表《ひょう》」の次の一節に明らかである。

臣《しん》、元《もと》布衣《ほい》、躬《みずから》南陽《なんよう》ニ耕ス、苟《いやしく》モ性命《せいめい》ヲ乱世ニ全ウセントシ、聞達《ぶんたつ》ヲ諸侯ニ求メズ、先帝（劉備のこと）ハ臣ノ卑鄙《ひひ》ナルヲ以テセズ、猥《みだ》リニ自ラ枉屈《おうくつ》シ、臣ヲ草廬ノ中ニ三顧《さんこ》シ、臣ニ諮ルニ当世ノ事ヲ以テス、是《これ》ニ由《よ》リ感激シ、遂ニ先帝ニ許スニ駆馳《くち》ヲ以テス布衣とは無位無官の人のことをいう。劉備は左将軍の地位にあったから、劉備の方から孔明をたずねるのは、常識外の行為になる。孔明はそのことを猥リニ自ラ枉屈（身をかがめること）シ、と表現したのだ。このことから、目上の者が目下の者に礼をつくして自分の陣営に迎えることを、三顧の礼をもって迎えるというようになった。この時代の逸話からは、後世の人口に膾炙《かいしゃ》する多くの故事名言が生まれているが、「三顧の礼」はその代表的なものの一つである。

孔明の才能が、大政治家の管仲や名将の楽毅に劣らないものであることは、師友の龐徳公や司馬徽《しばき》によって認められていたし、彼自身にもそれなりの自信があったことは疑う余地はない。ただ、孔明は人びとから臥龍と呼ばれていても、みずから進んで仕官する気はなかった。彼にその気があれば、義父の黄承彦《こうしょうげん》は、劉表と義理の兄弟にあたるわけだから、その線で頼めば、造作もないことだった。また、劉表が人材を求めていたことは、峴《けん》山《ざん》に隠棲《いんせい》する龐徳公をわざわざたずねたことでもはっきりしている。劉表に限らず、各地の豪族は智謀《ちぼう》の士や豪傑を部下にすることに熱心だった。また、そのことにかけては、曹操が人一倍熱心だったことも、孔明の耳に入っていたはずである。だが、孔明はみずから動くことはしなかった。逸民として一生を終えるのもまた良し、と思っていた。彼の言葉をかりれば、聞達ヲ諸侯ニ求メズ、である。それを変えたのは、友人の徐庶とのつながりであり、これをいいあらわすには運命という言葉しかないであろう。

六

劉備が三度孔明をたずねたのは、まだ隆中の嶺《みね》に残雪のあるころであった。例によって、付き随《したが》うのは関羽と張飛だったが、出発を前に徐庶がひそかに忠告した。

「二人をお連れになるのは、道中の危険もありますから当然ですが、孔明にお会いになるときは、どうかおひとりでお会いになりますように」

「どうして？」

「この冬の間に孔明は全知全能をかたむけて、天下を動かす秘策を考え出しているものと思われます。いかに義弟であろうと、将軍以外のものがそばにいては、孔明はおそらく何も語ろうとはしないでしょう。なぜなら、二人が聞けば、秘策が秘策ではなくなるからです」

「もっともだ」

と劉備はうなずき、孔明の草廬の前までくると、関羽と張飛に、

「ここで待て」

と命じた。

張飛は大いに不服であった。

「何でこんな門前で待たなければいけないのか、わけがわかりません。なァ、雲長、そう

思わないか」

と関羽に同意を求めた。

「おれは別に不服はない。待てというご命令なら五年でも十年でも待つ。おぬしはそれがいやだというなら、ひとりで帰ればよかろう」

関羽にそう突きはなされて、

「わかったよ。おれだって、五年十年はおろか百年千年だって待つさ」

と張飛はふくれッ面で応じた。

劉備が門内に入ってから、二人は切り株に腰を下ろした。

「まったく物好きにも程があるな。聞くところによると、孔明というのはまだ二十七歳の若僧じゃないか。実戦の経験もない本の虫だろう。こうして三度もたずねるなんて、じつにバカげた話だ」

と張飛は胸中の鬱懐を吐き出した。

関羽はあえて反対しなかった。無鉄砲だが、純な心をもった張飛の気持もわかるのである。

「そうかもしれん。しかし、いかにバカげたことであろうとも、おれは玄徳兄の進まれる道に従うまでのことだと心に決めている」

「そんなことは、いわれなくたって承知さ。おれだって同じ気持だよ」

「いや、おぬしにはわかっていない」

「何だと」

と張飛は気色ばんだ。関羽は、

「まァ、聞け。若いころおれは、武器を手にとれば誰にも負けないと思っていた。だが、天下は広い。まず、おぬしに出逢《であ》った。幸い義兄弟となったが、もしこれが敵方に回っていたら、どうなっていたか。ついで、呂布《りょふ》に出逢った。いまにして思えば、呂布は虎牢関《ころうかん》でわれら三人を相手に戦った豪の者だった」

「うむ」

張飛はうなずかざるを得なかった。呂布の乗った赤兎馬《せきとば》と張飛の乗った駄馬の差はあったにしても、はじめは張飛が一人で戦い、大いに苦戦したのだ。それを見て関羽と劉備が応援に加わったが、呂布は一歩もひけをとらずに戦った。

「その呂布も最後はああいうことになったが、それは彼が智謀に欠けていたからだ。いまわが軍には、おれたちのほかに趙雲もいる。しかし、曹操のところにも、許褚《きょちょ》、徐晃《じょこう》、張遼《ちょうりょう》や夏侯惇《かこうとん》らもいるぞ」

「呂布は別格だったが、そいつらには負けはせんよ」

「そうだとしても、戦《いくさ》の勝敗はまた別だ。曹操のところには、荀彧《じゅんいく》をはじめ、荀攸《じゅんゆう》、賈詡《かく》、程昱《ていいく》、郭嘉《かくか》といった智謀の士がいる。それに比べると、わが軍には徐庶しかいない。玄徳兄がこうして身をかがめるようにして孔明を求めるお気持が、おれには痛いほどにわかるのだ」

「そんなことは、おれだってわかるさ。問題は孔明がそれほどの人物かどうかということさ。能書きだけの喰《く》わせ者かもしれんじゃないか」

張飛は吐き棄てるようにいうと、懐から酒の入った革袋をとり出し、一口のんでから関羽にもすすめた。

「おぬしの悪い癖だ。いまに酒で身を亡《ほろ》ぼすことになりかねんぞ」

関羽はことわり、立ち上がって門のなかをのぞきこんだ。

見ると、劉備は戸口のわきに粛然と立っている。関羽は眉をひそめ、張飛を呼んだ。

「何だ、どうした?」

張飛はのぞきこみ、虎鬚《こしゅ》をふるわせてどなった。

「孔明のやつ、玄徳兄を待たせたまま昼寝でもしていやがるのか。よし、おれが火をつけて目を覚まさせてやる」

「よせ!」

関羽は張飛を羽交《はがい》じめにした。

じじつ、孔明は昼寝をしていたのだが、その声で目を覚まし、黄夫人に声をかけた。

「どうした?」

「さきほど新野の劉将軍がお見えになりましたが、お寝《やす》みならお目覚めまで待つと申されまして……あの声はお供の方が門の外でそのことに憤慨なさって」

「お詫びしてすぐにお通ししなさい」

孔明は起き上がると衣服をあらため、劉備の前に出ると、まず丁重に、

「まことに失礼いたしました。南陽《なんよう》の田夫《でんぷ》、高名な将軍にたびたびご足労をわずらわしたばかりか、お待たせした非礼をどうかご海容いただきとう存じます」

「いやいや、こちらこそ突然の訪問を心苦しく思っておりますが、先生のご教示をいただきたく、不躾《ぶしつけ》を承知であえて参上した次第です」

「ともあれ、お供の方にもお詫びしなければなりません。どうかお呼び下さい」

「その必要はありません。門外にいるのは、わたしの義弟の関羽と張飛と申すものですが、きょうは先生にはわたしだけでお話を承りたいと考えております」

と劉備はきっぱりといった。

孔明は黙ってうなずいた。劉備は膝を進めていった。

「若いころわたしは洛陽《らくよう》へ出て同郷の盧植《ろしょく》先生のもとで勉強したことがありますが、一人前になれなかった愚か者です。そればかりか徳も力もなく、漢朝が傾いて姦臣《かんしん》が天下にはびこる現状を憂うるだけで、大義を立てる術策も知恵もありません。とはいえ、志だけは失っておりません。いったいどうすればよいのか、先生のご教示を賜りたいのです」

「お言葉ですが、わたしは若輩、将軍は買いかぶっておられるのです。おそらく徐庶が何か申し上げたのでしょうが、彼が玉《ぎょく》とすればわたしは瓦礫《がれき》にすぎません」

「徐庶はわたしが初めて得た玉であることは否定しませんが、先生がみずからを瓦礫とさ

れるのは納得しかねます。それとも、先生はこの劉備を語るに足りぬものとみなされて、そのようにおっしゃるのですか」

劉備の声には全身全霊をこめた気魄《きはく》がこもっていた。

孔明の色白の顔にうっすらと朱がさした。

「では、あえておたずねしますが、将軍は、曹操と劉表とを比べて、どうお考えになりますか」

「劉表殿はわたしの苦境を救ってくれた恩人ですが、曹操には及ばないでしょう」

「ならば、ご自身と比べては？」

「もとより及びません」

「それなのに、どうして曹操に敵対しようとなさるのです？」

「おのれの非力不才は承知ですが、天下に大義の旗を立てたいという志だけは、誰にも劣らぬつもりです。かつて許都にいたころ、帝から密詔を賜りました。その志のある限りは漢朝復興のために身命を捧《ささ》げるのがわたしの生き方なのです」

孔明の表情がいっそう引き締まった。そうなるであろうと半ば覚悟していても、劉備をじっさいに視《み》るまでは、その人物について一抹の不安をもっていたのだ。いまや、孔明は自分の生涯を託するに足りる人物であることを実感した。

「ならば、わたしの考えを申し上げましょう」

「おお、どれほどそれを待ち望んでおりましたことか！」

劉備は感極まっていった。孔明は淡々といった。

「董卓《とうたく》以来、各郡各州に多くの野心家が現われましたが、そのなかでも覇権を争うだけの力をもったのは、ご承知のように袁紹と曹操でした。曹操は袁紹よりも兵力も少なく、名声も劣っていたのですが、それでいて袁紹を倒し、弱者から強者になり得たのはどうしてでしょうか」

「わたしは双方とも知っておりますが、やはり将としての器量の差でしょうか」

「その通りですが、天の時に曹操が恵まれたということもありますし、さらにいうなら結局は人のなす計略のおかげです。いま曹操は百万の大軍を有し、天子を擁立しております故、これと対等に争うのは容易ではありません」

「もはや大義の旗を立てる望みはない、といわれるのか」

「いいえ、容易ではないとしても決して不可能ではありません。その鍵は江東《こうとう》にあります。かの地では孫堅《そんけん》以来三代、民はなつき、賢臣有能の人材に富み、その国力は端倪《たんげい》すべからざるものがあります。これを味方とすべきで、敵対してはなりません」

「最後に覇を競うのは、曹操と孫権だとお考えか」

「否、その両者だけで天下を二分するわけではありません。その信義と人徳が天下に聞こえ、関・張両雄をはじめとする勇者を掌握され、漢室の一族でもある将軍を加えて、とりあえず天下を三分することが可能です」

「天下三分といわれても、わたしには何も地盤がない」

「この荊州の地をどう思し召《おぼ》されますか。北は漢水や沔水《べんすい》を天然の境界とし、交易は南海に達し、東は呉郡《ご》につらなり、西は巴蜀《はしょく》に通じております。しかし、領主が凡庸であるために住民の戸籍さえもろくに調べていない故、人口が少ないとされているのです。これこそ天が将軍に供している地盤だ、といえるのではないでしょうか」

はじめ淡々としていた孔明の口調は、いつしか火のような熱気がこもっていた。

第五十章　水魚の交わり

一

孔明《こうめい》の熱弁を聞いていた劉備《りゅうび》の表情に、このときわずかながら翳《かげ》がさした。孔明は、劉備がいま何を考えているかを察した。

孔明が冬の間じゅう練りあげた天下三分の計は、まず荆州《けい》に地盤を置き、長江《ちょうこう》上流の巴蜀《はしょく》と呼ばれる益州《えき》を手中におさめるのが第一段階であった。

このころ、中国は、洛陽《らくよう》、長安《ちょうあん》の旧首都を管轄する司隷校尉部《しれいこういぶ》を一つの州として考えると、十三州にわかれていた。このうち、西北の涼州《りょう》、南方の交州《こう》は中央からも遠く漢《かん》民族も少ない僻地《へきち》であった。そうなると、残りは十州であるが、はじめ袁紹《えんしょう》は冀州《き》を中心に、青州《せい》、幷州《へい》、幽州《ゆう》を支配した。黄河《こうが》の北岸から山東《さんとう》半島にかけて、古くから人口も多く、土地も豊かな地域である。これに対して曹操《そうそう》は、司隷校尉部の東部の許都《きょと》を中心に生まれ故郷の沛《はい》国を含む豫《よ》州、兗《えん》州に地盤を築き、徐《じょ》州を占めていた呂布《りょふ》を討ってこれを手に入れた。ただし、南部の広陵《こうりょう》郡（長江北岸地区）は、揚《よう》州を支配する孫《そん》一族のものだった。また、揚州の面積は広大で、豫州、青州、徐州の合計に匹敵し、長江が天然の防壁の役を果たしている。これを正面から突破して呉《ご》郡に攻めこむには、強力な水軍を必要とした。

曹操が官渡《かんと》で袁紹と戦う前は、豫州、兗州、徐州を支配していたとはいっても、河北《かほく》四州の広大さには遠く及ばなかった。また、彼の支配地域は長年の兵乱で人口も減り、田畑も荒廃していた。州の数では、袁紹の四州に対して三州だが、実質的には二対一くらいの劣勢だった。

しかし、建安《けんあん》十二年（二〇七年）のこの時点で、曹操は河北四州を手に入れ、袁尚《えんしょう》らを幽州東北部に追いつめていた。七州を制するのは時間の問題にすぎなかった。

孫権《そんけん》の支配する揚州を除くと、残るのは、荆州と益州の二州だった。いまや強大になった曹操に対抗するためには、この二州を制して孫権と同盟するしかない。つまり、黄河を中心にした曹操に、長江の上・中流と中・下流をもって拮抗《きっこう》し得る態勢をつくる。

この第一段階が終了すれば、次は国力の充実につとめて兵を養い、機を見て中原《ちゅうげん》へ進出する。ただし、これは口でいうほど容易ではないが、天子のいる許都や旧都の洛陽までの距離は、呉郡から北上するよりも荆州の南陽《なんよう》郡の方がはるかに近い。孫権との同盟関係は維持するが、何といっても先に中央を制したものが有利である。

それから第三段階に入る。いうまでもなくそれまで同盟していた孫権と雌雄を決することになる。どちらが勝つにしても天下は統一され、泰平の世が戻ってくるであろう。

孔明の三分の計は、一言でいえば、地と時とをそれぞれ三つに分けた大計画であった。

天の時、地の利、人の和の三つが揃《そろ》えば、完成しない大事業はないという。孔明の視《み》るところ、いまの曹操はその三つの条件において他の二者よりも擢《ぬき》んでており、一朝一夕にこれを倒せるものではない。それ故に、まず拠点となるべき地域を確保し、時節の到来を待つ。

孫権の方も、現在では単独で曹操に対抗できないことはわかっているはずである。従って第二段階に移行するまでは、劉備と手を組むであろう。しかし、第二段階から第三段階にかけて、はたして劉備との和を維持するかどうかは何ともいえない。劉備が中原をうかがうには、孫権が南方から牽制《けんせい》して敵の兵力の少なくとも三分の一を釘《くぎ》付けにしてくれなければならない。もしこのとき逆に曹操と手を組み、主力を決戦場へ送って手薄になっている劉備を横から急襲したら、形勢はたちまち逆転する。そして、そのあとは南北の対決となるだろう。

その時はその時である。別途に対策を考えればいい。だが、いま何もしなければ、荊州は、北方を片付けた曹操にのみこまれ、劉備は生きながらえたとしても、流浪の食客になってしまう。まず第一段階に着手しなければ、大義の旗を天下に掲げることもできないのだ。

しかし、荊州は天の供した地盤である、という孔明の言葉を聞いたとき、劉備は、窮境を助けてくれた劉表《りゅうひょう》に、恩を讐《あだ》でかえすようなことはできない、と思ったのだろう――と孔明は推察した。

(噫《ああ》、まさしくこの人は仁者だ)

と孔明は心のなかで感嘆した。

おそらく曹操であれば、一も二もなくこの構想に飛びつくだろう。いや、それ以前に新《しん》野《や》で日を過ごしていることなく、とっくに荊州を手中におさめているに違いない。そうでなければ、乱世の英雄とはいえない。

その意味でいえば、劉備は乱世の英雄たり得ない。とはいえ、孔明は失望したわけではなかった。劉備はその仁故に覇者になることはできないかもしれない。だが、自分が側《そば》にあって補佐すれば、その仁と義とを全うすることはできるだろう。古来、将に将たる資質をもった人はいるものなのである。孔明は、おのれがその器でないことを自覚していた。自分を管仲《かんちゆう》や楽毅《がくき》に比していたのも、将に将たる人物を補佐する方がおのれの能力を活《い》かせる、と思っていたからでもあった。

南陽の一農夫として一生を終えるのも人生だが、いま三顧《さんこ》の礼をもって自分を迎えようとしているこの仁者に、おのれの生涯を託するのもまた一つの人生なのである。荊州を手中にすることを好まぬ劉備が覇者たり得ないことは明らかだとしても、史家の評価はまた別となるに違いない。つまりこのときの孔明は、悠久の歴史を意識していたのである。

二

孔明は言葉を続けた。

「いうまでもなく、荆州だけで強大な曹操に敵し得ないことはおわかりだろうと存じます。高祖《こうそ》劉邦《りゅうほう》が帝業を完成する土台となった益州に目を向けなければいけません。かの地はそれ自体が堅固な要塞といってよく、千里の平野は天の庫《くら》ともいい得るところです。しかるに、領主の劉璋《りゅうしょう》は暗愚で、人口は多く、国土は豊かであるにもかかわらず、その失政のために人びとは苦しんでおります」

劉備の表情が動いた。

「先生は益州を手に入れよ、とおっしゃるのか」

孔明がうなずくと、劉備は、

「劉表殿もそうだが、劉璋もわたしと同じく劉氏の家系です。同族の地を奪《と》るのでは、天の誹《そし》りをうけるのではありませんか」

「では、将軍におたずねします。もし将軍の一族の誰かが悪逆無道の政治を行って民を苦しめているとしましょう。将軍はそれを黙って見のがしますか。おそらく、悪政をやめよと忠告なさるに違いありません」

「その通りです」

「それでもやめずに、罪もない良民を苦しめ続けたら、将軍はどうなさいますか。同族を討つのは義に反するといって、目をとじていますか。あえていうなら、それは小さな義です。『左伝《さでん》』にも、大義ハ親ヲ滅ス、とあるではありませんか」

「なるほど」

「もちろん、大義の名目のために何をしてもいいというのではありません。仁の心は必要です。その上で、良政をしき、西方の異民族や南方の異民族を慰撫《いぶ》し、荊州の軍を一人の良将にゆだねて洛陽へ向かわせ、将軍みずからは益州の軍をもって北を攻めれば、その地の人びとは歓呼をもって将軍をお迎えするでしょう。ただし、この策を実行するには、孫権と友好関係を結ばなければいけませんが……」

「そのようなことが、できるでしょうか」

「漢王朝を復興させるには、それしかない、と存じます」

と孔明はきっぱりといった。

劉備はわが手で頭を叩《たた》きながら、

「何とわたしは愚かであったことか。大義の旗を立てるといいながら、大義の何たるかに思いを至さずに、目前の小義にとらわれていました。どうかわが陣営にお越し下さって、わたしをご教導下さい」

「将軍のおそばには、すでに徐庶《じょしょ》がいるわけですから、彼に軍事を任せて、いま申し上げた計を進めるのがよかろうと思います。ましてわたしには実戦の経験がありません」

「博望坡《はくぼうは》で曹軍を撃破できたのは、まさしく徐庶の策と采配のおかげでした。ですが、徐庶にとっても、あれが最初の実戦だったと聞いております。それを考えれば、実戦経験の有無などは、このさい取るに足らぬことではありませんか。もとより経験は大切です。金銭をもって買うことはできません。だが、いかに経験を重ねようとも、策の乏しいものは大業をなし得ません。そのことは、さきほども先生が袁紹を例にお話しになったことです。あるいはまた、先生の旧友がすでに軍師としてわが陣営にいることに遠慮なさっているなら、それも考え過ぎというものです。じつはこの玄徳《げんとく》は、徐庶に先生を連れてこい、などと途方もないことをいったのです。それをたしなめ、自分からおたずねするようにと忠告してくれたのは徐庶なのです。彼こそが先生をお迎えするのに、もっとも熱心だったのです」

劉備の言葉は、一語また一語、切々たるものがあった。

孔明は床に膝をつき、

「将軍のお言葉、肺腑《はいふ》にしみます。及ばずながら犬馬の労をもってお仕えいたしましょう」

と腕を組み、拝跪《はいき》した。臣従の礼をとったわけである。

劉備は喜びで顔を朱に染め、

「先生、どうかお手をおあげ下さい。お迎えするのはわが家臣としてではなく、師父としてなのですから」

「それはいけません。将軍はわたしのご主君、わたしはその臣下です。さもなくば門外にいる両雄をはじめとして、ご家中の和を保つことが難しくなります。それに、わたしを先生などと呼ぶべきではありません。孔明とか亮《りょう》とかお呼び下さい」

と孔明はたしなめた。

「わかりました。以後は気をつけましょう」

劉備は素直にいった。

三

臥龍《がりょう》はついに起《た》って隆中《りゅうちゅう》を出た。黄《こう》夫人と弟の均《きん》はいったん居残ることにし、孔明は一足さきに新野に入った。

徐庶は大喜びであった。

「あなたにとっては迷惑だったかもしれないが、わたしはご主君の人柄に心を惹《ひ》かれて、何としてでもあなたに補佐してもらいたかったのだ。どうか赦《ゆる》してもらいたい」

「赦すも赦さぬもありませんよ。ご主君に惹かれた点はわたしも同じです。それに、こうなるのが運命だったのかもしれない」

「人と人の出逢《であ》いの不思議さとでもいうのであろうか」

「その通り。あなたと二人で、ご主君に大義の旗を立ててもらいましょう」

と二人は手を把《と》り合った。

劉備は、城中に主だったものを集めて、孔明を紹介する宴をひらいた。関羽《かんう》、張飛《ちょうひ》をはじめ、古くから劉備に仕えてきたものたちにしてみれば、これは異例の歓迎ぶりと映った。

「なァ、雲長《うんちょう》、家来が一人ふえたからといって、こういう宴会をひらいてもてなすなんて聞いたことがないな」

と張飛が聞こえよがしにいった。孔明に対するあてこすりである。しかし、孔明はまったく気にする様子はなく、隣席の徐庶と談笑したり、劉備の質問に答えたりした。張飛にはその落ち着きぶりがいっそう気に入らないらしく、

「新米軍師殿に聞きたい」

と大声でいった。

孔明は向き直った。

「わたしのことですか」

「そうよ」

「ならば、それは間違いです。軍師はすでにおられる。わたしではない」

「へェ、そうかい。それじゃ諸葛《しょかつ》孔明先生は何をもって召し抱えられたんだ?」

と張飛はからんだ。

「おい、口を慎め」

と関羽が張飛の袖を引いた。だが、孔明はにこりとして、

「いやいや、別に口を慎むことはありません。いいたいことをいわずに腹中に蔵したままでいるのは、かえってよろしくない」

「ほう、大きく出たな。それじゃ、もう一度たずねよう。軍師は一人でいいというなら、

どうしてわが陣営に入ってきた？　見たところ、剣槍《けんそう》をとって役に立つとは思えんが」

「もとより剣も槍《やり》も使えない」

「だから何を使うのか、と聞いているんだ」

「それが体を動かす意味でいうなら、田畑を耕すことですかな」

「そんなことは誰にだってできるさ」

「それは正しくない。作物を育て、収穫を得るというのは、国造りの基本になる。それができていなければ、国家は保てない。いかなる勇者といえども、飢えていては戦場の役には立たぬものです」

と孔明は凜然《りんぜん》といった。

関羽が膝を進めた。

「すると、国造りを基本からするのが役目だということか」

「いかにも。農の何たるかを知らず、戦場に出ているばかりでは、国造りはできません。わたしがご主君のお役に立つことがあるとすれば、農業や農民の気持について、いささか知識があるからでしょう。軍事に関することは、これまで通りすべて徐庶に一任されている」

「いうことは立派だが、じつは自信がないからではないかな」

たまりかねたか、劉備が、

「関羽、そちまでが非礼の言を吐くか」

と叱った。

さすがに関羽は沈黙した。劉備は孔明に向かい、

「孔明、この両名を赦してやってくれ。決して他意はないのだが、いささか礼儀に欠けるところがあってな」

「恐れ入ります」

と孔明は低頭してから、

「両雄の強さは天下に鳴り響いております。三歳の童児でもその名を知らぬものはおりません」

これを聞いて二人は満足そうだった。孔明はそれを一瞥《いちべつ》してから、

「ただ、惜しむらくは、いまのままではご主君の大業は完成しない不安が残ります」

「おい、孔明、何ということをいうんだ！」

と張飛はどなった。孔明は構わずに、

「なぜかといえば、両雄がその勇を誇って、ご主君を軽んずる恐れがあるからです」

「バカを申すな。いつおれたちが玄徳兄を軽んじた？　仕官したばかりのくせに、よくもそんなデタラメがいえたものだ」

「現に軽んじた言説を吐いている。そのことに気がつかぬとは」

「何だと！」

「仕官したばかりというが、君臣関係に年月の長短は問題ではない。古くから仕えたもの

が新しいものより偉い、ということはない。それとも当家にあっては、古参の者は新参の者に威張ってもよいという定めでもあるのか」

「そんなことをいっているんじゃない。おれたちがいつ玄徳兄を軽んじたか、証拠を出せといっているんだ」

「まだわからぬとは情けない。いまあなたはご主君を玄徳兄と呼ばれた。たしかに私的にはそれでよろしかろう。が、ここにはご家中の大半が揃っている。その公《おおやけ》の席で、ご主君の義弟であることをもち出せば、他のものがどう感ずるか、まったく考えていない。ご主君の仁愛には頭を垂れても、公私の別をわきまえぬ両雄には反感を抱く。それでは和を保つことはできず、大業に支障を生ずる恐れもある。それこそ、我意を張ってご主君を軽んずる所業というべきではありませんか」

関羽は蒼《あお》くなり、張飛は赤くなった。

四

徐州時代から仕えている糜竺《びじく》・芳《ほう》兄弟、孫乾《そんけん》、簡雍《かんよう》らは、さきほどからのやりとりを心地よげに聞いていた。関羽と張飛の武勇が群を抜いていることは、かれらも認めているし、敬服もしている。この二人がいなかったならば、とうの昔に曹操の手で撃滅されていたに違いない。また、両者が劉備に全身全霊をもって忠義をつくしてきたことも眼《ま》のあたりにしている。

しかし、劉備を主君として仰ぐことにおいては、他のものも同じであった。董卓《とうたく》以後、各地に割拠していた群雄は、一人減り二人減りして、天下に覇をとなえんとするものは、いまや数人にしぼられている。そのなかで、もっとも有力なものは、誰が見ても天子を手中にしている曹操であった。兵も強く数も多い。

劉備の方は、新野の小城を領しているにすぎない。それも劉表の好意があったからなのである。おのれの利害や損得だけを考えれば、新野をぬけ出して曹操に身を寄せる方が利口だった。

糜竺らがそうしないのは、損得を超えた、劉備のもつ不思議な魅力のせいであった。

曹操は、才あるものは盗人でもあえて登用する、という。たしかにそうであるらしい。だが、もしその才能が枯渇するか、あるいは曹操にとって用ずみとなったときは、どうなるだろうか。かつての罪科を問われて追放されるのではないか。いや、追放ならまだしも断罪されるかもしれないのである。

劉備に仕えるものには、そのような不安も警戒心も必要なかった。誠意をもって仕えたものが老いさらばえて役立たずになっても、劉備がこれを棄《す》てるとは考えられないのであった。劉備には、仁があり義がある。糜竺らは、それに惹かれて運命を共にしようと思い定めている。それは、一言で表現すれば、俠《きょう》というべきであり、主従は形式にすぎなかった。

ところが、関羽や張飛は、孔明がいみじくも指摘したように、糜竺らの前で主君である劉備を呼ぶに、家兄とか玄徳兄をもってすることがあった。三人が義兄弟の契りを結んだことは誰もが承知だった。だが、それは私《わたくし》であって公ではない。たとえば、家中のあるものが、

「わが君のお考えでは……」

というときに、関羽や張飛が、

「家兄のお考えは……」

と応じたとすれば、他のものは何かしらシラけた気分になり、思い切ったことがいいにくくなる。関羽や張飛に義兄弟であることをひけらかす気はまったくないにしても、劉備を義兄とは呼べない他のものたちに対する配慮が足りないことは確かだった。

劉備はすぐさまそのことに思い至った。彼自身、深く考えずに両名が家兄と呼ぶことを黙認していたのだ。

「孔明、いや、ほかのものも聞いてほしい。わたしが関羽、張飛と桃園で義を結んだことは皆も知っていよう。だが、才も乏しく徳もないわたしが、今日こうしていられるのは、お前たち全てのおかげであって、そのことは両名もよく承知している。いま孔明がいったように、もし両名に、ほかのものたちの気持を損なうような言動があったとするなら、それはわたしが至らぬせいである。どうかこの劉備に免じて赦してもらいたい」

と劉備は律義にいった。

劉備の良さは、言葉に含みや表裏のないことであった。彼が感謝の言葉を吐けば、それ

は本当に心からありがたいと感じているのであり、赦してくれといえば、心底からすまなかったと詫《わ》びているのであった。

「ああ、わが君……」

と糜竺が声をつまらせて拝跪した。

関羽と張飛は面を伏せて肩をふるわせている。

嗚咽《おえつ》するものあれば涙をうかべるものありという情景に、孔明は心をうたれた。三顧の礼をもって自分を迎えた劉備が、謙虚な人柄であることはわかっていたが、この乱世に人間味だけで衆を引っぱって行くことは難しい、と思っていたのだ。しかし、幾たびか苦境の淵《ふち》に追いつめられながらも、劉備がいまなお一方の雄たり得ているのはなぜか。それは君臣の堅い絆《きずな》であり、劉備に生まれつきそなわった人君たるの資質に基づくのだ、と孔明は悟ったのだ。

孔明は徐庶に目くばせした。このままでは果てしがない。

その意を察して徐庶が進み出た。

「申し上げます。ただいまのお言葉、われら一同の胸に染み透《とお》りますが、それはそれとして、孔明殿を迎えたせっかくの賀宴なれば、ふつつかながら軍をたばねる身として、このさい孔明殿のお考えを承りたいことがござる。いずれ曹操が雲霞《うんか》のごとき大軍を率いて来襲するは必定です。備エ有レバ憂イ無シとはいっても、新野の現兵力では限度がある。どうすればよいか、日夜案じておりますが、どうも良い知恵がうかびません。何ぞ良策があればご教示いただきたい」

「これはまた意地の悪い設問ですな。軍師が思いうかばぬものを、どうしてわたしが考えられましょうや」

「そこを何とか……」

「困りました」

と孔明はいった。

だが、本当に困っているふうはなかった。むしろ徐庶との掛け合いを楽しんでいるかのようだった。

劉備の誠意ある言葉にその場はおさまったものの、他のものは新参の孔明に、やはりわだかまりを抱いていたらしい。劉備の陣営にあっては弁の立つことで第一と目されている孫乾が、

「いま軍師がいわれた点は、われら一同共通の悩みです。ぜひともお聞かせ下され」

といえば、簡雍もまた、

「まさしくその通り、どうかお教え願いたいものです」

と膝を進めた。

孔明はかすかに笑みをうかべ、

「では、わたしなりの考えを申し上げる前に一つだけ逆におたずねしたい。わが君が新野

を領されたころは、ここはちっぽけな田舎町《いなか》でした。しかるに、現在では驚くべき賑《にぎ》わいを見せております。孔明が思うに、それはわが君の仁政が荊州にあまねく知れわたり、人びとが住みよい地を求めて自然と集まってきたからでしょう。そこで、現在の人口はどれくらいになっているのか、どなたかお答えいただけませんか」

「さァ……」

孫乾たちは顔を見合わせた。なかには、

「いちいち数え切れないことだ」

「まったくそうだ」

と私語するものもいる。孔明は、

「わたしの観察では、周辺をふくめて約十万人かと思われます」

「まさか。何を根拠に？」

というものがあった。孔明は、

「隆中におりますとき、所用で襄陽《じょうよう》、樊《はん》城へ出ることがありました。そのさい、両市の鋳物職人の半分近くが新野へ移った、と聞いたのです」

「それが何の関係がある？」

「鋳物職人は、鍋、鎌、農具を作って生計を立てるものです。両市の人口は合わせて約二十万人はありました。つまり、新野に新しい需要が生じたわけで、約半分の職人が移住したとなれば、そのように推定できるのです」

「なるほど、じつに明快だが、兵力とは関係ないのではないか」

「領内の民を十万人とすれば、男はその半分です。この五万人の男のうち、年少のものと四十歳以上のものは約半分でしょう。従って兵役に堪えられるものは約二万五千人ということになります」

「おお！」

という軽いどよめきが起きた。

孔明は構わず続けた。

「その二万五千人を兵にしようと考えてはなりません。かれらは一家の働き手なのです。そもそも新野がこれほどまでに栄えているのは、わが君が外敵から民を守り、しかも税金が安くて暮らしやすいからです。しかし、一たび曹軍が襲ってくれば、安穏な生活は終わりを告げます。そのことを人びとにわからせれば、二万五千人のうち三人に一人は、土地を守り家族を守るために兵となることを辞さないでしょう。わが君の兵は、当初の五千名が倍になっていると聞いておりますが、戸籍をきちんと整えれば、さらに八千名を加えることができます」

理路整然たる説明だった。

聞いていた劉備はほとほと感心した。新野にきた五年前に比べると、街はひろがり家はふえ市場は繁盛している。それを好ましいと思うだけで、そこまで踏みこんで考えたことはなかったのだ。

「じつに心強い話である。さっそく適当なものを選んで戸籍簿をつくらせよう」

「お言葉ですが、民は国の基《もとい》でございます。適当なものではなく、どうか孔明にお命じ下さい」

「それは困る。自分が手がけたい気持はよくわかるが、孔明にはそれ以上に大切な仕事をしてもらいたい」

「恐れ入ります」

と孔明は頭を下げた。劉備は、

「もちろん、戸籍の一件は軽く見ることはできぬ故、その任にふさわしいものに命じたいと思うが……」

といって見回した。

一座の諸将は、指名を恐れるかのようにうつむいた。たしかに大切な任務かもしれないが、戦場を往来して武功を立てることに比べれば地味な務めである。誰もがやりたがらないのは当然だった。

このとき徐庶が孔明にいった。

「向朗《しょうろう》を招いたらどうだろうか」

「まさしく適役」

と孔明は手をうっていった。

劉備には初めて聞く名前であった。

「向朗とは何者か」

とたずねると、孔明は、

「襄陽郡宜城《ぎじょう》県の人で、字《あざな》を巨達《きょたつ》といいまして、ひところは司馬水鏡《しばすいきょう》先生の下で勉強しておりました。ひろく学問をおさめておりますが、学者としてより実務の能力にすぐれていると思われます。現在は小さな県の県長をしていますが、わたしと徐庶が連名で手紙を出せば、県長の職を投げうって、きっと馳《は》せ参じてくれるでしょう」

「ぜひ、その向朗を招いてくれ」

と劉備は喜んでいった。

五

向朗は二人の誘いに応じて、新野にやってきた。

劉備はすぐに会った。が、目の前にいる薄汚れた服の中年の男を見て、かたわらの孔明と徐庶を見やった。

(これがお前たち二人の推す向朗か)

という意味をこめている。

「これなるが向朗、字を巨達と申します」

と徐庶が紹介した。

「さようか。聞くところによると、どこかの県長をつとめていたとか」

「はい。臨沮《りんそ》の県長をしておりました」

「それにしては粗衣であるが、何ぞ思惑があってのことか」

「別に思惑はございませんが、わたしは幼いころに父を亡くし、母の手で育てられました。母の教えは、人は金品によって性質を堕落させてはならぬ、貧乏は人にとって悩みではない、というものでした。たしかに、自分でもひどいボロを着ているな、と思うこともありますが、少しでも金がありますと、典籍を買い求めてしまいますので、衣服にまで回りません」

「ふうむ」

劉備はすっかり感心し、ただちに戸籍主簿《しゆぼ》（書記官）に任命した。

向朗の仕事ぶりはてきぱきしていた。

一カ月足らずのうちに、領内の戸籍を精査し、人口は約十二万、そのうち孔明の基準に従って計算すると、約一万の壮兵を集めることが可能であると答申した。

劉備は大いに満足し、

「では、その一万を徴募するように手続きをせよ」

と命じた。向朗は首を振った。

「それはよろしくありませぬ」

「なぜじゃ？」

「『春秋左氏伝《しゅんじゅうさしでん》』に、戦《いくさ》に勝つか否かは、兵の和にかかっており、人数の多さによらない、という文章がありました。いま一万をそっくり徴集してしまうと、送り出す民の方に不安が生じます。それでは強兵とはなり得ません。また、わが軍としては、一万もの新兵をきたえるのは難事です。とりあえず五千名を軍営に入れ、和を保つことを第一に訓練すれば、残る五千も安心して参加してくるものと考えます」

「よくぞ申した」

と劉備は手をうっていい、褒美の金をあたえた。

「ありがとうございます」

と向朗はひどく嬉《うれ》しげだった。

（金品を軽蔑するようなことをいっていたが、あれは嘘《うそ》だったのではないか）

と劉備はふと疑問に感じ、侍臣の一人に向朗がその金をどうするかを調べさせた。

侍臣は報告した。

「典籍を山ほど買いこみまして帰宅しましたが、その家屋たるや、掘立小屋でございました」

「やはり」

劉備はうなずき、孔明を呼んで、

「本当に良い人物を推薦してくれた。おそらく彼のような有能達識の士がまだほかにもいるに違いない。もし心当たりがあるなら、教えてくれぬか」

「文なら劉巴《りゅうは》、武なら霍峻《かくしゅん》でしょうか」

と孔明は答えた。

劉巴は、字を子初《ししょ》といい、祖父は長沙《ちょうさ》太守《たいしゅ》をつとめた名門の出身である。若いときから秀才といわれ、劉表は評判を知って子息二人の教師として招こうとした。

劉巴はことわった。

「大鳳《たいほう》のごときご子息に、燕雀《えんじゃく》のごときわたしがお教えすることは何もありません」

という理由だった。あきらかに皮肉であった。劉表は怒り、劉巴を知るものに、

「殺して参れ。方法や口実は問わんぞ」

と命じた。

その男は劉巴をたずね、わざと劉表の悪口を並べ立てたのち、

「きみは憎まれている。こちらが逆に劉表を暗殺するか、それとも他国へ亡命するかした方がいい」

と親切ごかしにいった。もし承知すれば、逆意の証拠とする計画だった。

「自分にはそんな気はない」

と劉巴はいった。その報告を聞いて、劉表は殺害を断念したという。

もう一人の霍峻は、字を仲邈《ちゅうばく》といい、南《なん》郡で私兵数百人を養っている。一言でいえば、無頼の徒の親分といっていい。

そういう説明を聞いた劉備は、即答をためらった。孔明はその胸中を見抜いて、

「どうなされますか。お迷いならば、先に延ばしても構いませんが……」

「すべてを任せる」

と劉備はいった。

関羽と張飛は、劉備が孔明に絶大な信頼を寄せるさまを見て、やはり不機嫌だった。一種のやきもちといっていい。

劉備は二人を呼び、

「わたしに孔明が必要なのは、魚が水を必要とするようなものなのだ。そのことを理解してくれ」

と訓《さと》した。

劉備の言葉に、関羽も張飛もさすがに何もいえなかった。二人とも武勇においては誰にも負けぬという自信はあったが、知略軍略ということになると、徐庶を除いて新野に人材はいなかった。その徐庶が天下に比類のない大才として推すのだから、劉備が頼りにするのも不思議はない。ただ、頭ではそのことをわかっていても、桃園の義盟以来の苦労を思うと、新参の孔明に対してやはり素直に親しめなかった。ことに子供っぽいところのある張飛は、陰では孔明のことを、

「水」

と呼んだ。

そのことはほどなく孔明の耳に入ったが、彼はまったく意に介さなかった。

北方を鎮定したあと、曹操が南へ兵を向けてくるのは必定である。そのときにはどうすればよいか、孔明の思念はその一点にしぼられている。

向朗の起用によって、とりあえず五千名の兵を得ることができたといっても、曹操の大軍を防ぐには足りない。できることなら、荆州をそっくり手に入れ、その兵十万をもってすれば優に対抗できるが、劉備の人柄からいって、劉表の土地と人を奪うようなことはとうてい許すまい。それを考えると、何はともあれ自軍を充実させておくしかない。

孔明は、劉巴と霍峻へ招聘《しょうへい》の手紙を送った。

間もなく、霍峻は数百の手下を連れて新野へきた。無頼の徒を養ってはいたが、それは急病で死んだ兄の霍篤《かくとく》の私兵を引きついだもので、彼自身は仕官したいと望んでいたものの、劉表が素性の怪しいものたちの集まりを召し抱えることはできぬ、と拒否したという。

「劉皇叔《こうしゆく》のようなお方に仕えることができるなら、これほどの光栄はございません」

と忠誠を誓い、うしろを振り向くと、

「やい、てめェらもご挨拶を申し上げろ」

とどなった。

「へい」

手下たちはいっせいに叩頭《こうとう》した。

劉備はかたわらの孔明に囁《ささや》いた。

「野盗に近いような気もするが……」

「そうかもしれませぬが、それなりに使い道があります。敵情偵察をやらせたら、かれら以上の働きをするものはいないでしょう」

「そうか」

と劉備は膝をうち、

「霍峻および一同のもの、よしなに頼むぞ」

と声をかけた。

ついで、劉巴の代理として、遠縁の劉封《りゅうほう》という若者が数十人を率いてやってきた。筋骨逞《たくま》しく、まだ十六歳というが、そのきびきびした立居振る舞い、はきはきした口上弁舌は非凡なものがあった。劉巴は、孔明の手紙を一読すると、

「天意は時として、吾《わ》が生にそぐわず」

と呟《つぶや》き、劉封に、

「わしよりも、お前の方がいまの新野には必要だろう。行って劉将軍に奉公するがよい。ただし、疎《そ》ハ親《しん》ヲ隔《ヘダ》テズということを忘れるでないぞ」

といったという。

劉備はすっかり気に入った様子で、

「劉巴殿にきていただけなかったのは残念であるが、代わりに玉《ぎょく》を得た。こんな嬉しいことはない」

といい、孔明に同意を求めた。孔明はすぐにはうなずかずに、劉封に、

「一つだけたずねたいことがある。疎ハ親ヲ隔テズという言葉はどういう意味だと考えるか、聞かせてもらいたい」

「正直に申し上げますと、じつはよくわかりませんが、漠然と感ずるところはあります」

「その漠然としたものでもよいから話してくれぬか」

「疎とは遠くのものということでしょうか。それが親子兄弟のような絆をもつ人たちの間に割りこもうとしてはいけない、つまり武勇や才能があるからといって、そのことに慢心して、古くから交わりを結んできた人たちを粗略に扱ってはならぬ、と教えられたのだとわたしなりに解釈いたしました」

と劉封は答えた。

聞いていた張飛は関羽に耳打ちした。

「あの若いの、いいことをいうじゃないか。気に入ったぞ」

関羽も微笑した。まるで孔明に対する皮肉のように聞こえたのだ。しかし、孔明はそのように感じなかったのか、

「その解釈が間違っている、とはいえぬが、劉巴殿の真意は別だったであろう。折りにふれて考えるがよい」

といって、劉封を張飛の部隊に編入するよう進言した。しかし、劉備は、

「まだ若い。いきなり張飛の下でしごくよりは、しばらくわたしの手もとで教えてみたいが……」

「では、そのように」

と孔明はあえて主張しなかった。

劉備の軍は、このころ徐庶と孔明の献策で三軍に分けられていた。それぞれの長は、関羽、張飛、趙雲《ちょううん》である。関羽と張飛はそれぞれ左右両翼となり、趙雲は親衛隊を兼ねて中軍に位置する。従って劉封は趙雲の部下ということになった。

六

ある日、趙雲が劉備に報告した。

「この前、どれほどの武芸を身につけているかと思いまして立ち合いましたところ、あの若さで長剣を自在に使いこなす腕前に驚きました」

「そちの槍と試合したのでは、ひとたまりもなかったろうに」

「そうではありません。もちろん武技そのものは未熟なところはありますが、その気力たるや見事でございました。わたしの槍で長剣をハネ飛ばされますと、組打ちを挑んで参りました。これをねじ伏せ、首を絞めましても、ついに参ったと申しません。挙句の果てに気絶いたしましたが、水をかけられて息をふき返しますと、またもや勝負を挑んで参りました。じつに末頼母《たのも》しい若者であります」

「そうか。よく鍛えてやってくれ。頼むぞ」

と劉備は目を細めていった。

その後も劉備は何かにつけて劉封の成長ぶりを気にかけているふうだったが、よほど気に入ったとみえ、関羽と張飛を呼んで相談した。

「劉封をわたしのもとに寄越した劉巴は、調べてみると、漢室の血筋である。ということは、わたしとも遠い先祖でつながっているわけで、劉封をわたしの養子にしても不都合はないと思う。武芸にも秀でているし、近ごろは書もよく読んでいるようだ。義兄弟であるお前たちの意見を聞かせてくれ」

「結構ではありませんか」

と張飛がそくざにいった。だが、関羽は黙っている。劉備は、

「雲長、賛成できぬか」

「家兄には、すでに禅《ぜん》君がいらっしゃるではありませんか。実子をさし措《お》いて、養子をお迎えになる必要があるとは考えられません」

「たしかに禅が生まれている。しかし、あの子にこの乱世を生きぬく能力があるか否かは、誰にもわからぬ。もし禅が無能なら、それを主君にいただくものはどうなるか……」

「お待ち下さい。無能か否かは、仰せのように誰にもわかりませんが、だからといって、あえて最悪の事態を想定なさるのは正しい道とは申せません。劉封が優秀な若者であることは認めるとしても、ご養子に迎えるのは時期尚早であると存じます。遠くは袁紹一家の争い、近くは劉表一家の兄弟相克をみても、それは明らかではありませんか」

「袁家も劉家も、互いに自分に権利があると思っている実子である上に、家臣たちがそれぞれ自分の勢力を拡大しようとして醜い争いを起こした。わが家では、お前たちがいる限り、そのような心配はあるまい」

「もちろんです。ご嫡子は禅君、それがはっきりしていれば問題はありませんよ」

と張飛が口をさしはさんだ。関羽は、

「おぬしはそうだが、劉封にそのことがはたしてわかるかどうか。養子といっても、家兄の子ということになれば、家臣のなかには、そそのかすものが出るかもしれんぞ」

「なァに、そのときは、おれたち二人がそういう不逞《ふてい》の輩《やから》をとっちめてやるさ」

「張飛のいうとおりだ。それ故に、お前たちにいまから頼んでおくわけだし、劉封にもそのことをよくいい聞かせておく」

と劉備はいった。

そこまで説得されると、関羽も反対できなかった。

つぎに劉備は孔明を呼んだ。孔明は、

「ご主君のお身内のことについて、臣下のものがかれこれ申すのは順逆にそむきます。また、ご家中に劉封をかつごうとする不心得者がいるとも思いませんが、ご嫡子誕生間もない現在は、ちと時期が悪かろうと考えます。奥様のことをお考えになって、しばし先にのばされてはいかがでしょうか」

甘《かん》夫人の気持を汲《く》んであげるべきではありませんか、というのである。才能のある若者を養子とする例は、過去にも多いから、そのこと自体は別に問題はない。とはいえ、劉備の子を産んだ甘夫人にしてみれば、やはり何となく不安になるだろう。劉禅がもう少し成長し、劉備の後継ぎとして内外ともに認められるようになってから、劉禅を援《たす》ける義兄として認めるのであれば、夫人も安心するはずである。

劉備はさすがにその意を汲み、

「いかにもそのとおりである。しばらく様子をみることにしよう」

と孔明の忠告を受け入れた。

七

孔明が劉備の帷幄《いあく》に入ってから、新野の城は内外ともに充実する一方であった。向朗らの人材はよく働き、新たに徴募された五千の兵もきびしい調練に耐え、予備の五千も、

「玄徳様のような良いご領主のために働きたい」

と志願してくるものが続出するほどであった。張飛などは、

「いまの半分の兵力で夏侯惇《かこうとん》らを蹴散らかしたんだ。こうなれば、曹操がきたって何ほどのことやあらん」

と豪語し、関羽から、

「ともすれば敵をあなどるのは、おぬしの悪い癖だ。曹操はそれほど甘くはないぞ」

とたしなめられるありさまである。

こうしたなかで年があけ、建安十三年（二〇八年）の正月を迎えた。

新春の賀宴がすんで間もなく、孔明が劉備の前に出て、霍峻の部下の諜者《ちようじや》が集めてきた情報を伝えた。

曹操が北征を終えて鄴《ぎよう》に凱旋《がいせん》し、漳河《しようが》を堰《せき》とめて玄武池《げんぶち》を造成した、というのである。

「おそらくそこで水軍の調練をほどこすつもりでしょう。次なる目標が荊州であることはもはや間違いありません」

「前に劉表殿に、曹操の北征の隙をついて許都を攻めるべきだ、と進言したことがあったが、あのときわが策を用いていれば……」

「いまとなっては詮ないことでございます」

「どうすればよいだろうか」

「策がないわけではありません」

「聞こう。教えてくれ」

「いま劉表は病気がちで、国政をみることもできないようです。あえていえば、これは劉表に代わってわが君が荊州を治めよという天の意志でもありましょう」

と孔明は説いた。

劉備は静かに首を横に振り、

「そうすれば、曹操に対抗し得ることは承知である。しかし、わたしが今日こうしていられるのは劉表殿のおかげである。その恩人にそむくことが果たして天意であろうか」

「たしかにわが君お一人の信義から申せば、道にはずれるように思えるかもしれません。ですが、天下万民のことをお考え下さい。大義のために、荊州をわが手におさめることは天も認めるはずです」

「そういわれても、忘恩の行為はわたしにはできぬ」

「ああ！」

孔明は溜《た》め息《いき》をもらした。

そこへ、荊州から急使がきた。江夏《こうか》に呉軍が来襲したので、軍議を開きたい、ぜひとも出席していただきたい、という丁重な口上である。

「どうすべきか」

という劉備の言葉に、孔明は、

「お出かけになるべきでしょう。たぶん、新野の兵を挙げて応援に赴いてくれ、という話になると思いますが……」

「どう答えるべきか」

「江夏の情勢がはっきりせぬうちは即断できません。わたしもお供しますが、万一のために趙雲と張飛をお連れになり、ここは徐庶と関羽にお任せあって然《しか》るべし」

「では、そうしよう」

劉備は孔明のいうままに、張飛と趙雲に各一千名の兵をあたえ、ともに荊州へ急いだ。

劉表は持病の胃弱が悪化し、食物もじゅうぶんに摂取できぬために、痩せ細った体を劉琦《りゅうき》・琮《そう》の二人に支えられながら、劉備と孔明を迎えた。

「遠路をお越しいただいて申し訳ない。また、さきごろは襄陽の会で、蔡瑁《さいぼう》が何か良からぬ企《たくら》みをしたとも聞き、その首を斬ってあなたにお詫びしようと思ったが、彼は義理の兄でもあるし、ここにいる琮の伯父《おじ》でもある。本人もその非を深く恥じたし、わたしも情愛にほだされて赦したしだいでまことに面目ない。どうか、お笑い下され」

「いやいや、あのことは何かの誤解から派生したものでしょう。玄徳はとうに忘れております」

「あなたの寛大な心には深謝するしかない。こうして命ある間にそのお詫びをしたかったのと、じつは、荆州の危難にさいしてご助力をいただきたくて、きてもらったのです」

「命ある間などと気の弱いことを申されますな。それに荆州に危難があるとは思えませんが……」

「まだお聞きになっておらぬのか。じつは江夏に孫権の手のものが急襲し、太守の黄祖《こうそ》を討ち果たした」

それを聞いて、劉備と孔明はそれとなくうなずきあった。来襲は知っていたが、黄祖が殺されたことまでは知らなかったのだ。

「それは一大事。して、江夏城が敵の手中に陥《お》ちたとなると……」

「いや、陥ちてはおらぬ。敵はなぜか兵を引いてしまった。何か企みがあるのだろうが、江夏は長江に面した要地です。そこで、あなたに新野の兵をもって江夏に赴き、万全の備えをしていただきたい」

孔明が劉備に首を横に振ってみせた。ことわれ、というのである。

「それはご心配でしょう。しかし、いま新野を空にするのは、曹軍の南進を催促するようなものではありませんか」

「それはそうかもしれんが、江夏の守りは焦眉の急だ」

「敵がどうして兵を引いたか、お考えになるべきです。おそらく本国より距離があり、万余の兵を駐屯させるのが困難と判断したからでしょう。もとより黄祖に代わる守将を送るべきですが、拙速はいけません。何といっても最大の敵は北にあります」

「そういわれると一言もない。かつてあなたから北征の留守を突くべしと忠告されたのに用いなかった。じつに愚かであった」

「天下はまだ定まってはおりません。一度の機会を逃したからといって、もう二度とこないわけではないのです。これから先、必ずや曹操を討つ機会は到来するでしょう。何も残念がることはないではありませんか」

と劉備は言葉をつくして慰めた。

劉表の目から涙が溢《あふ》れ出した。孔明に合図され、劉備は退出した。

その夜、宿舎に意外な訪客があった。

第五十一章　曹軍来襲

一

劉表《りゅうひょう》の長男劉琦《りゅうき》が供も連れずに、ぜひお目にかかりたい、とたずねてきたのである。

そのことを侍臣から聞いた劉備《りゅうび》は、

「何事であろうか。ともあれ、お通しせよ」

と命じて孔明《こうめい》を呼んだ。

「尋常の用件とは思えませぬ。いずれにしても、君子ハ党セズの心をもって接遇なさるのがよろしかろうと存じます」

「わかった」

劉備はうなずき、劉琦を通した部屋へ行った。

劉琦は憔悴《しょうすい》しきった表情である。突然の訪問を詫《わ》びる言葉にも元気がなかった。

「どうなされた？　この玄徳《げんとく》でお役に立つことがあれば、何なりと仰せられよ」

と人のいい劉備は、孔明の忠告をつい忘れていった。

劉琦はほっとしたように、

「皇叔《こうしゆく》にそうおっしゃっていただくと、生き返ったような気がいたします。考えに考えた末、こうするしかないと思い定めまして参ったのです。どうか、わたしをお助け下さい」

「いきなりそういわれても、何のことやらわかりませんが……」

「ごもっともです。わが家の恥をさらしたくはありませんが、わたしもここまで追いつめられては話さずにはいられません。ご存知かと思いますが、わたしの生母は亡くなっております。それは天命ですから致し方ございません。また、父が、わたしにとって義母になるお人を迎えたのも当然だと思っています。そして、弟が生まれたことも、わたしは喜んでおりました。ところが、父の健康が衰えてきた昨今、そうもいっていられなくなりました。もし父に万一のことがありますれば、誰とは申しませんが、その者によってわたしは殺されるでしょう」

「劉琦殿、それならお父上に会って、お話しになればよいではありませんか」

「それができないのです。きょうは、皇叔がお見えになったので、わたしは弟といっしょに父を介抱しましたが、あのような席では何もいえず、また皇叔がお帰りになると、父はすぐさま病室へ運ばれまして、義母の許可のないものは立ち入りできなくなりました」

「あなたは劉家の長男ではないか」

「父の子ではあっても、義母の子ではありません」

と劉琦は嗚咽《おえつ》した。

劉表は蔡《さい》夫人の張りめぐらした防壁の中にとじこめられているにひとしい。しかし、信頼されている劉備ならば会うことは可能であろう。

「お願いでございます。どうかわたしの苦衷を皇叔から父にお伝え下さいませ」

と劉琦は涙ながらにいった。

劉備は、承知した、といいかけて、孔明の言葉を思い出した。ここで劉琦に味方し、荆《けい》州を乗っ取ろうというなら話は別だが、そういう野心はなかった。劉琦の苦しみや悲しみはわかるが、所詮は、劉家の内輪揉《うちわも》めなのである。

「劉琦殿、お気持はわかるが、ご一家の私事《わたくしごと》に客分にすぎないわたしが口を出すことは許されません」

「父は皇叔をお迎えしたときに、同族であると申したではありませんか」

「劉表殿がそういわれたのは、天下に身の置きどころのなかった玄徳に対する憐憫《れんびん》の情からです」

「ああ!」

劉琦は呻《うめ》くように声を発した。

さすがに劉備は心が痛んだ。悄然《しょうぜん》として辞去する劉琦に、

「あす回拝《かいはい》に孔明を差し向けましょう。人に聞かれぬようくふうして、彼の知恵をお借りなさい」

と囁《ささや》いた。回拝というのは、身分のあるものたちの習慣で、訪問をうけた場合にはその返礼に先方に挨拶に行くのである。

劉備は翌日、腰痛にかこつけて孔明に回拝の代理を命じた。

孔明が劉琦の居館に赴いて口上をのべると、劉琦は、

「先生にぜひとも見ていただきたい古書があります。ご案内しましょう」

といって先に立った。

裏庭の隅に高い建物があった。孔明がいっしょに梯子《はしご》を登ってみると、酒肴《しゆこう》が用意してあったが、古書らしいものはどこにもなかった。

「どうかおくつろぎ下さい」

と劉琦は酒をすすめた。

孔明は微笑をうかべた。目の前の若者が何を考えているのか、見当がついていた。そしておそらくは劉備が策を授けたであろうことも……。が、知らぬ顔で酒をくみかわし、

「古書というのはどこですか」

と問うた。劉琦は、

「先生、偽りを申し上げた罪をお赦《ゆる》し下さい。わたしの命は風前の灯《ともしび》、なぜかはお察しでしょう。何とぞ良計をご教示いただきとうございます」

とひざまずいていった。

「迷惑です」

と孔明は冷ややかにいった。そして、うろたえる劉琦に、

「疎《そ》ハ親《しん》ヲ隔《へだ》テズ、と昔からいうではありませんか。他人は、肉親同士の問題に介入すべ

きではないのです。あなたの悩みは、あなたご自身で解決するしかありません」

といって立ち上がった。

だが、降りようとすると、いつの間にか梯子がはずされていた。

「これは！」

詰《なじ》る孔明に劉琦は、

「わたしが唯《ただ》一人信頼する乳母《うば》にはずさせました。いま、わたしたちは天にも届かず地にも達せずというところにおります。先生のお口から発せられる言葉はわたしの耳に入るだけ、どうかわたしの窮状をお救い下さい」

「わたしには関係のないことだ」

「そうおっしゃらずに……」

「くどい」

と孔明はつっぱねた。

劉琦の顔が歪《ゆが》んだ。

「ああ、もはや生きる望みもありません。一族に生を絶たれるよりは、みずから絶つ方がまだしも……」

自分にいい聞かせるように呟《つぶや》くと、劉琦は剣をぬき口にくわえてまさに飛び下りようとした。

「お待ちなさい」

と孔明は抱きとめた。

「死なせて下さい。父母に逆らえず弟を討てぬ身としては、こうするしかないではありませんか」

「あえて助言をしなかったのは、荆州を相続したいための保身ではないか、と思っていたからです」

「そんな欲はありません。父亡きあとの一家の相克を避けたいだけです」

「それなら策がないわけではありません。お教えしましょう」

「先生！」

劉琦は剣を置き、その場に拝跪《はいき》した。

孔明は劉琦を抱き起こしてからおもむろにいった。

「あなたは、中生《しんせい》・重耳《ちょうじ》の故事をご存知でしょう」

中生は春秋時代の国の一つ晋《しん》の献公《けんこう》の太子で、重耳はその弟の公子である。ところが父親の献公は、第二夫人の驪姫《りき》という美女を溺愛した。彼女は自分の子の奚斉《けいせい》を後継ぎにしようと企《たくら》み、さまざまな奸計《かんけい》をろうして中生や重耳を讒言《ざんげん》した。

孔明は続けた。

「中生はわが身の潔白を信じて国に留《とど》まったが、重耳は国外に亡命した。その結果、中生は父の誤解のとけぬまま自殺に追いこまれたけれど、重耳は命を保ち、のちに晋に戻って覇者文公《ぶんこう》となることができたのです」

「先生、では、わたしに国を捨てよ、とおっしゃるのですか」

「捨てる必要はありませんが、ここに残っている限りは申生と同じ運命をたどることになるでしょう。幸いなことに、いま江夏《こうか》は、太守《たいしゅ》の黄祖《こうそ》が討たれて空き城になったままです。あなたが江夏へ行きたい、と蔡夫人に申し出れば、きっと許されるでしょう」

「蘇生《そせい》の思いとはこのことです」

と劉琦は拝謝し、乳母を呼んで梯子をかけさせた。

劉備は孔明から報告をうけると、

「それはよかった。しかし、劉表殿に接見も許されないという状況では、その願いもかなえられるかどうか……」

「蔡夫人に申し出よ、と教えてあります。夫人にしてみれば、自分の手で殺すよりも、彼を江夏へ送って呉《ご》軍に殺させる方が好都合ですから、一も二もなく承諾するはずです」

「なるほど、そうか。それにしても、劉表殿にも困ったものだ。蔡夫人や蔡瑁《さいぼう》の悪計邪心に気がつかぬとは」

「そうです。だから、ご決心いただきたいのです。いまのままでは、荊州は自滅の道をたどるに違いありません」

と孔明はいった。決心とは、劉表に代わって荊州を治めよ、という意味をこめている。

「それは、わたしにはできない」

と劉備は首を振った。

孔明はそれ以上はいわなかった。数日後、劉琦は江夏太守に任ぜられ、兵三千を率いて出発した。孔明は、

「これでひとまず内紛は避けられました。とりあえず新野《しんや》に戻って曹操《そうそう》に備えましょう」

「その通りだ」

と劉備はうなずき、劉表に別れの挨拶をすべく張飛《ちょうひ》を連れて登城した。

二

劉表の衰えはいっそうひどくなっていた。蔡夫人と劉琮《りゅうそう》に支えられてようやく体を起こすと、

「そう急いで新野に戻らんでもよいではないか。あなたがいなくなったら、寂しくてならぬ。もうしばらく留まって下さらんか」

「身に余るお言葉ですが、曹操の来攻に備えなければなりません」

「それはわかっているが……こうなってみると、おのれの愚かしさが悔やまれてならぬ。せめてあと数年の命があればと思うが、それもかないそうにない」

「気の弱いことを申されますな」

「いや、長くは保《も》つまい。覚悟はしているが、心残りはこの子のことです。琮はまだ十三歳、荊州を統治するには若すぎる。だから、あなたにお願いしたい。わたしが死んだあと

は、後見役になってほしいのだ」

「とんでもない話です。奥方をはじめ、蔡瑁将軍や蒯越殿《かいえつ》がいるではありませんか。それより何より、病気を治すことだけをお考えになるべきです」

するると、蒯越が進み出て、

「殿のお言葉は本心からのものでござる。われら一同、もとよりお家のために全力をつくしますが、将軍に後見役をつとめていただければ、こんなに心強いことはありません。また、そのことが曹操に伝われば、彼も攻めてはこないでしょう。どうか荊州のためにもお引き受け下さい」

「おことわりする」

と劉備はきっぱりいった。

「玄徳殿、どうか頼む」

と劉表が弱々しい声でいった。

「景升《けいしょう》（劉表の字《あざな》）殿、浪々の身を拾っていただいたご恩は決して忘れませんが、これぱかりはお引き受けできません。どうか養生専一を心がけて、一日も早くご快癒なさいますよう。では、ご免」

劉備は立ち上がり、蔡夫人や家人たちに会釈して退去した。

新野へ戻る道すがら、張飛が孔明に、

「こういっては何だが、われわれのご主君のお人好しぶりは限度を越しているな。荊州を乗っ取るのはまずいとしても、若い後継ぎの後見役になるくらいは誰からも非難されることじゃない。現に多くの人たちの前で劉表本人が頼んだのだから」

「そうかもしれません」

　と孔明は応じた。

「かもしれない、じゃなくて、そうだったと断言できるよ。後見役といっても、事実上は荊州を支配できるわけだからな」

「だからこそ、わが君はことわったのでしょう。劉表の信義に背いて、わが身の栄達をはかるようなことのできぬお人柄なのです」

「じれったい話さ」

「しかし、結果的には最善の道をお採りになった」

「どうして？」

「もし後見役を引き受けて城内に留まったらどうなると思いますか。劉表が死去したならば、蔡夫人や蔡瑁、蒯越らは、乗っ取りの野心ありとして、わが君をはじめわれわれを誅殺《ちゅうさつ》するでしょう」

「おれや趙雲《ちょううん》がついている。指一本ふれさせるものか」

「とじこめられ、水や食糧を絶たれたらどうにもなりません。あるいは火を放たれても困る。要するに、荊州城内に留まっている限りは、危険きわまりなかったわけです」

「うむ」

と張飛は唸《うな》るしかなかった。

「わが君の仁がご自身やわれわれを救ったということです」

「そうか。おれの考えの浅いのには、まったく自分でもいやになる」

張飛は天を仰いでいった。それを横目に見ながら孔明は、

「ともあれ、あとは曹操をどう迎え撃つか、です」

といった。自分自身にいっているのであった。

「それさ。徐庶《じょしょ》や水《みず》……いや、諸葛《しょかつ》先生の軍略をもってすれば、恐れることはあるまいと安心しているが……」

「さァ、どうでしょうか」

と孔明は謎めいた微笑をうかべた。

このころ——建安《けんあん》十三年（二〇八年）六月。

曹操は官制を改めた。三公《さんこう》（司徒《しと》、司空《しくう》、太尉《たいい》）を廃止し、行政と軍政の権を一手に掌握する丞相《じょうしょう》とその下に御史大夫《ぎょしたいふ》を設けた。丞相は前漢以前にあった職制で首相と軍の総司令官を兼ねている。また、御史大夫は官吏の不正をただす職である。

曹操は当然のことながら丞相に就任した。また、御史大夫には郗慮《ちりょ》を抜擢《ばってき》し、官吏の登用をつかさどる二つの役職、西曹《せいそう》の掾《えん》及び、東曹《とうそう》の掾に、崔琰《さいえん》と毛玠《もうかい》を任命した。

崔琰は、主簿《しゅぼ》の司馬朗《しばろう》の友人だった。かつて潁川《えいせん》の太守をつとめた司馬儁《しばしゅん》の孫である。

司馬朗は自分の才能に自信をもっていたから、崔琰が自分のことを曹操に推薦してくれる

ものと期待していた。

ところが、崔琰は曹操にこう進言した。

「公文書の起草その他をつかさどる職が必要であると存じます」

「それはそうだ。では、その職を文学の掾ということにして、誰か適任者はいるか」

「まだ若手ですが、一人だけ心当たりがあります」

「何者であるか」

「主簿司馬朗の弟の司馬懿《しばい》、字を仲達《ちゅうたつ》と申すものです。人柄は誠実かつ聡明、また剛毅にして果断でもあります」

「いやにほめるじゃないか。しかし、そちのいうことだから間違いはあるまい。それほどの人物なら、年齢は問うところではない。会ってみたいからすぐに呼べ」

と曹操は命じた。才能あるものは盗人でも用いるといった曹操である。崔琰がほめる若者の才能がどれほどのものか、にわかに興味をもったのだ。

自分の推薦が採用された崔琰は大いに喜んで、司馬懿をたずねた。ところが、予期に反して司馬懿は迷惑そうに、

「ありがたいお話ですが、このところ中風《ちゅうぶう》ぎみで、とうていお役に立てそうもありませぬ故、あなたから丞相にその旨をお伝えいただけませんか」

「その若さで中風ぎみだなんていっても、信用するものはいないよ。何か出仕したくない理由でもあるのかね？」

と温厚な崔琰も機嫌を悪くしていった。

「そういわれても困りますが、中風ぎみだというのは別に嘘《うそ》ではありません」

「丞相が才能あるものをかわいがるのは、きみも知っているだろう。せっかく抜擢して下さるというのに、それをことわるのは故意に波風を立てるようなものだと思うが」

「この話は、わたしの方から仕官したい、と望んだわけではありません。こちらからお願いしておいてことわるのであれば、その非礼を咎《とが》められても致し方ありませんが、そうではないわけですから、波風が立つことはあるまいと思います。どうか悪《あ》しからず」

と司馬懿は頭を下げた。

その様子をしばらく見守っていた崔琰は、ふうっと溜《た》め息《いき》をついて、

「話は変わるが、近ごろ荊州から伝わってきた噂《うわさ》を聞いているかね？」

「どんな噂でしょうか」

「有名な龐徳公《ほうとくこう》の一門らしいが、諸葛亮《りよう》という人物がいる。龐徳公ほどの人が臥龍《がりよう》と評したという」

司馬懿は目をとじて黙っていた。が、その名は知っているらしい。崔琰は続けた。

「前に夏侯惇《かこうとん》将軍が南征したとき、博望坡《はくぼうは》で劉備のために惨敗したことがあった。そのとき単福《ぜんふく》という軍師が采配をふるったというが、あとで本当は徐庶という男だとわかった。徐庶ならば知っている、と荀彧《じゆんいく》はいっていた。同郷の潁川郡の出身で、相当の人物らしい。夏侯将軍がしてやられたのも不思議はないそうだ。その徐庶が劉備に諸葛亮を推薦し

た」

司馬懿は目をひらいた。崔琰は、

「諸葛亮はきみと同じくらいの年齢のようだが、その若い諸葛亮を、二十歳も年上の左将軍劉備が三度もたずねて頭を下げ、ようやく帷幄《いあく》に迎えたという話だ。劉備のところにはろくな参謀がいないから、猫が虎に見えたのだろうと嘲笑するものもいる。わたしはそうは思わないが……」

崔琰はそこで言葉をいったん切ったのち、

「わたしがきみにいいたいのは、曹公は劉備とは違うということなんだよ。その意味がわかるかね」

といって司馬懿を凝視した。

「ありがとうございます。謹んでお受けしましょう」

と司馬懿は頭を下げた。

才能ある人物を求めることにおいて、曹操も劉備も変わりはない。しかし、劉備はその人柄の故に若い諸葛亮を三顧《さんこ》の礼をもって迎えたが、曹操がそうするとは限らない。いや、それどころか、彼の気質からいって、拒否したものを赦さないだろう。そういう人物が敵方に走る前に殺してしまえ、と考えるかもしれないのだ。

曹公が劉備とは違う、というのは、そういう意味であった。司馬懿もそれを悟ったから出仕する、と答えたのだ。

した。

「何はともあれよかった」

崔琰はほっとしたようにいい、曹操のもとへ行って、司馬懿が出仕に応じたことを報告した。

「そうか。で、喜んでいたか」

と曹操はたずねた。

「はい、自分のような若輩に目をかけていただいたご恩に感激するばかりだ、と申しておりました」

と崔琰はいった。本当のことを告げなかったのは、曹操の怒りを恐れたからである。

「よろしい」

「では、さっそく召し連れて参りましょう」

「いや、急用ができたから、会わんでもよい。そちの推薦を信じよう」

と曹操はにわかに興味を失ったかのようにいった。

崔琰が事実を語っていたならば、いかに急用があっても、曹操は会いたがったに違いない。だが、抜擢されたことに感激したと聞いて、多少の才能はあるにしても大したことはない、と思ってしまったのだ。この司馬懿、字は仲達が並々ならぬ才能の持主であることに曹操が気がつくのは、このときからかなり後であり、そして、彼の子孫の運命に決定的な影響をあたえることになろうとは、夢にも思わなかったのである。

曹操のいう急用とは、孔融《こうゆう》に関したことであった。

孔子《こうし》二十世の子孫である孔融は、いわば有名人であった。かつては北海《ほっかい》の太守をつとめたが、このころは太中大夫《たいちゅうたいふ》の職にあった。よそから使臣がきたときの接待役である。孔融としては、大いに不満であった。幼いころから神童といわれ、学識の深さは当代随一といわれているのだ。

彼は客を集めて酒ばかり飲んでいた。その客の多くは、自分は才能があると自惚《うぬぼ》れているが、曹操には用いられない連中であり、供される酒は、本来は他国の使臣のためのものだった。

そんなことは曹操も承知だったが、あえて黙認していた。不平家はどこにでもいるものなのである。反逆を企てるなら別だが、寄り集まって酒を飲むくらいなら放っておいてもよい。

その客のなかに、董祀《とうし》がいた。曹操が匈奴《きょうど》の左賢王《さけんおう》から救い出した蔡文姫《さいぶんき》の夫である。蔡文姫の父親の蔡邕《さいよう》は高名な学者で、孔融とは親しい仲だった。蔡邕が司徒の王允《おういん》によって処刑されてから長い年月がたっていたが、孔融は、

「あれほど卓越した人はいない」

といまなおたたえていた。

例のごとく集まった席で、董祀が孔融に聞いた。

「曹公が鄴《ぎょう》を攻略したときに、あなたはお祝いの手紙を送ったそうですが、それは本当ですか」

「本当だよ。でも、どうして？」

「何となくあなたらしくもないという気がしたものですから」

「はッはッ……」

と孔融は大笑してから、

「その手紙というのは、周《しゅう》の武王《ぶ》が殷《いん》の紂《ちゅう》王を討伐したときに、妲己《だっき》を自分の弟の周公《しゅうこう》に賜与したそうです、というものだ。それを読んで曹公は喜んだらしいよ」

「それは知りませんでした。その史実はどの書物に出ていますか」

「きみの奥さんは学者だから、出典を聞いてみればいい」

「いや、わたしはバカにされているから教えてくれませんよ」

と董祀は悔しそうにいった。孔融は、

「出典は……いや、つまりわたしは、現在のことから推量して、そうであったに違いない、と考えたまでさ」

と愉快そうにいった。

現在のことというのは、袁熙《えんき》の妻で美貌をもって知られた甄《しん》夫人を、曹丕《そうひ》が強引に妻として迎えたことを指している。そのとき曹操は、

「子桓《しかん》（曹丕の字）のために城を落としたようなものだったな」

と苦笑したものだった。

孔融の言葉はそのことを痛烈に皮肉っている。そういう史実はどこにもないのに、曹操

は孔融のいうことだから出典はあるものと思いこんだ。無学な男だ、と暗に嘲っている意味もある。

その席にいたものは声を発して笑った。

董祀もつられて笑った。

孔融の家からの帰途、彼は思い出し笑いを口もとにうかべて歩いていると、

「何やら嬉《うれ》しげではないか。よほど良いことでもあったのかな」

と声をかけたものがあった。郗慮である。

「いやいや、嬉しいことではありませんが、おかしな話を聞いたもので」

「ほう、どういう話かね？」

「じつは……」

とお人好しの董祀は、ありのままを喋《しゃべ》ってしまった。

帰宅した彼を迎えた蔡文姫は、

「何があったのですか」

「おかしいの何のって……」

と董祀は笑いながら説明した。

蔡文姫の顔色が変わった。

「あなたは、そのことを誰にも話さなかったでしょうね？」

「話したよ。郗慮に出くわしたので教えてやった」

「ああ！」

蔡文姫は悲鳴をあげた。

そのとき門扉を叩《たた》きこわして捕吏が入ってくると、董祀を縛り上げて連れ去った。

三

じつは郗慮から報告を受けたとき、曹操は顔をしかめたのであった。

孔融の皮肉は、北征から凱旋《がいせん》したあと、宮廷内でじかに耳にしていた。大いに不快だったが、それは二人のやりとりであり、そのときは聞き流すことにした。孔融のいうことだから何か出典があると考えた方が愚かだった、とも思った。だが、孔融がそれをいいふらしているとあっては、もはや放っておくわけにはいかない。これは丞相に対する公然たる侮辱で、法令に反した行為だった。迷った末に、

「やむを得んな。法に従って斬れ」

と曹操は命じた。

「かしこまりました」

郗慮が退去したあと、侍臣が告げた。

「蔡邕の娘、文姫がお目通りを願い出ております」

「どんな様子だ？」

「髪を振り乱し、裸足《はだし》であります」

「よし、通してやれ」

と曹操はいった。

入ってきた蔡文姫は、頭を床にすりつけて涙声でいった。

「お願いでございます。夫の董祀が愚かなのは、妻であるわたしが悪い故でございます。夫の代わりにわたしをお罰し下さい」

「そなたの父上は高名な学者であった。予も若いころ洛陽《らくよう》で何度かお目にかかったことがあるが、兵書ばかり読んで経書《けいしょ》を読まないのはよくない、と叱られたものだった。しかし、いまの話は父上が聞いても、理屈が通らん、というのではないかな」

「そうは思いませぬ。丞相様がわたしを匈奴《きょうど》の王から買い戻して下さいましたのは、父があなた様の詩は千年ののちの人にも読まれる、と申したことがあったからでございましょう。そのご恩を忘れて、わたしは夫が勉強もせずに酒をくらうのを見て見ぬふりをしておりました。わたし自身、夫の無学に愛想をつかしていたせいもございます。もし、わたしが父の教えを守り、夫に仕え、共に書を読むようにすすめておりますれば、孔融殿が曲言をろうしたとき、出典のないものをあるかのように人を誑《たぶら》かすのは、学者として恥ずべきことだ、とたしなめたはずでございます。それ故、夫に罪はなく、悪いのはわたしなのでございます」

「うむ」

曹操は呻いた。もともと元凶は孔融であった。

「文姫よ、そなたの言い分はよくわかった。その気持もわかる。しかし、もう命令してしまったのだ。どうしようもない」

「丞相様、あなた様には一万頭もの駿馬《しゅんめ》とそれを自在に乗りこなす武者がおありのはず、まさに刑されんとする命を救うのに、どうして一頭の馬一人の武者を惜しまれるのでしょうか」

曹操は心を動かされた。

「誰ぞある。郗慮のもとへ駆けて、予の言葉を伝えよ。董祀を斬ってはならぬ」

「はッ」

と侍臣は走った。

蔡文姫は涙を流して礼をいった。曹操は、別の侍臣に、頭巾と履物を持ってこさせ、それを彼女にあたえてから、

「前に聞いたことがあるのだが、蔡家にはたくさんの古書があって、父上がそなたに教えたとか」

「はい、父は約四千巻を集めておりました。でも、父亡きあとは、流浪する間にすべてを失いましてございます」

「それは惜しいことをしたな」

「ただ、そのうちの四百巻ばかりは、暗記しております」

「これは驚いた。さっそく書記を呼んで、それを書き取らせよう」

「恐れ入ります。ですが、『礼記《らいき》』に、男女は親しく物を受け渡してはならぬ、とございますから、筆と紙を下されば、わたしが書きしるしましょう」

と蔡文姫はようやく笑みをとり戻していった。

曹操は望むままに筆と紙をあたえた。後日彼女は清書した四百巻の史書経書兵書を届けてきた。こころみに『孫子《そんし》』を開いてみると、一字も誤字脱字がなかった。

一方、孔融は哀れをきわめた。

彼には、九歳の男児と七歳の女児がいた。捕吏が孔融を縛り上げて引き立てて行くときに、二人の子は双六《すごろく》をしていた。

「お前たち、どうして別れをいわんのか」

と捕吏が嘲るようにいった。

男児が答えた。

「巣がこわされて卵が割れずに残ることがあるものでしょうか」

「何を！」

すると女児がいった。

「父上でさえこのありさまですもの、この上わたしたちは誰に別れをいうのですか」

「小生意気な童《わっぱ》だ」

と捕吏は二人を孔融といっしょに連行し、刑吏に渡してしまった。

三人が処刑されたあと、荀彧が曹操に苦言を呈した。

「孔融は当然だとしても、二人の子まで巻き添えにしたのは、やり過ぎではありませんか。これでは殿の評判が悪くなります」

「それは承知の上である。これが劉備ならば子供は助けたであろうな。しかし、学問のための学問は世の為《ため》にはならぬ。いつぞや、孔融は、親と子は水がめと水のようなものだ、といったことがある。はじめは、なるほどと思って聞いていたが、結局は異質のものだ、というのだ。子は生まれる前は水がめに入っているが、生まれるというのは水がめの外へ出ることで、そうなったら関係ない。だから、たとえば飢饉《ききん》のときに、親がくだらない人間ならば、親に食物を出すより、すぐれた他人に出すべきだ、と孔融はいうんだ。こんな順逆に背くような学問を奉ずるものは必要ない。だから、ああいう子ができるのだ。親が連れ去られようというときに、どうして泣きわめかないんだ？　それが親と子の情愛であろう。巣がこわれれば卵も無事ではすまない、というのは、たしかに警句ではあるが、まるで他人事《ひとごと》のようではないか」

と曹操はいった。

荀彧はそれ以上はいわなかった。曹操は続けた。

「玄武池《げんぶち》での水軍の調練もかなり進んだようだから、七月ちゅうにはいよいよ劉表征討に出発する。そちにはいつものように留守をあずかってもらいたいが、どのような策を用いればよいか、聞かせてくれ」

「劉表征討なら策は要りませんが、本当は劉備征討でございましょう」

「予の心を知ることにおいて、そちに及ぶものはおらんな」

曹操は改めて感じ入るばかりだった。

四

荀彧がこのとき進言した策は、つぎのようなものであった。

「このさい丞相みずから大軍を率いて、宛《えん》城めざして堂々と進軍するのです。その一方、軽騎兵をもって間道伝いに襄陽《じようよう》へ不意討ちをくらわすのがよろしいと思います。いまや北方が平定されたことは、劉表も知っているはずで、そうなれば窮地に追いこまれたことを彼も悟るはずですから」

「さすがである。その策や好《よ》し」

と曹操は思わず膝を叩いていった。

宛城には、劉表の部将の文聘《ぶんぺい》が守備している。そしてその南方、襄陽との中間にある新野には劉備がいる。曹操が大軍をもって南下すれば、文聘と劉備はこれを迎え撃つ準備に忙殺される。その間に別働隊が迂回《うかい》して、新野のさらに南方にある襄陽を攻略してしまえば、北にばかり注意を向けていた文聘と劉備は前後を抑えられた形になって、降参するか退却するかしかない。そうなれば、荊州にいる劉表も、もはや曹操には敵し得ないことを悟るに違いない。つまり荀彧は、言葉にはあらわしていないが、そのときは劉表も降伏するだろうから、一兵も損ずることなく荊州を手に入れることができる、というのである。

曹操が北方から帰還したのは、この年（建安十三年）の正月だった。建安五年（二〇〇年）二月の官渡《かんと》の一戦から満八年の歳月を要したのだ。曹操にしてみれば、大兵力をもってぶつかれば、部分的に苦戦することはあっても勝利をつかむ自信はある。だが、曹操自身が当代の英雄の一人と認め、死んだ謀臣の郭嘉《かくか》もまた傑出した人物と評した劉備を相手に、真正面きって会戦すれば、再びかなりの出血を覚悟しなければならない。できれば、それを避けたかったのだ。

荀彧の策は、曹操のそういう胸中の苦慮を察し、見事にその障壁をすり抜けたものだった。

曹操は、徐晃《じょこう》に一万の兵をあたえて間道を進ませ、自分は二十万の兵力をもって進発し、八月下旬、州境を越えて南陽《なんよう》郡に入った。

郡都の宛を守る文聘は、すぐさま荊州と新野に急使を発した。

この急使が劉備のもとに到着する前、荊州から新野に使者がきた。劉表の病気がにわかに悪化し、劉備に会いたがっているというのである。

劉備は、新野を徐庶と関羽《かんう》、張飛にゆだね、孔明と趙雲を連れて取るものも取りあえず荊州へ赴いた。

病室にあった劉表は劉備を見ると、

「玄徳殿、こんどばかりはどうもいかんようだ」

とかぼそい声でいった。

「何をおっしゃる！　病は気のもの、荊州八郡を従えたあなたらしくない言葉ではありませんか」

「いやいや、自分の寿命はわかっている。この戦乱の世にここまでこられたのは、むしろ幸運だったかもしれぬが、死にのぞんで煩悩は尽きない。前にことわられたが、最後の頼みだ。後見役を引き受けて下され」

「いけません。わたしを忘恩の徒にしないで下さい」

「誰もそんなことはいうまい」

「ご子息は賢明です。何も心配なさることはありません」

「ああ……わたしも乱世を生きた男だ。わが子の才能のあるなしは……」

劉表はとぎれとぎれに呟き、それ以上はいう気力も失《う》せたのか、口をつぐんでしまった。

劉備としては、慰める言葉がなかった。いまさらいっても、仕方がないが、劉表が長男の劉琦を早くから後継者に決めておけば、何も問題はなかったのである。そうしなかったために、兄弟の不和や蔡瑁らの陰謀を招いた。つまりは、劉表自身が内紛の種を蒔《ま》いたにひとしい。同時にまた、劉備の立場からすれば、後見役になることは、順逆を乱した不義への加担にもなってしまうのだ。

そのとき、文聘からの急使が到着した。

「こうしてはいられません。すぐさま新野に戻り、曹操来襲に備えます。劉備ある限り、曹操を退けてご覧に入れますから、どうかご安心を……」

と劉備は別れを告げ、荊州を後にした。

新野への道を急ぎながら、劉備は孔明にいった。

「乱世を生きるのは難しいが、終わりを全うするのはもっと難しいな」

「仰せの通りですが、劉表は運がなかった、といえるかもしれません」

「なぜ？」

「わが君が後見役を辞退なさったのは、あの時点では正しかったと思います。しかし、曹軍来襲の報告のあとに劉表がそのことをわが君に頼むのであれば、事情は異なります。蔡瑁にしろ蒯越にしろ、自分たちだけでは曹操にとうてい敵し得ないことや、劉家と荊州の民を守るためには、わが君を後見役に立てることが最善の道であることも承知のはずですから」

「そうだとしても、わたしは引き受けなかったろうな」

と劉備はいった。

孔明はそれ以上はいわなかった。

五

劉備が去ったあと、父危篤をひそかに知らせるものがあって、江夏の劉琦が駆けつけてきた。

それを知った蔡夫人は、蔡瑁と側近の張允《ちょういん》を呼び、

「中に入れてはなりませんよ」

と命じた。

「わかっています」

二人は戸外に待っている劉琦のところへ行き、

「お父君が江夏太守にあなたを任命なさったのは、東の守りを固めるためではありませんか。その大切な任務を忘れて戻ったとあれば、きっとご立腹なさるに違いありません」

「それは違う。父上の病気が重い、と聞いたので、居ても立ってもいられずにこうして参上したのだ。一目でいいからお目にかかりたい。そうすれば即刻江夏へ戻るから」

「どこから聞いたか知りませんが、ご病気はむしろ良くなっております。あなたが無断で帰ったとわかれば、さぞかしお嘆きになるでしょう。そんな親不孝をするものではありません」

「ああ、是非もない」

劉琦は涙を流して立ち去った。

弟の劉琮の方は、そういうことを一切知らされていなかった。母親の蔡夫人に、

「父上は何もおっしゃいませんが、このさい江夏にいる兄上にこちらへ戻るようにいった

方がいいのではありませんか」

とすすめた。

「それはなりません。もし、その間に呉軍が攻めてきたらどうしますか」

蔡夫人はたしなめた。何としてでも、わが子に荊州を継がせたかった。

しかし、劉琮は納得せずに病室へ行き、

「父上」

と呼びかけた。

劉表はうっすらと目をあけた。

「江夏にいる兄上のことで、一言申し上げたいことがあります。呉軍に対する守りが大切なことはよく存じておりますが、このさい、誰か適当なものを江夏へつかわし、兄上にはこちらへ戻っていただくのがよいと考えますが……」

劉表は目をとじた。

「兄上も父上に会いたかろうと思います。父上、ぜひともお許しを」

しかし、劉表の返事はなかった。

「父上!」

劉琮は近寄って声を高めた。

再び劉表は目をあけた。何かいおうとして口を動かそうとしているが、声にはならなかった。劉琮は耳もとに口を寄せた。

劉表はちらりとわが子を見た。それが最期だった。力なく目をとじると、息を引き取った。

劉琮の絶叫に、蔡夫人や蔡瑁、張允らが駆けこんできた。蔡夫人は劉表にとりすがって泣いたが、蔡瑁に、

「お嘆きはわかります。われら一同も同じ思いですが、ぼんやりしている場合ではありません。殿のお心を体《たい》して、劉琮様を荆州の刺史《しし》となさりませ。周囲はすべて敵でございますぞ」

といわれると、

「おお、そうじゃ。琮に全てを任せよ、と亡き夫は申しておりました。皆のものも聞いておろう」

と見回した。

異議をとなえるものはいなかった。ひとり劉琮が、

「わたしは弟です。兄上をここへ呼び、そのお気持を聞くべきだ、と思いますが……」

といったが、蔡夫人から叱りつけられて黙ってしまった。

蔡夫人はあらためて城中に主だった家臣を集めて、劉表の遺言として劉琮が新しい荆州の牧《ぼく》である旨を言い渡した。

李珪《りけい》という文官が、

「恐れながら申し上げます。この席にご嫡男の劉琦様がいらっしゃいませんが、そのこと

はご承知なのでございますか」

といった。張允が、

「つまらぬことを申すな。奥方様や劉琮様に失礼ではないか」

「それはわきまえているが、これはご一家の問題ではない。荊州の将来がかかっていることだから、あえて申し上げているのだ」

「無礼者！」

と蔡夫人は叫び、首を打っておしまい、と命じた。

李珪はたちまち引きずり出された。彼は処刑されるまで、夫人らを罵ってやまなかった。

六

劉表は襄陽郊外に葬られた。

ほどなく、曹操の出した徐晃の軽騎兵が北方十里のところに出現したという急報が届いた。

劉琮はびっくりして、

「どうしたものか。すぐに新野の劉皇叔にお知らせして、こちらへきてもらうのがよいのではないか」

と蔡瑁に相談した。

「皆を集めて協議しましょう」

蔡瑁はそういい、蒯越らを召集した。

劉琮は立ち上がって、

「曹操の軍が近くまできている。わたしはまだ幼いが、皆と力を合わせて父上のご遺志を体して荊州を保ち、天下の動きを見守りたいと存ずる。何か意見のあるものは遠慮なく申すがよい」

とけなげにいった。

家臣たちは沈黙している。すると、王粲《おうさん》というものが、

「わたしに愚計がありますが、よろしいでしょうか」

といった。王粲は、字を仲宣《ちゅうせん》といい、祖父曾祖父とも三公をつとめた名門の出身であった。彼自身も幼少から神童といわれ、文章も上手だった。学者として第一人者といわれた蔡邕が、はるかに年下な王粲に対して、

「先生」

と呼んでいた。ある人が、

「あんな若輩にあなたほどの人がそういうのは変じゃありませんか。それとも彼をからかっているのですか」

と問うと、

「そうではない。本当に敬服しているのだ」

とまじめに答えた。

それが伝わり、王粲は十七歳で黄門侍郎《こうもんじろう》に任命されたが、董卓《とうたく》の乱のために、平和な荊州へ逃れてきた。劉表はその名声を伝え聞いて引見したが、王粲が小男で風采もよくないために、尊重しなかった。劉表は身長が八尺（約一八四センチ）もあった。外見もまた才能のあらわれとみなされた時代だったから、王粲に限らず、背の低い人や風采の貧弱な人は、大いに損であった。

もっとも王粲は平然としていた。実力は外見と何の関係もないのに、そう考える時代の方が間違っている、と信じていた。

「申してみよ」

と劉琮は認めた。

「これまで天下は大いに乱れ、各地に英雄豪傑があらわれて互いに覇を競っておりましたが、わが国の歴史をみますと、最後に勝つものは変革の意志と対応できる能力をもったものです。それを欠いたもの、例えば袁紹《えんしょう》や呂布《りょふ》はすでに消え去りました。いまでは曹操が何といっても第一人者でしょう。失礼ながら、劉琮殿は、ご自身と曹操と、どちらが上だとお考えでしょうか」

「それは……」

劉琮は返事につまった。

「では、劉備と比べて、いかがでしょうか」

「それは……」

やはり答えられなかった。

「失礼ながら、曹操にも劉備にも及ばない、とお考えになっているのではありませんか」

「じつはそうである」

「とすれば、荊州を守りぬくには、このさい劉備を起用するしかありません。曹操に対抗できるのは彼一人ですから」

「では、ここへきてもらおうか」

「お待ち下さい。そうすれば、曹操を防ぐことはできるとしても、荊州は劉備のものになってしまいます」

「うむ」

「それなら、いっそのこと帝を奉じている曹操に和をこうのです。それなら劉家は安泰でしょう。曹操も悪いようにはしないはずです。彼はそういう男なのです」

すると傅巽《ふそん》がいった。傅巽は字を公悌《こうてい》といい、彼も朝廷で尚書郎《しょうしょろう》をつとめたことがあった。

「曹操の強みは、何といっても帝をいただいていることでしょう。彼に敵対するものは、逆臣ということになるのです。もちろん実力さえあれば、問題になりません。しかし、いまも王粲がいったように、劉備をもって曹操に対抗させたところで、所詮は荊州の地を保持し得ないと思います」

「父上の築いた荊州八郡をそっくり曹操にくれてやれ、と申すのか」

と劉琮はさすがに怒っていった。

「ただでくれてやるのではありません。曹操のことですから、そうすれば、別の領地を必ず与えてくれるでしょう」

と傅巽はいった。

「蒯越、そちはどう思う?」

と劉琮はたまりかねていった。

「両人のいう通りだと存じます。大切なのは劉一族を守ることです。曹操に敵対するものは、一族が根だやしになります。そのことをお考え下さい」

「うむ」

劉琮は肩を落とした。

たしかに袁家は根絶されてしまったのだ。しかし、袁家に仕えたものは、才能さえあれば任用されている。おそらく蒯越らは、それを計算しているのだ。

「母上、どうしましょうか」

と劉琮は思い余ってたずねた。

「お家が安泰なら、荊州でなくたってよいではありませんか」

と蔡夫人はいった。

劉琮はもはや曹操に帰順するしかないのを悟った。

彼は侍郎の宗忠《そうちゅう》を使者として、曹操のもとへ送った。

曹操としては、まさしく思うツボだった。一兵も損ずることなく、荊州が手に入ったのである。

「若いが、劉琮君は賢明である。あとで朝廷に奏上して、青州《せい》の牧に任命していただくつもりである。帰ってそれを伝えよ。ただし、このことは劉備には知らせてはならんぞ」

と曹操は命じた。はじめから劉琮などは眼中になく、真の敵は劉備一人であるとみなしていた。

興亡三国志　三―完

解説――『孫子』と曹操

市川　宏

『興亡三国志』も第三巻、いよいよ佳境に入った。時期的にいえば建安五年（二〇〇）の董承《とうしょう》らの曹操《そうそう》暗殺計画から建安一三年（二〇八）劉表《りゅうひょう》の死までの九年弱、中心人物である曹操に即して見れば、官渡《かんと》の戦いを中心とする覇権確立の時期にあたる。四十六歳から五十四歳（すべて数え年）、孔子のいう「知命《ちめい》（五十にして天命を知る）」をはさんだ、充実の時期であった。

「もうそんな年齢だったのか」と意外に思われる方も多いかもしれない。黄巾《こうきん》の乱、董卓《とうたく》の乱、そして中原《ちゅうげん》での混戦――あっという間にすぎた二十余年であった。思えば黄巾の乱の討伐に参加したのが二十九歳、すでに「而立《じりつ》（三十にして立つ）」に達しかけていた。その後（あるいはそれ以前から）、曹操の歩みはすべて自覚的に刻まれてきた。自分が生きている「今」はどういう時代か、それにどのように対応すべきか、読みきったとまではいえないにしても、信念をもった歩みの足跡が残されている。

いったい何時《いつ》から、どのようにして、曹操は自己を確立して行ったのだろうか。

まだ二十歳前、官につく前のこと、曹操は人物鑑定の名家許劭《きょしょう》から、

「治世の能臣、乱世の姦雄《かんゆう》」（正史『三国志』裴松之《はいしょうし》、注引用の孫盛《そんせい》『異同雑語《いどうざつご》』）という評語を得ている。こう言われて、曹操は「大笑」したという。――こう書くと熱心な読者から「おや？」という疑問が出るかもしれない。あれは「乱世の英雄」ではなかったか、と。第一巻第一章には許劭の曹操評として「泰平の世なら姦賊、乱世なら英雄」とある。これは別の資料（『世説新語《せせつしんご》』）の「乱世の英雄、治世の姦賊」にもとづき、作者三好徹氏が工夫を施されたものである。おそらく「姦賊」という強い響きを活用されたかったのであろう。評者は曹操の怒りを懸念したが、曹操は「よくぞ言った」「乱世にはそういう人物でなければ英雄にはなれない」と思うのである。

「治世の能臣、乱世の姦雄」は、『三国志演義』でも採用されている一番ポピュラーな評語なので敢《あ》えて紹介したわけだが、いずれにしても曹操の「大笑」の意味するところは「よくぞ言った」につきる。この評語によれば、この乱世にあって「能臣」となる可能性はないのだから、現実には「乱世の姦雄」だと断定されたに等しい。姦雄は「奸雄《かんゆう》」とも書き、「権を弄び世を欺き、高位をぬすみ取ろうとする者」（『漢語大詞典《かんごだいしてん》』）であるから、一般的にいえば目標とはなりえない。しかし、乱世となれば話はちがう。乱世に姦雄以外のどんな英雄がありうるだろう。乱世にあっては「英雄」は「姦雄」にほかならないのだ。あえて「姦」をいとわず、曹操は進もうとしていた。

かれの指針は何だったか。曹操にかぎって、それが親や師や友人であるはずがない。むしろ自分というべきだろうが、その「自分」を成り立たせた大きな要素は書物であったにちがいない。かつて秦末の時代には「姓名さえ書ければそれで充分」と勉強を拒否した項《こう》羽《う》、後々まで儒家嫌いだった劉邦《りゅうほう》、かれら「野人」が時代のリーダーとなりえた。しかし、時代はすでに漢の四百年を経過していた。儒教はいまや不可欠の社会的教養であり、士大夫《しだいふ》の共通の言語である。あの劉備《りゅうび》さえ無理をして遊学し、のちに「学」の不足を痛感して三顧《さんこ》の礼をもって諸葛亮《しょかつりょう》をむかえたのではなかったか。まして高官の息子たる曹操が、儒教の教えを受けなかったはずはない。しかし、それだけだったろうか。儒教の書物がかれの指針となったのだろうか。

すでに仕官したあとで、かれはしばしば故郷譙《しょう》に帰った。城壁の外五十里に小屋を建てて秋夏には読書、冬春には狩猟をして暮らしたという。自分を見つめ時代を見つめる、青年曹操の真摯な姿勢がうかがわれるエピソードだ。おそらくこれ以前から、かれは兵法を熱心に読んでいた。もっとも熱心に読んだのは『孫子《そんし》』である。この『興亡三国志』では曹操と孫子の結びつきが特に強調されている。――曹操が孫武《そんぶ》と孫臏《そんぴん》の著作を収集し編集し注釈を付して『孫子』十三篇《へん》を後世に残したというのが、作者三好徹氏の設定である(第一巻第五章)。少なくとも、曹操が『孫子』十三篇に簡略な注釈を付け一本として確定したのはたしかである(伝えられる曹操「孫子序」には「訓説《くんせつ》・況文煩富《きょうぶんはんぷ》にして、世に行わるるものは、其の旨要《しよう》を失えり。故に撰《えら》びて略解を為る」とある)。こうして曹操が残したテキストは、その後、千七百年余を経て一九七二年、漢代の墓、銀雀山《ぎんじゃくざん》遺跡から別のテキストが発掘されるまでは、唯一の『孫子』として伝えられたのだった。郊外の小屋にこもって、一字一句ゆるがせにせずに『孫子』に取り組む曹操の姿が目に浮かぶようだ。

『孫子』はたしかに兵家の書である。しかし、それに止《とど》まらない。「兵は国の大事、死生の地、存亡の道、察せざるべからず」。戦争は国の存亡を決する重大事であるという現実認識が、まず最初にある。三好徹氏はこの一句を曹操が『孫子』書の冒頭に置いたと設定されたが、妥当なフィクションというべきであろう。幾度となく、この一句を曹操は見つめかみしめたにちがいない。

ここから出発して、孫子は華麗な戦争論を展開していく。試みにその「孫子の兵法」の要点をいくつか抽出してみよう。

「兵ハ拙速《せっそく》ヲ貴ブ、巧遅《こうち》ヲ聞カズ」。巧みさより早さが優先される。戦争の時間は短ければ短かいほどよいのである。

「兵ハ詭道《きどう》ナリ」。戦いとは敵をだますことである。早く勝つには効率が第一であり、したがって敵をだますことが最上の道となる。

「彼ヲ知リ己レヲ知ラバ百戦危ウカラズ」。相手をだしぬくためには、情報活動、事前の調査を怠ってはならない。

「百戦百勝ハ善ノ善ナルモノニアラズ」。勝つという結果が目に見えるのは、あまり上手な勝ち方とはいえない。すなわち「戦わずして勝つ」のが究極の勝利なのである。

こうしてつきつめていけば、孫子の思想は「兵は凶器なり」という老子の不戦の思想に連なることにもなる。

人生は戦争であるとは、貧しく悲しい思想である。しかし乱世、戦乱の世にあっては、文字通り人生は戦争であるほかなかった。かつての乱世、春秋戦国の時代に、孫子の思想は生まれ、戦乱の中で磨かれていった。それは単に戦術の書ではなく、透徹した哲学の域に達することに成功した書であった。曹操はその「奥義」をつかみ、そのことを自覚していたに違いない。『孫子』こそ、曹操にとって「乱世の生き方」を示す指針であった。

青年期の曹操の伝記を見ていくと、ところどころ拒否の言葉が光を放っている。東郡太守《とうぐんたいしゅ》に任命され、「就かず、病と称して郷里に帰る」、また皇帝廃立の計画にさそわれ「これを拒む」、董卓政権に招かれたときには「ついに就拝せず、逃げて郷里に帰る」、そして袁紹らが劉虞《りゅうぐ》を帝位につけようと謀ったときには、またも「これを拒む」等々……。いったん官途につき出世コースに乗ったあと、腐敗と混乱の実情を見て進むべき道を選んでいった跡である。

一方、かれは進むべきときには進んだ。黄巾の乱での戦い、そして官に就いての腐敗の粛清、さらに反董卓の挙兵に際しては、董卓軍の強さにひるむ袁紹《えんしょう》たちに「いまこそ天の時、一戦して天下は定まらん」と励まし、「義をもって動き、ためらって進まざれば天下の望みを失わん」と批判を加えた。そしてみずから道をきりひらき、青州《せいしゅう》の黄巾軍をとりこみ、献帝《けんてい》を自陣にむかえるなど、独自の路線をとって勢力を築いていった。

個々の戦闘がどうだということではない。たしかに曹操が戦術が巧みで、詐術に長《た》けていたということはあったろう。しかし、それ以上に進退の決断、その思い切りの良さにこそ、孫子の影響を見ることができる。優先すべきは、速度であり全てにわたる合理性であった。それが曹操らしさ、その生き方と戦い方の特徴を示している。

その対極にいたのが袁紹である。かれはいわば「英雄」として「乱世」を生きようとした。袁家の御曹司としての自信があり、見た目の良くない戦いを好まなかったのである。鈍重、尊大、躊躇《ちゆうちよ》、そして疑心暗鬼、そこに袁紹の官渡敗戦の根本的な理由があったと思われる。

いっぽう曹操は敢えて「姦賊」「姦雄」を自認したのであった。儒教的理想をそのまま追求できない「乱世」であるからこそ、かれは『孫子』を指針とした。そしてかれの前半生のライバルであった袁紹は、儒教的理念の面でも孫子的現実手法の面でも、はるかに曹操に及ばなかったのである。

それはそれとして、曹操が作戦篇「兵ハ拙速ヲ貴ブ」と始計篇「兵ハ詭道ナリ」を実戦で活《い》かし、大勝利を得たのが、この第三巻の「官渡」の戦いである。

三十万の大軍を擁する袁紹軍には、その大軍を支える大食糧庫や武器庫が必要だった。それが「烏巣《うそう》」にあるという情報が入ると、曹操は一気に奇襲作戦にでる。第四十一章「天の声」には、次のように描かれている。

《曹操は、味方の兵に袁紹軍の旗や幟《のぼり》を用意させておいた。勝つためには、手段を選ばな

かった。》

曹操はみずから精兵を率いて夜中に間道を走り、敵の警備軍を欺き、あっというまに烏巣の食糧庫や武器庫を火攻めで落としてしまう。この奇襲が功を奏し、寡兵の曹操軍が大勢力を誇る袁紹軍を撃ち破ることができたのだった。

こうして中原制覇をなしとげた曹操は、つづいてさらなる強敵と対面することになる。諸葛亮を擁する劉備、周瑜《しゆうゆ》を擁する孫権《そんけん》。理念の面でも手法の面でも、袁紹とは比較にならぬ相手である。『三国志』の、そして曹操にとっての、クライマックスの一つだ。『興亡三国志』は、ひきつづきそこへむけ、ゆったりと船体を進めようとする。

（いちかわ・ひろし　法政大学名誉教授）

本書は二〇〇〇年二月、集英社文庫として刊行されたものを改訂しました。

三好　徹の本

興亡三国志　一

天下麻の如く乱れる後漢末。疲弊した民衆は黄巾賊となって全国に蜂起。軍政の覇権を握った董卓が暴政を振るう。この混乱を収めるべく、袁紹や孫堅、劉備など、群雄が各地に割拠。〝乱世の英雄〟と謳われ、のちの大国・魏の礎を築く若き日の曹操も起ち上がった！

集英社文庫

三好　徹の本

興亡三国志　二

暴君董卓は誅殺され、長安を脱出して洛陽へ還幸した献帝を迎えたのは曹操だった。為政者としての権力を手にした曹操は、他の群雄から一歩抜きん出た。膝下には勇将・賢臣が集い、いざ中原の制覇を目ざす。だがもう一人の英雄、劉備が雄飛の時を待っていた――。

集英社文庫

集英社文庫

興亡三国志《こうぼうさんごくし》 三

2000年2月25日 第1刷
2009年3月10日 第3刷
2015年11月25日 改訂新版 第1刷

定価はカバーに表示してあります。

著 者 三好《みよし》 徹《とおる》
発行者 村田登志江
発行所 株式会社 集英社
東京都千代田区一ツ橋2-5-10 〒101-8050
電話 【編集部】03-3230-6095
【読者係】03-3230-6080
【販売部】03-3230-6393（書店専用）

印 刷 株式会社 廣済堂
製 本 株式会社 廣済堂

フォーマットデザイン アリヤマデザインストア
マークデザイン 居山浩二

ISBN978-4-08-745388-1 C0193